**Un jour
je reviendrai**

Données de catalogage avant publication (Canada)
Fortier Keays, Cécile

Un jour, je reviendrai
ISBN: 2-921493-55-1
1.Titre.

PS8561.O736U5 2001   C843'.54   C2001-940001-2
PS9561.O736U5 2001
PQ3919.2. F67U5 2001

Éditeurs:
Arion Enr.
10570 Élisabeth II
Québec G2A IY3
418 842 4622

Conception graphique : Les Dompteurs de Souris
Illustration de la couverture : Daniel Laverdure

Bibliothèque nationale du Canada, 2001
Bibliothèque nationale du Québec

ISBN: 2-921493-55-1

Gouvernement du Québec - Programme de crédit d'impôt pour l'édition de livres
- Gestion SODAC

Cécile Fortier Keays

Un jour
je reviendrai

ARION

Du même auteur

LA TRAVERSÉE D'UNE DÉCHIRURE, 1987, 317 p. Arion.

LA RAPPORTÉE, de l'adversité à la fortune, 1992, 485 p. Arion.

LE PRIX DU SILENCE, 1996, 440 p. Arion.

SI TU SAVAIS, 1998, 516 p. Arion.

*À Monique,
une grande dame
rencontrée un jour
en Californie.*

Notre réussite personnelle sera évaluée par le bien que nous aurions pu faire et que nous n'avons pas fait.

Chapitre 1

— Éveline, nous descendons trop vite! Nous allons tomber!

Marie, assise près d'une allée latérale de l'avion, sent la peur lui serrer la gorge. Descendre est pire que monter.

Le bruit du moteur diminue un instant, donnant aux passagers l'impression de planer. Les deux femmes se regardent, incertaines de la sagesse de leur téméraire aventure. Éveline tressaille. Elle replace son chandail bleu ciel descendu d'une épaule. Un coup d'oeil furtif au hublot lui permet de voir le sol s'approcher d'elle à une vitesse folle. Le survol en zigzag de la ville a créé des images à lui couper le souffle. Sous les deux femmes, une cité immense adossée à une chaîne de montagnes, encaissée dans une grande cuvette, meurt doucement dans le bleuté de la mer proche. Le Pacifique court au loin, se perd dans l'infini de l'horizon et se marie à leurs pensées craintives.

— Heureusement qu'il n'y a pas d'arbres, souligne la

belle Marie, assise près d'elle, le cou cassé par l'effort déployé pour examiner le décor.

— Ici ce sont des palmiers, et non des sapins.

— C'est pourtant vrai.

Marie songeuse revoit les derniers moments vécus dans sa tête.

— Il n'y a plus aucun nuage maintenant. Traverser cette mer d'ouate était si beau, hein!

— Nous avons bien fait de venir, trouves-tu? insiste Éveline pour rassurer sa copine, convaincue de la justesse de leur décision.

Marie, incertaine, n'ose émettre une opinion. Envoûtée par le décor, elle goûte chaque seconde, chaque parcelle du présent, noyée de bonheur. Le moment délicieux se vit à grands coups de ravissement. Chaque instant devait être délecté comme un grand cru. Le visage de sa mère lui apparaît.

— Maman doit prier pour nous.

— La mienne a fait dire plusieurs messes pour notre salut, j'en mettrais ma main au feu.

— Papa a allongé la prière du soir, sans aucun doute. Je vois Pierre grimacer d'inconfort, lui qui se plaint tout le temps d'une douleur aux genoux quand vient l'heure de prier.

Éveline rigole, Marie l'imite et continue:

— Nous en aurons peut-être besoin, Éveline.

La jeune fille blonde se retient de répliquer à cette inquiétude, elle s'étire le cou et s'écrie:

— Regarde Marie, le monde sur la plage. Et les beaux bateaux amarrés à la marina, ne cesse de décrire Éveline, la tête dans l'ouverture vitrée.

— Tu verras comme nous serons bien ici.

— Sans travail? J'en doute.

— Nous en trouverons. Sois sans crainte.

— Nous ne savons pas parler l'anglais. Maman doit mourir d'inquiétude.

— Nous lui écrirons, dès ce soir, Marie. D'ailleurs, mon frère Louis m'a acheté un petit dictionnaire anglais avant de partir. Nous nous débrouillerons, tu verras.

— J'espère que tu dis vrai, Éveline, et que Saint-Jude t'entend.

Une voix inconnue s'élève.

— Vous êtes priés d'attacher vos ceintures. Baissez votre tête sur vos genoux et gardez cette position jusqu'à nouvel ordre, dicte machinalement dans un micro l'hôtesse de l'air devant eux.

Les deux jeunes filles, abruties par un vrombissement sourd du moteur, tentent, tant bien que mal, de maîtriser leur coeur détraqué dans leur poitrine. Elles sentent les pneus toucher la piste sous le plancher, puis entendent l'appareil perdre de la vitesse. Marie ferme les yeux, Éveline les tient grand ouverts pour tout absorber de l'expérience.

— Voilà, vous êtes arrivés. Ajustez vos montres et bienvenue à Los Angeles.

Pâles, Éveline et Marie s'enlacent heureuses.

— Éveline! Tu as entendu! Nous sommes à Los Angeles!

L'air chaud accueille les deux aventurières à la sortie, elles réalisent qu'elles sont dans un autre monde. À l'aveuglette et en écoutant leur intuition, elles suivent les passagers de leur vol et s'arrêtent devant un débarcadère.

— C'est la mienne, crie Marie en voyant sa valise.

Les deux femmes superbes font se tourner les têtes à leur passage. Elles enfilent le couloir les menant vers la sortie.

— Maintenant, qu'est-ce qu'on fait?

Éveline aperçoit une cabine téléphonique et s'y précipite.

— Suivons notre bonne étoile.

La jeune garde-malade, son diplôme fraîchement signé dans ses bagages, ouvre un livre, au hasard.

— Regarde! Tous ces noms familiers dans une même page! Mon cousin avait raison. Il y a plein de Canadiens français qui travaillent ici.

— Tu ne vas pas les appeler comme ça, sans les connaître!

— Pourquoi pas? Ils ne peuvent ni me mordre ni me voler. Tout juste me raccrocher au nez.

— Je n'aime pas ta façon d'agir. Non, pas du tout!

— Laisse-moi faire, Marie.

Éveline, revêtue de sa naïveté et de sa confiance coutumières, espère que son interlocuteur pourra lui parler dans sa langue.

— Allô?

Éveline sourit, satisfaite. La chance l'accompagne.

— Bonjour monsieur. Mon appel vous semblera étrange mais ne raccrochez pas. Nous sommes deux filles à l'aéroport et nous parlons à peine l'anglais. Nous avons trouvé votre numéro de téléphone en ouvrant le bottin et nous voulons simplement savoir si vous connaissez un hôtel confortable et pas trop dispendieux dans les environs.

L'homme éclate de rire et sa voix chaleureuse la rassure.

— Ha! Ha! Ha! Deux femmes venues du froid à ce que je vois. Je connais un hôtel abordable sur Sunset boulevard. Si vous le désirez, je puis aller vous reconduire.

— C'est trop de bonté, monsieur. Merci. Quel est le nom de cet hôtel?

Éveline note soigneusement sur un papier le nom et l'adresse, remercie son sauveur et raccroche, laissant l'homme frustré dans sa curiosité.

— Viens Marie. Prenons un taxi.

Chapitre 2

Le lendemain de leur arrivée, Marie se hasarde à l'extérieur, jette leurs missives parentales dans une boîte aux lettres repérée par la fenêtre de leur hôtel et revient à la chambre comme une gazelle.

— Tu es déjà de retour!

Marie, honteuse d'avoir si peu de cran, se tait et fouine dans un tiroir à la recherche d'une contenance. Éveline, sourire en coin, se retient de la blesser.

— Je vais acheter un journal.

La jeune blonde sortie, Marie, grande, svelte et belle brunette aux yeux bleus, se place à la fenêtre et se laisse emporter dans les couloirs de sa pensée. Le coeur triste, elle pousse un soupir. La mer rosée des toits contraste avec celle de son pays. Tout est si différent, si étrange. Même l'air sent curieux. Des rangées de maisons opulentes bordent un coin de son regard et la font sourire.

Je suis à Los Angeles! répète son crâne incrédule. Tout s'est passé si vite. Les deux inséparables de l'école d'infirmerie, fraîchement graduées, ont brodé un plan farfelu un soir autour de la table et Éveline l'a concrétisé... en deux semaines.

— C'est fait! Nous partons pour Los Angeles!

Des «oh! là», plein leur foyer ont rempli leurs nuits torturées. Tout le monde les décourageait d'entreprendre un tel projet sans réfléchir davantage. Envers et contre tous, elles s'enfonçaient dans l'inconnu tête première, la naïveté de la jeunesse au coeur et l'ivresse de l'aventure en tête. Mais Marie doute. Souvent, dans le noir de sa chambre, elle se sent tiraillée entre l'appel du passé et le présent qui lui dit de rester; qu'elle trouvera facilement du travail. Alors Éveline, dernière fille d'une famille nombreuse, la tire de son hésitation et l'entraîne dans son sillage enjôleur.

— Tu verras, Marie. Dans quelques mois, quelques années, nous reviendrons à la maison, des histoires fabuleuses à raconter à tout le monde dans nos valises.

— Tu crois!

— J'en suis certaine. Si nous le regrettons, nous reviendrons. Papa m'a fait promettre de l'informer si je suis en danger ou sans le sou. Il enverra l'argent nécessaire à notre retour.

— Mon père m'a dit le contraire: «C'est un coup de tête que tu fais là, ma fille. Ne compte pas sur nous pour de l'argent, nous n'en avons pas assez pour nous-mêmes.» Je devrai me débrouiller seule.

— Jamais je ne te laisserai tomber. Tu le sais bien!

Marie, rassurée, sent l'enthousiasme débordant de sa copine déteindre sur elle et plonge, à corps perdu, dans le futur.

Le journal quotidien sous le bras, Éveline, enjouée, entre le visage rougi par le soleil.

— Il fait chaud ici! Papa serait content. Ses rhumatismes diminueraient d'intensité.

— Il fait toujours cette température, Éveline. Il paraît qu'on ne parle jamais de température ici. Songe un instant que chaque matin nous accueille avec un rayon de soleil. Chez nous c'est le sujet du jour, de saison en saison, tu le sais.

Éveline, allongée sur son lit le journal ouvert, prête une oreille distraite à son amie, en lisant les gros titres.

— 1950, l'année Sainte! On en parle même ici, Marie.

La brunette étire le cou et se penche sur la nouvelle écrite en anglais, à demi élucidée par leur manque de connaissances de cette langue. La rubrique des emplois pique davantage sa curiosité.

— Hoo. Ouais. Tiens, tiens! Quelque chose d'intéressant ici. On demande des gardes-malades en service privé...

— Je préfère travailler dans un hôpital. Pas toi?

— Tu oublies que nous ne savons pas parler l'anglais.

— C'est pourtant vrai. J'avais oublié. Nous devons d'abord apprendre la langue.

— Quelle est la meilleure manière d'apprendre une langue?

— En pratiquant.

— Comment pratiquer?

— En côtoyant des gens et en se trouvant dans des situations propices à la conversation.

— Que faire en cas de difficultés?

Éveline suit la réflexion de Marie dans ses yeux.

— Non. Nous ne téléphonerons pas à ce monsieur français de nouveau. Pas avant d'avoir de sérieuses difficultés.

— Ouvrons notre petit livre et pratiquons. Tu me poses des questions et je te réponds pendant une demi-heure et ensuite ce sera ton tour.

— Et cette annonce...?

— Prenons le risque d'attendre pendant deux jours. Le temps de pratiquer notre entrevue.

Deux jours plus tard, Marie désespère.

— Tu vois bien que nous n'y arriverons pas.

— Pas aussi vite que nous le voudrions.

— Que cherches-tu?

— Je vois que plusieurs commerces appartiennent à des Canadiens. Tiens, une lingerie ici du nom de Barnabé. J'appelle la dame et lui explique notre problème.

Une voix enthousiaste lui répond. Éveline lui expose son cas et l'aimable propriétaire lui offre ses services en tout temps, si elles en ont besoin.

— Prenez rendez-vous chez ces gens et si vous avez de la difficulté, appelez-moi. Entre-temps, si vous êtes intéressées, je vous invite à la maison, comme gardiennes d'enfants. Mes petits vous apprendront à vous dépasser en peu de temps.

— Vous êtes charmante, madame. Nous ne savons pas comment vous remercier.

— Attendez de connaître mes marmots, ensuite vous me remercierez!

Éveline raccroche, folle de joie.

— Marie, allez! Viens, allons marcher. Los Angeles nous attend.

Les deux jeunes filles partent à l'assaut de la grande ville et de leur destin.

— Entrons dans ce restaurant.

Une forte odeur de cuisine longtemps macérée les accueille et s'engouffre en elles, sans pouvoir l'identifier; elles grimacent. La décoration de l'endroit orné de photos de ranchs fabuleux, de chapeaux de cow-boys, d'affiches de vedettes de cinéma, alourdit le lieu exigu. Derrière le comptoir sombre, une grosse femme, assise les fesses sur un minuscule tabouret, avale son sandwich et caresse, de sa main, la bouteille de Coke placée au bout de son couteau, en regardant agir sa compagne. Celle-ci, les cheveux retenus par un filet, tourne des frites dans une huile bouillante et s'essuie la main gauche sur un coin de son tablier maculé. Au mur devant elle, l'affiche d'une fille aux seins opulents débordant d'un décolleté généreux ne cesse de lui sourire si elle ose soutenir son regard. Une serveuse imposante nettoie la table près d'elles et chantonne des airs inconnus. Le décor, tout droit sorti des nouveaux films de la *Paramount*, les plonge dans le monde du cinéma dont elles ont du mal à apprivoiser l'existence à leur réalité.

— *May I serve you?*

Marie s'efforce de répondre à la question non comprise.

— *A coffee, please.*

— *Ice coffee?*

Les deux gardes-malades se regardent, hébétées. L'une saisit.

— *Hot coffee, please.*

La serveuse fait une moue très perceptible et répète:

— *Hot*!

— *Yes madam. Hot*!

Incrédule, la serveuse les regarde et hausse les épaules. Ici on boit du *Ice tea*.

Éveline rit sous cape en voyant la mimique décidée de son amie. Celle-là fera son chemin, elle le sent. Enfin!...

Le soir de ce beau jour, elles s'endorment fourbues par l'effort mental déployé, mais heureuses de leurs réussites, à la suite de leur hardiesse et de leur détermination.

— Demain, nous trouverons le bureau de poste et la banque. Nous ouvrons notre compte.

— Éveline, tu ne cours pas un peu vite? Tu mets la charrue avant les boeufs, dirait mon père.

— Marie! Dans la vie, il faut faire «comme si.»

— Je ne te suis pas.

— Demain, nous ouvrirons un compte de banque comme si nous avions un emploi et pouvions y déposer des sous.

— C'est vrai qu'ouvrir un compte ne fait pas de tort à personne. Si nous en avons besoin, il sera là.

— Je ne songe pas à cette sorte de *si*, Marie. Je veux que tu penses en fonction du *si* convaincant, affirmatif et porteur d'évidence. As-tu pigé? Maintenant, pratiquons. *Close de light*.

— *Turn off the light* est l'expression juste, Éveline. Puis on ne dit *pas de* comme en français. On dit *the* comme si on crachait des noyaux de pruneaux par le milieu de la langue accrochée aux dents.

Éveline, moins douée pour les langues, au faîte du plaisir, éclate de rire et se met à cracher des noyaux invisibles à son amie, tout en se roulant sur son couvre-lit.

Les deux amies s'endorment sur leur gaieté débordante en faisant le souhait que demain les enrichira de multiples souvenirs à remiser dans leur grenier mental.

* * * * *

L'éternel jour ensoleillé se lève sur deux filles endormies, caressées par la brise matinale légère. Marie s'étire et Éveline regarde sa montre.

— Allez, ouste! Debout Marie! Notre destin se tient au bout de nos pieds. Mettons-le au pas! affirme la comédienne improvisée dans un ensemble de gestes effilochés semés autour d'elle.

Marie sourit et disparaît dans la salle de bain. La bouche pleine de dentifrice, elle réplique:

— Tu veux dire que nous devons marcher jusqu'à Aberdeen Drive! Ne compte pas sur moi.

— Ah! oui!

— Et comment te rendras-tu à notre rendez-vous en réponse à la petite annonce du journal?

— Tu veux dire chez ce M. Leider.

— À Beverly Hills, ma chère. Ne l'oublie pas.

Marie se rince la bouche et continue, la voix entrecoupée par ses gorgées d'eau rejetées.

— Marie, nous nous rendrons en autobus.

Éveline, la sportive, songe un moment et ouvre la carte de la ville.

Marie sort de la salle de bain en s'essuyant les mains avec une serviette, elle renchérit.

— C'est vrai. Je dois admettre que nous ne sommes pas à la porte. Aberdeen Drive est à l'ouest sur le plateau près de Hollywood, en direction de Beverly Hills.

— En entrant hier soir, je me suis informée à la réception et tout est indiqué dans le dépliant sur le bureau.

Éveline réalise que la timide Marie est drôlement nécessaire à ses heures. Elle regarde l'horloge.

— Pressons-nous, il serait préférable de nous rendre dans les environs avant de déjeuner. Dix heures sont vite arrivées.

Marie apparaît, vêtue et propre.

— Je suis prête, comme tu vois.

L'eau de la baignoire enterre le dialogue des deux jeunes filles et recouvre l'attente fébrile de leur nouvel emploi.

— Je me demande qui est ce M. Leider. Peut-être le compositeur.

— Éveline! Il est mort depuis des lunes!

Lorsque Éveline rentre dans la chambre, elle trouve sa compagne pensive à la fenêtre.

— Que regardes-tu, Marie?

La jeune fille se tait, envolée dans son monde obscur. Son amie s'approche.

— Je me demande si nous avons fait un bon choix. J'ai un étrange sentiment de crainte face à l'avenir. Comme un pressentiment...

Éveline, assise sur le bras du fauteuil, la rabroue.

— Marie. Tu réfléchis trop!

«Et toi, pas assez», songe Marie sans la regarder.

— Tu es pleine de possibilités et tu manques de confiance en toi. Tu ne devrais pas croire aux fantômes.

Marie, piquée au vif, la toise du regard.

— Éveline! Si on t'écoutait on ferait le tour de la planète, je ne sais pas comment.

— Mais oui! Avoir des rêves est normal. Nous sommes jeunes et en santé, dans la force de l'âge et à la croisée des chemins. Profitons-en! Tout s'est bien passé depuis notre départ! Avoue.

— Je ne peux le nier, Éveline. Avec toi, tout se transforme en succès. Tu traînes la chance partout où tu passes.

— Sans le vouloir ni le faire exprès.

— C'est ce qui me déconcerte. En tout cas, je suis mieux de te suivre que de te regarder aller, plantée sur le coin du trottoir.

Éveline, l'ingénue, éclate de rire et replace sa blouse rouge légère.

— Moi, j'ai besoin de toi pour me remettre sur terre.

Marie entoure les épaules de son amie et retourne à la langue anglaise.

— *Yes sir! Let us go visit this Mr. Leider.*

— Tu pratiques et j'apprends en t'écoutant.

— *Pills*.

— Que dis-tu?

— *Pills*. Nous aurons besoin de beaucoup de *pills* et de *dictionary* pour soigner cette dame, ma chère Marie.

— *Piles*?Si tu parlais pour te faire comprendre. Je te voyais en train de remonter la malade d'une drôle de manière. Tu réussirais mieux avec des pilules que des *rechargeables*.

Son amie remplit la pièce d'hilarité puis son visage se transforme. Un instant, Éveline voit surgir derrière ses paupières le travail colossal à accomplir. Un éclair de frayeur traverse son cerveau et lui descend le long de l'échine. Elle se retient d'en faire part à Marie.

Coude à coude, leur jeunesse flamboyante en poche, elles prennent l'autobus, carte de la ville en main et anglais châtié en bouche, sous les regards amusés et flatteurs des habitués. Le trajet se déroule en silence. Le paysage fabuleux les envahit tout entières, elles sèment des oh! des ah! un peu partout sur la route.

— Marie! C'est encore plus beau que tout ce que je me suis imaginé. Tu vois cette demeure! Ce doit être la maison de Glenn Ford.

— Peut-être. Mais nous ne sommes pas encore à Beverly Hills, Éveline.

— Alors, je me suis trompée.

— Hollywood boulevard, indique Marie le regard rivé aux noms des rues et le doigt pointé sur le parcours de la route à suivre sur sa carte. J'ai hâte de voir le mot Hollywood écrit dans la montagne.

— C'est dans une montagne? Je l'ignorais.

Des murmures lui parviennent de quelques bancs derrière elles.

— Écoute Éveline! Les gens, derrière nous, parlent français.

— Effectivement. On dit que la deuxième ville française en Amérique du Nord est Los Angeles.

— Aaaaah! Cela a du sens. Tout le monde peut venir travailler ici. J'en connais plusieurs dans mon coin qui sont partis comme nous.

— La Californie a été annexée aux États-Unis depuis moins de cinquante ans.

Marie ouvre grand les yeux. Elle découvrait une facette inconnue de son amie en apparence si frivole et naïve.

— Tu as remarqué qu'on entend beaucoup d'espagnol dans les rues?

— Je me demandais pourquoi. Je comprends tout maintenant.

— Tiens, Aberdeen Drive, lance Marie inquiète. Le coeur me cogne, Éveline. J'ai peur.

— Le mien frétille d'impatience, Marie. À nous la belle vie! dit Éveline debout, entraînant son amie forcée de la suivre. Descendons.

Épaule contre épaule, Marie la brune et Éveline la blonde font un tour d'horizon du milieu, la bouche ouverte, incapables de dire un mot devant l'opulence du quartier.

— Aberdeen Drive est ici, Éveline.

Les deux jeunes filles avancent lentement comme dans un jardin des contes de Perrault ou une forêt de contes de fées, impuissantes à réagir devant ce qui les attend et la décision prise. Marie retient son coeur emballé. Éveline, elle, le moment initial passé, s'élance insouciante, son chapeau de paille sur sa chevelure, se dandinant en toute quiétude, et marchant à l'assaut de l'inconnu. Elle se retourne pour interpeller Marie qui traîne la patte.

— Viens-t'en! Il est trop tard pour reculer. Ils ne nous mangeront pas. Si nous ne faisons pas l'affaire, ils nous mettront à la porte, c'est tout. Il nous reste une heure avant le rendez-vous, allons manger à ce restaurant que j'aperçois là-bas.

Éveline pèse sur le bouton, un carillon se fait entendre. L'heure a sonné. En retrait, Marie se tient prête à retourner en arrière, s'il le fallait. Un arsenal de doutes l'assaille. Vraiment, Éveline l'a entraînée trop loin. Braver le destin de la sorte peut aboutir au désastre. Qui sont ces gens? De quelle maladie souffre-t-on dans cette demeure? Sont-ils de bonnes personnes? Quel salaire demander? Comment s'en sortir une fois mal prises? Par bonheur, elle a eu la lumineuse idée de demander le numéro de leur mystérieux sauveur téléphonique. Au besoin, elle renouera avec lui si nécessaire.

Une dame en uniforme bleu foncé les reçoit sur un fond de musique inconnue.

— Nous venons pour...

Marie intervient en voyant la méprise de son amie.

— *We have a* rendez-vous *with Mr. Leider.*

La dame au teint foncé hésite puis sourit.

— *Oh! Mr. Leider. I see. One moment, please,* insiste-t-elle dans une prononciation châtiée qui encourage les deux gardes-malades.

La dame disparaît, laissant les deux demoiselles devant une porte refermée délicatement dans un silence lourd d'appréhension. Marie désire cet emploi, maintenant que la glace est brisée. Elle s'était fait duper par son imagination. Elles se sourient pour se donner du courage. La dame reparaît.

— *Come in, Mr. Leider is waiting for you.*

La jambe tremblante d'émotion, Éveline et Marie pénètrent dans la demeure cossue et s'asseyent dans un petit salon adjacent au hall d'entrée où elles ont le loisir de se remplir les yeux à souhait. Des pas dans le couloir annoncent un homme blond d'un certain âge, grand comme un seigneur, élégant et poli. M. Leider les salue et leur tend la main. Une main chaude et énergique comme sa prestance le laisse deviner. Intimidée, Marie bafouille et Éveline se dandine, ingénue. Elles présentent leurs papiers d'introduction et leur diplôme. L'homme, installé dans un grand fauteuil en bois ciselé, les invite à s'asseoir, jette un regard sur le tout, sans pouvoir le lire. Il appelle une employée. Une femme tout de blanc vêtue s'approche. Elle baragouine le français.

Éveline et Marie sautent de joie, elles sont acceptées. Le travail consiste à prodiguer les soins appropriés à Mme Leider, une dame alitée, incapable de se mouvoir. La garde-malade leur explique qu'elles suivront une période d'entraîne-ment en sa compagnie.

— *Simple. You need* de bien faire le job. Ce n'est pas *difficult.*

Leurs sourires complices activent celui de M. Leider qui se frotte les mains l'une dans l'autre. L'homme prend la parole et la garde-malade reprend:

— Vous travaillez une à la fois. *One in* matin, *one in the* "près-midi".

— O. K? demande l'homme maintenant debout.

— O. K. répond en choeur le duo féminin, pressé de se parler en toute intimité.

— *See you next Monday,* conclut l'homme, leur tendant encore la main. *Which one of you come first?*

Éveline et Marie se regardent. Éveline a cru comprendre et Marie a compris.

— *Me, sir,* affirme Marie d'une voix à peine audible.

La porte refermée lentement par la gouvernante à leur départ laisse les deux jeunes filles épuisées par l'éprouvante expérience. L'air chaud qui les flagelle au passage leur détend les muscles et le caractère. Celui de Marie tient bon.

— Éveline! Dans quoi nous sommes-nous embarquées! Prendre soin d'une femme qui ne parle pas le français et qui demande beaucoup d'attention. Comment allons-nous y parvenir? Je lui ai dit que je commençais la première, lundi matin. Folle que je suis!

Éveline rit aux éclats.

— Tu as tout compris! Tu es meilleure que moi! As-tu vu le piano! J'ai toujours rêvé d'un piano.

— Nous sommes embarquées dans un drôle de bateau et tout ce que tu trouves à dire, c'est de vouloir jouer du piano. Tu oublies que nous sommes à l'emploi de M. Leider pour nous occuper de sa femme! L'as-tu déjà oublié?

— Pendant qu'elle va dormir...

— Tais-toi, tu m'enrages! Je suis contente de ne pas travailler en même temps que toi.

— Allons, Marie, ne te fâche pas. J'aime te voir rougir, c'est tout.

Marie, dégonflée, radoucit son visage et les deux amies se tordent la langue pour cracher des noyaux de pruneaux toute la fin de semaine.

Chapitre 3

Les deux gardes-malades travaillent maintenant depuis trois mois chez M. Leider.

Marie a commencé le matin et Éveline l'après-midi. M. Leider semble très satisfait de ses deux jeunes employées et leur donne une rémunération plus que généreuse.

Maman, nous sommes au comble du bonheur ici, écrit Éveline à sa mère.

Ne vous inquiétez pas, tout va pour le mieux dans le meilleur des mondes, renchérit Marie à la sienne. *Nous parlons l'anglais assez bien et nous comprenons tout ce qu'on nous dit. Imaginez-vous que M. Leider*, continue la fine plume d'Éveline, *nous a payé des cours privés pendant nos heures de travail lorsque Mme Leider sommeille. Le jardinier, un Mexicain, rit tout le temps et ne nous répond jamais quand on lui parle. Marie dit qu'il ne parle pas l'anglais. En tout cas, pour la culture des fleurs et l'entretien du parterre, il n'a pas son pareil. Il les cultive peut-être en espagnol...*

Mme Leider est stable, explique la plume de Marie. *Le docteur dit qu'elle a une maladie incurable et qu'elle peut vivre encore de nombreuses années. M. Leider semble soucieux certains jours. Comment fait-il pour tenir le coup? Personne ne le sait. Je le fais rire par mon accent. J'aime quand il rit.*

M. Leider est souvent parti en voyage, explique Éveline sur son papier à lettre. *C'est ce que nous explique Mme Leider quand il n'est pas là. Il s'occupe de ses affaires à travers le monde. Je me demande de quelles affaires il s'agit. Ce doit être de très bonnes affaires à voir le domaine dans lequel nous travaillons. En avant de nous, on construit une immense demeure pour un chanteur américain très populaire à ce qu'on dit. C'est peut-être pour Frank Sinatra.*

J'ai vu Burt Lancaster, l'autre jour, qui sortait d'une limousine grise, longue comme deux Chevrolet. Il est plus beau en personne qu'en film. J'en ai rêvé pendant des jours, maman, souligne Marie à son tour. *Quand vous viendrez nous voir avec papa, j'aurai des choses et des choses à vous raconter, longues comme de Québec à Montréal, vous verrez.*

Nous ne regrettons pas une miette d'être venues à Los Angeles, maman, termine Éveline. *M. Leider me fait bien rire quand ce n'est pas lui qui rit de mes questions stupides,* continue Éveline. *Lui ne semble pas être du même avis. Il répond à toutes mes questions pendant des heures, sans ne jamais se lasser. Il me parle très lentement et je comprends tout. Ma prononciation l'amuse et la joie s'installe à pas feutrés dans sa demeure. Le pauvre homme! Il le mérite. Ce qu'il en sait des choses ce monsieur! À propos, il est d'origine allemande.*

— ALLEMANDE! s'écrie la mère d'Éveline en lisant la lettre de sa fille. Jos, notre fille travaille chez un Allemand! Il faut la faire revenir au pays tout de suite!

— Pas si vite! Amandine! Respire par le nez. D'abord, elle ne semble pas malheureuse à Los Angeles et ce monsieur la paie très bien. Comment voudrais-tu la faire revenir, ma femme? Comment? Personne ne lui donnerait ce salaire, tu le sais.

— Tu as peut-être raison, Jos. Je m'inquiète tout le temps pour tout le monde. Attendons la suite des événements.

Demain, nous changeons de chiffre, maman, termine Marie. *Éveline se lèvera à cinq heures et je dormirai tout l'avant-midi. À chacun son tour dans le banc d'église, dirait papa. Je m'ennuie de vous tous. Gaston est-il revenu de la drave? Je ne sais pas pourquoi, je pense souvent à lui.*

— Chère Marie, explique sa mère. Elle a du flair notre fille, Étienne. On aurait dû lui apprendre l'accident de notre Gaston. Heureusement qu'il va mieux. Il lui reste une jambe... Damné cheval qui a pris le mors aux dents.

— Une jambe est mieux que rien, Attala.

— Je sais, confirme tristement la mère de Marie. On commence déjà à l'appeler «Gaston la jambe de bois.»

Étienne ne peut s'empêcher de s'esclaffer. Mieux valait en rire que d'en pleurer.

Le soir tombe sur cette désolante histoire qui a failli tuer leur fils aîné. Le couple se remet, petit à petit, en marche dans la vie normale. L'espérance égrène en eux ses multiples élans de confiance.

— Demain, il va faire beau, Attala. Regarde se coucher le soleil. Il met le ciel en feu.

«Si tu le dis, Étienne. Si tu le dis...» songe Attala, moqueuse.

* * * * *

Les deux gardes-malades se sont installées dans un petit appartement non loin de Beverly Hills et elles rêvent à haute voix dans leur intérieur. Malgré le fait de vivre ensemble, elles ne se voient presque jamais car elles travaillent, sans répit, l'une à la suite de l'autre.

Marie trouve la tâche ardue. Elle visite la famille Couturier, les propriétaires de la lingerie Barnabé, qu'elle a osé rappeler un soir de grande solitude et d'ennui. Le couple, tout heureux d'avoir des nouvelles de leur coin de planète, s'est empressé de l'inviter à leur table; elle est vite devenue la *tante* Marie de leurs deux marmots. N'eût été de cet événement dans sa vie, elle aurait plié bagages et serait retournée à la maison, sans Éveline.

Depuis, elle a apprivoisé les environs en leur compagnie; Santa Monica, Santa Barbara, San Bernardino, Long Beach sont devenus des endroits familiers et accueillants. Souvent, elle se transforme en gardienne d'enfants pour son plaisir et se permet de gâter ses deux petits protégés. Peu à peu, elle s'américanise. Dans un tiroir de son coeur, se cache toujours le désir de descendre l'allée d'une église au bras d'un homme riche. Entre-temps, elle examine les prétendants la tête froide et le dos droit. Calculatrice, elle se dit que le temps joue en sa faveur puisque les jolis garçons sont nombreux autour de sa taille. Son déracinement a un prix et doit être payé d'une manière ou d'une autre.

Éveline voit passer le temps et s'allonger le désir inavoué de marier un homme célèbre s'il se présente. Ce n'est pas une priorité. Elles sont maintenant au service de M. Leider depuis cinq ans. Surpris, l'homme voit apparaître quelques cheveux blancs sur ses tempes et grimace. Songeur, il s'assied sur le bord de son lit. Le visage de sa femme devenue muette à cause de sa maladie s'impose à son esprit.

«Vais-je finir ma vie ainsi?»

Son coeur lui répond. «Attends. Sois patient. Tant qu'elle est à ton service, tu n'as rien à craindre.»

Il se lève, renoue sa cravate sur sa chemise immaculée et se prépare à repartir pour l'Asie. Il traverse la chambre de sa femme et la regarde dormir. Il s'approche du lit, s'assied près d'elle et caresse sa main molle et chaude. Honteux, mentalement il lui fait des confidences muettes en lui tapotant la main.

«Gladys, ma chère Gladys, je suis sur le point de te tromper. Je l'ai déjà fait depuis longtemps dans mon coeur, tu sais. Malgré moi, je succombe à ce tourment du coeur qui me ronge. J'aime cette garde-malade depuis son entrée à ton service. Ses grands yeux ont embrasé tous mes sens et j'ai lutté tout ce temps pour te rester fidèle car je t'aime encore, Gladys. Comprends-tu cela? Pourrais-tu me l'expliquer?»

Il surveille les yeux de sa femme sous leurs paupières qui bougent davantage. Il s'approche encore plus près. Un frisson lui parcourt la moelle en réalisant que son regard le suit entre le minuscule espace ouvert à son regard. Elle le fixe et semble lire en lui. Il baisse la tête et pleure. Un tel tourment devient insupportable.

«Gladys, j'aime deux femmes en même temps», songe-t-il, malheureux. «Deux femmes extraordinaires. L'une est à moitié morte, l'autre pétante de vie.»

«Me comprends-tu, Gladys?» lui crie-t-il par ses yeux, par ses touchers, effondré de mots muets, de sentiments retenus. «Que vais-je faire? Qu'allons-nous devenir? Te voir partir de la sorte me tue à petit feu. Me voir revivre à travers elle me remplit de honte à ton égard. Ce déchirement devient peu à peu insupportable.»

William se redresse sur son fauteuil, le visage soucieux.

«Me désires-tu dans ta tombe à tes côtés? Dans un moment de grande peine, je t'ai promis soutien jusqu'à la mort. Tu n'en voulais pas. Tu devinais ce que nous aurions à vivre. Tu refusais ce gage d'amour fait sous le coup de la souffrance. Comme je t'ai aimé, tu le sais! Mais ton calvaire m'aura. Je le sens me happer au compte-gouttes. Je te sais incapable de haine à mon égard. Souvent tes yeux me décrivent ton désespoir que j'apporte avec moi en voyage. Comment sortirons-nous de ce cauchemar? Je crois percevoir à travers cette ligne de tes paupières mi-closes un monde tourmenté valsant entre la haine, la compassion, l'amour, la tendresse, le désespoir et la peur de l'avenir. Ton regard me transperce et me glace les os. Il me poursuit des jours et des nuits et se tient proche, prêt à intervenir dans mes égarements momentanés. Tu n'as jamais été aussi vivante que maintenant. Cette présence m'embrouille. Je m'interroge sur la force de tes pensées. Si je pouvais savoir. Je ne te parlerais pas de cette femme merveilleuse qui te soigne avec tant d'abnégation et d'amour, ce serait creuser un trou dans ton âme, y enfoncer le glaive. Cet amour, Gladys, a grandi en moi, malgré moi, et a soulevé un ouragan de désirs et d'espoir. Elle ignore tout de mes sentiments car j'ai peur de la perdre. Je la sais trop intègre pour accepter de vivre en eaux troubles. Elle partirait si elle savait que je l'aime... À en mourir.»

Il caresse le front décharné de son épouse malade et dépose un baiser sur sa joue. Les deux points qui le regardaient dans la ligne d'horizon de ses yeux quasi moribonds ont disparu sous les paupières closes de sa femme. Il soulève doucement un coin de la couverture recouvrant son corps et ne trouve qu'un semblant de corps osseux recouvert de peau, immobile et raide comme une barre.

— Si on savait. Si on pouvait te guérir. Tu sais que je le ferais. Si tu saisis mon tourment, serre ma main.

Il lui semble que les doigts de Gladys obéissent à sa supplication. Dépassé, il laisse couler sa source de peine trop longtemps retenue. Une main lui touche l'épaule et lui caresse le dos délicatement. Marie est debout derrière lui et se tait, elle a tout entendu. Bouleversée, elle quitte la chambre son plateau en mains; elle reviendra plus tard.

— Marie, implore l'homme reprenant son souffle, revenez, je vous prie! Je laisse ma femme à vos bons soins. Au revoir. Je reviendrai dans deux semaines.

La brave garde-malade lui sourit, émue; avoir été témoin des sentiments et émotions de cet homme lui va droit au coeur. Longtemps elle pense à ce moment privilégié qu'elle a volé à cette femme choyée et souhaite que le calvaire de cet homme bon se termine un jour. Elle tait le reste des sentiments inavoués qui barbotent dans son coeur et souhaite ardemment qu'un jour ils se réalisent.

La brune et jeune garde-malade ouvre grand la fenêtre, laisse pénétrer la brise matinale et se prépare à faire la toilette de cette femme aux prises avec une maladie inconnue et incurable qui lui gruge la santé à petit feu. La pauvre femme, maintenant devenue squelettique, ne parle plus, ne communique plus et diminue à vue d'oeil. Son corps décharné se cabre et ne plie plus. Une si belle femme ainsi transformée, cela fait frissonner Marie.

«Quand va-t-elle partir? Qu'est-ce qui la retient?»

Distraite, cette question martèle son cerveau et la poursuit au retour à la maison, au point de ne pas entendre la sonnerie du téléphone.

* * * * *

— Allô? insiste une voix connue.

— Bonjour Hervé. Comment ça va?

— Il nous reste une place libre dans le bateau, es-tu intéressée à faire un tour en mer?

— Cher Hervé. Toujours aussi tenace. J'accepte, à la condition d'être de retour à quatre heures.

— N'as-tu donc jamais congé?

— Jamais!

— Cet homme vous exploite.

— Eh! là! Un peu de retenue. Nous sommes très bien chez ce monsieur, au contraire. Il nous paie à ne rien faire, assez souvent. Il exige simplement notre présence aux côtés de son épouse, principalement lorsqu'il est en voyage.

— Il s'absente souvent?

— Il brasse de grosses affaires, Hervé. Tu devrais voir la seconde maison qu'il fait construire à gauche de la première. Ce sont de vrais châteaux. Je suis curieuse de savoir qui les occupera.

— La sienne fait envie.

— La rue lui appartient et tout le côté à droite où il a planté la sienne. Elle a été construite à l'image de la Maison Blanche à Washington.

— J'aimerais pouvoir la visiter.

— Ça, mon vieux, c'est impossible! Il faudrait que nous soyons parents.

«Ou mariés...», songe Hervé nourri d'espoir.

— Je tricoterai une histoire, Marie. Compte sur moi. Un jour j'entrerai dans ta maison blanche.

Marie laisse couler une veine de plaisirs rieurs.

— Cela ne me surprendrait pas de ta part. Quand tu as une idée en tête, rien ne t'arrête!

— Bon. Alors je passe chez toi à onze heures.

Marie rentre de son périple en mer, exténuée. Cet amoureux fidèle et persistant a poussé l'audace à son paroxysme: l'espoir inavoué au coeur de la voir se blottir dans ses bras sous la force des éléments. Il fut satisfait. Marie, éperdue, s'est agrippée à ses épaules pour ne pas être happée par les vagues gigantesques glissant au large. Puis, heureux, Hervé a ralenti l'embarcation pour se laisser emporter sur le lisse des eaux, tous deux caressés par la brise devenue très légère. Marie a rompu les digues de ses réticences puis s'est laissé envelopper par les longs bras robustes et puissants d'Hervé. En silence, elle a nourri son âme de plaisirs inavoués. Le couple a ri de se retrouver seul et Marie s'est amusée du léger mensonge de ce cher Hervé... Personne n'était du voyage.

Éveline la retrouve le soir qui l'attend.

— Comment! Tu n'es pas couchée!

— Je voulais bavarder.

— Ah! Ah! Toi, tu mijotes quelque chose.

Marie sourit, mystérieuse, recluse dans son silence.

— Je suis lasse.

— Lasse!

— Je me suis mis les pieds dans les plats.

Éveline voit le coin gauche des lèvres de son amie se relever; signe de regrets, de soucis inavoués.

— J'ai revu Hervé.

Éveline sourit, heureuse.

— C'est une merveilleuse idée, Marie. Hervé est un garçon formidable. Un jeune homme très équilibré qui cache un coeur sur la main et une tête à la bonne place.

Marie se frotte les mains l'une dans l'autre.

— Je le trouve ordinaire. Il comble les vides au besoin, c'est tout.

Éveline éprouve un sentiment obscur devant cet aveu. Hervé méritait davantage.

— Tu le lui as dit?

— Je lui ai laissé entendre mais il semble accroché à ses rêves; une vraie tête de mule! Je ne sais plus quoi faire. Je

40

ne me vois pas à la remorque d'un commis de banque.

Éveline s'oppose à cette idée.

— Tout emploi est honorable, Marie. Tu changes en vieillissant.

— Mes rêves sont différents et se portent vers d'autres horizons.

— Que de mystères!

— Parle pour toi. Tu ne vois personne, tu refuses toutes les sorties. Tu t'isoles.

— Il n'y a aucun mystère dans ma vie. Tout est très simple au contraire. Le travail comble mes besoins, et je ramasse mes sous pour aller voir mes parents. «Et Blondin mon bel hôtelier à la plume sensuelle et charmeuse», pense-t-elle. Je suis folle de cinéma et je cours les belles boutiques. Puis je poursuis mes leçons de piano et cela me suffit. La vie est belle, Marie. Voilà.

— La vie s'en va et nous ne la voyons pas s'enfuir, Éveline. Oublies-tu que nous avons passé le cap de la vingtaine? Nous sommes à l'emploi de M. Leider depuis bientôt sept ans, le sais-tu?

— Ah? J'en ai eu peu conscience. La vie a passé si vite! Je ne m'en inquiète pas, Marie. Arrive toujours ce qui doit arriver dans la vie.

— J'aimerais pouvoir sentir une telle confiance mais j'en suis incapable.

— Alors, qu'est-ce que tu attends?

«J'attends que M. Leider se décide», se dit Marie.

— Réfléchis, Marie. Hervé rendra heureuse la femme qui l'épousera.

Marie se lève et se tait. Ses sentiments sont trop flous et ambigus pour qu'elle puisse voir poindre la lumière. Son lit lui donnera le temps nécessaire à cette réflexion.

— Je vais me coucher. Bonne nuit. Demain je me lève tôt.

— J'espère que Mme Leider va passer une bonne nuit. Son taux d'hémoglobine est bas et ses réflexes diminuent. Son calvaire achève peut-être.

Marie, une main accrochée à sa porte de chambre, répond à son amie.

— Tais-toi. M. Leider en serait inconsolable.

— Je préfère ne pas songer à ce futur événement.

— Comment le trouves-tu?

— Il supporte admirablement cette épreuve. J'ai rarement vu un homme tenir la barre de la sorte, sans jamais fléchir. Qu'est-ce qui le motive à vivre ainsi?

— Je l'ignore. Une femme peut-être, soumet Marie en pensant à son rêve insensé.

— Une femme! Tu veux rire. Cela se verrait. Il n'est pas un tricheur.

— J'aimerais être petit oiseau pour le suivre en voyage.

— Marie! Tu as de ces idées! Moi, ça ne me fatigue pas du tout. Il fait ce qu'il doit faire et cela ne me regarde pas.

— Tu es folle de musique. C'est différent. Il a mentionné la semaine passée qu'il songe à se procurer un nouveau piano... à queue, celui-là.

Éveline ouvre les yeux et se cache la bouche d'étonnement. En boutade, elle avait soufflé à son patron un mot à ce sujet l'autre jour, et il avait tant ri que les pommettes d'Éveline avaient rougi de timidité. Puis elle avait disparu aussitôt auprès de la malade, oubliant cet incident.

— Tu as bien dit un piano de concert!

Marie l'affirme, les yeux pleins de sommeil et Éveline emporte avec elle ce rêve qui deviendrait réalité. Elle se met à le caresser sous tous les angles entre les pelures légères de son lit tendrement poli par le souffle doux et chaud de sa fenêtre ouverte.

«Personne d'autre que moi joue de la musique dans cette maison...»

Chapitre 4

C'est arrivé. Mme Leider n'est plus.

Il a fallu un léger refroidissement pour tout chambarder dans leur vie. La malade s'est éteinte en douceur, après onze ans de grandes souffrances.

M. Leider traverse l'événement le coeur rempli d'une relative assurance. Les deux gardes-malades s'interrogent. Que leur réserve l'avenir? L'homme riche n'aura plus besoin d'elles maintenant, même s'il vieillit lentement comme tout le monde.

Éveline et Marie ont entamé leur trentaine une certaine inquiétude au coeur, elles se sentent poussées dans le dos par le temps.

Dans la maison, le piano garde le silence. Éveline a refermé le couvercle religieusement, en se demandant si ses doigts qui ont longtemps rempli de musique les grandes pièces de cette magnifique demeure et bercé la solitude de cet homme qui se gavait, en retrait, de ses talents, sans jamais lui en souffler mot, caresseront encore un jour les notes de ce magnifique instrument, mais n'a eu aucune réponse.

Au salon funéraire, M. Leider a exigé la présence de ces deux femmes à ses côtés. Marie en a été touchée et Éveline n'y a vu que simple reconnaissance de sa part.

Homme seul, sans liens familiaux sur le continent américain, son ruban de souvenirs s'étend à l'infini entre les entrefilets de condoléances amicaux, contrits ou intéressés. Le peu de parenté aux obsèques de sa femme porte son souvenir dans le lointain.

Un jour, William Leider quitte son Allemagne natale en pleine ébullition. Il s'est toujours félicité de ne plus être sur le continent européen depuis quelques années, lors de l'ascension d'Hitler et de son monde chimérique. Épris de liberté et d'évasion, il découvre le monde asiatique et ses coutumes. Sur une de ces îles, un fabriquant de murs étranges attire son attention. Un clin d'oeil au destin, un lucratif contrat renouvelable en poche, il devient l'importateur exclusif de panneaux de bois préfabriqués, aux États-Unis. La fortune étend son luxueux manteau de velours à ses pieds. Il épouse une Allemande rencontrée lors d'un de ses voyages en Asie mais le couple stérile fermente sa déception devant ce mauvais coup du sort. William Leider se jette à corps perdu dans le défi étalé à ses pieds et s'en satisfait. Sa femme tombe malade, lors d'un séjour à l'étranger, suivi d'une forte fièvre persistante et insidieuse. De multiples hospitalisations ont raison de son ardeur. M. Leider doit se rendre à l'évidence: sa femme porte en elle les germes d'une maladie mortelle. Tant pis, il veillera sur elle comme la prunelle de ses yeux.

Un jeune homme inconnu agenouillé sur le prie-Dieu devant le cercueil de Mme Leider retient l'attention du nouveau veuf et le ramène au quotidien. L'homme attristé jette un regard attentif à ses deux employées et soupire de soulagement devant les réactions de l'une d'elles.

«Heureusement que ce prétendant a choisi l'autre...»,
opine sa tête silencieuse.

Réalisant le courant de ses pensées intimes, il rebrousse
aussitôt chemin et se penche sur le visage inanimé de sa bonne
Gladys.

«Elle est heureuse, enfin! Ses souffrances sont terminées», songe-t-il, soulagé. «Mais moi? Que vais-je faire sans
toi? Ta maladie me donnait une raison d'exister. Sans moi tu
n'étais plus, je le sais.» Il s'éclaircit la gorge pour se retenir de
pleurer.

Une ondée de senteurs parfumées s'abat soudain sur lui.
Il pointe ses prunelles claires vers le pied du cercueil en chêne
massif. Une haute et large colonne de fleurs tapisse un mur
entier de la pièce funéraire.

Surpris par cette découverte, il s'avance et demande au
portier leur provenance.

— Ces fleurs sont de tous vos employés, monsieur.

— Mes employés!

Un grand soulagement monte en lui. Une idée, une décision monte limpide du sol de son cerveau.

«Mes employés me sont fidèles», constate-t-il, satisfait.
«Pour eux je continuerai.»

Étrange randonnée du destin qui passe par cette muraille
parfumée née aux pieds d'une morte pour tracer la suite d'une
vie. William relève ses épaules tombantes et un soupir de
soulagement lui sort de la bouche.

«Je suis encore utile.»

Le jeune homme agenouillé attarde sa pensée un long moment sur la couronne blanche en forme de coeur, piquée de minuscules roses rouges, qui étale sa splendeur sur le couvercle du cercueil de la défunte et sème son voluptueux parfum. Il retient sa curiosité qui le pousse à lire le nom du donateur et soupçonne le mari de la défunte d'une telle générosité. À la vue du garçon, une des deux femmes se penche à l'oreille de l'autre.

— Marie! Vois-tu qui est là?

— C'est Hervé! Que vient-il faire ici?

— Devine, Marie!

— Qui lui a appris la nouvelle?

— La radio. Les journaux. Peu importe. Il pense encore à toi, Marie.

— Je vois, Éveline.

L'homme recueilli s'amène vers le trio debout qui chuchote. Les condoléances d'usage offertes, Hervé s'approche de celle qu'il aime et a toujours aimée.

— Bonjour Hervé, murmure la jeune brunette, contente de le voir. Comment as-tu appris la nouvelle?

Hervé, embrouillé par l'atmosphère lourde, garde sa réponse et s'imprègne de l'odeur connue de sa bien-aimée. Son heure de chance sonne peut-être, croit-il. Il a vu, par hasard sur le coin d'un comptoir de sa banque, le détail de cet événement et s'est précipité dans le courant d'air opportuniste.

— Marie. Tu n'as pas changé.

— Toi non plus. Que fais-tu maintenant?

— J'ai été promu gérant de crédit.

Marie sourit.

— Gérant! Félicitations.

Embarrassé, il se tourne vers le cercueil et affirme:

— Elle s'est enfin laissée aller! Riche ou pauvre, on passe tous par là, un jour.

— Hervé. Tu es méchant! Comment peux-tu parler d'une femme qui a tant souffert?

«Et ma souffrance, qu'en fais-tu? Il y a si longtemps que j'attends, que je t'attends. Tu es sans emploi, Marie. Et moi je t'en offre un, cent fois plus beau.» Il s'abstient de verbaliser ses pensées mijotées pendant si longtemps, car le moment est inapproprié. Mais il ne peut se retenir.

— Que comptes-tu faire maintenant?

Marie jette un regard sur l'homme en complet sombre aux yeux mouillés par la douleur de la séparation mortelle et se garde de décrire ses réflexions.

«Quand lui déclarera-t-il son amour?», pense-t-elle. Elle réplique à son fidèle soupirant.

— Je l'ignore, Hervé. Mais le moment est mal choisi pour parler de ces choses. Nous aurons une entrevue avec M. Leider après les funérailles et nous déciderons ensuite.

Un nuage traverse l'esprit d'Hervé et son coeur sursaute. S'il fallait qu'elle quitte Los Angeles. Mieux vaut éviter de lui donner des mauvaises idées.

— Les hôpitaux regorgent de malades, Marie. Tu trouveras autre chose.

— Je le crois, Hervé. Nous verrons.

— Je t'appellerai si tu le permets.

— Tu es toujours aussi attentionné, Hervé. Pourquoi n'es-tu pas encore marié? Éveline me dit toujours que tu serais le meilleur époux au monde.

Hervé, un brin de mélancolie au fond du regard, lui sourit.

— Elle a dit cela?

Marie plisse les yeux et continue.

— Si j'ai besoin de quoi que ce soit, Hervé, je te donne un coup de fil. Mais cela m'étonnerait.

— Tu as toujours mon numéro?

Il lui présente une nouvelle adresse avant d'entendre sa réponse et la salue tendrement.

— Tiens! Au cas où tu l'aurais égarée.

Gladys Leider est mise en terre selon les rites protestants et la vie enfourche son vélo quotidien.

* * * * *

Le lendemain, après le service funéraire, les deux jeunes filles sont convoquées chez William Leider. Un homme fatigué les reçoit. Il offre un présent aux deux femmes.

— Vous l'ouvrirez une fois arrivées chez vous. Vous comprenez, j'exécute les désirs de ma femme, c'est la moindre des choses. Vous avez été de fidèles gardiennes de sa vie et je vous en serai toujours reconnaissant.

Les deux femmes sont émues aux larmes. Éveline laisse couler le mince filet de tristesse dans son mouchoir et se mouche en retrait. Elle aimait vraiment cette grande femme à la persévérance sans bornes et au courage inébranlable. Qu'aurait-elle fait à sa place?

Après avoir fait le tour de la maison une dernière fois, sous prétexte d'oubli quelconque, Marie et Éveline le saluent, émues.

— Tenez. Voici une enveloppe contenant mon appréciation. Elle vous permettra de vous trouver un emploi facilement. Je vous laisse, je dois partir. Excusez-moi.

Les deux femmes désolées le quittent sur cette précipitation et voient dans ce geste, l'homme d'action qui replonge dans la vie. Elles se regardent et le saluent prestement. Il leur serre la main et Marie, la brunette ambitieuse, sent s'agiter son coeur, un bouquet de questions en tête.

Pourquoi la met-il à la porte aussi subitement?

À leur appartement, la queue de leur chat se dandine de plaisir en les apercevant. Ivres de curiosité, elles ouvrent chacune leur boîte.

— Oh! Comme c'est magnifique! crie Marie au faîte du bonheur. Que c'est beau! J'ai souvent rêvé de ce collier de perles. Un jour, en parlant, je lui avais demandé la provenance de ce bijou. «Il me l'a donné lors de notre dernier voyage en Asie», me dit-elle. Comme je ne cessais de le tourner et le retourner, elle continua: «Si vous l'aimez, je vous en ferai cadeau.» Je pris cette phrase pour de la politesse et oubliai cet incident. Éveline! Elle me l'a donné. Entends-tu! Donné.

Puis elle pleure. Toutes les larmes de son corps suent les émotions retenues et entraînent Éveline dans leur fleuve.

— Une tranche de notre vie se termine, Marie.

— La plus belle. Nous lui avons donné les plus belles années de nos vies. T'en rends-tu compte? À trente-deux ans, je suis devant rien. Un collier et une porte refermée subitement.

— Ne sois pas aigrie, Marie. Trente ans, c'est encore jeune.

— Tu crois! Maman me prêche le contraire dans ses lettres.

Leurs confidences et leurs réflexions coulent sur de menus gestes autour de cet écrin de velours bleu. Au fond de la boîte en carton protectrice, une enveloppe apparaît.

— Éveline. Une lettre!

Marie essuie une larme du revers de sa main et se presse. Éveline, qui a déposé la sienne sur la table en face d'elles, attend le résultat de la surprise, les bras croisés.

— Qu'est-ce que c'est?

Pendant qu'elle s'agite, elle insiste.

— Éveline. Tu n'ouvres pas ton trésor?

La jeune fille les bras croisés se tait, captivée par la découverte de son amie.

— Éveline! Des billets d'avion!... un chèque...!

Elle parcourt le document, fébrile, le coeur en émoi.

— Éveline! Je peux visiter n'importe quel endroit dans le monde, aussi longtemps que je le désire! Entends-tu?

Éveline, c'est fabuleux! Cet homme est unique. Oui, unique! Elle passe les papiers à son amie.

— Marie. Ce n'est pas lui qui t'a donné ces billets mais Mme Leider.

— Hein! Quoi?

Marie arrache les billets des mains d'Éveline et relit attentivement.

— C'est vrai! Tant pis! Peu importe que ce soit lui ou elle, c'est la même chose.

Éveline s'abstient de faire des commentaires. Le moment inspire la gratitude et la joie. Nul besoin de le détruire.

Sa joie tarie, Marie interroge son amie.

— Toi. Que fais-tu? Tu n'ouvres pas ton paquet?

Marie le lui met dans les mains. La légèreté du contenant la rend perplexe. S'il fallait que cette femme ait eu une préférence... Elle implore le ciel de leur épargner cet imbroglio.

— Ferme les yeux et fais un voeu.

Éveline s'exécute, souriante.

«Je fais le voeu de revoir ce piano.»

— Tiens. Laisse-moi faire un voeu pour toi. Je souhaite que tu continues à donner des concerts et que tu deviennes une grande pianiste.

— Lirais-tu dans mes pensées, par hasard?

— Tu es si limpide et si peu cachottière, que tout le monde te connaît comme on découvre l'histoire d'un livre ouvert.

— On ne peut en dire autant de toi.

Marie marche vers la fenêtre aux voiles roses et pose ses pensées sur l'onde bleutée du Pacifique étendue à l'infini. Le silence les enveloppe de douceur et de réflexions intimes. Une douce musique ailée gazouille à leur fenêtre.

— Ah! non!

Marie se retourne et voit Éveline avec sa boîte vide. Elle se précipite.

— Qu'est-ce que tu as eu? Dis-moi!

Comme une petite fille qui reçoit sa première poupée, Éveline éclate de joie et danse partout.

— Marie! C'est incroyable! Mme Leider a engagé un impresario qui a organisé une tournée des boîtes à Los Angeles pour moi. Je n'ose le croire. C'est trop beau pour être vrai!

Éveline s'effondre sur le divan vert forêt, incapable de retenir ses sanglots. Marie lui caresse le dos et se tait.

— J'avais osé lui parler de mes rêves un jour quand elle était encore assez bien. Je la soupçonne d'être à l'origine de cet achat du piano de concert dans le hall d'entrée.

— Je crois que c'est M. Leider, au contraire. Il aimait t'écouter longuement en cachette. Je l'ai surpris un jour lorsque je suis arrivée avant ton départ.

— Ah! oui? Je l'ignorais. Il me demandait toujours de leur consacrer quinze minutes de piano avant de partir. Je le faisais avec tant de plaisir que parfois j'empiétais sur ton temps. Je suis certaine qu'elle aimait m'entendre jouer. Je le faisais pour elle, d'ailleurs. Si je pouvais la soulager ou, tout au plus, lui faire oublier ses souffrances, ne serait-ce que quelques instants, j'en étais heureuse.

— Tu es si généreuse. Cela te perdra, Éveline!

Les deux amies s'enlacent pour se consoler.

— Nous devons le remercier, continue encore Marie.

— Comment?

— Nous le recevrons à souper, insiste son désir de le revoir.

— Je trouve que nous sommes osées. Il n'est pas de notre famille et il a été notre employeur. Pourrait-il descendre à notre niveau?

— Peu importe, c'est une idée géniale! Nous devons essayer.

— Géniale, mais où?

— Ici.

— Tu n'y songes pas!

— Éveline, la vie appartient à ceux qui foncent; c'est toi qui l'as dit!

— Pourquoi pas, Marie. Tu as raison. Je suis certaine qu'il aimerait en connaître davantage sur notre mode de vie tout à fait simple.

— Les gens riches ne côtoient pas les gens simples.

— Tu n'en sais rien. Si c'était le contraire?

Marie mijote déjà des moments propices où elle portera son héritage à son cou et mille idées se dessinent entre ses perles. De la robe aux souliers, tout y passe. Elle n'entend pas le discours d'Éveline qui concocte des plats typiques de son enfance.

— De la tarte aux pommes ou du sirop d'érable, pense Éveline à haute voix.

— Éveline, nous n'en trouvons pas ici, les palmiers «sirotent» peu.

— Nous le ferons venir de chez nous.

— Bonne idée! Maman en a une grande provision dans la cave.

— Nous lui servirons son cognac préféré, Marie.

— Lequel?

— Nous appellerons Maria Gonzales, sa cuisinière.

— Peter, le chef cuisinier, serait préférable.

— Il mangera de la soupe aux pois.

— Et du boeuf à la mode, comme chez maman.

— C'est un peu trop banal, tu ne trouves pas?

— C'est ce que je fais de mieux et ce n'est pas banal, comme tu dis. Je suis certaine qu'il n'en a jamais goûté.

— Marie, mettons-nous à l'oeuvre.

Sur une note enjouée, la mort de Mme Leider faisait naître la gaieté dans le coeur de celles qui furent ses compagnes de route, ses complices sans malices, ses confidentes muettes de ses désespoirs sans fin et de ses combats sans limites; ses témoins de ses angoisses existentielles et de ses douleurs insoutenables, ses amies dévouées et sensibles durant ces longues années de vie terrestre.

Dans le secret de son coeur, Gladys Leider savait que son mari éprouvait de grands sentiments envers l'une d'elles et elle le comprenait. Le savoir allégeait ses souffrances morales par rapport à sa condition de femme inutile et encombrante. Elle avait lu dans le regard de son homme le trouble de cette situation ambiguë, et l'inconfort de cet état stagnant pour cet homme d'action. Les tendres aveux muets pour cette adorable garde-malade, perçus un soir à la dérobée dans la vision de son homme, lui avaient pincé le coeur et avaient fait naître un désir vénéneux de quitter cette terre. Pourtant, cette nouvelle donnée lui apporta un certain soulagement. Sa tête déchiqueta l'idée d'être remplacée et son coeur se crispa de déception. La fontaine de mots butés dans son cerveau par la maladie fut incapable d'évacuer ses eaux fielleuses; sa bouche ne répondait plus aux commandes. Entre sa tête et son coeur, un combat sans merci s'engagea. Son coeur eut le dernier mot. Des phrases compréhensives pour son mari naquirent des profondeurs. «Il est un homme irréprochable. Sa fidélité à toute épreuve malgré sa déception de ne pas avoir d'enfants l'honore. Sa patience indéfectible à mon égard le grandit à mes yeux. Je dois cesser cette mesquinerie. Je suis injuste. Il sera tout à fait heureux, enfin. Cette jeune fille lui fera une bonne compagne de vie. Qui sait? Ils auront peut-être des enfants que je n'ai pu lui donner», songeait la dame alitée et couverte de douleurs. «Mon plan peaufiné depuis longtemps est prêt. De là-haut, je veillerai à ce que tout s'accomplisse.»

Leur menu élaboré, l'espoir croustillant au coeur, Marie téléphone chez l'homme riche. Une voix inconnue lui répond. La jeune fille sourcille.

— M. Leider est en voyage.

— Quand sera-t-il de retour?

— Je l'ignore, madame.

— Bien. Merci. Nous rappellerons.

Déçue, elle replace le récepteur.

— Il est parti, Éveline.

— Nous l'attendrons.

Éveline note le détail du repas sur une feuille, la dépose dans le tiroir de la table d'appoint et se dirige à la fenêtre. Dehors, il pleut des rayons de soleil à profusion.

— Marie, allons nous baigner; le Pacifique nous attend.

La plage se noircit de monde. Éveline étend sa serviette, choisit un coin discret et Marie préfère marcher en longeant le littoral.

— Ne te perds pas, surtout.

— Me suis-je déjà perdue?

— Souvent.

— Explique-toi.

— Dans tes pensées.

Marie ricane et la salue. Éveline la regarde s'éloigner et s'interroge. Son amie, taciturne depuis quelque temps, l'inquiète. «Que ressasse-t-elle? A-t-elle peur de l'avenir? Moi, je n'ai pas peur. La richesse et la gloire nous attendent. Il s'agit de savoir les saisir au bon moment.» Elle se retourne, s'étend confortablement sur le ventre, s'appuie sur ses coudes et ouvre son bouquin.

Marie folâtre et enjambe les marmots heureux. En elle, un monde en ébullition se bouscule. Ses pensées se multiplient et s'emmêlent. Elle s'embrouille au lieu d'y voir clair. «Que faire? Il est en voyage... sans m'avoir prévenue. Sans donner signe de vie. Rien. Je ne comprends pas. Attendre. Toujours attendre un signal, un signe. Comme c'est long! Suis-je sur le point de succomber à une chimère? Est-il préférable de l'oublier et de fuir chez moi? Trouverai-je un emploi? Éveline semble s'installer ici pour de bon. Que c'est compliqué la vie! Comme tout est nébuleux certains jours. Ce billet de Mme Leider, je dois y réfléchir. Où irai-je? Qu'est-ce qui me plairait le plus au monde?

Être avec toi, William Leider.»

Pendant qu'elle se traîne les orteils dans le sable tout en marchant, elle accroche un ballon d'enfant et le lui lance. Mais le jouet bifurque et frappe le dos d'un jeune homme debout, pensif. L'homme se retourne brusquement et attrape le ballon. Au loin, on entend la voix du garçon qui le réclame.

— Hervé!

— Marie! Qu'est-ce que tu fais ici? interroge-t-il en lançant l'objet de plastique.

— Nous flânons, Éveline et moi. Cela ne nous est pas coutumier. Il faudra nous y habituer.

Cette dernière phrase l'embarrasse. A-t-elle résumé sa décision inconsciente?

— Et toi? Tu es un habitué de la plage?

— Pas vraiment. J'ignore ce qui m'a poussé à le faire. Marie sourit.

— L'idée de te rencontrer, peut-être.

— Si c'est le cas, tu possèdes des pouvoirs surprenants, Hervé.

— Le hasard fait parfois bien les choses. J'en suis heureux.

— Tu es seul?

— Eh oui! Je l'étais. Maintenant je ne le suis plus.

— Tu veux marcher?

— Avec plaisir.

Le couple étire la joie de se retrouver et revient vers Éveline endormie. Marie laisse couler un filet de sable sur une de ses épaules pour la sortir de son monde. La jeune femme se gratte et ouvre les yeux.

— Eh! toi! Tu me chatouilles. Tiens, Hervé. Quelle coïncidence! Tu l'as déniché où, ce monsieur? réplique Éveline taquine en replaçant sa serviette.

— Il était juché au faîte d'un palmier et bâillait aux corneilles.

— Vous avez vu des corneilles dans le coin! Pas moi.

Éveline trouve que son bain au soleil est terminé et affirme, son regard braqué sur Hervé.

— Je ne sais pas si vous savez quelle heure il est, mais moi, j'ai faim, assure-t-elle.

En soutenant son regard vers Marie afin de bien lui transmettre son message, elle ajoute:

— Hervé, nous t'invitons à souper, nous avons un menu formidable qui nous attend.

— Pas le repas pour...

Éveline acquiesce et fixe les prunelles de sa compagne. Marie, les yeux courroucés, se retient d'émettre son opinion et les suit. Elle songe à son bijou et se demande à quel moment elle pourra le porter.

Chapitre 5

Six mois plus tard, après de mûres réflexions, William Leider rentre au bercail. La Noël approche.

Éveline continue ses leçons de piano, tout en travaillant trois jours par semaine chez un homme malade.

Marie a trouvé un emploi dans un hôpital de la ville et ses idées de retour en terre ancestrale se sont estompées. Elle a enfin pris ses billets d'avion pour un séjour à l'étranger où elle étrennera sa parure magnifique.

La nouvelle de l'arrivée de M. Leider leur parvient par la poste. Éveline a reçu une invitation à dîner dans un chic restaurant de Beverly Hills. Elle tombe des nues.

— Marie, je suis inquiète. À quoi rime cette invitation? En as-tu une idée?

«Pauvre naïve!» se dit la jeune femme, l'estomac retourné. «Tu ne comprendras jamais rien!»

— Cesse de te faire du mauvais sang. Tu verras bien. C'est peut-être au sujet de son piano, soumet-elle comme diversion.

— Ah! oui, le piano... Je l'avais presque oublié. Qu'est-ce que je vais porter?

«Ça ma fille, ne compte pas sur moi pour t'aider», songe Marie, frustrée. «S'il fallait que mes soupçons tombent pile, je ne réponds plus de moi.» Une voix persistante en elle ajoute à ses intuitions malodorantes. De dépit, à l'insu d'Éveline, Marie enfouit l'invitation dans sa poche et la déchire une fois seule.

«Des invitations de la sorte, tu t'en passeras, ma fille!»

Le soir étend lentement son voile de fraîcheur sur la ville, atténuant la morosité de sa grande amie, incompréhensible pour Éveline. Le téléphone sonne, Marie répond.

— Ah! Salut, Hervé. Qu'est-ce que tu veux?

— Holà! La petite Marie est maussade ce soir!

— Je ne suis pas petite, et je ne suis pas maussade. Bonsoir!

— Marie. Je ne te connais pas sous cet angle. Qu'est-ce qui se passe? Hervé ne mérite pas une telle grossièreté.

— J'ai envie de ne parler à personne! Entends-tu? À personne!

Le téléphone entonne sa musique criarde.

— Si c'est lui, je suis couchée.

Éveline décroche l'appareil, perplexe. Une voix noyée d'émotion se fait entendre.

— Marie Desrochers, s'il vous plaît.

— C'est pour toi.

— Ce n'est pas...

— Non, c'est un inconnu.

Marie soulève l'appareil et Éveline la voit se transformer sous ses yeux. Elle crie, hurle.

— Ce n'est pas vrai! Pas Maurice! Comment c'est arrivé?

Effondrée, elle dépose le récepteur et s'affaisse dans le fauteuil en se cachant le visage et pleure.

— Marie, raconte-moi ce qui se passe!

— C'est Maurice! Mon frère a eu un accident et... est... mort, réussit-elle à lui expliquer à travers ses sanglots.

Éveline, traversée de toute part par des frissons, s'assied sur le pouf, prend les mains de son amie, laisse se déverser l'ouragan de peine et attend affectueusement de pouvoir faire quelque chose. Le téléphone rapplique.

— Hervé, il est arrivé un malheur. Marie vient de perdre son frère. Maurice s'est fait tuer.

La voix masculine résonne, nerveuse.

— Tu es bon, Hervé. Je t'ouvre la porte.

Marie et Hervé prennent l'avion pour Québec. La grande Marie, devenue toute petite dans la douleur, se laisse guider par ce charmant bonhomme compatissant et plein d'amour. Au fond de lui, il rend grâce à cet événement bénéfique qui lui ouvre certaines portes du coeur de sa bien-aimée. Éveline, le mouchoir de coton en main, les salue, recueillie. Le chagrin de son amie lui remue les entrailles.

De retour dans son appartement, un mélange de sentiments contradictoires se côtoient. La tristesse de ce malheureux événement s'emmêle à la curiosité provoquée par les deux pages de la missive sur la table qui l'attire. Elle tourne et retourne les papiers épars: aucune trace de cette enveloppe parfumée. Parfumée? Elle ne s'en souvient plus. Exténuée, devant le vivoir sens dessus dessous, Éveline se laisse choir dans un fauteuil et songe.

«Comment ai-je pu perdre cette lettre? C'est un mystère. Que faire? Attendre. Si c'est sérieux, il reviendra.»

—*Tu manques de politesse*, assure un couloir de sa pensée.

«Je verrai demain.»

Le lendemain, une autre missive lui est livrée par le chauffeur de M. Leider. Elle ouvre l'enveloppe fébrilement pendant que l'homme attend.

— Dites à M. Leider que j'accepte. Je serai prête à sept heures.

Éveline surveille l'homme de la fenêtre et reste pensive. Des mots se bousculent aux portes de son esprit et meurent dans un murmure sur ses lèvres.

«Son chauffeur passera me prendre ici. C'est inimaginable! M. Leider est tombé sur la tête ou il s'ennuie. À moins qu'il soit malade... L'idée de le voir souffrant la rembrunit. Ce serait dommage. Très dommage.»

Pourtant, les germes d'une joie souterraine percent la carapace de ses idées aussitôt envolées. L'esquisse d'un sourire émerge sur son visage et disparaît. L'envie soudaine de valser l'envahit. Des airs romantiques naissent dans son ciboulot, elle les fredonne comme une adolescente à son premier rendez-vous amoureux. Elle tourne et tourne à la recherche du sens de ses gestes et plonge dans la grisaille ambiante momentanée.

«Il veut passer Noël avec quelqu'un... Et ce serait moi!

Éveline! Cesse de te concocter des montagnes de mystères, de t'interroger sans succès, songe plutôt à demain.»

* * * * *

Tel que promis, la voiture est stationnée devant son appartement et attend. Derrière le voile soulevé de sa fenêtre, le coeur d'Éveline fait un tour. Elle le caresse de sa main droite. Que lui arrive-t-il? La journée entière s'est égrenée sous le souffle de cette sortie surprise. Elle a opté pour une robe simple en mousseline rose piquée de minuscules papillons noirs, dans laquelle elle se sent bien. Inutile de s'inventer un personnage quand il l'a connue sous un angle si naturel.

Le conducteur la scrute à la dérobée, un coin rieur de ses pensées piqué aux commissures de ses lèvres.

«Le patron a du goût... et de la chance!

Et de l'argent», rajoute son flair.

Il stationne la voiture en bordure du trottoir, ouvre la portière et regarde descendre la jeune femme fraîche, toute de beauté vêtue. Le chasseur courtois du restaurant la reçoit, tout empressé. Tout à coup, Éveline se sent propulsée dans le grand monde. Bercée par la griserie du moment, elle distribue ses sourires.

— Madame, suivez-moi.

Une atmosphère tapissée de murmures continus accompagne ses pas incertains vite rassurés par le regard pénétrant de son patron qui la suit des yeux. L'homme se lève, nerveux, et lui baise la main.

— Je suis heureux de vous revoir.

Éveline sent se promener son coeur dans sa poitrine et pendre ses paupières sur le poli de ses souliers. Flattée, elle le rassure.

— Monsieur Leider, je suis contente de vous savoir en forme. J'avoue que j'ai eu peur.

— Peur?

— L'idée m'est venue que vous pouviez être malade.

— Malade...

Oui. Malade de toi!

— Puis je me suis dit: «Les malades ne nous invitent pas au restaurant.» Ensuite j'ai pensé: «Il s'ennuie.»

Mortellement de toi.

— Vous comprenez. Vivre tout seul, ce n'est pas très intéressant.

Tu mises juste!

L'homme accroché aux perles lumineuses du visage de son invitée savoure les minutes de silence qu'il crée.

— En effet, ma vie est bien changée depuis six mois. Depuis dix ans, à vrai dire. Le bonheur, j'y ai goûté pendant si peu de temps.

Éveline lisse sa serviette de toile brodée sur ses genoux, intimidée. Jamais il ne s'est conduit de la sorte. Elle ne sait plus comment agir.

Comme il est beau! L'examiner de si près, la gêne. Elle s'est évertuée à lui répondre poliment et à ne pas faire allusion à ses occupations auprès de Mme Leider. Les quelques touches de fils gris parsemés sur ses tempes amplifient son charme.

L'envie de lui frôler la joue de sa main se fait pressante, elle s'en abstient.

— Vous allez bien? Les affaires sont bonnes?

Le serveur leur présente le délicieux champagne et sourit au clin d'oeil de son hôte. Une grande surprise attend Éveline.

— Les affaires tournent rondement. Quant à moi... Et toi, insiste-t-il en français pour signifier la nuance.

Chin! chin! tintent les verres effervescents entre eux.

La musique enrobe l'arôme du vin et leur tête-à-tête.

Éveline sursaute. Une constatation lui saute aux yeux, il la tutoie. Un mélange d'inconfort et de bonheur s'enlise en elle et tue les mots. Ses joues se colorent et la rendent encore plus désirable.

— Tu permets que je te tutoie?

— Bien sûr!

— Alors je veux le même traitement de ta part.

Éveline avale une gorgée de son apéritif.

— J'en suis incapable, Monsieur Leider. C'est trop me demander.

— Je m'appelle William. Répète.

— William.

— Tu vois! Avec de la détermination, on arrive à toutes nos fins.

— Quelles fins?

L'homme rit, amusé. Éveline écoute cette douce musique jamais entendue et s'émeut. Être la source de cette joie la ravit.

— J'ai faim, en effet.

Le serveur dépose un met succulent. La tête d'un oiseau rare trône dans son assiette, Éveline s'exclame.

— Oh! Quelle présentation. Qu'est-ce que c'est?

— De l'ibis, Éveline.

De l'ibiiiis?

La jeune fille tombe des nues, mais ne lui démontre pas. Ravie, elle s'anime et l'amuse. Son air cabotin lui a toujours plu.

Le copieux repas s'éternise au-delà des espérances et des craintes de l'homme riche. Il amène sa bien-aimée le long d'une avenue de Pablos Verdes, un grand plateau élevé non loin de Los Angeles, un promontoire d'où naissent quelques demeures féeriques, et ils s'asseyent sur un banc pour admirer ce paysage enchanteur de décembre.

Il s'est tant ouvert, elle l'a tant découvert dans ce tête-à-tête qu'elle se surprend à l'interpeller par «William» et se laisse entourer les épaules par ses mains chaudes et timides. Elle a l'impression de le connaître depuis si longtemps, sans y avoir porté attention. Lui attend depuis toujours ce moment fabuleux et inespéré, et il en est noyé de joie. Il l'a si souvent admirée en silence, taisant les échos désespérés de son coeur. Mais une voix lui dit de ne pas précipiter les choses.

— Éveline, si tu veux, je t'invite au concert demain soir. En attendant d'assister au tien.

Éveline tressaille. Elle a espéré aller à ce concert, mais elle avait rejeté l'idée, faute de sous.

— Au concert! Au concert... J'accepte.

Ibis. Éveline traîne ce mot inconnu sur son oreiller et se promet d'en élucider la provenance à son réveil. Elle ignore qu'il deviendra son oiseau fétiche. Grâce à lui, Éveline s'initiera à l'ornithologie et parcourra le monde pour le découvrir et l'étudier.

La tête remplie de rêves fabuleux, la jeune fille s'endort profondément en répétant à satiété «William» le plus beau prénom du monde, son oreiller entre ses bras.

D'un premier concert à un autre, de fil en aiguille, ils se voient tous les jours, lui multipliant les prouesses pour être en sa compagnie, détruisant toutes les barrières érigées sur son passage; elle, comblée, se laissant emporter par l'euphorie, sans se demander si elle en souffrira un jour.

* * * * *

Tout bonheur cache des cailloux dans l'ombrage de ses feuilles. Les leurs se nomment Marie. Car Marie est de retour au travail. Son billet d'avion reçu en héritage a servi à enterrer son frère. Elle bouille. Sous le couvercle de sa marmite, la dynamite fermente. La jeune garde-malade aigrie s'enferme à double tour dans un mutisme inconnu d'Éveline où personne n'a accès. Éveline tente d'ouvrir la coquille de son amie malheureuse.

— Marie! Ce n'est pas de ma faute s'il m'a invitée au restaurant. Je n'y suis pour rien.

— Tu mens! Tu as comploté dans mon dos quand nous étions à son emploi.

— Marie! Tu divagues. Je suis incapable de faire des plans. Tu me l'as toujours affirmé.

— Je n'étais pas avec toi chez les Leider. Tout est possible.

— Comment puis-je te convaincre?

— Tout est clair, au contraire. J'ai tout compris. Mais je n'ai pas dit mon dernier mot!

Marie lance à tout vent ses flèches verbales empoisonnées et Éveline se sent perdue devant cette méchanceté gratuite et non méritée.

— La semaine prochaine, je déménage!

Désolée, Éveline se sent impuissante à endiguer la fureur des éléments. Perdre sa si grande amie lui est très pénible. Marie dit n'importe quoi sous le coup de la colère ou de la frustration.

— Marie. C'est inconcevable que nous nous quittions sur un tel malentendu. Allons, ce n'est pas sérieux.

— Éveline. Peux-tu m'affirmer que rien de sérieux ne se passe entre vous?

Éveline se recueille. Elle n'a jamais songé à cette éventualité. Elle désennuie William, un point c'est tout.

— Puisque je m'évertue à te le répéter.

Marie baisse pavillon un moment et poursuit.

— En tout cas, ma décision est prise, j'ai loué un appartement près de mon travail.

Éveline tombe des nues. Le silence lourd né du départ orageux de Marie la remplit de tristesse. «Que faire? Quitter

William? Ce serait injuste. Marie me fait du chantage. Éhonté! Je suis incapable de l'accepter.»

Entre ces deux amitiés irréconciliables Éveline doit trancher. Des jours douloureux et des nuits sans sommeil meublent son quotidien. Une lueur perce cette période brumeuse. Elle choisit de revoir William.

L'homme, à cent lieues de se douter du vrai visage de son ancienne employée, s'informe de Marie. Éveline, évasive, le renseigne en mots anodins et conduit la conversation sur un autre sujet.

Marie gruge sa rancoeur au bras d'Hervé. Elle apprend à le découvrir davantage. Le brave Hervé se dévoile être un homme sensible, patient et drôle à ses heures. Marie apprivoise ses humeurs et les transforme. Hervé la trouve plus aimable et sereine. Serait-ce l'amour? Il s'accroche à cet espoir.

* * * * *

Noël sonne aux portes. La magie de cette fête envahit la planète et enveloppe les coeurs de douces nostalgies et de tendres souhaits. Chacun tisse au fond de son âme des pensées secrètes et des désirs inavoués souvent irréalistes. L'un espère plus d'argent, l'autre un meilleur emploi, un autre la santé, la gloire, la richesse; tout y passe.

Ce jeudi soir, veille du grand jour, Hervé rend visite à Marie. Sous ses pas naissent mille souvenirs d'enfance remplis de neige et de grelots, absents à Los Angeles. C'est décidé, il donne un grand coup. Sa cravate replacée, il sonne. Des bruits de pas l'accueillent.

— Hervé! Noël, c'est demain.

— Tu ne m'invites pas à entrer?

— Mais oui, voyons. Assieds-toi, je reviens.

Pendant qu'elle lui fait la conversation à travers le corridor, il est soudain pris de frayeur devant la démarche qu'il s'apprête à faire. Il tousse pour se détendre. Sa douce amie apparaît.

— Tu as un vilain rhume. Tu as attrapé froid. Veux-tu du sirop? Je suis garde-malade. Ne l'oublie pas.

Hervé sourit et s'approche. L'odeur de son parfum lui plaît. Tendrement, il la tient dans ses bras et se tait.

— Tu es étrange ce soir, Hervé.

— Étrange et amoureux de toi.

Il la presse sur son coeur et Marie le sent battre à en perdre haleine. Il l'éloigne du bout de ses bras et plonge dans les pensées de la jeune femme. Sa hardiesse augmente à mesure qu'il progresse.

— Je t'aime Marie. Comme un fou! Je n'ai aimé que toi. Veux-tu être ma femme?

Marie, étourdie par l'intensité du moment, lui sourit, caresse sa joue, nage dans son regard. Le silence tue le courage d'Hervé. L'attente lui est insupportable. Elle sourit.

— Je le veux, Hervé.

Ébloui par la musique céleste de ces mots, Hervé goûte le miel de ses lèvres pulpeuses et se noie de bonheur.

Soudain, Marie jette un regard à l'horloge sur la commode.

— Hervé je me sauve, je serai en retard au boulot.

— Tu travailles ce soir!

— Eh! oui.

Il la serre contre lui et elle s'abandonne à cette douce étreinte.

— J'ai échangé ce soir pour demain, je voulais passer Noël avec toi.

— J'y compte bien, Marie.

Hervé la quitte, léger, les mains en poches et heureux. Souriante, Marie songe à ce qui leur arrive. Elle s'est souvent demandé comment on se sent dans un moment pareil. Longtemps elle a rêvé à son ancien patron, inventant des scénarios et des réunions intimes autour de cet événement. Elle évalue le contraste des deux circonstances et rit aux éclats. La simplicité et la candeur d'Hervé lui ont remué les entrailles. La vraie vie, c'était cela. Elle ne s'était pas trompée.

Devant la porte de l'hôpital qui grossissait à vue d'oeil, elle songe à Éveline et se dit qu'elle avait fait le bon choix. Le bruit de ses pas sur le palier l'empêche d'entendre l'amoncellement de regrets inexprimés qui lui restait au fond du coeur. Saura-t-elle vraiment oublier ce rêve et tourner la page? Aime-t-elle vraiment Hervé? Lui a-t-elle dit oui par dépit? Tant de questions s'enfouiront en elle. Surgiront-elles un jour? Seul l'avenir en porte le secret.

* * * * *

73

Nous sommes à cinq jours de Noël. Chez William Leider, la demeure perce la nuit par toutes ses fenêtres. Jamais la maison n'a vu tant de luminosité. M. Leider a ordonné une foule de choses à faire, ou à ne pas faire, à ses employés. Un immense sapin de Noël trône sur le piano et brille de ses multiples chandelles. Les fenêtres sont coiffées d'une banderole rouge et verte, le poinsettia brille de mille feux par sa présence. La demeure fastueuse fraîchement repeinte affiche ses multiples nuances au goût d'Éveline. La porte revêt ses plus beaux atours. L'immense salle à dîner, ornée de ses imposants tableaux de peintres illustres qui se font des clins d'oeil, les uns les autres, et qui se taquinent sous la lumière tamisée, renferme une longue table garnie de boucles vertes et rouges, dressée pour les grandes occasions. La cuisine suffoque sous les allées et venues nerveuses du chef qui s'époumone au sous-sol. Il vérifie si l'ascenseur minuscule creusé au coin droit de la pièce fonctionne. Les plats doivent être montés chauds par cet étrange escalier à corde et prestement servis au premier plancher par le personnel dévoué.

M. Leider donne un festin. L'immense domaine enrobé de frénésie oubliée illumine la rue tout entière. Le maître des lieux renaît à la vie. Le monde des affaires festoie. Éveline, un peu nerveuse, franchit le seuil de ce palace moderne, drapée d'une magnifique robe de velours rouge laissant découvrir ses belles épaules satinées, les jambes flageolantes et les gestes timides. L'ampleur de la fête la dépasse. William la rassure.

— Ne t'en fais pas. Je m'occupe de tout. Ta seule présence me suffit.

Soulagée et surprise, elle navigue dans les pièces connues, hume l'odeur de sapin qui a envahi la demeure et boit du regard les exploits inventés pour elle. Il la suit derrière et se gave de joie.

— William! Où as-tu trouvé ces sapins? Ils n'existent pas en Californie. Et cette odeur... On dirait un ragoût de pattes de cochons.

Il savoure le plaisir à gorge déployée.

— Tu n'as pas...

Elle court au sous-sol où se trouvent les cuisines et fouine dans les chaudrons.

— C'est du ragoût canadien, lui affirme le cuisinier dans un français châtié.

Elle sent partout, ouvre les couvercles, le four...

— Du ragoût de pattes! Et des pâtés à la viande... Et de la dinde...

Au pas de course, elle arrive au premier étage et se tient droite devant William qui attend, heureux, les deux mains sur les hanches.

— William! Comment as-tu réussi ce tour de force? J'ai cru être dans la cuisine de maman.

— Ce soir, je veux que tu sois la plus heureuse. Tout fut très facile, crois-moi.

Il lui caresse tendrement les bras et dépose un baiser sur son nez. Éveline, estomaquée, se sent perdue dans ce jardin de senteurs surgi du passé. La joie lui teinte le visage, humecte ses yeux et les illumine.

— Tu te souviendras toujours de ce soir.

Elle ferme les yeux et murmure.

— Merci William. Tu es l'homme le plus merveilleux que j'ai connu.

La sonnette de la porte interrompt ce doux tête-à-tête. Les invités de William les saluent et offrent leurs bons voeux. Éveline remarque que la majorité parlent le français. Touchée, elle le murmure à William.

— Tu as expressément invité des gens parlant ma langue?

— Tu oublies que Los Angeles est la seconde ville française en Amérique après Montréal.

La porte s'ouvre à nouveau. Éveline, figée, cligne des yeux. Marlène Dietrich est devant elle. La célèbre chanteuse de: *La vie en rose* et *Lily Marlène* s'avance lentement et salue William ému: Louis Jourdain, un autre monument, l'accompagne. Un jeune acteur prénommé Glenn Ford fait la cour à Éveline radieuse. Comblée, la jeune femme flotte sur un nuage.

«Si maman pouvait être ici», songe-t-elle, nostalgique.

À la table près d'Éveline, une chaise reste vide. Soudain la belle garde-malade voit apparaître sa mère vêtue de noir et de rouge et dans une forme magnifique. Éveline court vers elle.

— Maman! Tu es ici!

Éveline, abasourdie, touche sa mère et la serre longuement sous les applaudissements des invités. Elle jubile. Elle essuie une larme furtive croissant à une commissure de son oeil et sourit.

— Maman, que je suis contente!

— C'est grâce à ce monsieur si je suis là, ma fille. Il est spécial, tu sais. Il t'aime beaucoup. Le savais-tu?

Éveline sursaute et s'interroge. Mais la joie du moment prend des allures de tornade. Elle court vers William et l'embrasse sur la joue devant tout le monde. Puis, surprise de son geste, elle recule et rougit. Tout le monde rigole. Sa simplicité captive la maisonnée. Sa mère occupe la place auprès d'elle et les deux femmes agitent leur langue à souhait. Éveline se tourne vers son ami.

— Vilain cachottier! Je vois maintenant comment tu as préparé ce délicieux repas.

— Tu es heureuse! C'est tout ce qui compte.

— Je suis ravie. C'est au-delà de mes rêves.

Le repas terminé, Éveline s'installe au piano. Elle entonne des airs de Noël puis, *La vie en rose*. Marlène, maintenant très vieille, cède à l'appel de la musique, à celle de William, son compatriote, et s'approche. Le silence se fait et chacun se trouve un fauteuil. L'heure exquise s'amorce. Généreuse, Marlène, de sa voix assagie, comble son hôte et Éveline fait trembler les notes. La découverte de cette pianiste inconnue les ravit. Au lever du jour, les invités repartis, la demeure ferme les yeux, lasse d'une fatigue bénéfique.

— Ma chérie, tu as été magnifique!

Éveline tressaille. Il l'a appelée *ma chérie*. De retour chez elle, seule dans son lit, elle revit ce moment chatoyant et l'affirmation de sa mère monte du souvenir. Il m'aimerait vraiment? C'est impensable. Je suis une simple garde-malade après tout. Mieux vaut dormir sur mes deux oreilles et ne pas me conter d'histoires.

— Bonne nuit, ma grande! lance sa mère noyée de bonheur, à sa fille choyée par la vie, avant d'aller dormir.

«Tu es née pour la gloire, Éveline! La sage-femme me l'a prédit le jour de ta naissance», entonne le souvenir de cette femme peu bavarde et si peu gâtée qu'elle a du mal à le croire.

Le lendemain, la blonde Éveline laisse s'envoler une parcelle d'elle-même sur des ailes d'avion: Amandine, sa mère revient au bercail à temps pour le réveillon de Noël, Jos et les enfants l'attendent.

* * * * *

Les décorations rutilantes frissonnent sous les toits et le monde vibre aux accents de *Silent Night*. Marie et Hervé se dorlotent à qui mieux mieux et partout. Puis, la vie reprend son cours. Les saisons naissent et meurent lentement. Des odeurs de mariage parfument l'atmosphère. Ils brodent des espoirs et tissent des plans.

Hervé revient un soir de mars, une nouvelle enivrante en bouche.

— Marie! Je suis nommé gérant général de la banque.

— Est-ce vrai?

— Sans le moindre doute. Le directeur est venu à la banque spécialement pour moi. Il m'a fait venir dans un bureau et m'a dit: «M. Hervé Prudhomme, votre excellent dossier mérite récompense. Vous êtes un employé modèle et digne de confiance. Je vous nomme gérant général de la succursale de Santa Monica.»

Marie fronce les sourcils.

— Santa Monica? Ouais...

— Tu n'es pas contente?

— C'est très beau et je t'en félicite, mais ce sera loin de mon travail.

Hervé la serre dans ses bras et la rassure.

— Chérie. Tu n'auras plus à travailler car mon salaire est presque doublé.

— Je veux travailler! Je ne vais pas me ronger les ongles à t'attendre jusqu'au soir et ne savoir que faire.

— Lorsque nous serons mariés, tout changera. Dès aujourd'hui nous devons trouver un bel appartement.

— Ou une maison...

— Une maison si nous en dénichons une.

L'enthousiasme contagieux de son Hervé la rassure. Elle rêve, sans retenue et au grand jour. L'aigreur de son coeur semble s'éteindre. Sera-t-elle heureuse comme... Éveline? Nulle réponse ne se pointe le bout du nez à ce sujet.

Santa Monica s'avère un endroit splendide pour la jeune femme, Hervé en soupire de soulagement. Ils dénichent un coquet domicile, mais le prix exorbitant les contraint à y renoncer. Un mois plus tard, sans la moindre explication, le vendeur les rejoint et leur fait une offre inusitée. La maison est à moitié prix. Estomaqués, ils sautent sur l'occasion rêvée et s'installent, sans se poser de questions sur ce revirement de situation. Un vent de liesse souffle sur leur vie. Le mariage a lieu en juillet et tout le monde offre des bouquets de bons souhaits sur la durabilité de leur bonheur.

Une ligne du compte en banque de William Leider a payé le rabais consenti à l'achat de la maison des Prudhomme, il avait téléphoné aux agents d'immeuble de la ville et découvert leur choix.

La vie continue.

* * * * *

Du fond du Tennessee, des airs nouveaux envahissent la vie américaine qui s'enflamme au contact des mélodies endiablées d'un nouveau chanteur. Un certain Elvis Presley pénètre dans chaque demeure par les ondes radiophoniques et réchauffe les sens. Surnommé *Le King,* il se déhanche sur scène et crée des poses sensuelles jamais permises, au grand dam des prêtres catholiques qui le vouent aux flammes de l'enfer. Certains vont jusqu'à prédire la condamnation de ceux et celles qui le suivent. Insolentes, des foules de jeunes filles vibrent à la source jaillissante de cette énergie nouvelle et inconnue qui les électrise. Elles se sentent transportées, malgré elles, dans ce tourbillon effréné, faisant virevolter leur crinoline à l'horizontale pour le plus grand plaisir des regards masculins à l'affût de l'éveil de leurs sens. «Le diable s'est incarné sur terre», crient les uns. «Le monde court à sa perte», ajoutent les autres. L'Amérique subit un tremblement de terre vocal sans précédent. Marie et Éveline n'y échappent pas, malgré leur âge.

Éveline, elle, se lève le lendemain de Noël des idées roses accrochées tout le tour de la tête. Seule dans son lit, elle admire la bague à son annulaire gauche et ne cesse de se parler.

«C'est vrai! Je ne rêve pas! Je suis fiancée à William Leider, l'être le plus extraordinaire qui soit. Il frise la soixantaine, mais peu importe. Un jour, je serai Mme Leider gros comme le bras!»

La jeune femme s'amuse à tourner autour de son doigt le rutilant bijou qui scintille sous les rayons de soleil, un brin septique.

«Je ne sais pas si c'est un vrai! Quelle grosseur! Je dois savoir.»

Trois jours plus tard, elle se lève et se rend chez un bijoutier.

— Vous sauriez évaluer ce bijou?

L'homme se penche vers elle et sort ses yeux dessous ses lunettes, palpe la main fine d'Éveline et examine la bague sous tous ses angles, son regard faisant la navette entre la jeune fille et la bague.

— Mademoiselle, vous avez là tout un caillou!

— Un caillou?

— Une vraie belle bague.

— C'est un diamant?

L'homme laisse éclater son rire gras.

81

— Vous doutez! Mademoiselle, vous avez une fortune dans vos mains. À votre place, je ne me promènerais pas seule le soir.

— Oh! Ah!

Éveline se cache la bouche d'étonnement et de ravissement. Timide, elle quitte la pièce regorgeante de plaisirs insinués ou sous-entendus créés par le bijoutier au regard malicieux, étourdie par la révélation de ce monsieur. L'homme, soudainement assombri, la suit longtemps et la voit fuir son champ de vision en hochant la tête.

— Ah! Ces riches! Ils sont si inconscients!

Éveline rentre chez elle heureuse. Elle décide de souper chez William. Le remercier à nouveau est primordial.

— *Darling*, si tu le veux, toi et moi... à l'été...

Éveline nage en pleines vagues déferlantes de bonheur. Elle se jette à son cou et l'effusion se veut infinie. Puis, d'un coup, il lui entoure les épaules, ouvre la porte de son regard et parle à son coeur. Le sérieux de ses prunelles claires la fait frissonner.

— Éveline, tu dois réaliser que nous ne pourrons avoir d'enfant.

— Je ne désespère pas. La nature a souvent trompé les prédictions médicales.

— Je vois que tu y as songé. Je suis content. Cela m'inquiétait.

— Nous essayerons, puis si nous ne pouvons pas en avoir, nous en adopterons.

Comblé, il l'enfouit au creux de ses bras et la serre comme on tient un ourson en peluche affectionné, sa main droite caressant sa longue chevelure dorée. Étourdie de bonheur, Éveline écoute le coeur de son amour tambouriner. Cette musique l'amuse. Le sien n'en finit plus de se trémousser. La jeune femme ferme les yeux, engrange des souvenirs éternels inoubliables. Son être, au paroxysme de sa sensibilité, écoute le bruissement du feuillage, l'aboiement d'un chien, le chant d'un oiseau, les voix environnantes, le cri d'un enfant, celui d'une mère; tant de choses ignorées par le train-train de sa vie. Calme, elle lève son visage vers William et lui offre ses lèvres.

— Oui, nous essayerons, ma chérie. De toutes nos forces, de toute notre âme.

— Je n'ai pas peur, William. Avec toi, tout sera merveilleux.

Attendri, l'homme lui sourit et dépose un doux baiser sur son front.

Le jardin, témoin discret de ce grand amour, sombre sous la pénombre.

— Entrons, veux-tu?

* * * * *

Dans une autre demeure, une jeune femme brune interroge les journaux quotidiens. Une nouvelle la fait sursauter.

— Hervé! Regarde dans le journal, qui se marie!

Rempli de curiosité, le jeune époux s'approche et lit à haute voix.

M. William Leider a uni sa destinée à Mlle Éveline Paradis, samedi dernier, en l'église Blessed-Mary de Beverly Hills.

— Tu l'as eu, hein Éveline! crie le dépit de Marie qui lance le papier loin par terre.

Hervé l'examine intensément et s'interroge.

— Marie. Que signifie cette méchanceté?

— Rien du tout. Je dis simplement qu'elle a pu garder son piano.

— Il lui appartenait?

Marie secoue le tumulte agressif de son âme par des gestes nerveux et le remplit d'un silence distrait, tout en époussetant les meubles.

— Hervé, il faudrait réparer cette fenêtre, le loquet est défectueux.

Son homme ravale ses interrogations, les refoule loin dans ses neurones et s'installe à la barre des insatisfactions de sa femme... en nombre grandissant chaque jour.

«Heureusement qu'elle est enceinte», se dit-il soulagé. «Elle cessera de travailler et élèvera nos marmots.»

Chapitre 6

Éveline est maintenant la femme de William depuis deux ans. Outre ses doigts talentueux sur son piano, une ombre se glisse lentement entre eux et perturbe la limpidité de leur bonheur. La maternité lui fait faux bond. Un soir, lasse de cette ambiguïté malsaine, elle se confie.

— William, je n'en peux plus. Tu es songeur et j'en connais la raison.

— Ah! oui? Tu te trompes. Je suis parfaitement heureux près de toi.

— La tristesse de tes yeux m'affirme le contraire.

Il encercle son cou et l'attire sur son épaule pour fuir l'inquisition de son regard. William referme la missive de son cousin d'Europe remplie de mauvaises nouvelles de ce continent.

— Je suis triste, moi?

— Parfaitement. Tu es déçu.

William feint encore l'ignorance.

— Je suis déçu, moi?

— Tu aimerais avoir des enfants et cela nous semble impossible. Tu t'interroges sur cette situation puisque tu n'as pu en avoir de ta première femme et le même manège se répète.

William plonge dans les paroles intuitives de sa femme

et laisse courir sa mélancolie. Le couple ouvre enfin la porte à une véritable intimité.

— Tu sais que mon âge s'envole. Soixante-deux ans, c'est vieux pour être père. Et toi tu en as seulement trente-trois.

— William, l'âge n'a aucune importance. Si tu veux, nous adopterons un enfant.

Le brave homme, attendri, reporte ses prunelles sur l'enveloppe dans ses mains et songe. Un espoir secret surgi de ces lignes annonce des beaux jours.

— Tu examines cette lettre depuis une heure. Que contient-elle de si important?

— Tiens. Lis-la!

Éveline sort les feuilles blanches, noircies de mots inconnus.

— Je ne connais pas l'allemand.

William traduit les lignes pour sa femme. À mesure que se dévoile le texte, son visage aux traits frais et burinés s'obscurcit.

— Je vois. Ton amie d'enfance est morte en donnant naissance à un garçon et c'est ton cousin qui le garde.

— Comment veux-tu qu'un célibataire puisse élever un enfant convenablement. Je sais qu'il tire le diable par la queue et qu'il boit.

— Il l'a accepté malgré tout!

— C'est un coeur tendre. Il a aidé cette femme pendant des années après qu'elle eût perdu son mari à la guerre. Ils demeuraient dans le même village sur le bord du Rhin et se voisinaient souvent. Je pense qu'il l'aimait en secret.

Éveline réfléchit.

— Qui sait?

«Cet enfant est peut-être le sien», songe Éveline pendue aux lèvres de son mari. La jeune femme amoureuse prend le bras de son mari et le caresse. Elle frissonne, il est froid.

— William. Si on adoptait cet enfant?

D'étonnement en surprise, le mari replace son corps, un sourire mélancolique sur son faciès; il interroge sa femme.

— Es-tu sérieuse? Je n'y ai pas songé.

— Pourquoi pas? Cet enfant est d'origine allemande comme toi et nous désirons désespérément un bébé. Vite, ne perdons pas de temps. Lève-toi.

— Tu prends cette importante décision avec une telle légèreté...

— Au contraire, j'y songe depuis longtemps. Prenons l'avion, dès aujourd'hui.

— Préparons-lui d'abord une chambre.

— Bon. Si tu veux.

De fil en aiguille, les formulaires d'adoption remplis, une foule de tests passés, le nid douillet du poupon organisé, le couple, après avoir écrit au cousin de Bavière, s'envole le coeur léger comme des nouveaux mariés. Hans, la chemise blanche mal ajustée, la cravate empruntée, les reçoit à contre-coeur. Éveline sent son instinct décrire la vérité. L'homme tient à garder le bébé. Le couple Leider examine l'humble chaumière miteuse et lézardée, au toit troué, à la devanture usée, et se dit que cet enfant doit quitter cette horrible maison. Un avenir meilleur l'attend.

L'enfant, langé de modestes hardes aux couleurs pâlies, entouré des vieux bras d'une femme rondelette au visage creux raviné par la misère, semble écouter la voix connue sortie d'une bouche édentée. La vieille femme leur sourit, s'excuse et attend, docile, que se termine la visite impromptue.

William analyse la situation et se demande qui est cette femme. Probablement une autre aimable voisine.

— Vous semblez fatiguée, madame.

La vieille ouvre grand ses écluses verbales. Le cousin, désolé de la voir si expressive à propos de leur pauvreté, lui tord les boyaux de son regard, sans succès. Silencieux, il subit, impuissant, l'assaut humiliant de cette mère arrivée un jour chez lui, cet enfant dans les bras et une lettre de cette jeune femme en poche.

— Monsieur, je suis contente de vous voir. Vous me semblez un homme sensible aux misères du monde. La misère, voyez-vous, nous en mangeons tous les jours de notre damnée vie! Puis, nous avons hérité de cet enfant.

Éveline s'approche et cajole le bébé de mots veloutés.

— Un si beau bébé. Hein William!

— Oui, c'est un bel enfant. Il est blond comme mon père.

— Et beau comme sa mère! souligne le cousin ému.

— Hans, si tu le veux vraiment, tes misères se terminent aujourd'hui.

Le cousin, gêné dans son accoutrement, plisse les sourcils.

— Explique-toi.

William Leider jette un regard sur la vieille femme et attend que son cousin comprenne, sans avoir à blesser personne.

— Benedicte, va coucher l'enfant et donne-lui à boire.

Heureux, William engage les discussions.

— Hans, je sais que tu es un brave homme au coeur d'or. Je sais également que tu approuves le bon sens. Ta lettre le prouve et mes souvenirs me le confirment. Je te propose de donner une nouvelle vie à ce beau petit garçon.

Hans se soulève de sa chaise et replace son coussin aplati aux couleurs délavées.

— Qu'est-ce que tu veux dire?

— Que nous aimerions adopter cet enfant, renchérit Éveline venue au secours de son mari.

Hans se racle la gorge et avale.

— Tu veux...

— Oui, Hans.

— Jamais!

— Voyons Hans. Réfléchit.

— C'est tout réfléchi.

— Donne-moi une bonne raison pour justifier ton geste.

— J'ai fait une promesse à Maggy sur son lit de mort.

— Tu n'as rien promis, Hans, rétorque la vieille dame apparue dans la salle sombre en s'essuyant les mains sur le coin de son tablier. Je t'ai apporté ce bébé après avoir fermé les yeux de sa mère et lui avoir assuré que j'en prendrais soin. Avant de mourir, elle a prononcé ton nom et je suis venu te voir. Voilà la vérité. Si cet enfant peut avoir un avenir meilleur, nous sommes prêts à le vendre s'il le faut.

Hans agrandit les deux trous de son visage au point de les perdre dans ses longs cheveux traînant sur ses joues. La vérité pleine de laideurs lui donne le hoquet. Il cache son humiliation entre ses deux jambes et attend, honteux.

— Tais-toi! Vieille picouille, lance Hans humilié. Tu parles toujours sans réfléchir.

— Le vendre! crie Éveline abasourdie.

— Je sais que vous ne voulez pas le vendre. Je saisis ce que vous voulez dire, madame. Je serais aussi fatigué que vous, à votre place, soumet William.

— Je ne me séparerai jamais de cet enfant, crie Hans debout qui gesticule.

William surveille l'enfant qui dort.

— Chut! Vous allez réveiller le bébé!

William renoue le fil de la conversation dérapée vers une pente abrupte.

— Éveline dit vrai. Parlons sensément. Hans, mon cousin préféré, j'ai une idée.

* * * * *

Ce matin, Hans et Mme Hertz – la femme de sa vie – se bercent tranquillement sur le perron de leur coquette demeure fraîchement peinte, à Krems, au flanc d'une colline verdoyante et escarpée d'Autriche. Le couple a déménagé d'Allemagne et emménagé dans ce hameau que lui et William ont choisi pour eux. Cet arrangement lui a plu. D'autant plus qu'il a toujours rêvé de vivre au flanc de ces montagnes. Un oncle, venu quelques fois les visiter en Allemagne lorsqu'il était jeune, racontait la vie de cette merveilleuse vallée et lui inculquait, à son insu, de beaux rêves. Ils évoquent de doux souvenirs au sujet d'un lointain cousin américain et de sa belle dame venus, un jour, leur enlever le poids de la vie ou répètent un sempiternel même refrain.

— Demain j'essayerai de gravir la colline, Benedicte.

— Demain tu n'iras nulle part, j'ai besoin de toi... *pour me tenir compagnie. Que ferais-je sans toi?*

Hans a cessé de boire, il a accepté l'emploi que son cousin lui a proposé de défricher ce lopin de terre et s'affaire à redorer son blason personnel pâli par l'humiliation de la misère présente dans les entrailles de son passé. Un jour, son fils, endormi dans des draps soyeux à Los Angeles, sera fier de lui. Entre-temps, il apprend et s'efforce de transformer son image.

Une lettre d'Amérique arrive. Hans l'ouvre.

— Benedicte, viens voir. Mon... le bébé de... la cousine... a changé. Regarde! Il se tient droit comme moi!

— Comme son père, tu veux dire!

Hans recule sur son fauteuil à grosses fleurs ocres et blondes.

— Tu le savais...

Mme Hertz se gratte un doigt.

— Je l'ai toujours su. J'ai aidé Maggy à le mettre au monde. Elle m'a donné le nom de son père et m'a fait promettre de te le rendre s'il lui arrivait quelque chose. J'ai tenu parole.

— J'ai été moins noble.

— Le donner en adoption t'a demandé du courage. Tu as été à la hauteur.

— Tu le crois! Je n'en suis pas aussi certain.

Le jour a fait son chemin sans qu'ils le sachent, leur attention collée à cette lettre révélatrice et lourde d'affection. Puis, le soir a pointé son nez en sourdine. Hans, fatigué de se bercer, est allé prendre une marche et a étudié la montagne en face de lui. Mille fois, il remet son rêve sur la planche.

— Demain, j'essayerai encore Benedicte.

L'air pur de la vallée lèche la colline et la parsème de multiples senteurs à mesure qu'il monte des profondeurs. Leur attention reste captive du ciel flamboyant à l'horizon avant le coucher du jour. La splendeur de l'instant, purifié par la vérité dévoilée au grand jour, allège l'atmosphère et les remplit de ravissement. Leurs yeux humidifiés par les émotions ambiantes laissent courir des sentiments discrets, cachés sous d'épaisses couches d'oublis et d'habitudes puis longent leur bras et s'unissent au bout de leurs doigts timides d'aveux.

Au bas de la colline coule un filet d'eau creusant la vallée verdoyante où s'amusent à se mirer arbres et arbrisseaux et à se baigner la gent ailée. Certains s'installent dans un bruissement subtil de feuilles vertes. En contrebas, un mouton noir se démarque du décor, tient bruyamment compagnie à un blanc et lui raconte sa journée. À moins qu'il ait envie de rentrer à la bergerie.

Une route longe les sinuosités du ruisseau et se perd dans l'effervescence du ciel. Soudain, les nuages s'enflamment et illuminent d'un trait la voûte céleste rosée avant de disparaître. La terre, son miroir, lui renvoie un instant le coloris incandescent de ce ciel, puis elle se calme et repeint les couleurs du jour à son déclin. Un vent frisquet s'élève. Mme Hertz referme son col de chemisier.

— Viens, Hans. Allons souper. La nuit va bientôt tomber de fatigue.

* * * * *

Chez les Leider à Los Angeles, un souffle ardent attise les ardeurs d'une vie nouvelle. William se sent rajeunir au son du joyeux gazouillis de leur fils Andy et Éveline est surprise de voir poindre, aussi fort, son instinct maternel. Ils sont heureux.

Le règlement à l'amiable de leur adoption filiale les comble. Personne n'a été humilié. Leur petit garçon a coloré ses joues, mange ses orteils dans son lit, pédale devant les jouets que tient sa mère sous ses yeux et se transforme.

Le soir, lasse mais heureuse, Éveline raconte à son mari les moindres facéties de leur marmot. Tendrement, il l'écoute et s'émeut. Il n'aurait jamais cru savourer autant le bonheur.

Puis, la vie étant ce qu'elle est, William repart sur les routes du monde à la poursuite de ses affaires. Ses absences prolongées attristent Éveline mais son retour se garnit de moments riches et intenses. Chaque fois, William est surpris de constater les changements dans l'évolution de son garçonnet.

— Tu grandis mon garçon! C'est formidable! Viens voir papa. Bientôt tu vas marcher tout seul.

— Pas si vite, William. Ne brûle pas les étapes.

Andy prononce des mots magiques à leurs oreilles, ils sont devenus un papa et une maman. Par contre, Éveline poursuit sa carrière de pianiste. Sa virtuosité l'éloigne peu à peu de Los Angeles comme s'éloigne l'année en cours. Leur fiston doit s'habituer à cette absence au profit d'une gouvernante émérite. William entre chez lui certains jours et trouve sa demeure vide. Sans l'avouer ouvertement, il trouve que sa femme néglige leur enfant. Lorsqu'il lui laisse entrevoir cette réalité, elle répond:

— Les deux parents sont essentiels à l'éducation d'un enfant. Tu le sais.

William acquiesce à cet argument. Mais entre elle et lui, la nécessité de gagner sa vie et le plaisir de vivre se confrontent.

Un soir, Éveline, exténuée, se retrouve à l'hôpital de Denver. Loin des siens, le visage de son enfant se fait intense et attise sa culpabilité. Son enfance se dresse devant elle au garde-à- vous et lui serre la gorge.

«Que suis-je en train de faire? Je n'ai pas été élevée ainsi. Mes parents ne m'ont pas inculqué des valeurs aussi futiles. La recherche du plaisir, de la satisfaction personnelle à tout prix: la gloire, les honneurs éphémères n'ont pas été mes buts. Pourquoi je joue de la musique? Suis-je heureuse dans la poursuite de ce rêve? À quel prix? Tant de labeur, trop de lassitude jalonnent ma route pour quelques minutes de griserie.»

— Vous êtes très fatiguée, madame. Arrêtez-vous avant qu'il soit trop tard, lui ordonne le médecin.

Éveline répète ces phrases et médite. Tout est vrai. Elle ne voyait plus son fils et très peu son mari. Que faire? L'analyse de sa vie lui retournait le miroir d'une femme gâtée par la chance et de plus en plus mesquine. Plus on l'adulait, plus elle s'éloignait de l'essentiel.

— Madame est née pour la gloire, répétait souvent la gouvernante avec ironie.

Née pour la gloire. Éveline décortique cette phrase et s'inquiète. À quoi, pour qui lui servira cette gloire? Elle sort de son sac à main deux photos de ses amours et se penche sur ces deux visages enjoués, figés sur la grève un jour de vacances. Une vague d'ennui déferle en torrent en elle.

«Où êtes-vous? Andy est à la maison, se rassure-t-elle.

— *En es-tu certaine*? insiste une voix interne.

Et William? Il y a longtemps que je ne t'ai pas vu. Au début, tu venais à chacun de mes concerts, puis aussi souvent que tu le pouvais. Ensuite tu as espacé tes présences. Tu venais dans ma loge mais je recevais mes fans avant toi. Alors, je n'ai plus espéré ta présence. Depuis quand t'ai-je vu? Je n'ose y songer, la réponse me fait peur.»

Dans le noir de sa chambre d'hôpital, elle réfléchit. Chez elle, le téléphone sonne et personne ne lui répond.

«Ils sont absents. Au moment où j'ai besoin d'eux, ils ne sont pas là. Où sont-ils? William sera sorti avec Andy... Si c'était faux?»

L'angoisse l'étreint.

—Prenez ce somnifère, madame. Vous dormirez mieux.

Dormir. Elle sait que cette pilule est un pansement sur l'abcès purulent de son vide intérieur. Chaque soir, la même phrase se répète. Elle ne peut plus l'entendre.

— Docteur, quand vais-je quitter l'hôpital?

— Demain, si vous êtes très docile.

— Je serai docile. Je suis garde-malade, docteur. Je connais la procédure.

—Justement. C'est parce que vous connaissez la procédure que vous ne l'appliquez pas. C'est connu. Vous êtes le genre de personne qui se soigne le plus maladroitement.

— Docteur, je serai sage, je vous le promets.

— Et obéissante?

— Comme une bonne petite fille.

Le médecin lui pince délicatement la joue en guise de tendresse et lui donne son congé.

Le lendemain, elle presse le chauffeur de sa limousine de faire diligence. L'homme ne l'écoute pas et observe le pouls de la route comme il se doit.

* * * * *

Aberdeen Drive dort comme une bûche lorsque Marie Leider rentre chez elle.

— Hou! Hou! Il y a quelqu'un?

Pas un son, personne ne bouge. Son coeur bat plus fort. Elle monte à la chambre de son fils... absent. Ses jouets gisent dans leur coffre. Elle les bouscule et en découvre des neufs qu'elle ne connaît pas. Elle se dirige dans sa chambre conjugale... personne. Les vêtements de son mari ont été déposés à la hâte sur le lit, ce qui ne lui ressemble pas. La gouvernante est... partie. Est-elle avec lui? Elle s'essuie les tempes en sueur.

«Qu'est-il arrivé? Plein de choses a pu arriver. Ils sont en voyage tous les trois...

«Tous les trois?»

Cette idée l'étourdit.

«Ou ils sont allés magasiner. William déteste courir dans les magasins. Ou ils sont au parc à s'amuser. Ouais, c'est plausible. Ou ils sont à l'hôpital à la suite d'un accident.»

Elle piétine cette hypothèse et descend vivement au rez-de-chaussée.

«Que faire?»

— *Te reposer, a dit le docteur.*

— C'est vrai, je suis exténuée.»

Éveline se laisse choir dans un fauteuil, et le silence des lieux l'angoisse. Son cortex lui déroule des mises en scènes inquiétantes.

«— Rends-toi dans la chambre de la gouvernante.»

Ce qu'elle fait. Tout est habituel. Rien ne laisse présager quoi que ce soit.

«— Elle a pris congé, peut-être.»

Cette avenue l'apaise. Cette Mexicaine demi-centenaire très efficace et maternelle se sent heureuse chez les Leider. La dame, de sa voix chaude, sème de la musique partout où elle passe.

«— Je m'énerve inutilement.

— Tu as oublié celle de ton bébé.»

Éveline grimpe les marches et repousse la porte doucement, une seconde fois, le coeur palpitant. Tout est en ordre. Elle sourit et s'assied dans la chaise berceuse, l'ourson d'Andy dans les mains. Une farandole d'images se bouscule à l'embouchure de ses tempes. Elle se revoit à l'aéroport, son bébé chaudement tenu sur son coeur, l'âme euphorique, et son mari ne cesse de lui prodiguer mille tendresses, mille câlins, tellement il est heureux.

«Que suis-je en train de faire? Mes lubies n'ont pas de sens. Je devrais être auprès de lui et de notre fils alors que je suis là, à les attendre bêtement. Je suis exclue de leurs joies quotidiennes, par ma faute!»

Cette pensée lui donne froid dans le dos. Elle redescend au rez-de-chaussée, pianote quelques secondes au passage et referme vivement le couvercle, puis se rend à la fenêtre et écarte le voile. Dehors, le soleil continue sans faillir sa tâche quotidienne, et les gens déambulent, alertes, sans se soucier de ses inquiétudes existentielles. Une immense solitude l'envahit et l'assomme. Le visage de Marie se dessine à l'horizon.

«Que devient-elle? Est-elle heureuse? A-t-elle eu des enfants? Si je lui téléphonais?»

Elle hésite, tourne son jonc sur son annulaire.

«Puis non. Éviter de la blesser est préférable.»

Que faire pour me calmer?

Prendre une marche.

De retour, à nouveau le fauteuil s'enfonce pour l'accueillir un moment et ses idées fourmillent; elle ferme les yeux. Le sommeil indiscret lui tire la révérence, elle succombe.

En sursaut, elle se ravise et jette un regard à sa montre.

Oh! Il est encore tôt. Puis, tant pis!

Les yeux mi-clos, elle monte à sa chambre s'envelopper d'odeurs masculines connues entre les plis de son lit invitant.

«Me reposer», a ordonné le docteur. Me reposer... Que c'est ennuyeux!

Chapitre 7

La superbe journée donne des ailes à William Leider qui décide de se balader le long du Pacifique et donne congé à sa gouvernante. Le petit Andy attrape son ourson blanc préféré orné d'un immense ruban rouge, salue Lumina, la gouvernante, se faufile entre les jambes de son père puis monte sur le siège avant et se creuse un nid au centre des gros bras poilus, en gazouillant. William sourit. Rien au monde ne lui est plus précieux que cet enfant. Ils iront déjeuner ensemble, puis flâneront partout et ensuite, ils verront.

L'absence prolongée de sa femme lui pince le coeur mais il chasse cette idée. Elle reviendra. Elle revient toujours. N'a-t-il pas ce qu'il désire? Il caresse la joue de l'enfant qui baragouine des sons à saveur d'élixir. La gouvernante assise derrière rigole bruyamment. William immobilise son véhicule sur le bord d'une rue.

— Lumina, passe une bonne journée!

— Vous aussi, monsieur.

Satisfaite, la gouvernante referme la porte sur le duo, entre chez elle une seule idée en tête: rendre visite à sa vieille mère vivant dans un quartier mal famé au bout de la ville. Les choses rangées, elle tourne la clé, la met dans la pochette de sa sacoche noire et prend l'autobus.

Silencieux, assis près de son père, Andy songe un moment puis l'interroge.

— On va voir maman?

William a un mouvement de recul à peine perceptible. Il ramène la tête de son enfant près de lui et le caresse.

— Maman arrive bientôt, Andy. Sois patient!

Que signifie ce mot pour la petite boule cervicale d'un garçonnet? William sait qu'il n'a rien compris. Mais arroser de mots son inquiétude lui est salutaire, même si son intervention est fausse.

— Bientôt, c'est quand?

— Comme ta main.

L'enfant examine sa menotte sans comprendre.

— Je veux la voir tout de suite.

— Nous allons au parc, puis à la plage, et ensuite...

— Je veux maman. Je veux maman.

La cervelle de William fait escale dans son coeur et lui dit de se maîtriser: Andy ne doit pas savoir comment il se sent.

— Mais oui, Andy. Nous irons voir maman après la baignade, affirme le pauvre homme aux prises avec ses gros mensonges.

Heureux de camoufler sa faiblesse, il enjambe la rangée de dunes mentales jalonnant son cerveau et se promet de les vaincre. Personne ne doit savoir qu'il est fragile devant cet enfant et faible envers Éveline. Sa générosité n'a de cesse et il en est subjugué. Sa peur de la perdre le retranche dans ses voûtes intérieures où il mijote des moyens de lui plaire et de la gâter. Il souhaite la sentir à sa merci et docile à ses désirs inavoués, mais sa femme est plutôt du genre libertin et ingénu. Elle lui glisse entre les doigts au moment inattendu et il constate son manque de lucidité total envers cette femme ravissante. L'amour l'aveugle et le rend vulnérable. N'est-il pas l'artisan de son malheur? N'est-ce pas lui qui l'encourageait à poursuivre sa carrière de pianiste? Envoûté, il passait des heures à l'écouter et lui prêtait des talents exagérés qu'il oubliait d'évaluer. Lorsqu'elle manifesta le désir de jouer sur de grandes scènes, il crut que c'était passager et plongea dans ses affaires, l'âme en paix et le coeur amusé. Mais Éveline prit goût à cette aventure et s'éloigna peu à peu de Los Angeles. Son péritoine se crispa et des crampes apparurent. Le médecin mit ses inconforts sur le compte de son travail et lui proposa un repos; ce qu'il fit.

Il roule depuis bientôt une heure. Son enfant est déménagé sur le siège arrière et sommeille, l'ourson dans ses bras.

Soulagé de le voir se reposer, il respire profondément et ouvre sa fenêtre.

«Enfin! Il oubliera sa mère, le pauvre enfant.»

Il roule toujours et le paysage lui défile des images fantastiques si connues qu'il ne les voit plus. Il prend de l'essence puis repart. Andy dort toujours. Le parc est loin derrière et la plage longe toujours la route et sa pensée.

Un regard furtif à son rétroviseur lui renvoie de multiples plis soucieux nouvellement creusés sur son visage. Il relève le miroir, amer.

«Je suis vieux, elle est jeune. Voudra-t-elle toujours de moi? J'ai des rides et des cheveux blancs.»

«Gris», lui répond son ciboulot.

«D'accord, ils sont gris. Mais un jour ils deviendront blancs. Et plus vite que je ne le crois.»

Dans son tourment existentiel, il se creuse les méninges à la recherche d'une solution. Il croit avoir trouvé. En attendant que son marmot s'éveille, il visite les recoins de Santa Monica et sa vessie fait des siennes. Il s'arrête au restaurant. Un moment, il surveille son garçon, sa tête en équilibre sur le fil de sa méditation et de l'urgence de sa vessie. Que faire? Le réveiller ou le laisser dormir? Il opte pour la dernière solution. Il referme sa porte délicatement, oublie de vérifier la porte arrière et se presse vers la toilette où son intestin se met de la partie.

Bien installé sur le siège, il entend le bruit strident de freins sur l'asphalte.

«Qui cela peut-il être?»

Des bruits subits de chaises repoussées et des conversations qui s'élèvent en broussaille dans le restaurant, lui font tendre l'oreille; il se passe quelque chose. Sorti de son repaire, il voit une ligne de badauds qui ont quitté leur table et s'alignent en bordure des fenêtres. La vie semble s'être figée dans le décor.

— C'est un petit garçon, murmure une femme à son mari.

Un petit garçon! William se précipite à l'extérieur et des images démentielles le clouent au sol. Il veut crier mais aucun son ne sort de sa bouche. Un homme est penché sur un enfant et dirige les opérations. La porte ouverte de son auto ne cesse de l'agresser. William saisit ce qui est arrivé. Andy s'est réveillé, a ouvert la porte et a voulu courir à sa recherche. Une auto l'a happé et il gît inerte sur le sol. Une ambulance grille les feux rouges et s'approche. Deux ambulanciers ramassent Andy et William s'engouffre avec eux dans l'habitacle vers les soins médicaux.

William Leider se tient le visage un instant. Gorgé de regrets il réchauffe la menotte de son enfant pâle à faire trembler le plus insensible des hommes.

— Andy. Mon petit. Tiens bon. Papa va te sauver.

L'homme le regarde et William réalise la stupidité de sa remarque. Comment un père étourdi peut-il réclamer le salut de son enfant? Il se souvient des regards posés sur lui lorsqu'il est sorti des toilettes. Il se rappelle les visages renfrognés et froids des gens du restaurant accrochés à ses gestes éplorés. Le silence réprobateur répandu sur les lieux lui pèse et se creuse un sillon pour laisser germer des fleurs de culpabilité.

«Que j'ai été inconscient de le laisser seul! Je suis un idiot!» ne cesse de répéter ses tempes tendues par l'angoisse.

Le visage accroché sur celui de son enfant, il surveille, effondré, la moindre expression de retour à la vie.

— Est-il toujours vivant? demande le père anéanti.

L'infirmier lui prend le pouls.

— Oui, monsieur.

William n'est pas convaincu. Il tient son regard accroché au petit visage pâle et à la menotte molle à lui crever les entrailles.

Au détour de la route, en promontoire, l'hôpital se dresse imposant et salutaire. Le monde se presse et Andy s'engouffre derrière des portes battantes qui se ferment au nez de son père, le laissant à ses inquiétudes et ses terreurs.

L'odeur connue, l'atmosphère familière des lieux a des relents d'autrefois. Gladys y a séjourné tant et tant de jours. À son décès, dégoûté, il s'était promis de ne plus y remettre les pieds. Après sa défunte femme, c'est maintenant son propre enfant qu'il lui confie. Cette dernière pensée lui donne un haut- le-coeur. Que faire? Éveline est en tournée...

«Le plus ignoble, c'est que je ne sais où la rejoindre. Lumina est partie de la maison... Si je trouvais Peter, son impresario. Que je déteste cet homme en ce moment!»

«Tu l'as toi-même choisi», siffle une de ses membranes cérébrales.

«Que je regrette mille fois! Il m'enlève ma femme avec ma bénédiction. C'est un non-sens!»

Pendant qu'il égrène son plaidoyer personnel, le temps passe. Sept heures du soir sonne au mur du corridor vert tendre. Des voix défilent leur monologue incitatif qu'il n'entend plus.

— Garde Marie Prudhomme est demandée au bloc opératoire immédiatement.

William tend l'oreille, relève la tête. «Marie Prudhomme! Est-ce vous Marie Desrochers? Celle qui a travaillé chez moi?»

Seule la porte à battant lui répond dans un élan brusque et garde son mystère. Le regard inquiet, il s'avance et demande des nouvelles de son fils.

— Il est dans la salle d'opération, monsieur. Ne vous inquiétez pas. Un médecin viendra vous voir, dès que ce sera possible.

— Possible! Il est si mal en point, madame?

— Je ne peux vous répondre à ce sujet, monsieur. Attendez le médecin.

William fait les cent pas et se morfond. Il regarde l'heure. Neuf heures. L'angoisse l'étreint, la sueur perle sur son visage. Une immense fatigue l'envahit, il s'écrase sur le fauteuil le plus proche.

«C'est fini! Ils ne le sauveront pas. Tout est foutu! Par ma faute! Et je suis seul au monde dans un tel moment! Si je pouvais la rejoindre. Peter était absent tantôt. Il est peut-être arrivé...»

William se dresse comme un ressort et se précipite sur le téléphone que l'on décroche.

— Peter? C'est William Leider.

— Monsieur Leider! Heureux de vous entendre. Qu'est-ce que je peux faire pour vous?

— Me donner l'endroit où se trouve ma femme, s'indigne William gêné par une telle intervention.

— Mme Leider jouait à Denver ce soir.

— Où à Denver? continue William, nerveux et ennuyé.

— Au Paradisio.

— Bien, conclut William raccrochant, pressé.

L'autre garde le récepteur un moment dans sa main, se demandant ce qui arrive à cet homme jamais impoli.

William téléphone au Paradisio. Un homme – qu'il imagine très gros – l'enguirlande vertement de sa voix rauque et lui annonce qu'elle a annulé son récital et qu'elle aurait à payer pour ce bris de contrat. William raccroche penaud; un malheur n'arrive jamais seul. Il se prend le visage et pleure. Qu'est-il arrivé à sa femme adorée? Ces deux inquiétudes se mélangent et forment une muraille infranchissable à l'armure personnelle de l'homme effondré. Que va-t-il m'arriver? Une mince étincelle perce ses ténèbres.

«Garde espoir, William. Tant que l'on est au chevet de ton fils, il y a de l'espoir.»

William lève les yeux et l'horloge lui répond: neuf heures trente. Son esprit, toujours largué à la fente de la porte, tient le coup.

«Andy est maintenant dans cette salle depuis bientôt cinq heures! C'est si grave? Va-t-on le sauver?»

Des images d'un enfant infirme garnissent son jardin intérieur et des plans s'échafaudent sur cette éventualité. Mais il regimbe.

«Gladys. Oh! Gladys. Viens à mon aide. Si mon Andy doit rester infirme, viens le chercher. Prends-le auprès de toi, je te le donne.»

Curieusement, ce geste d'ultime abandon l'apaise. Une femme s'approche et lui tapote l'épaule. L'écluse du chagrin se brise, c'est la débâcle. Sans jeter un regard sur la personne, il se laisse choir dans ses bras et pleure un long moment. La personne se tait et lui caresse le dos, envahie par un immense sentiment de béatitude. Ce geste de compassion lui donne du courage.

— Monsieur Leider, ayez confiance, tout s'achève.

L'homme effondré cherche à voir ce visage à travers le prisme embrouillé de ses larmes et identifie la voix qu'il reconnaît. Il s'essuie les yeux.

— Marie! C'est vous!

Marie opine de la coiffe et cache son regard mouillé d'émotions.

— Marie! Mon fils se meurt. Il a eu un accident. Et tout est de ma faute! déboulent les mots en cascades successives.

Il lui prend les mains, oubliant qui il est, qui elle est. Attendrie, elle suffoque. C'est trop. Cet homme jadis inaccessible s'effondre sur une chaise, se jette tendrement dans ses bras maintenant qu'il appartient à une autre. Son cœur chavire, elle ferme les yeux pour éviter de lui décrire ce qu'elle ressent. Un océan de souvenirs heureux engloutit le peu de courage qui lui reste. Le richissime visiteur pose sa tête sur le ventre de son ancienne employée et se laisse envahir par le soulagement offert. Marie retient sa main, prête à lui caresser les cheveux. Un moment, elle perd toute retenue. Elle enveloppe cette chevelure magnifique de ses mains, la dépose sur son sein et lui transmet, à travers ses doigts, l'affection si longtemps remisée en elle. Un silence trouble les enveloppe et l'homme éperdu ferme les yeux, se laisse consoler sans retenue. Comme cela est bon. Comme cette main donne du réconfort! Le visage de sa femme s'offre à son esprit, il le dessine tristement à travers sa souffrance infinie. Longtemps la garde-malade éconduite a désiré le rencontrer. Longtemps elle a imaginé ce moment d'intimité intense, sans jamais l'assouvir. Longtemps elle s'est demandée, si elle l'aimait toujours. Longtemps elle a piétiné son coeur pour être fidèle à son mari. Ce soir, dans la pénombre naissante de cette salle d'hôpital, l'inespéré devient réalité. Elle savoure l'instant unique, anticipant les combats internes à venir.

— Monsieur Leider. Cher Monsieur Leider.

Des sentiments contradictoires se bousculent et font rage en elle. Troublée, elle implore le ciel de lui venir en aide. Le père éploré écoute les battements du coeur de cette femme envahi par une grande paix. Comme elle doit savoir aimer.

La surveillante en charge du département fait irruption dans la pièce et jette un regard interrogatif sur les gestes en apparence déplacés de la part de cette employée. Elle baisse les yeux, intriguée, les questions fuseront plus tard.

Marie, affolée, reprend son boulot, dans un tumulte affectif indescriptible en remisant dans son coeur le moment inespéré qu'elle vient de vivre.

— Monsieur Leider, le médecin viendra vous voir sous peu, affirme la directrice qui leur tourne le dos et les quitte.

— Donc il y a de l'espoir, Marie.

La garde-malade lui sourit et l'affirme en silence, tout en remplissant son plateau de fioles.

L'homme ébranlé ferme les yeux. Soulagé, il lui serre le bras et la remercie tendrement, multipliant les gestes affectueux. Il ignore le supplice qu'il fait vivre à cette femme, tou-

110

jours amoureuse de lui. Marie vibre de tous les pores de sa peau à ce moment de faiblesse de cet homme remarquable. Un flot de rancoeur monte des profondeurs et grandit à la mesure de son effort pour l'étouffer, le piétiner. Cet instant marque au fer rouge la certitude de son amour pour cet homme inaccessible. Continuer à feindre et à supporter cette vie de chien lui serre la gorge. Comment fera-t-elle? Entre la rancoeur et la révolte, laquelle nourrira son coeur? Hervé et sa bonhomie, Hervé de tous les instants de joie, Hervé le compagnon des moments d'infortune, Hervé le bon père attentionné, Hervé et son amour inconditionnel, Hervé et les enfants heureux; des clichés authentiques venus s'insérer entre les lamelles de son tourment et qui la font se ressaisir.

L'instant troublant sculpte des nervures profondes dans les commissures de son âme que rien ne pourra effacer.

«Comment me sortir de ce pétrin? Hervé, viens à mon secours.»

Le médecin arrive enfin, enlevant son masque de chirurgien. Les boyaux de William se tordent d'inquiétude, il a vite oublié celle qui lui tourne le dos et s'enfuit lentement, son supplice ravivé. Au passage du poste de garde, Marie soutient le regard de sa supérieure, sa déception déborde.

— Docteur. Dites-moi tout!

— Votre fils est hors de danger pour le moment. Il a eu la rate perforée et la vessie endommagée. Mais tout semble sous contrôle pour l'instant.

— Est-il hors de danger?

— Je ne peux vous l'affirmer avec certitude. La nuit sera cruciale.

— Puis-je vous être utile?

— Vos prières seront nécessaires. Misons sur son jeune âge.

— Docteur. Vous m'inquiétez.

— Votre fils est sérieusement atteint. Croyez-moi, nous faisons tout le nécessaire pour le sauver, Monsieur Leider. Reposez-vous ce soir, votre fils aura besoin de vous demain.

William entend ces paroles de réconfort et les laisse couler en lui lentement. Il sourit faiblement. Cette lueur d'espoir est-elle réelle?

— Puis-je le voir, docteur?

— Quelques instants seulement.

— Merci docteur! répète William au comble de la reconnaissance. Je ferai tout ce que vous voudrez.

— Alors, retournez chez vous et reposez-vous.

Le bon père hésite. Quitter son fils accidenté? En sera-t-il capable?

William pousse la porte où repose un si petit être entre les draps blancs qu'il n'ose s'avancer davantage. Partout des machines tiennent son souffle en lui, malgré lui. Il frôle lentement la joue d'Andy de la sienne et lui murmure des mots soyeux à son oreille à travers un filet d'amour inépuisable. Une garde-malade en tapotant sa montre lui indique la sortie. Il hésite un long moment et quitte l'hôpital, soucieux.

Dehors, le soir s'est effondré d'un coup sur la ville inondée de chaleur. Que faire? Retourner à Los Angeles? Sa maison est vide. Il décide de prendre une chambre d'hôtel proche, demain sera un autre jour. Il tombe d'un coup, en entier sur son lit et les yeux grands ouverts, il attend le sommeil parti chercher Éveline, sa femme, quelque part en Amérique.

Le lendemain à l'aube, il se réveille fourbu. À la hâte, il se rend à l'hôpital endormi sous l'ombrelle médicamenteuse de plusieurs patients. À pas de loup, il marche dans le corridor vers son fils, son empressement lui donnant des ailes. Une femme en blanc l'accueille.

— Puis..., insiste le père oubliant qu'il se trouve devant une inconnue.

— Cherchez-vous quelqu'un, monsieur?

— Je suis le père d'Andy Leider. Comment est-il?

— Il a passé une nuit relativement calme.

William pousse un soupir de soulagement. Il est encore vivant.

— Va-t-il s'en sortir, madame?

— Je suis incapable de répondre à cette question, monsieur. Demandez-le à votre médecin.

— Quand arrive-t-il à l'hôpital?

— Dans une heure, monsieur.

— Je peux voir mon fils?

— Pas plus de cinq minutes, monsieur, et à la condition de ne pas le déranger.

William n'attend pas la suite des conseils, il pousse déjà la porte de la chambre. Un enfant inerte la tête enveloppée le reçoit. Ému, il s'approche mais s'abstient de le toucher. Penché sur lui, il examine la pâleur du visage de son enfant, implore le ciel à voix haute de le guérir et prend le fauteuil près de la fenêtre. À l'horizon, il assiste au lever du jour et pleure à chaudes larmes. La splendeur du moment se mélange à sa peine et fait déborder les écluses. Une pluie bienfaisante humidifie ses yeux et soulage son coeur. Il se mouche et se rassied. Dans quelques minutes, il assistera à l'aurore du jour de son fils.

Le médecin s'amène, dispos. En l'apercevant, il manifeste un mouvement de recul. Qui lui a permis de rester dans cette chambre?

— Bonjour Monsieur Leider. Comment allez-vous?

— Docteur. Dites-moi.

— La pression est meilleure, votre petit homme est un rejeton solide. Il s'en remettra, je crois. Mais les prochains jours seront cruciaux.

William ferme les yeux, respire profondément et s'accroche aux éléments positifs que le médecin lui annonce. Tout peut arriver maintenant, rien n'a plus d'importance. Son fils est sauvé, il peut entrer chez lui.

Il ignore le souci présent dans le visage du médecin au dos tourné qui ausculte le jeune malade sérieusement atteint.

* * * * *

À la maison, Éveline se lève de son fauteuil, courbaturée. Depuis combien de temps a-t-elle dormi? Elle l'ignore.

— Tiens... c'est étrange!

Gladys, la défunte femme de son mari, la dévisage plus que d'habitude. Cette photo était dans le vivoir... «Il l'a déplacée», se dit-elle intriguée. «Pourquoi?»

Elle examine le visage figé sur la pellicule qui semble vouloir lui parler. Cette sensation curieuse la fait frémir. Elle quitte la pièce mais se retourne pour voir si la défunte la suivait toujours du regard. Eh! Oui. Elle revient, la rabat sur la table de coin, soulagée, puis monte au premier étage. À son passage devant la chambre de son fils, une peur intense naît en elle.

«C'est curieux! Il est sept heures du soir et ils ne sont pas encore rentrés.»

Elle hésite et songe. «Si j'appelais Lumina.»

La brave gouvernante est restée chez sa mère pour la fin de semaine.

— Pas de réponse. Je n'ai pas d'autre choix. Je dois espérer sagement leur retour. En attendant... Je vais prendre une marche.

Le soir déverse de doux arômes dans les rivières des pensées des Californiens. Le ciel étend lentement son manteau de nuit et le vent douillet s'amuse à caresser les visages des gens.

Éveline va, attentive au vol des oiseaux gazouilleurs, médite sur sa vie et prend le temps de respirer de profondes goulées d'air salutaire. Le rappel des événements importants lui tisse un tapis de souvenirs heureux, depuis son enfance à aujourd'hui. Enfant gâtée par ses parents non fortunés, elle a le sentiment d'avoir été beaucoup aimée des siens. Puis son départ pour les États-Unis créant une onde de choc dans sa famille, fut une décision favorable. Pas un instant elle n'a regretté. Sa rencontre avec William, la naissance de leur amour, l'arrivée de leur fils Andy; tout concourt pour faire d'elle une femme choyée par la vie et comblée par un grand homme. Puis, il y a eu le piano.

Éveline a un pincement au coeur. Une sorte de honte larvée prête à grandir à la moindre occasion gargouille dans son estomac. Pourquoi? Cette sensation la surprend.«Dois-je avoir honte de mon talent?»

— *En as-tu vraiment*? lui soumet sa cervelle.

La pianiste en convalescence étudie froidement la question. Elle avait mis en veilleuse les nombreuses salles à demi remplies. Son gérant disait qu'elle courait vers une faillite personnelle. Mais elle préférait continuer à nourrir son rêve chimérique pour se donner une certaine valeur à ses yeux. La grandeur du succès de son mari l'écrasait certains jours. Dans sa marche, Éveline perd pied dans un creux du trottoir. Elle se retrouve dans une immense gerbe de fleurs multicolores et le propriétaire se tord de rire en la surveillant se dépêtrer de là.

De retour chez elle, lasse d'une fatigue salutaire, la nuit l'invite au repos. Éveline se laisse choir dans son immense lit recouvert de véritables feuilles d'argent et s'endort comme un loir repu.

Au matin, c'est dimanche. La jeune femme butine de pièce en pièce à la recherche du temps à perdre. La journée entière sera réservée à la flânerie. Deux visages la poursuivent:

celui de Marie, son ancienne compagne, et de son fils Andy, sans se l'expliquer.

Marie serait-elle malade?

Elle entend la voix câline de son marmot et un étrange sentiment de crainte l'envahit, sans raison. Éveline lui parle et lui chante sa berceuse préférée. Elle rappelle Lumina, la gouvernante. Pas de réponse. Ennuyée, elle se parle pour détruire l'inquiétude malsaine qui s'agrandit comme une mare d'eau.

Le téléphone se tait. Éveline en est surprise. Cette conspiration du silence est inhabituelle. Comme si l'univers avait oublié son existence! Un profond sentiment de solitude l'atteint, elle s'y attarde, ennuyée. Cette découverte la surprend. Même au milieu d'une salle remplie de gens, une part de son être restait à l'écart, enfouie dans les profondeurs de son âme. De longs moments à donner naissance à la musique sur un piano servaient à remplir l'harmonie entre elle et sa passion. Souvent, une sorte de fusion existait et la béatitude l'amenait dans des sphères inconnues inaccessibles au commun des mortels. Mais elle était seule. Toujours seule à vivre ce mariage spirituel.

L'être humain possède la faculté ambivalente et paradoxale de côtoyer la pensée intime, de la nourrir, de la chérir et de la partager entre les membres de son espèce à son gré ou selon son humeur. Il a la possibilité du solitaire et du communicateur tout à la fois.

Éveline, surprise de cette découverte, relève ses manches et fait face au jour qui prend son envol. Sa réflexion salutaire lui a donné des ailes.

«Je vais à la plage. J'ai aussi la chance et le privilège de pouvoir ne rien faire du tout. Si William s'en donne à coeur joie en compagnie de notre fils, pourquoi je me priverais des plaisirs de la vie à l'attendre bêtement à la maison? Éveline! Du repos et de la bonne bouffe, voilà ce dont tu as besoin.»

De la parole au geste, la jeune femme fonce dans ses résolutions dominicales.

Chapitre 8

De retour chez elle à Santa Monica, Marie trouve son Hervé en grande forme. Le babil enjoué de ses petits ne l'atteint pas, il a une grande nouvelle à lui annoncer.

— Marie, tu as gagné! J'ai réalisé ton rêve.

Marie se laisse choir sur un fauteuil tandis que ses marmots grimpent sur ses genoux.

— Quel rêve? Je n'ai pas de rêve. «Que des regrets.»

— Imagine-toi que j'ai acheté ton chalet à Pablos Verdes. Tu sais, celui dont tu me parles depuis si longtemps.

Marie le regarde sans réagir.

«Pauvre idiot! Je n'ai que faire de ce chalet.»

— Tu n'es pas heureuse?

— Si, si, conclut enfin la jeune femme ennuyée par le discours de son mari. Elle plonge dans le gazouillis de ses bambins pour éviter de continuer.

Hervé, content de sa transaction, espère un peu plus de chaleur humaine de la part de sa femme.

— Tu me sembles fatiguée, ce soir. Nous irons passer le dimanche là-bas avec les enfants. Tu prendras du bon temps et je m'occuperai des enfants.

Marie offre un sourire furtif à son mari, une inquiétude ressurgit sous son toupet.

— Comment as-tu pu acheter une telle demeure? Tu me

disais qu'elle était trop dispendieuse et que nous ne pouvions pas nous payer un tel luxe.

Hervé lui sourit. Mais elle oublie de bien examiner le visage crispé et inquiet de son mari.

— Je suis un homme génial lorsqu'il s'agit de dénicher des aubaines pour te plaire.

Pleine de tristesse, Marie lui caresse le bras. L'ampleur de sa honte ne cesse de grandir. Quelle ingrate créature elle était! Elle jette un regard dans celui de son mari et le découvre tendre à faire pleurer.

C'est vrai. Hervé faisait des pieds et des mains pour combler un vide sentimental et malsain entretenu, à son insu, par son subconscient.

Hervé penche la tête et se frotte les mains l'une dans l'autre. Que de choses il a accomplies! Que de transactions douteuses il a faites pour satisfaire les goûts exorbitants de sa femme, jamais satisfaite. Des meubles à changer chaque année, une auto à renouveler, une piscine malgré la mer proche, un solarium, une bonne, puis des bonnes: les désirs de sa femme prenaient des proportions exagérées qui le menaient droit vers la faillite. Souvent il se demande pourquoi elle agit ainsi, mais il ne trouve pas de réponses. Il pense que le problème se situe dans son enfance, mais n'ose pas lui en parler, de peur de faire naître le monstre qui sommeille en elle et qui tente de se réveiller à l'occasion. Il omet de trouver les raisons de son propre comportement. La peur de se retrouver seul ou d'être rejeté comme il en a si souvent vécu la dure réalité flâne peut-être au foyer de ses réflexions.

Un autre mystère plane. Comment et pourquoi l'a-t-on choisi pour être directeur de cette banque? Il n'est pas à la hauteur et fait régner une atmosphère de grande rigidité – que d'autres appellent terreur – pour camoufler ses faiblesses. Il possède un compte de banque secret et s'entoure de gens très compétents qui font tout le travail, de sorte qu'il appose sa signature en toute confiance et les yeux fermés. Le soir, des interrogations monstrueuses mijotent sur son oreiller; il les repousse par crainte de voir la vérité le rejoindre, l'atteindre ou l'étouffer.

Le pauvre Hervé dépose un baiser sur la joue de sa femme, se lève et quitte la pièce; le vinaigre du comportement de sa femme et de son indifférence lui donne parfois des haut-le-coeur.

Ce dimanche est magnifique, comme tous les dimanches sur le bord du Pacifique. La petite famille Prudhomme grimpe le plateau aux abords accidentés de Los Angeles et se rend à sa nouvelle acquisition. Un coquet pavillon orne un monticule naturel dans un décor champêtre entouré d'arbustes aux mille couleurs, aux multiples senteurs, fournis d'oiseaux chanteurs, protégeant des regards indiscrets, les accueille. Devant eux, le bleu du Pacifique se mêle à l'azur immaculé du ciel et contraste avec la verdoyante parure terrestre tachée, ici et là, par des maisonnettes cossues et colorées de gens fortunés.

Marie sourit. Hervé jubile. Cette fois, il a misé juste. Sa femme semble satisfaite.

— C'est très beau, Hervé.

— Magnifique est plus juste. Là-bas ce sont les Brooks de la Chase, à droite notre voisin est un acteur de cinéma.

— Lequel? insiste Marie, intimidée.

— Impossible de dévoiler son nom, c'est un critère d'achat.

— Même pas pour ta femme?

— Surtout pas à ma femme! Elle pourrait me faire chanter.

Marie rigole et se tape la cuisse.

— Tu me crois capable de chantage! Impossible avec toi, tu chantes faux.

Le pauvre mari, ému, sourit et résorbe la tristesse comprimée en lui; il retrouve sa femme d'antan. Celle qu'il a épousée et qu'il recherche maintenant à travers la vie qui les éloigne et exprime de faibles élans de bonheur.

— L'important c'est ce chalet, n'est-ce pas? Tu vois, nous sommes seulement trois propriétaires, ici, sur ce plateau.

Un magnifique cottage, à la toiture en tuiles roses à la mexicaine et vêtue de briques blanches, entouré de fleurs odorantes, assis sur la pointe du décor, étonne Marie.

— En effet. Il est superbe! Comment as-tu obtenu une telle demeure?

— Je suis génial, c'est tout!

— Génial et rusé, hein!

— Est-ce un compliment ou un reproche?

— Une blague, voyons. Entrons. Je meurs de tout découvrir.

Les enfants rieurs courent, butinent autour de leurs

parents et absorbent la joie à pleins poumons, sans se soucier des interrogations apparentes sur le visage de leur père.

Marie est forcée d'admettre que son mari jouait de chance. Elle s'approche de lui et l'embrasse, sans passion. Le baiser de la reconnaissance, inévitable en de telles circonstances.

— C'est beau! Hervé.

— Beau? C'est super! Marie.

«Et très dispendieux, si tu veux savoir. Comment vais-je le payer? Là est toute la question», songe son ciboulot.

Content de voir sa femme heureuse, il s'enferme à double tour dans la sécurité et le bien-être du moment puis oublie les problèmes de son quotidien. Demain, il aura amplement le temps de chercher le sentier de sa délivrance obsessionnelle.

Malgré ce magnifique cadeau, Marie ne cesse de repousser le souvenir de sa rencontre avec William Leider. Il colle à la peau de son cerveau comme de la glu. Cette rencontre met en évidence ses sentiments toujours vivants pour cet homme. Ils sont simplement endormis ou en veilleuse, prêts à bondir au moindre signal de sa part, à la moindre agitation de son coeur.

Les jours suivants, elle sombre dans des ténèbres profondes, l'âme troublée. Le rappel de ces douces années passées près de cet homme la blesse, heurte ses convictions profondes et entrave son travail. À l'hôpital, elle passe, maintes fois, en face de la chambre d'Andy dans l'espoir de revoir son père, la laideur et la fourberie de l'homme qui partage sa vie et qui l'aime profondément déferlant sur elle à pleines coudées. Le serment fait devant l'autel au matin de ses noces s'alourdit. Malheureuse, elle implore les saints du ciel de lui venir en aide.

«Je dois oublier cet homme.»

—*Te regarder dans ton miroir serait préférable*, insiste son ombre.

«Me regarder? Je n'en ai nul besoin.»

—*Tu te mens. Est-ce cet homme ou l'idée de voir Éveline partager sa vie qui te ronge?*

Marie a un mouvement de recul et d'impatience. Elle renverse le plateau rempli d'aiguilles et de pansements médicaux qui se répandent sur le plancher de la salle d'opération dans un bruit fracassant. Le médecin la rabroue et lui ordonne, contrarié, de remplacer les instruments chirurgicaux par des propres. Elle s'exécute, désolée, et se parle.

— Celle-là, je ne la digère pas. Elle a avalé le morceau et le gros lot par la même occasion.

— Que voulez-vous dire, garde Prudhomme?

Marie retrousse une couette de cheveux rebelle sortie de sa coiffe et tourne le dos au médecin, sans s'expliquer. Sa pendule cervicale tinte, lugubre, et lui donne des frissons. Cette fois, elle a misé juste.

Donc tes regrets et tes rancoeurs grugent ta vie. Tu es incurable, ma vieille! Tes pensées malsaines te perdront, Marie. Tu vis dans le passé et tu oublies de goûter le présent. Un présent merveilleux, sans cesse embelli par un mari attentionné et le père de tes beaux enfants. Ta rancune te perdra,

Marie.

Marie fixe son attention sur l'opération en cours et relègue les élucubrations insensées de son ombre sur le sol de son inconscient, dans l'espoir de ne plus jamais les voir surgir.

Ce soir, je préparerai un bon souper à Hervé, en rentrant du boulot. Il sera content, il le mérite.

* * * * *

Dans la chambre du petit Andy, la vie se restaure après la tempête. L'enfant va mieux. Son père, soulagé, l'embrasse et lui promet de revenir après son travail. Trois jours éprouvants l'ont assommé. En route, il songe à Éveline si loin et se demande où s'en va leur union.

«Je dois faire quelque chose. Quoi? Voilà la question. Je n'ai pu la rejoindre... C'est étrange.»

Au volant de son auto, il rêve de l'apercevoir les bras ouverts en l'accueillant chez lui comme autrefois, un sourire éclatant sur les lèvres et des yeux remplis d'affection à distribuer. Pendant que se déroule le décor enchanteur de Beverly Hills, qu'il traverse sans regarder, il songe profondément aux événements passés et réalise la chance qui lui arrive en ce beau dimanche d'automne.

«On ne m'y reprendra plus. Je ne voyagerai jamais plus seul avec mon fils. Je le promets.»

Son auto enfile Aberdeen Drive en automate et se stationne en bordure de l'allée centrale. Un bref coup d'oeil à sa demeure lui pince le coeur. Elle semble noyée de solitude ou d'oubli. Puis, il jette un regard au garage... vide et ses sourcils tombent à plat sur des orbites rapetissées.

Elle n'est pas rentrée.

Pendant ce temps, Éveline a fait mille et une choses. Elle a dormi comme une loutre, puis est allée à la piscine. Ensuite, elle a décidé de faire une mise au point de son auto et s'est enfouie au cinéma pendant la réparation. Le bonheur de savourer quelques jours en silence l'a ravie. Elle a tracé plusieurs scénarios, tous plus beaux les uns que les autres, à propos de l'absence de sa famille et la fuite des employés de son domaine, puis s'est mise à espérer le retour de son mari et de son fils dans la joie.

«Attendre dans l'insouciance, quel beau cadeau!» se dit-elle satisfaite.

Lundi déroule son agenda de monotonie dans la solitude. Éveline perd son assurance à mesure que le temps passe. Elle téléphone à Lumina, mais personne ne répond. Elle imagine sa gouvernante en voyage quelque part ou en visite chez un ami. Le silence s'allonge et tisse l'épaisseur de son mystère. Jamais la maison n'est restée si longtemps seule.

—*Si, si. Mais tu ne t'en souviens pas.*

«William est peut-être en voyage avec Andy. C'est pourtant inhabituel de sa part. Le petit est encore trop jeune. S'ils étaient partis ensemble tous les trois...»

Cette idée la met dans tous ses états. Lumina, une femme dans la cinquantaine, fière de sa personne, de dix ans plus jeune que son mari, pourrait très bien passer pour sa femme...

«Je divague. Cela est impossible.»

— *Impossible...?*

Ce tourment lui tord les boyaux. La crainte de voir fondre son mariage lui glace les veines. Le film de sa vie déroule ses multiples facettes pas toujours comestibles.

«Je suis insouciante. Une étourdie qui ne songe qu'à elle. Je décide, sans réfléchir aux conséquences. Ma vanité enterre tout geste raisonnable. Je suis imbue d'égoïsme et grisée de gloire. Une gloire instantanée, éphémère, qui se dissout comme brume au soleil, à chaque fois qu'elle apparaît. Il ne me reste plus que le vide du coeur, insupportable certains jours. Cette roue insensée se perpétue à chaque concert, dans chaque ville où je passe. Je suis trop orgueilleuse pour me l'avouer. Je dois y faire face. Renoncer à cet enfer créé de toute pièce par ma soif insatiable d'être une vedette reconnue... que je ne serai jamais, s'impose. La vie me gâte et j'ai les yeux fermés. Cet homme qui partage ma vie a été grandement déçu par cette impossibilité de me donner un enfant. Je suis une femme stérile, paraît-il. Le docteur l'affirme. Comment peut-il le savoir, sans m'avoir fait passer des examens? Il m'a regardée dans les yeux et l'a diagnostiqué sur-le-champ. La stérilité serait-elle l'apanage du regard? Je n'en suis pas certaine. Au retour à la maison, j'ai consulté mes livres de médecine. Je n'y trouve rien de concluant sur le sujet. On étudie le phénomène et, en attendant, les femmes sont responsables. À regret, j'avale ma pilule mais je devine une grande déception dans la pensée de William. J'ai peur. Je lui parle d'adoption, il refuse.

Puis l'idée fait son chemin. Un matin avant son départ en voyage, il accepte.»

— À la condition que ce soit un enfant d'origine allemande, Éveline.

«Je suis survoltée de bonheur. Je remplis la pièce de musique endiablée. Je serai mère. Ce fut un beau jour que ce matin de septembre. En ce moment, tout sombre dans les ténèbres. Je suis une âme en peine, au coeur vide dans une maison vide. Entourée de richesses, je nage dans la désolante solitude. Par ma faute! S'il arrive quelque chose, j'en serai responsable. Que faire?»

Elle se frotte les bras pour les réchauffer malgré la chaleur ambiante. L'ampleur de son insouciance lui gifle le visage, elle s'effondre sur un fauteuil.

«Je sais. Appeler à l'agence de voyage.»

Une dame lui répond par la négative. Rassurée, elle se détend le cou et réfléchit. La tornade cervicale qui vient de se produire lui donne froid dans le dos.

«Je dois m'arrêter maintenant. Je suis une écervelée, une naïve. Marie me le répétait souvent. Je suis incapable de calculs prémédités. Est-ce un défaut? Je suis peut-être sur le point de tout perdre.»

L'image du trio imaginaire riant ensemble ou se grisant de soleil sans elle, lui donne la nausée. Marie, son ancienne copine de travail et la femme d'Hervé, se pointe dans son esprit. Elle la voit qui rigole de la voir si anéantie. Cette image fait se plisser son front et amplifie sa réflexion.

«Le piano, c'est terminé! Je m'occuperai de mon mari

et de mon fils. Je suis une idiote en mal de sensations fortes. Si William était fatigué d'une telle épouse...? Il aurait de bonnes raisons. Il ne vient plus à mes concerts, prétextant un surplus de travail. Dit-il la vérité? Tout va changer.

—*Éveline! Ne doute pas de lui avant d'avoir des preuves!*

Le soir étend son édredon léger sur la terre et le jour tire lentement sa révérence. Dans la pénombre naissante, pensive, la jeune femme en attente s'accoude à sa fenêtre pour tuer l'inquiétude et suit la lune qui installe ses quartiers, bien en évidence contre les intrus. Sa longue réflexion épuise le reste de ses forces, elle surveille le téléphone, désespérément muet, et décide de monter se coucher.

Le lendemain, après une nuit sans sommeil et remplie de prières ferventes, elle révise ses grandes décisions.

Je vais reprendre mon auto au garage puis je me rends au poste de police.

En route, elle constate qu'il serait préférable d'apporter des photos.

«Zut! Je devrai revenir sur mes pas.»

* * * * *

William tourne la clé dans la porte et pousse un long soupir de découragement. Il aurait tant souhaité être reçu par le grand amour de sa vie. Il dépose sa lassitude dans un grand verre de scotch et décroche le récepteur téléphonique.

«J'espère enfin la rejoindre quelque part.»

Éveline tourne le coin de sa rue en vitesse, elle a aperçu une voiture connue. Au pas de course, elle se précipite vers la porte et l'ouvre toute grande pour se jeter dans les bras de son mari.

— William! Tu es enfin là.

Les traits tirés de son mari la surprennent. Il l'enlace et la serre pour l'entrer profondément en lui en évitant son regard de femme intuitive.

— Éveline! Tu es arrivée!

— Je suis arrivée depuis dimanche, William.

Il recule et la regarde, surpris.

— Depuis dimanche!

Elle opine de la tête en lui caressant les tempes et en lui passant les doigts dans les cheveux.

— Où étais-tu passé? Je t'ai cherché partout.

Subitement, elle se rend compte qu'il est seul. Tout s'éclaire.

— Andy n'est pas avec toi? Où est-il? Il n'est pas...

William acquiesce à son tour, silencieux et navré. Éveline hystérique, le secoue pour faire sortir l'atrocité imaginaire redoutée.

— Il n'est pas..., ajoute-t-elle surexcitée, incapable de prononcer les mots fatidiques, mortels.

— Non, il n'est pas mort, il est seulement blessé.

— Blessé! Andy est blessé! C'est arrivé comment? Raconte-moi.

— Tout danger est écarté maintenant. Je suis si fatigué. Si on en reparlait demain?

— Pas du tout. Je veux savoir. Je cours à sa rescousse. Le pauvre petit, il a dû appeler sa mère. Et moi qui étais absente.

William, surpris par la question, surveille sa femme courir autour de la chambre et s'attriste. De son lit blanc d'hôpital, Andy n'a jamais prononcé le nom de sa mère. Il espérait apercevoir le visage tendre de la bonne Lumina au teint mexicain et le disait à son père. Avait-il deviné les doux mensonges de son père en ce dimanche après-midi d'automne? Avait-il ressenti sa cruelle absence dans son combat contre la mort? S'était-il résigné à ne plus la revoir? William évite d'ulcérer sa femme et s'interroge. Comment la recevra-t-il? La nervosité d'Éveline retombée dans la pièce, elle borde son époux, renversé sur le lit, exténué.

— Au revoir, mon beau Will, je me sauve.

Elle l'embrasse à la volée et s'enfuit vivement dans le grand escalier en colimaçon, laissant William avec sa joie, sa lassitude et son manque de sommeil évident.

* * * * *

Enfin, l'hôpital se pointe le bout du nez. Éveline se ressaisit et monte le grand escalier l'air soucieux, ses pensées emmêlées dans le bruit de ses pas. L'image incessante de son fils malade la poursuit et la presse. Honteuse de son absence auprès de lui, elle pousse la porte lentement, le coeur en battant la chamade. Un petit être au teint blafard la suit des yeux, sans réaction. Elle s'approche et lui dépose un baiser sur une joue puis lui caresse le coin non couvert de sa chevelure.

— Andy? Mon petit. Comment vas-tu?

— Maman?

La voix minuscule et affaiblie du petit malade lui perce le coeur. Penchée sur le corps de son enfant, elle lui frôle la joue de sa main, d'une douceur infinie, ses yeux noyés dans les larmes.

— Maman est là, avec toi, autant que tu le veux.

— Tu ne pars plus?

Éveline se pince les lèvres de regret. Cet enfant a grandi si vite. Il raisonne comme un grand.

— Regarde ce que Lumina m'a apporté. Un ourson noir au nez rouge et aux pattes blanches.

«Il est laid cet ourson!»

— C'est le plus beau, maman. Lumina m'a promis de revenir demain. J'ai hâte.

Éveline se redresse, bouleversée. Elle ne lui a rien apporté. Son tiroir aux idées est rempli de vide. Que faire? Que dire? Comment récupérer son attention?

— Tu as mal?

L'enfant lui montre sa jambe garnie de bleus et les pansements sur son ventre.

— Ça tire, maman.

— Je dormirai avec toi cette nuit, si tu veux.

— Avec moi! Dans mon lit!

— Si c'est permis, je te le promets.

Le garçonnet plisse les yeux de plaisir et sa mère l'imite en lui taquinant le bout du nez. Un rayon de chaleur affective les enveloppe un moment, Éveline croit la partie gagnée. Andy lisse de sa menotte le côté du drap où est sa mère et l'invite à l'essayer. Il bâille.

— Lumina a changé mon lit à la maison. J'ai hâte de le voir. Elle dit que je suis un grand garçon maintenant et que je ne peux plus dormir dans un petit lit.

«Lumina par-ci, Lumina par-là»: Éveline songe à congédier cette emmerdeuse. Elle capte le regard de son enfant qui semble lire en elle et chasse cette pensée. Je réfléchirai à cette difficulté demain, à tête reposée.

— Lumina a raison, Andy. Tu es le plus gentil des petits garçons de Los Angeles!

L'enfant sourit et passe un bras autour du cou de sa mère une première fois. Son coeur tremble d'émotion. Elle l'a échappé belle.

— Allez. Ferme les yeux, je te chante une berceuse.

Andy cède au plaisir et se laisse emporter par la fatigue apparente écrite en lui. Il ne cesse de lisser le bord de son lit pour inviter la chaleur maternelle à le pénétrer.

La voix douce s'élève et enrobe l'enfant d'une profonde plénitude. Dans la pénombre, une garde-malade s'approche doucement du lit.

— Croyez-vous que je pourrais me coucher près de lui ce soir?

— Je n'y vois aucun inconvénient. Au contraire. Votre affection fera son oeuvre. Vous me semblez l'aimer vraiment ce petit.

Émue, Éveline omet de le montrer. Elle se sent si honteuse de ses frasques, si coupable de ses inconduites.

— Oui, j'aime cet enfant. Plus que tout au monde.

— Alors, en vous glissant délicatement à ses côtés, vous dormirez bien. Le fauteuil près de la fenêtre, renversé à l'arrière, est confortable. Servez-vous-en.

— Merci garde. Bonne nuit.

La jeune mère se colle à son enfant et le place au creux de sa poitrine. Andy ouvre à demi les yeux et lui sourit. Ce soir, il dormira comme jamais il n'a dormi!

Sa mère, elle, sentira un peu moins la lourdeur de sa honte et de sa culpabilité.

* * * * *

L'ouragan de la crainte dissipé, l'enfant, hors de danger, rentre au bercail en boitillant après un très long séjour à l'hôpital. Le couple Leider enfile les sillons familiers de la vie quotidienne. La profonde entaille au bras gauche d'Andy se guérit et celui-ci remplit de bruits enfantins le coeur de ses parents. Sans regret, Éveline a dit adieu à ses rêves évanouis, et plus facilement qu'elle ne le croyait. Une seule ombre au tableau: Lumina.

— Je songe à renvoyer Lumina, William.

L'homme grisonnant agrandit les yeux.

— Tu veux quoi?

— Congédier Lumina. Nous n'en avons plus besoin. Je suis parfaitement capable d'élever notre enfant seule. Je suis née dans une grande famille, tu sais.

— Je regrette, il n'en est pas question!

— J'avoue ne pas saisir ton refus.

— Andy se sent en sécurité avec elle. Puis je songe à faire un très long voyage avec toi. Qui prendra soin d'Andy?

— Moi, William. Nous l'amènerons avec nous.

— Qui le surveillera lors de nos réceptions mondaines? Le chasseur de l'hôtel?

Éveline grimace, ces soirées l'intéressent de moins en moins.

— Dois-je absolument t'accompagner?

William reçoit cette réplique comme une gifle.

— Dis plutôt que je ne suis plus présentable!

Surprise, Éveline explique.

— Non, non, William. Je n'ai jamais songé à une chose pareille! Je suis toujours heureuse de t'accompagner partout où tu le désires.

— Alors, nous devons composer avec la présence de Lumina.

— Cette femme me tombe sur les nerfs. Elle a un je-ne-sais-quoi de mystérieux.

— Vraiment, Éveline, tu n'es pas raisonnable. Lumina est une femme indispensable ici. Sans elle, j'aurais été incapable de fonctionner pendant tes absences prolongées.

Éveline, sidérée, se lève et se dirige vers une des nombreuses chambres d'invités.

— Éveline! Où vas-tu?

— Digérer tes insinuations mesquines.

La porte de la chambre claque, laissant derrière elle, un

homme penaud attendant le passage de l'ouragan féminin. Il replonge dans sa lecture, désolé.

Éveline, navrée, incapable de répondre à son mari, a trouvé cette sortie convenable pour lui signifier son arrogance. Mais au fond d'elle, sa petite voix lui susurre que son mari a raison.

— Il a raison, Éveline. Lumina a fait un travail remarquable auprès de ton fils. Sans elle, que seraient devenus ton mari et ton fils? Au contraire, tu devrais te réjouir.

Éveline s'endort l'âme tourmentée, se demandant sur quelle pelure de banane ils avaient glissé. Si elle avait pris le temps d'examiner le bas de l'escalier, elle aurait trouvé une Mexicaine dévouée cachée dans un coin, l'oreille tendue, écoutant curieuse leur dispute et la tournure des événements.

* * * * *

La vie s'écoule paisiblement sur leur amour renforcé à la suite à cet accroc, Éveline a beaucoup réfléchi. Son mari méritait une meilleure compréhension, elle lui prouvera. Depuis quelque temps, une idée se taille une grande place sous son toupet. Un samedi matin de grands élans de luminosité extérieure, la jeune femme étale son mystère sur le plateau qu'elle vient de servir à son mari pour le déjeuner, entre les couvertures légères et le babil du garçonnet amusé à se cacher entre eux, dans l'immense lit luxueux.

— Toi, tu me caches des choses...

— Moi...? Pas du tout.

— Coquine. Ton nez ne saurait mentir. Il rougit.

— Si tu t'attardes à mon nez, maintenant! Nous ne sommes pas au bout de nos peines.

— Allons, avoue! petite espiègle.

Éveline, à demi penchée par-dessus son fils, plante un gros bec sur la bouche de son mari et sourit.

— Soit.

Elle ouvre le tiroir de sa table de chevet et en sort une photo.

— Voici ce que j'ai trouvé de beau pour débuter la journée, William.

Le mari amusé examine le minois charmant d'un bébé naissant qui lui sourit.

— C'est une petite fille. Nous l'appellerons Jennie, Jessy, Anny, Émeraude, si tu veux, peu importe.

William la regarde et suit son discours les yeux grands comme des abat-jour, à mesure que s'élabore l'activité cérébrale de sa femme aux contours mystérieux.

— Tu as dit... Tu veux dire... Toi et moi...

Rieuse, Éveline se tient une joue et se tait.

— Tu veux... Nous aurions un autre enfant?

— Tu le souhaites depuis si longtemps, n'est-ce pas?

— Le souhaiter et le réaliser, c'est différent.

— Différent et réalisable, William.

— Bébé, bébé, crie Andy ayant arraché la photo des mains de son père et la pointant du doigt.

— Donne-moi ce portrait, Andy. Ta petite soeur ne serait pas contente.

Éveline au comble du bonheur s'écrie:

— Tu le veux, William? Tu le veux vraiment?

Incapable de répondre tellement les bras de sa femme le serrent, il étouffe de joie. Elle le chatouille partout, comme aux premiers jours de leur union, oubliant ses courbatures naissantes et les menus malaises de son jardinier amateur.

— Arrête Éveline. Ces mots ont dépassé ma pensée.

La pauvre s'immobilise un instant et engage l'assaut, infatigable.

— William Leider! Tu as dit toi-même que l'on ne renie jamais une parole donnée.

Les voilà par terre sur la moquette bleu clair, mêlés l'un à l'autre, leur fils, resté seul sur le lit, les regarde et ne sait plus s'il doit rire ou pleurer. Ils s'enlacent et s'étreignent dans un univers délicieux. L'effervescence diluée, il caresse le front de sa femme et l'interroge.

— Vilaine cachottière! Quand et où as-tu déniché cette mignonne petite fille?

— D'abord ses parents sont Américains.

«Mais je n'en suis pas certaine», pense-t-elle.

— Voilà une bonne idée.

— Sa naissance est une longue histoire. Je vais te raconter. Tu te souviens de la cousine de Lumina qui gardait un jeune bébé...

William agrandit les yeux, surpris. Pas la...

— Maman, maman! J'ai faim! crie Andy en sautant sur le lit.

Le couple se relève, entoure le bambin oublié, content

d'avoir détourné leur attention vers lui.

— Allons d'abord déjeuner. Tu me raconteras tout et nous réfléchirons mieux.

«C'est tout réfléchi mon mari», songe Éveline rassurée. «Ce que femme veut, Dieu le veut.»

Une grande bataille vient d'être gagnée.

William se lève lentement, le coeur palpitant d'activité et se rassied sur le lit. Il voit s'éloigner l'amour de sa vie, ne sachant quoi dire, ni quoi penser. Elle est imprévisible et adorable lorsqu'elle prend les moyens pour arriver à ses fins.

Le déjeuner s'enrobe d'un babil enfantin coutumier. Éveline chantonne. William, plongé dans de sombres pensées, se tait.

— Tu sembles soucieux, chéri.

— Moi... soucieux?

— On te croirait à cent lieues de nous.

William avale une bouchée de jambon, sans croiser le regard de sa femme, et s'entretient avec son fils.

— Andy, tiens-toi bien à table. Ne mets pas tes doigts dans ta bouche.

— Papa, viendras-tu au parc avec moi, aujourd'hui?

— C'est impossible mon grand. Dimanche peut-être.

—Tu réponds toujours ça, depuis que maman est revenue.

Éveline frissonne devant les prunelles accusatrices de son enfant. Elle lui explique.

— Papa a beaucoup de travail, Andy. Tu le sais. Nous irons cet après-midi.

— Avec Lumina?

Éveline fait la moue.

— Si tu veux. Maintenant, essuie ta bouche et va jouer.

William s'accroche au regard de sa femme heureuse et attend. La suite des aveux se fait attendre.

— Puis, continue.

— Continuer quoi?

— Tes démarches pour l'adoption de ce bébé. Où en es-tu?

— Après la crise de larmes de Lumina l'autre jour, je suis entrée en contact avec cette cousine.

— C'est vraiment charitable de sa part d'avoir tant insisté. Si nous adoptons cet enfant, ce sera grâce à elle.

— À la Providence, surtout.

— Connais-tu l'histoire de cette petite?

— Lumina ne sait vraiment pas grand-chose à ce sujet. Elle a raconté que le père lui payait une indemnité pour l'entretien de l'enfant depuis sa naissance, mais elle n'a jamais parlé de la mère. Une histoire d'infidélité je suppose. Ici c'est fréquent, William. Je me demande à quoi pensent les hommes en semant leurs graines partout. Leur irresponsabilité me hérisse le chignon.

William éclate de rire.

— Toi, le chignon retroussé? J'aimerais t'y voir.

— Ne ris pas. Je suis sérieuse. Heureusement que tu n'es pas de cette race de monde. Lumina affirme que, grâce à Maria, l'homme reprenait goût à la vie. C'est dommage.

— Vraiment dommage.

— Étrange. Le destin est mystérieux. La petite est maintenant en vie mais elle ne pourra être sous les bons soins de Maria toute sa vie: la cousine de Lumina est malade et sa santé périclite.

William sourit. Il reprend son air pacifique et dépose un long baiser sur les lèvres de sa femme, pleines de beurre et de confiture.

— Si tu veux... et si tu as quelques heures de libre, nous pourrions aller rendre visite à ce joli bébé.

— Maintenant? C'est impossible. La semaine prochaine si tu veux, je serai de retour de New York.

— Parfait. Nous irons ensemble voir cette mignonne petite bonne femme. Tu verras, tu l'aimeras tout de suite.

— Je l'aime déjà, Éveline. Andy! Viens faire la bise à papa avant de partir.

Sur l'envol de son mari, Éveline goûte à un intense moment de bonheur. Oui, elle était heureuse. Oui, elle était née sous une bonne étoile. Oui, la vie la comblait. En sera-t-il toujours ainsi? Elle chasse cette vilaine intruse venue perturber sa joie et s'attarde à cette décision importante qui changera leur vie encore un peu. Le visage courroucé de Marie, sa copine d'enfance, lui effleure l'esprit et la rend nostalgique. Si seulement elle avait pu lui communiquer son bonheur, Éveline en aurait été très heureuse. Hélas, leurs routes se sont éloignées bêtement depuis longtemps maintenant. La jeune femme soupire. Partager seule de si bons moments la rend nostalgique. Elle hausse les épaules. «Puis, tant pis!»

La vie reprend la route.

Chapitre 9

Marie Prudhomme grimpe dans la classe sociale envers et contre tous. Hervé, son mari banquier, lui prodigue l'attention démesurée qu'elle lui soutire du mieux qu'il peut.

Las, ses nuits sans sommeil augmentent au rythme des ambitions farfelues de sa femme Il se demande comment il va s'en sortir. Hier, la vulnérabilité d'un vieil homme, client de la banque, lui a donné des idées machiavéliques. Du revers de sa main, il les a chassées de son front dégarni. Il se revoit écouter le brave homme debout devant lui enveloppé dans l'attente de quelques conseils à glaner.

Hervé lui montre une chaise.

— Asseyez-vous, Monsieur Bonnar, je reviens tout de suite.

Hervé sort de son bureau, interroge à mi-voix une employée, puis revient à son fauteuil de cuir brun.

— Que puis-je faire pour vous, mon bon ami?

Rassuré, l'homme relâche les épaules et se recule confortablement sur sa chaise.

— Monsieur le gérant, j'ai un dilemme insoluble. Je ne sais pas comment m'en sortir.

— Parlez Monsieur Bonnar. Nous sommes ici à votre service.

— Voilà...

Une seconde employée entre et dépose une feuille sur le bureau en face de son patron et se retire. L'homme contourne sans arrêt l'ongle de son index avec son pouce.

— Je suis maintenant un vieil homme célibataire, solitaire. Mes parents sont tous morts en Europe au début du siècle. Je suis le seul survivant en Amérique.

Voyant l'air sceptique du gérant débonnaire, l'homme voûté reprend l'antenne.

— Quel âge me donnez-vous?

— Je n'ose m'aventurer dans cette voie, monsieur, je suis très mauvais juge en la matière.

— J'ai soixante-quinze ans.

— Soixante-quinze! C'est un âge honorable en effet. Être en si bonne forme que vous est plutôt rare à notre époque.

— Que voulez-vous! On m'a oublié. Mais là n'est pas la question. J'ai beaucoup réfléchi et je ne trouve aucune issue. Comme nous ne savons pas comment se termine notre tournée terrestre, je suis inquiet.

— Inquiet?

— Au sujet de mon compte en banque.

L'espace d'un éclair, Hervé comprend la situation. La lucidité et la sagesse du vieil homme l'épatent.

— Je vois.

Le gérant tourne délibérément son crayon entre ses doigts à la recherche d'une idée... qu'il possède depuis un long moment.

— Si vous avez confiance en moi, je vous proposerais quelque chose.

— Dites, monsieur. Je m'en remets à votre sens pratique et votre probité reconnue.

— Il me serait possible de gérer vos avoirs de manière à ne jamais plus vous inquiéter. Vous avez accès à votre compte en banque, en tout temps, et s'il vous arrive un imprévu, je règle tout pour vous selon vos désirs.

— Ceci est possible?

— Tout à fait réalisable.

L'homme retrouve ses couleurs, lisse sa chevelure de neige et pousse un grand soupir de soulagement.

— Monsieur, vous êtes mon ange gardien. Vous venez de me donner dix ans de plus à vivre, je vous en serai éternellement reconnaissant.

Hervé Prudhomme, le gérant de banque et mari de Marie Desrochers, l'amoureuse délaissée, voit naître dans son encéphale une foule de désirs pervers qui s'étendent sur le sol de ses préoccupations quotidiennes envers sa femme et grimace. Il se retient de les étaler au visage de son interlocuteur et les remise dans un tiroir de son lobe frontal. Il répète la phrase prometteuse du vieil homme :

—Je vous en serai éternellement reconnaissant.

Des papiers, un testament, des propriétés, tout, tout... surgissent dans sa rêverie et ne demandent qu'à devenir réalité. Il se lève, prétexte un rendez-vous d'affaires et fixe un nouvel entretien avec le vieillard, deux jours plus tard.

— Je vous réserve un coffret de sûreté.

— J'en ai déjà un, monsieur.

— Nous reparlerons de tout cela à tête reposée, vous et

moi. En attendant, dormez bien et surtout, ayez confiance. La banque est d'une sécurité à toute épreuve.

— Je le sais, monsieur. À vendredi.

Après le départ du vieil homme, Hervé demeure songeur un long moment. L'activité cérébrale à son apogée, le coeur léger, l'âme euphorique, il se demande s'il ne vient pas de pousser la porte du paradis.

«Et si c'était celle de l'enfer», lui répond une voix surprenante.

Deux jours plus tard, l'homme se présente chez son gérant de banque, le porte-documents aux coins grugés par la vie fermement retenu sous le bras par ses deux mains. Il ouvre tranquillement la vieille mallette remplie de paperasses lourdes de richesses monétaires. Inconsciemment, Hervé agrandit les yeux de surprise.

Ensemble, ils examinent le contenu et le gérant promet de tout garder précieusement sous clé dans un plus grand coffret qu'il lui montre. Le vieil homme porte une attention distraite à ce qu'il conçoit comme des détails secondaires et signe, en toute confiance, le document que lui présente Hervé, le gérant de banque, sans le lire, et se sent pousser des ailes. Un poids lourd longtemps éprouvé par l'inquiétude de se faire voler, vient de s'échapper des épaules tendues de l'homme mûr.

— Vous et moi sommes les seuls détenteurs de cette clé. Si vous le désirez, je vous la laisse. Mais je préférerais la conserver si vous n'y voyez pas d'inconvénient. Ce serait plus sécuritaire.

— Vous avez raison. Je pourrais oublier l'endroit où je l'aurais rangée. Sans compter la possibilité de la perdre...ou de me la faire voler.

Hervé se dirige vers le grand tiroir de son immense bureau, tourne la clé et l'ouvre.

— Approchez-vous. Voyez, elle sera ici à gauche dans cette boîte minuscule sous les trombones.

Le gérant de banque joint le geste à la parole, referme le tiroir et lance en l'air la clé minuscule de son bureau en signe de satisfaction évidente. Le vieil homme, surpris par la vitesse d'exécution de son protecteur, reste pantois devant lui, les mains vides de tous ses biens. Un étrange sentiment de crainte lui traverse l'esprit, mais il le mate et prend sa mallette devenue très légère.

— Vous avez pris une bonne décision, Monsieur Bonnar, assure Hervé, lui entourant les épaules de son bras. Je serai toujours là pour vous aider. À tout moment, vous êtes le bienvenu.

— Vous êtes bien bon. Je suis content.

Enrobé de son plus beau sourire, Hervé donne congé au vieil homme et se rassied confortablement dans son fauteuil. Il tourne lentement la clé minuscule de son tiroir, soupèse celle du coffret Bonnar et en sort les papiers pour les examiner à souhait. Ce qu'il découvre le fige sur place. Il se sent envahi par un bonheur euphorique jamais soupçonné. Sa griserie l'emporte loin vers un monde de plaisirs et d'aisance. Fini le travail! Finis les tracas multiples! Marie supplantera cette...

cette horrible Éveline, l'empoisonneuse de notre vie. Marie est désormais une femme riche à jamais, et nous serons enfin heureux!

— Vous parlez tout seul, monsieur? avance une caissière timide obligée de déranger son patron dont le comportement semblait étrange, pour ne pas dire anormal.

Hervé sort de sa rêverie, sourit, pince délicatement la joue de son employée impolie qui, à un autre moment, aurait été rabrouée sans vergogne, et sort de la banque au pas de valse. Il piétine inconsciemment du pied la honte de ses actes, l'absence de remords éprouvée devant son geste abject et l'ampleur de ses idées tordues.

«Si ce n'est pas moi, ce sera un autre», conclut son jugement faussé par la nécessité et l'urgence de sauver sa vie de couple.

Le gérant de banque ravale le fiel remonté à sa gorge et fonce dans le vif du plaisir.

La jeune caissière sourit à la pensée de savoir son patron en si bonne forme et de si belle humeur.

* * * * *

Les années coulent cahin-caha pour le couple Prudhomme. Marie ne travaille presque plus à l'hôpital.

— Depuis la naissance de mon dernier enfant, j'accepte une journée par quinze jours *«pour garder la main»*, leur dit-elle.

À la maison, les enfants grandissent au point de les

retrouver à l'aube de l'adolescence. Une seconde grande page de la vie se dessine.

Francis, leur fils aîné, allonge à vue d'oeil. Il projette de passer l'été au Canada, à découvrir la vie d'enfance de sa mère.

— Tu n'y penses pas! Francis. C'est un autre monde là-bas. Tu te sentiras étranger, lui assène constamment son ami, triste à l'idée de passer seul la saison torride.

— Tom, je veux connaître mes grands-parents. Au contraire, maman et papa m'assurent des vacances inoubliables. Ils n'ont pas cessé de nous raconter tant de souvenirs. Je pense qu'ils sont nostalgiques et qu'ils s'ennuient parfois.

— Alors, j'aimerais te suivre.

Le jeune garçon pouffe de rire.

— Ah! Ah! Tu penses à toi plus qu'à moi, Tom.

— Oui. Et après!

— Rassure-toi, je t'écrirai. Et je reviendrai si c'est aussi moche que tu me le prédis.

Les deux copains se quittent sur ce message d'espoir.

Aline, la soeur de Francis, une fillette de treize ans, vacille entre la bonne humeur débordante ou la bouderie instantanée et inutile. Sa mère se désole. Sa grande fille lui ressemble tant...

— Un jour tu devras changer de caractère, ma fille. Sinon.

— Sinon...

— Tu ne trouveras personne pour te marier.

Aline se rembrunit. Sa mère laisse planer un doute monstrueux sur son coeur incertain et sa démarche timide. «Pourquoi n'a-t-on jamais d'encouragements dans cette maison?» songe-t-elle désolée.

Son père! Il n'existe pas ou si peu. Il est toujours absent. Plus souvent, la bonne, la servante de tout un chacun, Aline rêve de partir un jour comme son frère s'apprête à le faire.

En attendant, elle s'agite autour de ses frères, en les accompagnant à l'école chaque matin.

Le klaxon familier d'une voiture se fait entendre.

— C'est papa! Maman. Papa arrive!

La jeune fille adore son père aux tempes grisonnantes, un homme attentionné envers eux.

— Ah! oui! Ah! bon, accepte Marie, sa mère, sans interrompre le fil de sa pensée.

Au bruit de la porte qui s'ouvre, elle se retourne sans bouger et continue le maniement de sa machine à coudre à pédale.

— Tiens, te voilà, toi!

— Papa. Comme vous êtes beau dans votre costume. Donnez-moi votre valise.

— Bonjour ma pitchounette! Tu grandis, ma foi!

— Je veux devenir aussi grande que vous!

Hervé, ému, lui sourit et caresse sa joue.

— Tu es sur le chemin, ma fille. Tu verras.

Marie se retourne, lui lance un regard hargneux en guise de contradiction et continue la piqûre du bas de robe de sa fille. Son mari se penche vers elle et lui effleure la joue de ses lèvres.

— Bonjour ma femme. Comment vas-tu? Les enfants n'ont pas été trop turbulents?

Marie fait taire le bruit de sa pédale et se tourne vers Hervé. Un tel empressement, une telle jovialité lui créent des soupçons. Cette attitude inhabituelle engendre les doutes.

«Qu'est-ce que cela peut te faire, Hervé? Tu n'es jamais ici pour le constater ni intervenir.» échafaude sa hargne malodorante. Marie, outrée, se lève et apprête le souper.

Le brave homme passe outre aux humeurs de sa femme et se tourne vers ses petits.

— Les enfants, j'ai une grande nouvelle à vous annoncer.

— Une grande nouvelle! Qu'est-ce que c'est papa?

— Je défais ma valise et je vous rejoins à table. En attendant... essayez de deviner.

Le quatuor enfantin se morfond à attendre un père intéressé à étirer le temps. Il se creuse les méninges et la mère sourit à ce stratagème énigmatique toujours réussi. Que leur réserve encore leur père? Les enfants se remémorent d'autres retours à la maison garnis de belles plaisanteries comme seul leur «paternel» en possédait le secret. L'achat d'un beau chalet, de leur bicyclette neuve, d'un collier à maman, de leur première auto, de l'asphalte dans leur entrée leur permettant de mieux jouer, de l'arrivée de leurs grands-parents au langage étrange et incompréhensible, de la visite inusitée de ces vieux messieurs riches, amis de leur père, venus faire leur connaissance; de la première poupée Barbie donnée à Aline par un de ces messieurs, de l'absence de leur mère malade pendant tout un été... Ils n'arrivent pas à mettre le doigt sur cette nouvelle énigme de ce père aimant.

Enfin allégé de son costume austère, Hervé se pointe le bout du nez, l'oeil enjoué, le sourire en action.

— Papa, on veut savoir.

— Mangez, ensuite vous saurez. Mais d'abord, racontez-moi votre journée.

Marie alimente les estomacs et ravive les souvenirs à mesure qu'ils naissent. La marmaille picore à souhait. Le dessert coiffe l'attente interminable.

— Nous avons terminé, papa.

Marie, sa curiosité aiguisée, se plante au milieu de la pièce, forcée d'avouer sa hâte de savoir. Hervé, content de l'effet réussi, se caresse le ventre proéminent, se nettoie une dent de son cure-dent et annonce.

— Les enfants, nous allons tous au Canada. Nous irons reconduire Francis à la fin du mois.

— Au Canada! clament en choeur les marmots sautillants de joie.

— En avion, Hervé? Tu n'y songes pas sérieusement, avance Marie pragmatique.

— Nous prendrons tous l'avion. Les billets sont achetés, les sièges sont réservés.

Chacun se regarde et répète: l'avion, en se créant une multitude d'images fabuleuses sous le toupet. Le soir n'en finit plus de s'émouvoir sur la joie parsemée dans le coeur de chacun des membres de la famille Prudhomme.

Il sembla à Marie que le coucher de soleil fut un des plus beaux depuis son arrivée en Californie il y a vingt-cinq ans.

Courbé de fatigue, Hervé dépose son corps usé entre les plis de leur lit et goûte la saveur de la bouche de sa femme, la douceur de sa peau et l'ivresse de son parfum. Jamais elle ne s'est donnée de la sorte.

Après l'amour, il réfléchit en peignant de ses doigts la belle chevelure de sa femme dont les yeux ploient sous le sommeil. Marie avait souffert de l'éloignement de son pays natal, plus qu'il ne se l'était imaginé. Envahi par la béatitude sexuelle éprouvée, Hervé revit ce moment divin et s'endort d'une vivifiante léthargie. Le lendemain, il cherchera long-temps la provenance de ce si grand bien-être.

«Dans ton sens du devoir, dans ton besoin de plaire aux tiens et dans l'amour que tu portes à cette femme partageant ta vie, Hervé», lui susurre une voix intérieure.

Le brave homme soupire en ressassant ces idées per-sonnelles pas tout à fait conformes à la réalité, se dit-il soucieux. La tombée du jour installe ses assises. Hervé rêve à nouveau de félicité. La vue de sa femme endormie au creux de son bras chasse les nuages du quotidien ténébreux blottis dans les replis de son crâne et le remplit de coloris aux teintes vives comme l'effervescence de son amour indéfectible.

Si sa femme prenait le temps de le regarder vraiment, elle découvrirait le regard éteint d'un homme exténué. Elle apercevrait un homme au bord du gouffre insidieux et vorace de la culpabilité. Mais elle n'en a rien à foutre des balivernes répétitives de son mari, maintes fois servies aux repas du soir. Elle vit, en suspens, entre le désir pernicieux de vengeance envers Éveline et les besoins essentiels de sa famille à combler.

En attendant... En attendant, le soleil perpétuel plonge sur eux et les engourdit d'une bienfaisante nonchalance, inconnue dans leur enfance.

Deuxième partie

Chapitre 10

La vie a tant grandi que les oisillons sont sur le point de quitter la riche demeure d'Aberdeen Drive. William a fait construire trois *châteaux* bordant sa rue. La vie des Leider brille de tous ses feux, le soir au clair de lune. Il a acheté un bout de sa rue de la ville de Los Angeles et en a fermé l'accès par une clôture, pour préserver l'intimité. Il a fait construire une arche pour rehausser le charme et a installé une guérite avec un gardien en permanence afin d'éliminer les indésirables. Éveline se sent étrange.

— Éveline, nous aurons la paix.

— Personne ne m'effraie, William.

— Moi non plus, Éveline. Cependant, vous serez en sécurité lorsque je serai en voyage.

— Tu t'inquiètes pour nous?

William lui sourit pour toute réponse.

— J'aime les grands espaces, William. «Non pas me sentir clôturée.»

William devine la déception de sa femme et réfléchit. Les jours suivants, il chantonne curieusement.

— William, quelle mouche t'a piqué?

— Je ne comprends pas.

— Tu chantes du matin au soir...«C'est louche!» Prendrais-tu goût à l'art lyrique?

— Et toi, au piano? lui lance-t-il en ouvrant le couvercle si longtemps refermé.

Remplie de surprise, Éveline ne sait que répondre. Jamais il n'avait fait allusion à cette orageuse tranche de vie.

Son mari réplique:

— Je te réserve une surprise très bientôt.

Éveline s'émeut. Quel homme magnifique! Sa vie fut une continuelle randonnée avec le succès phénoménal de son mari, les innombrables présents reçus, les surprises à chaque coin de vie, la satisfaction de ses désirs et de ses attentes, le bonheur inventé par cet homme unique, la réussite de ses enfants, tout, tout faisait d'elle une femme comblée et très heureuse. Parfois, d'horribles instants d'angoisse la torturaient à l'idée de le voir vieillir. Que deviendra-t-elle sans lui?

Une multitude de moments inoubliables surgit en elle. Des voyages en Asie, un ranch à San José (pour satisfaire son besoin d'espace), un chalet luxueux à Long Beach (pour recevoir le monde des affaires et de la finance), des serviteurs à chaque endroit (pour épargner ses belles mains), un chef cuisinier fidèle depuis deux décennies à Aberdeen Drive; tant de bien-être créé par cet homme au coeur de sa vie.

«Je suis une femme comblée, je le sais. La vie m'a bénie, j'en conviens. J'ai trouvé un homme irremplaçable. Le bonheur existe, j'en savoure chaque parcelle au quotidien. Je suis une femme choyée. Le serai-je toujours?»

Éveline reprend le visage de son mari dans ses deux mains et le regarde intensément.

— Je t'aime William. Je t'aimerai toujours.

William, transporté, lui prend la taille et la couvre de tendres baisers.

— Si tu le veux bien, prépare-toi nous partons pour Long Beach, j'ai invité le candidat à la Maison Blanche à venir passer quelques jours chez nous.

Éveline exécute un mouvement de recul, puis se reprend. Même comblée, certains moments sont plus exigeants.

— Crois-tu ma présence indispensable?

— Sans toi, tout est terne. Tu es ma muse, tu le sais.

Éveline, gonflée de joie, s'esclaffe, le quitte et se prépare à affronter le monde dont elle sent, certains jours, la cuisante lourdeur mondaine.

— Quand t'arrêteras-tu, William? Quand cesseras-tu ces courses autour du monde? Les enfants ont grandi sans toi. Ils sont à l'aube du monde adulte et ne te connaissent pas, sauf en pourvoyeur infatigable. Tu es l'homme aux goussets ouverts à satiété. Ils le savent et en profitent. Aucun d'eux ne lève le petit doigt pour te rendre service. J'ai peur William. J'ai peur qu'ils soient des monstres d'égoïsme.

William se redresse, surpris par les propos de sa femme. Il réfute les allégations si gratuites.

— Éveline, je te défends de parler de la sorte d'Yvette. Notre fille sera heureuse comme nous le sommes. L'argent contribue au bonheur, nous en sommes la preuve vivante.

— Nous sommes une exception, William. Notre univers gravite plutôt dans un monde de discorde et de désenchantement. Les O'Brien, les Thomas, les Vergens; des exemples frappants de richesse ternie par l'infidélité, la froideur, les masques, la façade conjugale écrabouillée.

— L'exception confirme la règle, nous répètes-tu constamment.

— La confiance mutuelle, la fidélité; voilà deux atouts pourtant accessibles à tous, William. N'est-ce pas?

William évite de répondre à cette question, occupé à choisir ses vêtements dans sa penderie.

Une voix juvénile se fait entendre au rez-de-chaussée. C'est Yvette.

— Papa, je vais passer le week-end chez Suzie.

— Suzie...? insiste son père sans se montrer.

— Suzie Baldwin. La fille de notre chalet voisin à Long Beach.

— Une décision prise ou un questionnement? demande Éveline, sa mère.

— Disons que c'est un souhait réalisé, maman.

— Nous espérions rendre visite à tante Greta à San Francisco tous les trois. Il est si rare d'être ensemble. Puis ce serait intéressant de nouer des liens plus étroits avec ta tante. Elle est en Amérique depuis seulement quelques années, tu sais.

Willliam apparaît silencieux au faîte de l'escalier, examine sa fille de vingt ans et attend, déçu.

Yvette se dandine un peu honteuse.

— Je suis désolée, papa.

— Tu aurais pu nous en parler. Tu seras majeure seulement l'an prochain à ce que je sache.

— Je sais mais je me pratique en attendant, lance-t-elle,

enjouée et coquine, le visage vers le haut de l'escalier, les mains accrochées au poteau de la rampe dont la robe jaune forme une tache ensoleilllée.

William succombe au charme de sa fille astucieuse. Désarmé, il continue à faire son noeud de cravate et lui sourit. Les Baldwin n'étaient pas des crétins, au contraire. Sa fille ne courait aucun danger.

— Je serai de retour dimanche soir. Nous devons préparer notre bal de graduation, vous comprenez.

Le couple continue leur conversation mutuelle en silence. Ce sera le bal, puis l'entrée au travail, puis le départ de la maison... Éveline se sent lasse. William prend un coup de vieux.

— Ne t'en fais pas, William, nous irons quand même voir ta soeur malade.

— Tu crois? J'espérais qu'Yvette nous y conduirait, le trajet est long.

— Nous prendrons l'avion.

Aussitôt dit, aussitôt décidé, Éveline place deux réservations et s'essuie les mains l'une dans l'autre. Tant de fois elle avait résolu leurs menus déplacements, tranché leurs litiges coutumiers, solutionné les désaccords entre ses enfants lors des multiples absences de son mari de façon harmonieuse. À mesure qu'ils grandissaient, ses marmots lui montraient à leur manière comment se préparer au départ de son mari.

San Francisco les reçut dans les pleurs: la soeur de William était morte pendant leur voyage. Les Leider regrettèrent leur présence à ces funérailles. Leur séjour étala au grand jour les querelles intestines entre les enfants de la défunte Greta, une riche veuve belliqueuse. Des phrases chuchotées firent se dresser leurs cheveux.

— Elle récolte ce qu'elle a semé.

— Des enfants ingrats et assoiffés de pouvoir.

— Aucun ne marque des signes de tristesse. C'est incroyable!

— Je n'ai pas hâte à la lecture du testament.

— Moi, je suis curieuse, au contraire. Qui héritera de son empire financier?

— J'aimerais le savoir... William, assure Éveline prise au jeu des intrigues et des quolibets.

— Je préfère m'abstenir de ces scènes disgracieuses. Ma soeur avait des défauts mais c'était une femme d'affaires redoutable.

— Une maladie contagieuse contractée dans votre famille, William.

— Tu trouves?

— Je ne m'en plains pas, au contraire. Je suis gagnante sur tous les points, puisque ton caractère est à l'opposé de celui de ta soeur.

— Ces horreurs familiales m'ennuient. Si nous partions tout de suite, Éveline?

Le couple se prépare à quitter la jungle ingrate mais un neveu les retient.

— L'avocat de ma mère vous demande d'être présent à la lecture du testament, mon oncle... et vous aussi ma tante.

Les Leider se regardent, intrigués. Ils n'ont pas le choix.

— Le pauvre homme a besoin de témoins, il redoute le pire, chuchote William ironique à sa femme.

La salle adjacente au bureau de l'avocat est morbide. L'atmosphère lourde s'empuantit. Chacun se surveille et s'évite en même temps. La présence de l'oncle William provoque une diversion, pose une donnée inconnue et sème le doute chez chacun des héritiers en attente de leur héritage.

William les analyse, un par un. Jimmy, le fils aîné célibataire presque inconnu, parti bourlinguer autour du monde sans donner de nouvelles depuis nombre d'années; John, le second fils, querelleur et hypocrite, enfant chéri de Greta, qu'elle a mis à la tête de l'empire lors du décès de son mari et qu'il a failli engloutir dans le jeu; Lydia, la fille rejetée par sa mère, et chouchoutée par le père décédé depuis un an; Louis Benson, le directeur des opérations, homme intelligent aux mille possibilités qui a renfloué la compagnie après les bévues du jeune président incapable et orgueilleux; Élise Faguy, la gouvernante dévouée et indispensable; Peter, le dernier rejeton de la famille, le plus acariâtre des héritiers; Éveline, la tante; et lui, l'oncle.

Jimmy aspire au titre de président, John espère un nouvel essai, Lydia, malgré sa haine envers sa mère, songe aux sommes mirobolantes pour continuer sa vie luxueuse déjà très bien amorcée.

«Un héritage qui me revient de droit, se dit-elle, si sa mère veut être pardonnée.»

Louis Benson souhaite continuer à faire un travail qu'il adore, Élise Faguy se demande pourquoi elle est là, Peter veut tout, William rien et Éveline moins que rien.

La lecture se termine dans un chahut indescriptible. Chacun s'invective à qui mieux mieux et se souhaite le plus terrible des malheurs. À son image, même en terre, Greta régnait en souveraine.

Le directeur garda son poste, la gouvernante hérita des biens liquides, la compagnie fut mise en fiducie et les profits iraient aux enfants pauvres de San Francisco, les trois garçons devenaient chacun propriétaire d'une des trois maisons et Lydia était nommée la gérante de la portion internationale de la compagnie sous supervision de son oncle William. Éveline acceptait le chalet de Los Angeles.

Greta avait déshérité ses trois garçons au profit de sa fille unique. Avait-elle voulu se racheter? Avait-elle éprouvé du remords sur son lit de mort? Avait-elle exécuté le souhait de son mari qui voyait son sosie en sa fille bien-aimée? Nul ne le saura jamais.

Au retour, William se sent envahi par une grande fatigue. Son héritage lui pèse lourd, il se fait vieux. Alité pendant une semaine, la fièvre ne le quitte pas, il doit être hospitalisé. Dans ses délires, il répète les malédictions proférées contre lui par ses neveux en colère et frissonne. Le diable avait assisté aux funérailles de sa soeur unique.

On déclare une infection au pancréas, c'est sérieux. Les meilleurs médecins de la Californie sont demandés à son chevet.Une bataille personnelle s'ensuit. Éveline est très inquiète. Ses enfants ne le quittent pas. Le danger écarté, il rentre à la maison content et soulagé; il a eu très peur.

— Comme c'est bon de revenir dans ses vieilles pantoufles, Éveline!

— Ne recommence plus jamais! Nous détestons ce genre de voyage.

William Leider sourit et ferme les yeux. Les deux derniers mois lui ont donné matière à réflexion. La mort de sa soeur et le comportement de ses neveux l'ont renversé. Sur son lit d'hôpital, il a mesuré le contraste entre sa famille et ces autres, sans âme. Il a réalisé la chance d'avoir eu une telle femme comme épouse, une telle mère pour ses enfants. Il a vu et senti l'affection des siens, le chaleur du regard de ses marmots. Cette saveur lui a donné le goût de se battre, malgré son âge. Il a songé à la responsabilité posée sur ses épaules par sa soeur. Elle n'avait pas le droit d'agir ainsi sans sa permission. Il anticipe la visite de sa nièce Lydia, une inconnue. Devra-t-il exécuter ce souhait écrit en toutes lettres dans un testament? Nerveux, ses sombres pensées font fuir le sommeil. Son âge ne lui permet plus de fuir la réalité. Peu à peu, il doit cesser ses activités. Son testament n'est pas fait. Le moment presse. Comment le fera-t-il? Il doit y songer sérieusement.

— William, tu ne dors pas encore?

— Je ne sais pas ce que j'ai. Je me tourne et me retourne sans arrêt.

— Quelque chose t'inquiète?

— Tout et rien en particulier.

— Tiens... c'est nouveau cette attitude. Tu n'as jamais éprouvé de difficultés à dormir, toi! J'en étais presque jalouse à certains moments.

— Ah! tu sais. Je vieillis.

— Tut! Tut! Tut! À quoi riment ces idées noires, enfile Éveline empressée de lui couvrir les épaules.

— Éveline! Cesse de te mettre la tête dans le sable et écoute-moi!

La femme engourdie par le sommeil ouvre grand les yeux, surprise par le ton urgent de son mari.

— Éveline, je me fais vieux. J'ai perdu mes vingt ans il y a belle lurette. J'aurai bientôt quatre-vingts ans. Entends-tu? Quatre-vingts.

— Puis, après!

— Après, je n'aurais pas dû accepter la tâche d'aider Lydia.

«Et ta soeur se serait montrée intelligente de ne pas te le demander», se dit Éveline, mais elle se retient de l'avouer à son mari.

— William, tu seras à la hauteur. Tu l'as toujours été. Nous irons ensemble. Je resterai près de toi dans le bureau et... j'apprendrai.

— Ce ne sera pas facile, tu sais.

— Tu es né pour conduire des affaires, William. Dans tes mains, tout réussit. Ta soeur le savait et elle t'a fait confiance.

— Je n'ai plus besoin de confiance ni de personne, Éveline.

La brave femme regardait son mari qui lui caressait la joue; il avait vieilli depuis ce départ familial pour l'au-delà. Son discours avait changé.

— Je sais. Nous devons dormir maintenant. Nous en reparlerons demain.

Mais son mari nerveux continue à se tourner et à se retourner.

— Éveline, je veux te dire que nous avons des enfants exceptionnels, grâce à toi.

— Tu es bon, William, merci. Tu as une grande part dans cette réussite. Ils sont affectueux, attentionnés et...

— Yvette est une merveilleuse jeune femme. Décidée, organisée, elle ira loin.

— Andy également, William. Ne l'oublie pas!

Le mari évoque en lui de multiples souvenirs pour étayer les dires de sa femme, il enchaîne:

— Te souviens-tu comme tu avais peur de manquer ton coup?

Éveline esquisse un sourire englué de sommeil sous des yeux qui ne veulent pas rester ouverts.

— Ils semblent avoir de bonnes dispositions, sait-on jamais? Il faut parfois toute une vie pour connaître la nature profonde d'un individu. Songe aux réactions de tes neveux.

William se colle fermement les lèvres ensemble, opine du bonnet; elle avait raison.

— Je souhaite que ce ne soit pas le cas ici, Éveline, j'en serais très déçu. En tout cas, tu n'es pas ma soeur, Dieu merci! Tu es si peu exigeante envers la vie et envers moi que cette attitude se reflète chez nos enfants.

— Je suis comme je suis, William. C'est tout.

— C'est pour cette raison que je t'aime tant.

L'homme soulagé d'avoir émis son opinion et d'avoir trouvé une oreille compréhensive, bâille.

— Dormons, si nous voulons être en forme demain.

— C'est ça, dormons!

Éveline ferme les yeux un moment puis les ouvre, le sommeil a fui. Longtemps, elle s'attarde sur les inquiétudes de son mari et les fait siennes. Ce qu'elle redoutait devient réalité. Le futur lointain longtemps repoussé était sorti de la bouche de son mari. Il affirmait se sentir vieux. Son mari songeait à se retirer des affaires, une idée qu'elle lui soumettait en filigrane parfois, mais elle était aussitôt repoussée. Une étape est maintenant franchie, une nouvelle tranche de vie s'annonce, il faut y faire face. Le coeur gonflé de peine et d'inquiétude, elle glisse dans les routes de son encéphale et cherche un endroit où trouver le réconfort et la confiance qui lui manquent tant. S'il venait à quitter cette terre, que deviendrait-elle sans lui? Les jours ont tant coulé sur sa vie comme un doux manteau de satin depuis son mariage. Sera-t-elle à la hauteur?

* * * * *

Rétabli, William donne rendez-vous à son avocat pour faire son testament. Lui et Éveline partent pour Hambourg en compagnie de Lydia, la nièce transformée en femme d'affaires.

La jeune femme se montre une fine diplomate et une négociatrice redoutable. Soulagé, William songe que sa soeur avait évalué avec justesse les possibilités de sa fille, il en était heureux. Sera-ce la même chose pour les siens? Il s'interroge.

Astucieux, il a élaboré un plan longtemps médité et ne s'inquiète plus. Éveline saura tirer les fils sans difficulté... Il l'espère ardemment.

Éveline, le sentant anxieux, l'interroge.

— Tu es songeur, William. Je me demande si ce fut une bonne idée de venir ici.

— Allons, Éveline. Tu t'en fais inutilement. Lydia est une fille brillante, elle apprend vite.

— Et très belle.

— Un atout non négligeable mais secondaire en ce qui me concerne.

— Tous les hommes ne sont pas de ton avis.

— La beauté tu sais, à mon âge...

— Même à ton âge, William. La compagnie de personnes présentables est toujours flatteuse, surtout si c'est une nièce. Elle est le portrait de son père.

— De sa mère, Éveline. De sa mère! Tu n'as pas connu ma soeur à vingt ans. Une nuée de jeunes courtisans remplissait son sillage dès son apparition. Elle adorait leur plaire et être adulée. C'était comme une drogue.

— Ou un besoin.

Le mari d'Éveline se lance à la poursuite de cette affirmation et la médite.

— Je n'ai jamais songé à cette facette, Éveline. Ma soeur Greta a vécu dans la ouate et l'aisance toute sa vie.

— Loin de ses parents. Tu me l'as raconté un jour.

William laisse couler le silence entre eux, il revoit son enfance en Allemagne au bord de l'Elbe dans une chaumière à peine plus grande que leur remise et se souvient du départ de leur père pour la guerre, sans grand espoir de retour. Il entend sa mère, une éternelle optimiste, leur chanter une berceuse pour les endormir. Elle partait ensuite à pas de loup gagner quelques sous jusqu'aux petites heures du matin, le coeur serré, l'âme angoissée de laisser ses enfants seuls pendant qu'elle chantait des ballades aux buveurs de houblon pour leur acheter de quoi les gâter le lendemain.

Les instants propices aux confidences ouvrent l'écoutille du passé au grand bonheur d'Éveline. Il se confiait si rarement qu'elle restait muette pour le laisser déverser sa rivière de souvenirs.

— Pauvre maman! Jamais nous n'avons soupçonné un seul instant qu'elle avait du mal à joindre les deux bouts. Au contraire, nous avions l'impression d'être riches. Elle remplissait la cuisine de chants continuels, nous enrobant dans une douce affection quotidienne. Mes frères et moi n'étions pas dupes. Le soir dans son lit, ses pleurs ne trompaient pas.

L'homme assis en bordure du cours d'eau se tait, travaille de la cervelle, classe ses souvenirs et reprend.

— Fatiguée d'attendre mon père, le regard constamment tourné vers le lointain, elle rêvait à des jours meilleurs.

William, assis sur le banc, ramène sa femme sur son coeur, en mesure toute la dimension dans son regard, et continue son périple.

— Puis, un jour, un immense bateau accosta au quai. Des inconnus remplirent son bar et prirent plaisir à l'entendre chanter. Elle apprit que le bateau repartait dans quelques jours.

Un éclair de génie lui traversa l'esprit. Elle courut vers nous, se précipita au grenier, sortit une vieille valise poussiéreuse de sa noirceur, la remplit du peu de choses qu'elle possédait, et nous traîna à sa suite devant les protestations des siens qui lui souhaitaient les pires malheurs. Les oreilles fermées à ces récriminations, elle s'est embarquée, la voix d'or emballée dans ses affaires, sur ce bateau en partance pour l'Amérique, la gorgée d'espoir d'un monde meilleur. Elle ne fut pas déçue.

William remise un moment son passé, et laisse monter le silence riche de réminiscences et résume la vie de cette femme

— Pauvre mère. Quel mérite!

Éveline, émue par les rares confidences de son mari, prête l'oreille et boit les mots.

— Quel âge avais-tu?

— Je venais d'avoir dix-huit ans.

— Vous n'avez jamais eu de nouvelles de ton père?

— Jamais! A-t-il été blessé ou tué? A-t-il été fait prisonnier? Personne ne sait ou n'a jamais voulu savoir. Grand-mère détournait la conversation si on osait prononcer son nom. Elle disait qu'il était un homme indigne.

— Il a porté l'uniforme, William. C'est différent.

— Son départ fut une délivrance pour maman. Il faisait trembler la forêt tellement son caractère s'enflammait. Il me semble entendre encore sa grosse voix de baryton nous faisant disparaître chacun sous nos lits. Il n'est pas mort...

Éveline agrandit les yeux et la bouche.

— Pas mort!

171

— Il est revenu de la guerre et s'est retrouvé en France où je l'ai rencontré, un jour, par hasard.

— Par hasard!

— Je n'en ai jamais parlé à maman.

Éveline ne cesse d'être surprise par les révélations de son mari. Un pan de sa vie qui tombe à nu et se laisse découvrir dans toute sa pureté.

— Pourquoi?

— Maman avait rencontré un homme bon en Amérique. À quoi aurait servi de la tourmenter? Nous vivions bien, c'était le principal.

— Il était son agent, je crois.

William agrandit les yeux.

— Comment le sais-tu?

— Tu me l'as raconté un jour lorsque nous étions en voyage de noces autour du monde. Tu te souviens?

William remet son cerveau en attente d'un prochain souvenir et se tait. L'image de ses soeurs courant dans la campagne se précise.

— Greta ne l'a jamais digéré.

— Elle en est devenue aigrie.

— Elle soupçonnait le retour de papa, son intuition avait été juste. Lorsque je lui ai dit que je l'avais retrouvé, ma chère soeur est entrée dans une grande colère contre moi et est partie à sa recherche. Sans le savoir, en vieillissant, elle devenait la copie conforme de papa. J'en étais attristé.

— L'a-t-elle retrouvé?

— Oui. Mais il l'a ignorée, préférant les femmes légères

et la bonne bière. Elle a plié bagages et est revenue nous retrouver en Amérique. Il ne fut jamais plus question de papa.

— Elle avait rencontré son mari. C'est ça?

— Cher Joe. Heureusement qu'il avait ses affaires pour le tenir éloigné d'elle.

— Et toi, William? Pour quels motifs t'es-tu lancé en affaires?

— Par goût et par chance.

— Par déception, peut-être...

William plonge sa pensée dans celle de sa femme, surpris par tant de perspicacité. Il ne s'est jamais posé cette question.

— Explique-toi.

— Déçu de ne pas avoir d'enfant...

— Disons que la chance a compensé les lacunes de ma vie.

— Tu crois en la chance, toi!

— Certainement. Elle m'a servi toute mon existence. Si tu crois fermement en ta bonne étoile, elle t'apparaît et te guide partout.

— Ta foi m'a toujours étonnée.

— C'est le ferment de la vie, Éveline. Ne crois-tu pas?

— Avoue qu'il y a davantage.

— Certes, du flair, de l'audace, de la réflexion augmentent la chance, mais la foi mène en tout.

— Explique-toi.

— La vie est une preuve de foi.

— Je ne comprends pas.

— Lorsque je respire, je pose un acte de foi. Si je doutais en mes capacités de respirer, je mourrais.

— Tu ne doutes jamais?

— Si. Souvent. Mais le doute est nourricier. Il donne la sagesse, le discernement.

Éveline pose sur son mari un regard de plénitude, de tendresse et d'admiration.

— Ta perception des êtres et des choses, ta conception du monde et de ses besoins; la recherche de l'absolu et de la réflexion ont fait en sorte de te servir royalement bien, William.

— Tu oublies l'essentiel, Éveline.

— L'essentiel?

— La certitude que le bonheur existe.

— C'est pourtant vrai. Je le vis chaque jour. J'en ai oublié le sens. On s'habitue trop facilement au quotidien. Il déforme la réalité et nous voile le merveilleux.

— Chut! Ne parle pas ainsi. Es-tu toujours heureuse avec moi?

— Pleinement. Tu n'en doutes pas, j'espère? Et toi?

— J'ai eu une vie riche sur tant de facettes, plus que je ne l'aurais jamais imaginé.

— Je suis la plus heureuse des femmes, William. La vie m'a choyée en abondance. Grâce à toi, j'ai vécu le rêve de toute femme. J'en remercie le Très Haut.

— Et moi? Que me reste-t-il? Des miettes?

Éveline amusée lui sourit, pose sa tête sur l'épaule de son tendre mari et se recueille.

— Mon amour pour toi, William. Voilà ce que je t'offre.

Il couvre l'épaule de sa femme de son bras, jette son regard sur la berge de l'Oder; un matelot s'affaire sur le port proche, sa silhouette se découpe dans le coloris du soir naissant et forme une tache sombre sur le brasier céleste. Il goûte les lèvres pulpeuses de sa femme offertes avec tant d'ardeur. L'ivresse du moment frémit encore à ce toucher comme à la connaissance de leur premier baiser. Ils se serrent tendrement, elle passe ses doigts dans ses cheveux de neige et le temps cesse de s'ébruiter autour d'eux.

Une fin de semaine inoubliable égrenée ensemble dans ce coin de pays incrusté dans les gènes de William et dans la mémoire d'Éveline, une femme mûrie par le temps, accomplit son oeuvre de ressourcement bienfaisant.

Un soir, sur l'oreiller, elle murmure:

— William, j'aimerais une chose.

— Je vous écoute Madame Leider.

— Si nous allions voir le village de ton enfance demain...

Éveline sent le corps de son mari se tendre de réticences. S'il avait fait jour, elle aurait découvert qu'il grimaçait.

— Nous en reparlerons. Pour le moment, tout ce qui m'importe, c'est de dormir.

Le nouveau jour se lève sur l'aurore dénuée de saleté. La nuit s'est amusée à festoyer à coups d'ondées généreuses, laissant aux hommes le soin de la souiller de nouveau. William espère que sa femme oubliera ses projets nocturnes. Il se lève frais et dispos, ses idées aussi claires que la nature remplissant sa fenêtre. Il jette un regard sur sa femme endormie qui partage sa vie depuis si longtemps, puis il pousse la porte de la véranda et s'installe sur un fauteuil noyé de soleil et ferme les yeux. Un moment, il se grise de cette douce chaleur caressant ses vieux os. La sensation crée une profonde nostalgie en lui, comme s'il s'était interdit de flâner depuis des lunes. Des odeurs et des sons de campagne s'élèvent autour de lui et font remonter en surface de multiples souvenirs d'antan. L'image d'une belle jeune fille se fraye un chemin et se fixe dans sa mémoire.

«Comme tu étais belle, Olga.»

Le calme du matin met en évidence le tumulte de ses souvenances. Il ne s'est jamais permis de retourner la voir. Il n'a pas tenté de savoir si... Il s'est interdit de songer que peut-être... Il avait fait un faux pas... Un irréparable faux pas.

«La blancheur de ta robe valsait en cadence dans les hautes herbes au rythme de tes pas et faisait danser mon coeur. «Viens. N'aie pas peur!», ajoutas-tu.

Je t'ai suivie, les yeux fermés, complètement envoûté par ton sourire et ton regard engageant.

«Ne t'en fais pas. Tout ira bien.»

Comment le savais-tu? Avais-tu déjà joué à ce jeu? Ces questions m'ont poursuivi ma vie entière... sans succès. Tu m'as étendu dans le foin dans un coin d'un bâtiment et tu as détaché mes boutons de chemise lentement, puis tu t'es pen-chée pour goûter mes lèvres et je me suis retrouvé sur toi, en proie à une exaltation inconnue et fantastique. Tu m'initiais à l'amour. Tu semblais si compétente devant mes hésitations. Qui étais-tu donc Olga? Une fille de joie? Une amoureuse? Je ne l'ai jamais su.

«Je t'aime Will», me disais-tu entre deux soupirs.

J'étais effrayé et extasié. Qu'étais-je en train de faire? S'il fallait que ce voisin nous surprenne dans sa grange...

Une voix de femme s'est élevée tout près, je suis sorti sans bruit par une porte latérale, j'ai pris mes pattes, les ai accrochées à mon cou et me suis enfui à toutes jambes tenant mon pantalon par une main et l'autre aidant la première jusqu'à la maison. Essoufflé, je me suis assis en route au pied d'un arbre, ai enfilé ma culotte, me suis arrêté sur une marche d'escalier et j'ai réfléchi à ce qui venait de m'arriver. Je nageais entre le plaisir découvert et la honte envahissante. J'avais été un peureux. Je t'avais laissée à tes ébats ne sachant quel résultat donnerait cette odyssée sexuelle. J'étais emmêlé entre le bonheur et les regrets. L'idée de te revoir grandissait à mesure que je réalisais ce que tu venais de m'apprendre. Hélas! Je ne t'ai jamais revue; maman avait décidé de partir pour l'Amérique le lendemain. Jamais je ne t'ai oubliée, Olga.»

— Tiens, tiens. On se permet des fantaisies, mon mari!

William se tourne vers Éveline et lui sourit.

— Viens t'asseoir. Je n'avais pas sommeil et je ne voulais pas te réveiller.

— Il fait un temps superbe, ce matin!

— En effet.

— Nous allons toujours visiter le monde de ton enfance?

— Je n'y attache pas d'importance, tu sais.

Éveline se pose tant et tant de questions sur le passé de William , elle ne ratera pas cette belle occasion d'en apprendre davantage.

Les jours passent, enjolivés d'une douce nonchalance. Leur vie de couple heureux s'égrène au fil des jours. Le mois écoulé auprès de Lydia les rassure et le moment du retour les rend enthousiastes. Le couple Leider revient au bercail.

L'air chaud de la Californie leur fouette le visage et les surprend. Ils avaient savouré les délices du monde tempéré européen d'où ils venaient.

— Pas moyen de connaître de répit, William. Ici, il fait toujours beau et chaud.

— En dedans comme en dehors, Éveline. Ne l'oublie jamais!

Chapitre 11

Un élégant jeune homme accueille le couple Leider.

— Andy! Quel chic! Tu vas faire chavirer bien des coeurs ce soir.

— Maman! Je veux fêter une dernière fois.

Étonnée, Éveline se tait. Andy regrette son aveu, il voulait leur en parler seulement le lendemain.

— Une dernière fois! Qu'est-ce que cela signifie?

— Papa, je vous expliquerai tout demain.

— Nous voulons savoir tout de suite.

Andy cherche un moyen, une avenue, une phrase à trouver pour ne pas trop les chagriner.

— Je pars.

— Tu pars!

— J'ai signé mon inscription au service militaire la semaine dernière.

Éveline, muette, se tient les joues et se cache la bouche de stupeur.

— Tu aurais pu nous attendre.

— J'ignorais quand vous reviendriez à la maison, papa.

— Je suis fier de toi, mon garçon.

Andy sent monter une forte émotion. La réaction de son père ne le surprend pas. Il jette un regard vers sa mère assise, absente, les mains tenant son visage. Quoi lui dire?

— Maman. Ne réagis pas ainsi. Je ne suis pas encore parti. Nous subissons une longue période d'entraînement, tu sais. Je reviendrai vous voir, aussi souvent que j'en aurai la permission.

— Iras-tu à la guerre? On parle de plus en plus du Viêt-nam.

— Tais-toi, Éveline! Andy obéira aux ordres qui lui seront donnés.

Le brave garçon éprouve un sentiment de tristesse devant le ton de son père. Il reconnaît là un véritable Allemand. Il s'approche de sa mère, se penche et lui caresse le bras.

— Maman. N'aie pas peur. Je reviendrai. Toujours.... Je te le promets.

Les yeux humides de sa mère lui disent des tonnes de mots d'amour muets. Son bras glacé et humide lui donne froid dans le dos. Il doit atténuer la mésentente entre ses parents.

— Papa a raison, maman. J'irai où on croira que je peux être utile. Tu ne penses pas le contraire, je le sais.

— Je sais Andy. Je sais. Mais j'ai peur. J'ai comme un pressentiment..., dit-elle en se frottant le creux de l'estomac.

William répand de la sérénité partout sur le moment lourd d'émotions.

— Éveline, tout ira bien.

— Je l'espère, William.

Andy caresse l'épaule de sa mère pour la rassurer. En dedans, il pleut des torrents d'incertitude. Dans une semaine, un porte-avion prendra la direction de l'Asie. On lui affirme qu'après son entraînement, il sera du groupe. Il cache cette information à ses parents. Ce que l'on ignore ne blesse pas.

Une fois seul, il marche dans les coins et recoins de sa ville pour s'en imprégner. Les couleurs, les odeurs le touchent avec plus d'acuité. Il découvre tant de choses inaperçues qu'ils s'en étonne. Une grande provision de souvenirs lui sera nécessaire. Voir la fierté dans le regard de son père l'a rempli de joie. Lorsqu'il reviendra, tout sera différent. Il le sait.

Le dernier soir, assis sur un muret bordant la plage, il gratte sa guitare autour de laquelle s'attroupent les gens. Sa musique porte sa prière sur les frontières du vent et de la nuit. Longtemps, il restera ainsi à griller la nostalgie lui alimentant le coeur. La vie le pousse et le retient tout à la fois. N'est-elle pas un inlassable combat entre la poursuite vers l'avant et l'envie de reculer? Il n'y échappe pas. Demain, il s'envolera pour Miramar à San Diego, une base d'aviation militaire. Son régiment l'attend.

— Je serai proche un bout de temps. Vous viendrez me voir autant qu'il vous plaira. Je ne naviguerai pas demain matin.

La réplique pleine de justesse de leur fils les enferme dans un long silence. Chacun digère la distance et le lieu dans sa tête.

Le moment du départ sonne. Éveline Leider s'agite.

— Andy, tu ne veux pas de ton fromage préféré?

— Maman!

— Je sais. Tu n'es plus un enfant. Tu me le dis souvent.

181

Éveline sent une parcelle d'elle-même se déchirer. Un combat intense bouscule ses pensées et son être. Le déchirement vécu par toute femme lors de l'envol d'un de ses enfants.

«Étrange, se dit-elle. J'ai donné le meilleur de moi-même dans un total don de moi, une entière abnégation, de tant de désirs, d'aspirations légitimes au profit de ce petit être m'appartenant et dont la vie m'est prêtée. Quelle contradiction!»

Elle se revoit devant sa mère et tombe dans un fauteuil. Elle avait oublié que la vie retrace les mêmes gestes dans toutes les générations de la terre.

Une grande nostalgie s'empare d'elle. Un immense creux s'ouvre dans son âme et rien ni personne ne peut le remplir. Éveline réalise qu'elle doit faire le deuil de la présence de son fils. Un événement ardu à envisager. En sera-t-elle capable? Dans sa demeure, tout est silence. William s'affaire à son bureau au premier plancher. Une lueur d'espoir perce le nuage sombre de ses réflexions.

«Tu seras toujours là, William... Heureusement.»

Elle grimpe l'escalier en demi-lune épousant le mur, et se jette au cou de son mari, en butte à de semblables tourments, et qui l'attendait depuis un long moment.

La pièce se remplit de larmes retenues ou abondantes et le couple apprend à traverser une autre étape de sa vie.

Au matin, ils iront reconduire leur fils à l'aéroport comme si de rien n'était pour lui faciliter le départ. Ils reviendront en silence, recouverts d'un manteau de tristesse et d'inquiétude à peine voilée.

— La guerre tue, William!

William avale. Il aspire les multiples facettes de cette affirmation comme un souvenir indélébile jamais totalement effacé en lui. Il sait.

— Elle tue mais pas ton fils, Éveline. Pas notre fils.

— Puisses-tu dire vrai!

Le retour à la maison se gribouille de faits anodins, de peccadilles pour éviter d'accentuer l'effort déployé pour ne pas pleurer.

— Que veux-tu, Éveline. Nous avons eu notre tour, tu sais.

— Je le sais trop bien, William. Je revois ma mère en larmes au bout de la table, incapable de dire un mot pendant que mon père maugréait des insanités au sujet de notre décision stupide, selon lui, de venir travailler à Los Angeles.

— Voilà.

— Plus on réfléchit, plus on constate que tout est pareil dans la vie.

— Eh! oui, Éveline. La roue tourne. Andy devait être triste de l'absence de sa soeur.

— S'il n'avait pas pris une décision aussi rapide, elle aurait pu revenir à temps du Canada pour le saluer.

— Elle sera peinée par son départ.

— Évitons-lui ce chagrin, attendons son retour pour lui annoncer la nouvelle.

— D'ailleurs, elle rentre dans deux semaines.

La maison les accueille, un visiteur imprévu les attend.

— Connais-tu cette auto, Éveline?

— Je n'ai pas la moindre idée de qui ça peut être.

Ce nouveau venu parut être une chance inespérée pour faire diversion à leur douleur.

— Pourvu que ce ne soit pas oncle Éphrem, renchérit Éveline amusée et inquiète.

L'oncle Éphrem du Canada venait à l'improviste sans s'annoncer ni se laisser désirer. Il remplissait son univers de gestes disgracieux et déplacés. William ne pouvait le supporter. Pas le moins du monde intimidé par la vie opulente de sa nièce, il en profitait pour dessiner des montagnes de rêves irréalisables et des châteaux de cartes qu'il s'inventait au fur et à mesure et les leur présentait comme ses propres réalisations. William se taisait ou se nettoyait la gorge en signe de désapprobation tout en se retenant de donner ses impressions par respect pour sa femme.

Mais aujourd'hui, n'importe qui serait le bienvenu pour briser l'atmosphère lourde de morosité.

En entendant la voix glousser à l'intérieur, le couple se regarde, amusé, soulagé.

C'était l'oncle Éphrem.

* * * * *

Le départ d'Andy a transformé la vie des Leider. Après le retour d'Yvette et son cortège de nouvelles canadiennes très émouvantes pour le coeur d'Éveline, la vie continue son cours.

Yvette termine ses études collégiales en vigueur aux

États-Unis et songe à emménager dans un appartement avec un ami.

Une tempête fermente à l'horizon.

— Tu ne t'en iras pas, ordonne William, le père inquiet. Un départ par année est suffisant.

— Papa, je ne pars pas, je vais vivre avec Bill.

— Tu fais une erreur, ma grande.

— Maman. J'aime Bill et c'est décidé.

William, en retrait, se tait et laisse couler le flot verbal juvénile. Il possède une arme incontournable mais refuse de l'utiliser. La blesser davantage serait inutile.

— Aimer, c'est important, mais ce n'est pas tout dans la vie.

La jeune fille plonge son regard dans celui de sa mère et réplique, la voix pleine de sous-entendus.

— Ah! oui... maman.

Éveline baisse pavillon. Elle était mal placée pour lui faire la morale. N'a-t-elle pas quitté le foyer paternel sans l'assentiment des siens?

Triomphante, Yvette riposte.

— Nous avons tout organisé.

William se rapproche lentement, le coup de masse prêt à être utilisé. Éveline le devance.

— Et comment vivras-tu? Qui payera ton loyer?

— Avant de nous imposer ton choix, réplique William, parle-nous donc de ce garnement.

— Il n'est pas un garnement, papa. Il a trente ans, a un excellent travail et nous nous entendons à merveille.

Au tour de William de se sentir coincé. Leur fille copiait leur vie. Éveline intervient.

— Où travaille-t-il?

— Il possède sa propre compagnie.

— Quel est son nom?

Yvette, à nouveau prise au dépourvu, puise de l'assurance dans les nombreux tête-à-tête de tourtereaux. Son père vise dans le mille, elle l'ignorait.

— Une bonne compagnie, je le sais, papa.

— Dont tu ignores le nom? C'est louche.

Éveline se tait, elle avait fait pire que sa fille au même âge et elle était sensée être mature. Il fallait venir en aide à son mari.

— Et tes études?

— Je poursuivrai mes études, maman. Soyez sans inquiétudes.

— Tu oublies une chose, ma fille.

— Laquelle, papa?

— Tu es mineure. Tu n'as pas encore vingt et un ans.

Le corps d'Yvette vacille sur lui-même, son père frappait juste. Elle plonge ses pensées dans le bout de ses chaussures à la recherche d'une réplique.

La voix maternelle s'élève:

— Tu es bien ici, ma Betty. Tu fais ce qui te plaît, comme ça te plaît et tu reçois tous les amis que tu désires.

Yvette scrute toujours le visage muet de son père, sans pouvoir lui répondre.

— Si je partais malgré tout?

William relève les épaules, il semble qu'il grandit à vue d'oeil selon Yvette.

— Tu ne feras pas cela, ma fille; nous le refusons.

— Ce qui signifie...?, soutient le sarcasme de sa fille outrée.

— Que nous t'aimons et ne te laisserons pas faire une sottise semblable.

— Je m'en fous!

— Oh! non. Tu ne t'en foutras pas. Réfléchis d'abord à ce que nous te suggérons.

— Et encore...

— Je vais te dire, moi, ce que nous ferons. Tu sembles avoir tout prévu, hein! Tu oublies une chose, une toute petite chose!

William, dont la colère monte d'un cran, s'agite. Éveline le rejoint et lui met une main sur le bras.

— Laquelle? Nous n'avons rien oublié.

— Tu dis «nous». Alors vous en avez discuté ensemble.

— Certainement, papa. Bill a pensé à tout.

Le couple se regarde, ils ont compris.

— Bill, hein!

— Oui, Bill. Il m'a dit que tout irait bien et que nous deviendrions riches un jour.

La frivolité de leur fille augmente leurs soupçons. Les Leider accentuent tristement leur attaque.

—Yvette, si tu persistes, nous prendrons les grands moyens.

— Ce qui signifie...

— Que tu auras beaucoup de peine, ma Betty.

— Maman, sois plus explicite.

— Je vais te dire, moi, ce que tu ne comprends pas, ma fille. Si tu persistes, nous l'accuserons de détournement de mineure. Là. Es-tu satisfaite?

La jeune fille éclate en larmes, elle était perdue. Elle implorait son amoureux de lui venir en aide. Sa mère anéantie par l'ampleur de la dispute prenant des proportions impensables, se tait et cherche une issue... sans succès.

— Bill n'est pas cette sorte d'homme, papa. Vous me le payerez. Vous allez le regretter.

Yvette court se réfugier dans sa chambre en sanglotant. Éveline surveille le regard de son mari à la recherche d'une quelconque compréhension des événements qui avaient dégénéré si subitement.

— Éveline. Ne t'en fais pas. Cela passera. Tu la connais, elle est comme une gazelle qui saute par-ci par-là. Elle aura du temps pour réfléchir et je ferai ma petite enquête.

Soulagée, Éveline sent s'alléger l'atmosphère.

— Je crois que tu as raison, William. On ne sait jamais avec ces jeunes.

— Surtout si on est fortuné, Éveline. Ne l'oublie jamais.

Éveline ouvre grand les yeux. Elle n'avait pas songé à cette éventualité.

— Et moi? Lorsque tu m'as choisie, y avais-tu songé?

Son mari la ramène sur son coeur et la serre un moment en souriant.

— Ce n'est pas pareil, Éveline. Pas pareil du tout!

— Espérons que tu ne te trompes pas, William. Yvette mérite le bonheur autant que nous.

— Un de perdu, dix de retrouvés. Nous verrons bien.

— Si tu t'es trompé, feras-tu amende honorable?

— Me suis-je déjà trompé?

Éveline songe à cette réplique et des frissons longent son échine. Un côté inconnu de son mari qu'elle vient de découvrir tardivement, et qui porte sa réflexion pendant de longs moments.

Il nous faut parfois toute une vie pour découvrir diverses facettes d'une personnalité ou la nature profonde d'un être humain, suggère une avenue de sa pensée.

— Oui, c'est vrai!

— À qui parles-tu Éveline?

— Moi, je parle?

— Toute seule.

— Ah! Oui? Ah! bon. Je dois prendre de l'âge William.

Son mari lui sourit, amusé.

— C'est cela. Tu vieillis, ma femme.

Éveline replace sa chemise de nuit rose sur son épaule gauche, vient toucher au rosaire franciscain accroché au mur – un rituel quotidien exécuté depuis que son mari lui en a fait cadeau peu après son mariage, lors d'un pèlerinage en Europe –, et jette un coup d'oeil coquin à son homme qui se faufile entre les couches du lit.

— Comme tout le monde, je suppose.

— Dormons, la nuit porte conseil.

— Oui, dormons, si nous voulons être frais et dispos. Demain est un autre jour.

William, replié sur le côté droit, dort déjà à poings fermés. S'il avait pu la voir, sa femme parlait vraiment toute seule. La mère d'Yvette cherche le sommeil et ne le trouve pas. Elle tourne et retourne la mésentente et aimerait tant courir vers sa fille. Seulement, elle ne l'a jamais fait. Comment trouverait-elle la route pour s'y rendre ce soir? Elle la devine qui pleure et souffre. Elle se sent ignoble devant ses inter-dictions imaginaires et insensées. La pauvre mère cherche à excuser ses faiblesses en se raisonnant. Elle n'est plus une enfant. Elle doit réfléchir aux paroles de son père, etc. Quand elle ferme enfin les yeux, sa fille a déjà tout oublié cette histoire.

Dans sa chambre de jeune fille, Yvette rumine sa grande déception, en roulant le cordon du col de son chandail bleu. Soudain, elle rebondit sur ses pieds, met un autre chandail, ouvre lentement la porte, scrute le corridor, la porte de la chambre de ses parents, examine l'escalier à descendre, se remémore les marches qui craquent, les enjambe doucement à la manière d'une gazelle légère, légère... Elle ouvre la grande porte de sa belle demeure et s'enfuit se réfugier dans les bras de son Bill magnifique.

Demain sera-t-il un autre jour?

Chapitre 12

Chez Marie Prudhomme, la deuxième garde-malade malchanceuse, la vie pousse tout croche. On dirait qu'en plus de la malchance, le malheur leur colle à la peau.

Marie a perdu son emploi par des détours pas trop catholiques, incompréhensibles à la femme aigrie et usée par la poursuite insensée de ses désirs irréalistes.

Hervé, son mari, est toujours banquier et très occupé. Il roule sa bosse comme il peut, en suivant les humeurs versatiles de sa femme. Une femme insatiable et intoxiquée par une lubie utopique, celle de dépasser Éveline Leider, son adversaire irréductible. Hervé a deviné son manège, elle l'a nié puis, peu à peu, en a parlé ouvertement. Las d'une si longue lutte, il la laisse se plaindre ou geindre sur tout et se tait. Une sempiternelle question martèle son crâne dégarni, au contour parsemé de fils gris. Quand cela va-t-il finir? Mais il ne semble pas y avoir d'issue possible. Certains jours sont si lourds à vivre qu'il se réfugie dans son bureau bancaire à la poursuite d'un peu de répit et de calme. Le balayeur le trouve très vaillant. Venir travailler le samedi ou le dimanche comme un forcené, il ne s'en présente pas souvent à cette banque. «Il répand la nouvelle» et le banquier se fait congratuler davantage par ses pairs pour une gloire non méritée.

Lorsqu'il entend le silence s'installer, il ouvre le coffre-fort et compte les liasses d'argent soutirées aux vieillards solitaires fortunés qu'il a enterrés avec toute la dignité dont il en était capable et tout le respect dont il se sentait redevable.

Une fois les vieux endormis éternellement, il s'est mis à profiter de la vie et satisfaire les *besoins* de Marie, sa femme. Alors, Marie s'est adoucie. Elle a frayé avec le grand monde à la recherche du plein de son vide intérieur. Ensemble, ils ont côtoyé allègrement le monde de la finance. La vie les dorlotait. Sur le point de réussir, Hervé songe que sa femme sera enfin heureuse. Il le souhaite si ardemment. Les enfants grandissent mais ne manifestent pas de grandes ambitions pour la richesse et les honneurs, au grand dam de leur mère. Hervé, lui, en soutire une satisfaction muette. Il pense avoir sa revanche sur la vie.

— Les enfants. Ils sont ingrats.

— Voyons Marie. Ils sont parfaits, nos enfants.

— Tu appelles ça parfaits, toi! Tu te contentes de peu.

— S'ils ne veulent pas étudier. Que veux-tu?

— Au contraire, on doit les y forcer.

— On ne force pas le goût, on le développe. C'est comme toi pour le grand monde. Tu n'as pas vécu dans ce milieu et pourtant...

— Voilà! Tu as la bonne comparaison. Tout s'apprivoise.

— Ce n'est pas ce que j'ai voulu dire. De toute façon tu me comprends toujours de travers.

— Et toi, Hervé Prudhomme, tu n'envisages jamais rien de meilleur pour eux. Le meilleur. T'entends!

— Ne parle pas si fort, je t'entends.

— Je ne parle pas si fort, c'est toi qui est sourd.

— Marie, sache que je ne suis pas sourd. Seulement fatigué de t'entendre, ce n'est pas la même chose.

— Tu dis tout le temps des sottises.

— Et toi, tu vis dans la lune.

— C'est mieux que de ne pas vivre du tout, Hervé.

— Tu appelles ça vivre, toi!

— Il le faut, je suis tout le temps seule ici. Depuis que les enfants sont devenus des ados, tu es un courant d'air. C'est à peine si je t'entrevois. On croirait que tu es marié avec ta banque.

— Tu l'as voulu, Marie.

— Je n'ai rien voulu du tout.

— Ah! oui? Ah! bon. C'est nouveau ce discours. Toute ta vie tu as demandé et demandé, sans te lasser, des choses qui nous étaient inaccessibles.

— Lesquelles? Je ne vois pas.

— Réfléchis plus, tu demanderas moins.

— Au contraire, je réfléchis constamment.

— On ne le voit pas.

— En plus d'être sourd, tu deviens aveugle! Va donc chez le diable Hervé Prudhomme!

— Et toi, chez le bon Dieu! Marie, la folle!

Le couple se sépare aigri, sa sempiternelle discorde en mémoire et la tristesse au coeur d'une autre journée brisée.

Hervé quitte le foyer en claquant la porte – une habitude nouvellement acquise – et s'enfuit vers la tranquillité. Marie le regarde partir, désolée et indifférente. Il y a si longtemps que le manège dure. Il ne peut se liquider en criant *ciseau*. Puis, elle a d'autres chats à fouetter ces temps-ci... Ses cours de peinture remplissent son attention.... d'autant plus qu'elle pose nue pour le professeur. Sa vie pétille d'inconnu et la grise. Du coin de l'oeil, elle surveille son mari la quitter, un instant d'inquiétude au coeur. Il parait si fatigué, si vieilli. Une phrase ignoble effleure la paroi de son ciboulot.

«S'il pouvait.... »

Elle la chasse, honteuse.

«Puis, non. Que ferais-je sans lui... sans son argent... Je suis rendue trop loin pour rebrousser chemin... J'arrive à destination. Je serai aussi riche que toi, Éveline Paradis. J'en ai fait le serment.»

— *Qu'est-ce que tu en retireras, Marie?*

«Ceci est secondaire. L'important est d'arriver au faîte. Ensuite, on verra.»

Mais au fond d'elle-même, un dégoût pernicieux déteint sur sa vie et la contamine. Elle se bat contre lui et se sent submergée certains jours. Alors, elle s'assied et se parle.

(— Ne lâche pas, ma fille! Tu y arrives! Pense à la tortue), lui disait son père.

Le pauvre, il est mort très pauvre. Quand tu n'as pas de génie, tu ne peux pas en emprunter, lui suggère sa cervelle. Sacré bonhomme! incapable de budgétiser. S'il avait voulu écouter ma mère. Mais non. L'orgueil! Le maudit orgueil!

— *Comme toi, Marie,* lui lessive la voix interne.

— Oh! Je ne suis pas comme lui. Je budgétise, moi.

194

— *Tu budgétises ou c'est ton mari qui le fait pour toi?*

— Tais-toi! Tu parles à travers ton chapeau, lui répond la femme d'Hervé exaspérée de rencontrer une telle emmerdeuse, trop souvent sur son chemin.

Puis tous ces enfants autour de la table...Si j'en avais eu moins...

— *Quatre. Ce n'est pas la mer à boire!* assure la voix fatigante.

— Six. Nous avons été six à la table, trois fois par jour. Les riches ont peu d'enfants.

— *Les enfants sont une richesse.*

— Ils sont symbole de pauvreté, au contraire.

— *Serais-tu une femmelette, par hasard?*

«— Tu m'insultes par-dessus le marché! J'en ai assez entendu pour aujourd'hui.»

Marie quitte la fenêtre de sa porte où s'est volatilisé son mari et monte le son de la radio. S'étourdir pour tout oublier est préférable au miaulement de cette horrible voix intérieure. Le détour de sa méditation la ramène à de plus harmonieux souvenirs. Dans une heure, elle s'enivrera de senteurs de peinture. Un jour, elle sera la peintre lauréate d'un grand vernissage ayant pignon sur Sunset boulevard ou une rue adjacente, peu importe. «Pourvu qu'Éveline en soit informée.» Enfin! Elle aura la jouissance tant désirée. Enfin! Elle sera quelqu'un. Le professeur de peinture lui assure de la pureté des lignes de son corps, malgré ses quatre grossesses. Cela est toute une gloire.

Il affirme que son visage porte des stigmates uniques et

des attitudes particulières, certaines sombres, d'autres très lumineuses, faisant d'elle un modèle qui a du vécu. Tout un contraste avec les compliments fades et faux de son *tendre* mari.

Pendant qu'elle réfléchit, le téléphone sonne. Une voix masculine lui demande une entrevue.

— Vous m'étonnez, monsieur. Mon mari s'occupe de toutes ces affaires.

— Madame, il serait préférable de tout vous expliquer de vive voix. Ceci est très sérieux.

— Je vous attends demain, alors.

Marie dépose l'appareil, pensive. Que lui veut cet homme?

Le jour suivant, l'homme rate son rendez-vous, sans explication.

Elle en parle à Hervé.

— Sa voix avait l'air décidé.

— Ne t'en fais pas pour si peu. C'était probablement un vendeur itinérant. Ils fourmillent ces temps-ci.

Marie ne se sent pas rassurée. Incapable d'expliquer l'étrange sentiment de crainte ressenti au son de cette voix, elle cherche une explication, sans succès.

— J'espère qu'il ne transportait pas de mauvaises nouvelles dans son panier.

— *Allons Marie. Tu rêves encore.*

Marie ne rêvait pas. Depuis une semaine, son mari avait tant changé d'attitude, qu'elle ne le reconnaissait plus. Il n'était pas allé à la banque depuis trois jours. Fatigué, il allait et venait, empreint d'une grande agitation mentale évidente. Il tournait en rond, se parlait, se répondait, se questionnait à mots couverts, noyé dans un univers brumeux et inaccessible à Marie, sa femme. Assise en retrait, elle le surveillait, l'étudiait, cherchant à saisir les bribes de conversation qu'il s'adressait, sans y trouver de réponses. Un sentier de ses méninges lui suggérait que son mari était sur le point de flancher. Elle eut peur. De qui? De quoi? Il avait surmonté tant de tempêtes dans sa vie, et des plus sauvages, que les apparences lui semblaient insuffisantes. Tout allait relativement bien pour lui. Il s'acheminait lentement vers une retraite bien planifiée, un art qu'il possédait à la pointe du raffinement consommé.

À la table, le dimanche soir, il lui arrivait de raconter à sa progéniture ses projets futurs toujours empreints de clarté, de réflexion et de sagesse. Ses enfants l'écoutaient et accumulaient de belles images paternelles à remiser dans leur futur grenier aux souvenirs.

Pendant ce temps, Marie se taisait et tournait inlassablement son jonc de mariage entre ses doigts, au grand dam de son fils aîné assis en face d'elle, exaspéré par le geste maternel.

— Arrête ça, maman! criait-il alors.

Le silence se faisait et le père rentrait en lui. Les enfants crucifiaient de leurs yeux l'aîné et leur mère, une belle page dominicale prenait fin.

Ce soir, Marie laisse mijoter ces souvenirs, une pointe d'aigreur au coeur. Pourquoi posait-elle ce geste stupide?

Tourner un jonc autour d'un doigt...Son chignon en garde le secret. Un murmure de mots inachevés la sort de sa réflexion, monte à l'horizon de sa cuisine. Hervé médite le dos recourbé sur ses genoux. Une profonde nostalgie enveloppe le sol de sa vie et un manteau de culpabilité la recouvre.

Je suis peut-être allée trop loin...

Au même moment, Hervé étend sa mélancolie à la grandeur de la pièce et caresse le dos de sa femme au passage, elle frissonne. Incapable d'en supporter davantage, elle se lève et va prendre une marche.

— Attends-moi, Marie, je sors avec toi.

Marie tombe des nues et se retrouve le derrière sur une chaise de parterre. Cette intention d'Hervé ne lui était pas arrivé depuis des années. Silencieux, ils ajustent leurs pas difficilement.

— Lève- toi la tête quand tu marches.

Hervé, estomaqué, s'arrête.

— Allons! Avance. Tu as l'air d'un chien battu.

— J'ai l'air que je veux, Marie. Puis tu ne viendras pas me dire comment marcher.

— Les gagnants foncent le nez dans le vent.

— À te regarder aller, on croirait que tu es déjà dans la stratosphère. Il ne doit pas y avoir beaucoup de monde là-haut.

— Tu vois. Tu me remarques. C'est comme ça qu'on délimite son territoire. La nature a horreur du vide. Si tu ne le remplis pas, un autre le fera à ta place.

— Où vas-tu chercher ce grand discours? Nous ne

sommes pas des bêtes sauvages.

Marie laisse couler la réplique insignifiante de son mari et l'examine.

— Tu te balances trop les bras.

Le visage d'Hervé s'allonge. Sa femme le poussait aux confins de la stupéfaction. Il découvre avec une limpidité déconcertante le besoin de dominer de sa femme.

— Et quoi encore? rigole-t-il, incrédule.

Il décide d'utiliser les mêmes armes.

— Tu marches trop vite, voyons.

— Et toi, trop lentement.

— Je marche comme j'en ai envie, Hervé.

— Je n'ai pas l'habitude... Je l'ai perdue...

— Je sais. Je me suis fatiguée de t'inviter.

— Tes invitations me fatiguaient.

— Tu as le mérite d'être franc, mon homme.

— Je suis heureux de te l'entendre dire. Tu avais le don de m'exaspérer.

— Et toi de ne jamais m'écouter.

— Tu te trompes. Je t'écoutais trop. Tous tes désirs devenaient des obsessions que je devais réaliser.

Marie éprouve un pincement au coeur. Ce soir, la sincérité de son mari lui allait droit au coeur. À ses côtés, se tenait un homme au faîte de quelque chose d'inexplicable. Elle se nettoie la gorge par une bonne toux pour mieux respirer. Elle étouffe. Incapable de lui répliquer quoi que ce soit, elle ravale sa salive et son regard se pend au bout de ses orteils croches, découverts et polis de rouge. Elle se sentait battue. Une situation inusitée, paralysante et inconnue. Elle avait toujours gagné ses batailles envers et contre tout.

— *Qu'est-ce qui t'arrive, Marie? Serais-tu en train de devenir une femme raisonnable?*

Sa réflexion s'embrume, elle s'y perd. Enfouie dans son monde, elle ne réalise pas qu'elle est seule. Son mari marche à pas ralentis derrière elle, ses idées accrochées au dos de sa femme.

— Qu'est-ce que tu fais? Avance!

— Je ne peux plus, Marie. Je suis arrivé au bout... Je ne le pourrai plus jamais.

Stupéfaite, Marie arrête. Quelles paroles insensées prononce son mari! En soutenant son regard, elle y décèle une tristesse infinie, comme s'il lui demandait pardon. Son corps porte les stigmates d'un homme à l'agonie. Son coeur chavire. Bouleversée, elle cherche des mots qui, pourtant deux minutes plus tôt, s'apprêtaient à fleurir en abondance.

— Viens. Retournons à la maison, je suis fatiguée, ment-elle pour dénouer la situation.

— C'est ça. Retournons chez nous.

Le soir de cette étrange journée, Marie met un temps infini à s'endormir. Sur quelle épine avait marché son mari? Inquiète, elle reste un long moment à regarder dormir Hervé, se penche près de sa bouche et surveille le rythme régulier de son souffle. Son mari a repris la route de ses rêves. Soulagée, elle dépose son corps tendu sur sa couche et referme le tiroir imaginaire de son ciboulot. Aujourd'hui, elle a eu peur.

Aujourd'hui, Hervé a secoué les fondements de sa témérité. Il a semé des germes d'inquiétude dans l'âme de sa femme, peu encline à éprouver de la compassion pour lui.

«Bof! se dit-elle. Demain il sera mieux.»

Le lendemain, comme prévu, Hervé déplie ses cartilages et les remet sur pied. Toute nostalgie est disparue de son visage.

— Je m'en vais travailler, Marie. Bonne journée.

Marie lui sourit, s'immobilise près de la porte et attend de la refermer.

— N'oublie pas de mettre les vidanges au chemin en t'en allant.

Hervé grimace. Elle ne changera jamais. Il songe à son fainéant de fils endormi qui se réveillera à trois heures et que sa mère n'osera pas déranger. Le pauvre a décidé de ne pas quitter le pays. Il songe à Aline, cette autre enfant en visite au Canada chez sa grand-mère et qui ne donne plus de nouvelles. Une bonne fille pourtant. La meilleure et la plus affectueuse envers lui. Il aimerait la voir à ses côtés. Il pense au bébé déjà au boulot dans un supermarché. De la bonne graine, celui-là. Vaillant comme deux, il lui ressemble.

— Oui, je vais mettre les poubelles au chemin, Marie. Une fois pour toutes!

La porte, lentement refermée sur cette phrase fielleuse, égratigne Marie au passage. Hervé allait mieux, il n'avait pas changé.

Il l'ouvre de nouveau.

— À propos, il y a une enveloppe sur ton bureau dans ta chambre.

Puis, il referme la porte.

Marie, la bouche immobile, voit disparaître la figure souriante de son mari derrière la porte et le surveille mettre la poubelle à l'endroit convenu, puis s'installer au volant de sa voiture avant de s'éloigner au bout de la vaste et grande avenue Chorion Drive.

Le téléphone sonne. La voix de l'homme inconnu refait surface.

— Madame Prudhomme, je m'excuse infiniment, j'ai eu un fâcheux contretemps l'autre jour. J'espère que vous me pardonnez.

— Je suis un peu désappointée, en effet. J'ai dû annuler plusieurs rendez-vous monsieur. (Ce qui était faux.)

— Je vous expliquerai et vous comprendrez.

— De quoi s'agit-il?

— Je préfère vous en parler de vive voix.

— Puis-je connaître les raisons de ce rendez-vous?

— Disons que ma visite concerne votre mari. Il est bien le banquier de la *Chase Bank* californienne, n'est-ce pas?

Des millions de senseurs à l'oeuvre dans son esprit lui suggèrent la prudence. L'homme reprend l'initiative de la conversation.

— Si vous n'y voyez pas d'inconvénient, je serai chez vous jeudi prochain le 28. Vous êtes d'accord?

— Très bien, consent aveuglément Marie, en butte à une interrogation constante.

«Pourquoi ai-je accepté si vite et si bêtement de rencontrer cet inconnu?»

—*La surprise et la curiosité*, reprend sa gribouilleuse crânienne.

«C'est vrai. Je suis tombée dans le panneau mais je suis avertie, je serai sur mes gardes. Pourvu qu'Hervé n'éprouve aucun ennui à son travail...»

Marie se souvient soudain des dernières paroles de son mari et grimpe à sa chambre. Une enveloppe blanche lui crève les yeux. Elle la ramasse, s'assied sur le rebord de son lit, puis dans son fauteuil vert émeraude et ouvre la lettre épaisse et lourde. Des papiers repliés en trois en sortent. Surprise, elle les déplie lentement. Des documents personnels s'offrent à sa lecture. Elle réalise que son mari lui a cédé tous les titres de leurs propriétés ainsi que ceux de son auto. Elle est l'unique propriétaire de tous leurs biens... y compris un coffret de sûreté à la banque au numéro 231. Elle tombe à la renverse, complètement dépassée. Une grande crainte s'empare d'elle. Les papiers jetés en vitesse sur son lit, elle court au téléphone. Une réceptionniste lui répond.

— Bonjour Madame Prudhomme. Comment allez-vous?

— Très bien, merci, Jane. Je veux parler à mon mari.

— Je ne suis pas Jane, mais Janice. Jane est en congé.

Marie, impatiente, pianote sur la table de téléphone, elle n'a que faire de cette Jane, Janys ou Janice.

— Votre mari est en réunion pour la journée à l'extérieur de la ville, madame.

Sentant la déception de la dame, la réceptionniste se fait

rassurante.

— Avec qui, mademoiselle?

— Il passe la journée avec le directeur du FBI, M. Gibson. Soyez sans crainte Madame Prudhomme, M. Prudhomme me paraissait en excellente forme ce matin. Il nous a confirmé son retour vers quatre heures, à temps pour le souper.

— M. Gibson?

Mais c'est l'homme qui m'a fixé un rendez-vous... Marie se gratte partout. Ses nerfs à fleur de peau lui crient leur inquiétude. La voix juvénile ajoute.

— Monsieur Gibson nous visite souvent. Il est un habitué de la Banque. C'est un homme extraordinaire.

Marie pousse un long soupir de soulagement et referme l'appareil, les épaules allégées. Elle reprend la lecture des étranges papiers formant des fleurs multicolores sur son couvre-lit. Toute la gamme des émotions et des interrogations parsème sa journée. Elle se demande pourquoi il a fait une telle chose, posé un tel geste. Entre eux, ce n'était pas le ciel bleu. Ils se méprisaient plus souvent qu'autrement. Que signifiait cette soudaine générosité? Elle savait que son mari n'était pas un grippe-sou, mais de là à donner tous ses avoirs... Il y avait une marge.

— Maman, que fais-tu?

Marie ramasse les papiers à la hâte, les plie en les poussant difficilement dans leur enveloppe.

— Ah! C'est toi. Je ne t'ai pas entendue monter.

L'inconfort de sa mère prise au dépourvu étonne Judy.

— As-tu des difficultés, maman?

— Pas du tout, ma fille. Pas du tout. Je revoyais mes papiers en vue de... faire notre testament. Tu comprends, à notre âge...

— Maman! Vous n'êtes pas vieux. Cela pourrait attendre.

— Tu as raison, Judy. Nous ne sommes pas vieux et cela attendra. Là. Es-tu satisfaite?

— Pleinement. As-tu déjeuné?

— Oui, avec ton père.

Judy accepte cette réponse comme une bonne nouvelle. Ses parents mangeaient si peu souvent ensemble. Un vent de mieux-être soufflerait sur leur demeure... Elle en fait un grand souhait. En retrait, elle examine le faciès maternel et lui trouve plein de traces d'inquiétude entre les ridules. Son corps camoufle mal sa crispation constante et son regard entretient une tristesse visible sous les sourires douloureux de cette femme éternellement malheureuse. Judy plonge ses pensées dans son bol de céréales et s'efforce de dissimuler les intuitions «malodorantes» qui l'assaillent.

«Que nous cache maman? Personne ne le sait. Et ne le saura jamais...»

— Judy, j'ai quelque chose à t'annoncer.

La jeune fille sourcille, surprise. Les agissements de sa mère l'étonnent amplement. Marie se verse une tasse de café et s'assied à la table.

— Tu as vu que j'étais en train de faire le tri de nos papiers. Eh! bien. Ton papa m'a donné tous nos biens.

Judy agrandit ses yeux déjà grands et cesse de manger.

— Papa t'a tout donné!

— Oui. J'ignore pourquoi. J'avoue que je ne comprends rien à ce comportement.

— Maman... Papa aurait peut-être des difficultés...

— Tais-toi, Judy. Ne parle pas ainsi de ton père. C'est l'homme le plus vaillant que la terre connaisse.

— Oui. Ça c'est vrai! Il a peut-être voulu se faire pardonner des choses...

Marie rougit des orteils à la pointe des cheveux.

— De quoi voudrait-il se faire pardonner... Je te le demande!

— Tu lui reproches bien des affaires, maman.

Marie se lève, dépose sa tasse sur le comptoir, incapable d'en entendre davantage. Sa fille devinait des choses sans le laisser voir.

— Oui, mais il y a reproches et reproches, ma fille.

— Certains font plus mal que d'autres, maman.

Marie se sent défaillir. Une seconde fois en vingt-quatre heures, elle se faisait clouer au mur, sans pouvoir répliquer.

Cette fois l'oeuvre de sa chair lui remettait la monnaie de sa pièce. Les épaules lourdes de sentiments insupportables, elle monte à sa chambre en prétextant une course à faire et fuit le flair de sa fille, restée seule en face de son déjeuner indigeste.

«Pauvre papa. Que t'arrive-t-il? Ne te laisse pas manger par elle. Relève les manches comme tu as toujours su le faire. Je suis là et je t'aime. Ne l'oublie jamais!»

Marie reprend l'enveloppe sur sa table de chevet et en sort de nouveau la liasse de papiers. Elle est riche de deux grandes propriétés, d'un bateau, d'un grand chalet à Long Beach et que sais-je encore... Une multitude de rêves mirifiques court en elle et l'envoie sonner à la porte de William Leider en inventant divers prétextes pour le faire marcher, l'humilier. Tout au long du jour, elle se dore au soleil de ces images aux mille odeurs de prestige et de réussite. Elle fredonne des airs connus à la mesure de ses rêveries. Elle folâtre seule en ville, errant au gré de sa fantaisie dans sa superbe décapotable, un vif sentiment de puissance jamais ressenti au coeur. Un policier apparaît dans son rétroviseur. L'envie de pousser à fond l'accélérateur lui effleure l'esprit.

«Le grand bêta! Oser me suivre. Tu ne sais pas qui je suis, homme stupide!»

Ses méninges agitent leurs fantasmes et lui donnent des munitions.

«Le filer. Me griser de vitesse.»

Elle pousse sur l'accélérateur et fait vrombir le moteur.

«Si j'avais de la fumée dans le tuyau d'échappement... je lui noircirais le toupet!»

Le patrouilleur cède sa place et bifurque sur une rue transversale. Marie sourit à ses pensées, elle n'a pas eu à les mettre à exécution.

Le nuage de ses instincts de révolte dissipé, la dame, jeune impératrice de ses désirs démesurés, redessine la route de ses rêves empiriques la clé du bonheur en main, croit-elle. Le profil préoccupé de son mari lui rend visite. Elle doit se l'avouer, Hervé avait accompli des miracles en très peu de temps. Elle cherche des moyens de lui dorer un peu la pilule maintenant qu'elle possède tout.

Une question se pointe à l'horizon et se poste en bordure de sa fenêtre cervicale. Qu'est-ce qui lui a pris d'agir ainsi? Il est un de ces hommes généreux au compte-gouttes, à la mesure près. Il ne donne pas facilement ce qu'il a acquis de peine et de misère. Subitement, il se dépouille totalement. Pourquoi ce soudain abandon? Signifie-t-il un malheur futur? Cache-t-il un problème sous-jacent et mystérieux, une raison inconnue à connaître plus tard?

Le gazouillis d'un oiseau juché sur une haie superbe ombragée par la demeure capte son attention, le temps que la lumière du soleil l'illumine peu à peu. Elle étire le cou en direction de l'espace restreint servant d'entrée. Un filet d'opulence se dévoile à son passage.

«Le domaine d'un acteur, sans doute...», songe-t-elle amusée, devant la longueur uniforme de la clôture architecturale bordant la rue.

Los Angeles.

Elle sillonne les rues sans le réaliser, ivre de joie. Elle grimpe la falaise de Pablos Verdes louée aux Dickson. Une folle envie de les foutre à la porte traverse son esprit. Le visage d'Hervé se fixe à la paroi de son encéphale, elle s'abstient. Lentement, elle redescend et longe le Pacifique arrosé de soleil et de vents parfumés. Long Beach, le paradis des grands financiers s'étire le corps. Leurs résidences secondaires où ils enfouissent leur or et leurs trésors personnels l'attendent.

Marie stoppe devant son chalet et caresse l'horizon qui lui plaît. Elle monte l'escalier, tourne la clé dans la porte.

Une assiette traîne sur le comptoir. Une tasse sale attend au fond de l'évier.

«Tiens quelqu'un est entré... Cela me surprend.»

Elle cherche à identifier l'intrus. Un indice se montre le bout du doigt. Deux boutons de manchette sont restés sur le bureau de sa chambre.

«Il est venu ici, seul? Hervé est passé au chalet aujourd'hui... Ce n'est pas dans ses habitudes.»

Elle jette un regard à sa montre.

«Oh! oh! Il est presque cinq heures trente. Il doit être de retour à la maison. Et je ne suis pas là pour l'accueillir, lui qui vient de me faire un si grand cadeau. Il me détestera, je le sais. Il me déteste déjà, alors... Donne-t-on un cadeau à quelqu'un que l'on déteste?»

Sans obtenir de réponses, elle refait le fil de sa randonnée. Marie reprend le chemin du retour.

—*Tu as assez rêvé pour le moment.*

«J'ai assez rêvé, c'est vrai. Hervé, tu me dois des explications, dès mon arrivée. Sinon, je deviendrai maboule. Me faire des cadeaux est gentil, mais ce n'est pas dans tes habitudes. Tu ne l'as pas fait depuis longtemps. Alors pourquoi ce soudain détachement de ta part? Que me caches-tu sous cette générosité?»

Un sentiment d'inconfort la parcourt tout entière. La peur lui serre la gorge. Elle ouvre grand la fenêtre de la portière pour éviter de s'écouter penser. Le vent aiguise sa voix par l'ouverture, elle se met à fredonner une chanson à la mode sous le son amplifié de la radio. Le calme renaît.

Sa maison sera en vue dans dix minutes. Elle a commandé un plantureux souper pour fêter l'événement. Ses enfants seront là qui l'attendent et Hervé aussi. Elle les imagine qui discutent.

«Judy les aura mis au courant de ma nouvelle situation de mère riche et de père mécène. Hervé leur aura déjà donné la signification de ce geste inusité.»

Son esprit brode un canevas éblouissant et coloré.

Quand elle arrivera, ce sera elle la gagnante. On l'attend avec impatience, elle le devine. Comment s'établira ce nouvel équilibre dans la famille? Elle se meurt de savoir et de connaître leurs réactions. Le souper est sur le point d'être livré à l'heure qu'il est. Son entrée se fera en grande pompe, la table sera dressée. Elle s'y glissera dans une atmosphère de joie et d'hilarité. On lui aura peut-être ajouté certaines surprises de leur cru. Quitte à amplifier le plaisir. Le visage illuminé de ses rêveries, elle stationne devant son entrée; une première déception l'attend. L'auto de son mari ne s'y trouve pas. Gonflée par ses rocambolesques idées, elle continue sa montée. La porte ne s'ouvre pas, elle est fermée à clé. Elle sonne, personne ne répond. Le camion du livreur arrive derrière elle et il entre avec le repas. Elle paye et le salue. Tout est silence au-dedans. Personne ne l'attend.

—*Pourquoi t'attendraient-ils, Marie? C'est à ce régime que tu les as habitués. Servez-vous. Je ne suis pas votre servante! Rappelle-toi.*

Alors tout et un chacun se prépare le repas dont il a envie.

(«—Nous prenons le souper dominical ensemble!»), avait ordonné Hervé, le père, désespéré par la tournure des événements.

Marie examine le calendrier de sa montre et s'interroge.

«Nous ne sommes pas dimanche, à ce que je sache.»

Les méninges de Marie plantaient le clou de la vérité toute crue. Elle se résigne à déguster toute seule un repas qui aurait pu être magnifique. Les traits énigmatiques d'Hervé en la quittant le matin se greffent à sa pensée. Elle referme la fenêtre derrière son dos. Elle est riche mais seule. Horriblement seule. Est-ce de cela qu'elle a rêvé? Est-ce cette vie qu'elle a toujours souhaitée? Elle agite le bouton du tourne-disques et Mozart remplit la salle à manger de ses notes. Tout pour éviter de répondre aux questions intempestives de son cerveau.

«Hervé arrivera à dix heures comme d'habitude... Je vais aller donner quelques touches de pinceau sur ma toile.»

Sur ce, elle enfile un chandail rouge léger et rend visite à son peintre... et son atelier.

Chapitre 13

La journée étend son aquarelle depuis deux heures lorsque Hervé quitte la maison. Il ne s'habitue jamais à la beauté matinale du Pacifique qu'il longe chaque matin pour se rendre à son bureau, elle le fascine et l'émeut. Malgré leurs dissensions conjugales, il puise dans la splendeur de la nature la force et le calme nécessaires à la poursuite de son travail. Souvent, il se gare le long de la plage, s'assied sur une pierre et écoute chanter la mer. Rassasié, il repart transformé, l'âme apaisée et le corps rempli d'énergie. Il ne pourra plus quitter cette plaine liquide qu'il adore et qui use d'astuces pour le retenir. Chaque matin, la mer lui fait la cour. Elle le caresse, l'hypnotise, lui chante la pomme, se fait belle, ondule son dos de mouvements voluptueux, l'enjôle, le gave, l'enivre et le berce. Plus vraie qu'une maîtresse, elle le retient entre ses entrailles jusqu'à en baver de plaisir. Oui, ils s'aiment, elle et lui. D'un amour inconditionnel et respectueux. D'un amour sans nom et sans douleur, ils se font mutuellement les plus grandes confidences, sans jamais se trahir. Sans elle, il ne serait pas le même. Il serait un autre Hervé.

La fin de semaine fut très laborieuse. Il a failli flancher. L'idée lumineuse mijotée la semaine dernière lui sauve la vie. Il a peur. L'agent du FBI lui a donné rendez-vous pour cet après-midi. Il n'ira pas.

L'effronté a osé venir à la maison. Quels liens a Marie avec ses histoires bancaires? Il s'appelle Gibson, a affirmé la réceptionniste de la banque. Il n'a jamais voulu dire au téléphone la teneur de ses interrogations. C'est à en devenir fou.

«L'autre jour, je suis allé voir mon coffret et j'ai cru constater que quelqu'un l'avait visité. Je ne puis en avoir la certitude. Je me suis peut-être fourvoyé. Je suis incapable de dénoncer quiconque. Si je m'étais trompé... Ce serait affreux. La peur s'est installée en moi. Une peur pernicieuse grugeant mes entrailles et blanchissant mes nuits. Est-ce à cause de cet événement que le FBI vient faire des investigations? Je l'ignore. Je vais passer au bureau pour éviter tout soupçon puis ensuite, je m'éclipse. Je reviendrai lorsque la tempête se sera apaisée et que le calme sera revenu. J'appellerai Marie pour me tenir au courant et ensuite je jugerai, selon les résultats.»

Hervé rentre au bureau l'air décidé. Son plan marchera. D'ailleurs, tous ses plans ont toujours fonctionné comme il le désirait.

«Ne pas me monter de bateau, voilà le secret.»

Il note ses messages, ses rendez-vous, règle quelques litiges mineurs, donne des instructions, reçoit la richissime Mme Brown, fait bonne figure devant de gros clients et quitte la banque, soulagé.

En route, il met le climatiseur en fonction et se dirige vers San Francisco. Son plan est tout tracé. Il montera vers le nord et se retrouvera en Colombie-Britannique, au Canada. Il connaît des amis qui l'hébergeront dans les Rocheuses. Il se rendra peut-être voir ses oncles au Québec, il verra en cours de route. Hervé songe à Marie, héritière de tous ses biens. Cette solution géniale les met à l'abri de toutes les intempéries.

Il a mis du temps à l'accepter.Il l'a fait pour ses enfants, ingrats ou pas. Sa décision exécutée, il se sent soulagé d'un poids très lourd. La richesse monétaire ne valait pas la richesse de la vie. Allégé d'une si grande faute, il se sent des ailes, il chantonne.

«Pauvre Marie. Si ce monsieur est renseigné sur le coffret, elle en passera des mauvais quarts d'heure. Elle les a mérités. Depuis le temps qu'elle me pousse à bout. Elle verra tout le mal que j'ai eu pour la satisfaire. Elle, la gourmande, elle, l'insatiable. C'était une idée chimérique de ma part. Je n'aurais jamais dû m'embarquer dans cette galère pour lui plaire. J'ai été fou. Fou d'elle à en sacrifier ma vie. Je m'en libère; maintenant ou jamais.

Qui sait comment tournera cette histoire? Si un jour on me condamne pour fraude, je suis libre comme l'air puisque je n'ai plus un sou. Elle ne pourra être condamnée puisqu'elle est absolument ignorante de mes manigances. Elle croit que je suis intègre et que je l'ai toujours été. Elle pense que j'ai gagné tout cet argent par mon dur labeur. Elle me donne un crédit que je ne mérite pas. J'ai eu la main heureuse en trouvant cette idée. Je crois que nous sommes sains et saufs.»

Sur ce, il se met à fredonner comme un jeune adolescent en mal de sensations fortes. Hervé ne peut plus faire marche arrière, il en a trop fait.

La journée passée à rouler, il sent la faim lui tirailler les entrailles. Il attend la fin du jour pour avaler un hamburger. Il loue une chambre d'un motel minable et dort comme un loir. Au lever du jour, il est déjà loin quand on vient pour s'informer de son déjeuner.

Le jour nouveau l'éloigne du littoral, il s'enfonce vers sa libération.

«Que font-ils à la maison? Judy doit être inquiète... Ne t'inquiète pas, petite. Je vous reviendrai libre comme l'air. Puis Paul, le vaillant, est de retour de son travail... Je t'admire mon garçon. Tu réussiras dans la vie. Françis, le fainéant, aura-t-il sorti le cul de son lit? J'en doute. Quant à Aline, il y a longtemps que nous avons perdu ta trace. Je te retrouverai peut-être au Canada? À quelque part, nous nous ressemblons toi et moi. Nous fuyons devant le danger. Nous sommes deux peureux. Tu as fui les lamentations de ta mère, moi je fuis ses tourments imaginaires. Deux victimes pour une seule personne, c'est pas mal, je trouve. En sortirons-nous vivants? Je l'espère.»

Le nouveau jour s'est éteint comme il était né, insipide et ennuyeux. Demain la délivrance sera à la porte. Il entre chez des gens et leur demande le gîte, ils acceptent. Le lendemain, il les quitte, un large pourboire entre leurs mains. Le vieux couple est heureux d'avoir rencontré M. Barber, un homme fort gentil. Hervé renfile sa peau de banquier et poursuit sa route... dans l'auto du couple qu'il vient d'échanger avec leur assentiment.

Une large sourire se fixe à son visage. En esprit, il entrevoit déjà les Rocheuses. Il lui reste à passer les frontières. Il se forgera une identité et une histoire pour traverser la barrière entre les deux pays.

Il redouble de vigilance. L'alerte doit être donnée à son sujet. La Californie est vaste mais le temps presse.

Hervé Prudhomme a l'impression d'être parti depuis des lunes. Un long voyage s'effectue aussi en lui. Le monde a changé. Les campagnes verdoyantes nettoient la crasse de ses pensées. Il s'attarde à examiner un homme qui joue avec son chien, un enfant courir avec son chat, un laboureur tourner son champ. Tout le remplit de béatitude oubliée. Il s'est déconnecté du monde, et de la vraie vie. Il a oublié de vivre. Il a parcouru des distances à la course, sans regarder où il allait. Il s'est battu avec les moulins à vent de sa femme, sans jamais les arrêter ni les vaincre. Au fond d'une dune de sable, bien camouflé des regards indiscrets, il s'endort sur le siège avant de sa vieille auto, d'un sommeil agité et léger.

Chez Marie à Santa Monica, la vie tourne carré. Un agent du FBI l'interroge.

— Monsieur, trouvez-le. Je me fous de votre entrevue, Monsieur Gibson.

— Je dois avoir une explication sur les comptes bancaires de Mme Herald. Je suis mandaté par le juge pour faire la lumière sur les trous béants de ses comptes de banque, selon ses héritiers.

— Qu'est-ce que j'ai à voir avec cette bonne femme, monsieur?

— Votre nom a été mentionné dans les conversations avec les héritiers.

Marie tombe sur sa chaise, assommée.

— Monsieur, cette histoire est une aberration. Je ne connais personne de ce nom, ni de près ni de loin, monsieur. Faites toutes les enquêtes que vous voulez, je ne suis pour rien dans cette histoire d'héritage.

— Je suis heureux de votre réaction, madame. Elle me rassure. Quant à la rencontre avec votre mari, le banquier, j'attendrai son retour.

— À la bonne heure, monsieur. Vous devenez raisonnable.

— Quand sera-t-il de retour?

— Je l'ignore, monsieur.

— Vous ne savez pas où il est allé?

— Exactement, monsieur. Il a peut-être été enlevé par des bandits. N'oubliez pas qu'il est banquier.

— Je n'oublie rien, madame, au contraire. Je suis tout ouïe.

— Tout ouïe, tout ouïe! Je me moque de vos ouïes. Je veux retrouver mon mari.

— Vous avez des doutes raisonnables sur son absence...

— Nous avons eu une dispute avant son départ.

— Une dispute est insuffisante pour faire fuir une personne, madame. Lui est-il arrivé de ne pas rentrer à la maison?

Marie se creuse les méninges.

— Rarement, monsieur. Il appelait pour nous en avertir.

— Nous devons attendre 24 heures avant de poser un geste. La soirée est jeune, ne trouvez-vous pas?

218

La femme éplorée jette un oeil à son poignet. En effet, il était tôt dans la soirée.

L'agent du FBI volatilisé, Marie s'effondre dans le fauteuil bleu de son mari, en butte à une grande agitation intérieure. Elle se gruge les ongles et se mord les doigts.

«Quelle idiote je suis! Qu'est-ce que j'ai fait? Avoir ouvert toute grande la porte intime de ma journée. Mes inquiétudes sont normales. Par contre, une telle exagération dans mes démonstrations est anormale. J'ai semé le doute sur Hervé. Il désirait le rencontrer pour avoir des informations sur une vieille riche décédée. Voilà que j'ai tout bousillé. À quoi, à qui et comment pensera-t-il, ce Gibson? Aura-t-il vraiment des interrogations sur Hervé? Que j'ai été folle! Oui, une vraie folle à interner. Lui téléphoner serait une autre erreur. Je l'enfoncerais davantage au fond du puits.»

Le visage énigmatique de son mari, au départ de la maison, refait surface.

«Pauvre Hervé. Tu ne mérites pas de tels soupçons. Je dois réfléchir sur mon comportement. Je réalise que je ne suis pas blanche comme neige dans cette histoire. La goutte a peut-être fait déborder le vase. Comment me reprendre? Là est la question.»

En attendant...

En attendant, Marie se parle.

«Monte te coucher, tu seras mieux disposée demain.»

Une voix juvénile monte du bas de l'escalier.

— Je pars, maman.

Marie s'étire le cou, navrée d'avoir à enfiler sa robe de chambre.

— Je vais passer la soirée chez mon amie.

Marie défait le noeud de sa ceinture qu'elle avait nouée avec tant de difficulté.

— Ah? Bon. C'est parfait, ma fille. As-tu répondu à tes appels téléphoniques?

— Je le ferai chez Ruth.

— Quand reviens-tu?

— Je l'ignore.

— M'as-tu laissé ton numéro de téléphone?

Judy, surprise, interroge sa mère. Elle se souciait si peu de ses problèmes personnels. Les deux femmes vivaient côte à côte dans le même habitacle en essayant de se supporter mutuellement sans se parler et dans une parfaite indifférence.

— C'est nécessaire, maman?

Marie se sent stupide tout à coup. En effet, pourquoi se soucier de sa fille, ce soir? Un relent de culpabilité monte de ses entrailles augmenté par l'idée d'être seule.

— Oui. Je le veux.

La porte s'ouvre sur la jeune fille et se referme lentement sur elle comme on ferme un vieil album de photos, usé. Judy frissonne.

Marie jette son vêtement sur sa chaise et aperçoit tous ces papiers restés étendus sur son lit. Ses pensées sont perturbées par le son du téléviseur. L'image de son mari marchant derrière elle le jour précédent remonte à la surface. Son visage tourmenté colle à la paroi de son inquiétude. Une vive émotion la secoue et des larmes humectent ses iris. Son regard s'assombrit. Des mots surgissent à travers le bruit et la font frémir, ils redessinent une nouvelle figure, un homme nouveau, sous la pelure de l'homme exténué d'hier, plus humain et plus tendre. Surprise par cette découverte, elle sourit tristement.

«Hervé, tu es un homme extraordinaire.»

Marie pousse un long soupir de soulagement et referme l'appareil, les épaules allégées. Elle reprend la lecture des étranges papiers. La gamme des émotions et des interrogations rocambolesques ont parsemé sa journée sans relâche. Ce soir, elle se repose la kyrielle de questions matinales, sans trouver de réponses.

* * * * *

Hervé roule depuis maintenant quatre heures. Encore vingt-cinq kilomètres à parcourir et la frontière sera à lui. La tête enfoncée dans son épais nuage de pensées, il ne voit pas l'auto-patrouille qui le suit depuis une demi-heure. Le constable écoute sa radio où on fait état de la disparition d'un banquier de Los Angeles. Il examine, distrait, le véhicule gris devant lui possédant une plaque immatriculée dans l'état de l'Oregon et ne s'en fait pas outre mesure. Des banquiers, il n'en pleut pas sur les routes ici. Il se dessine une image de banquier, au volant de sa limousine qui fume le cigare. On lui a dit qu'ils rivalisent avec le monde cinématographique de Beverly Hills. Eux, leur richesse est étalée à Long Beach.

Soudain, Hervé sort de sa léthargie mentale et aperçoit la voiture de police. Son coeur fait demi-tour et de grands bonds dans sa poitrine. Il ne sait où se cacher. Avec sang-froid, il se parle. Il continue sa route, imperturbable, en suivant à une distance réglementaire la file d'autos montant vers le nord. Si on l'arrêtait, on verrait qu'il sue à grosses gouttes. Il pousse un long soupir de soulagement en voyant la voiture monstrueuse quitter son derrière et emprunter une route secondaire.

«Je suis chanceux! Que je suis chanceux!»

Il s'arrête dans une halte, s'essuie le front pleurant de sueurs, boit de bonnes gorgées d'eau à l'abreuvoir, se repose un moment sur un banc du parc, mange son sandwich et s'installe au volant.

Il a eu chaud.

Des panneaux indiquent la frontière. Il chantonne des airs westerns. Son plan étudié et peaufiné au long de son parcours est à point. Tout a été pensé. Tout marchera sur des roulettes.

Dans son auto-patrouille, le policier retient son attention. La radio lui explique les diverses possibilités de comportement du banquier fugitif. Le conducteur de l'auto de l'Oregon lui revient à l'esprit.

Pourquoi cette auto? Qu'avait-elle de louche? Paraissait-elle bizarre? Oui... Non...

Il cherche dans le comportement du conducteur ce qui pourrait lui sembler bizarre. Il ne voit rien. Il laisse monter des mots au hasard. Oregon. Grise. Pontiac. Immatriculation.

....2121 lui dicte sa mémoire. ....2121. Ces chiffres l'ont intrigué. Sans raison. Il se demande pourquoi. Ce matin, il a entendu un collègue rire aux larmes en écoutant une anecdote d'un camarade au sujet d'une limousine noire, conduite par un fermier sur une route secondaire d'un village voisin. L'homme avait manqué de gaz. Limousine noire... fermier... chemise blanche... Pontiac grise... vitesse tortue... fréquents regards dans le rétroviseur... grosses lunettes noires... de banquier...

Il rebrousse chemin, met son phare avertisseur et, en vitesse, file vers la frontière.

Une longue file de camions routiers est entrecoupée par des autos faufilées dans la caravane en mouvement. Le patrouilleur émet un juron de désappointement. Le temps presse et la route prend fin sous peu.

Hervé entend l'alarme du patrouilleur au loin. Son coeur s'agite. Il accélère et dépasse des routiers. Le patrouilleur reconnaît l'auto, au hasard d'un dépassement. Il accentue la pression. Hervé pousse la pédale à fond. Il joue au chat et à la souris. Il prend des risques. De plus en plus de risques. Sa peur l'aveugle. Il entend le patrouilleur s'approcher, il a l'impression qu'il lui colle aux fesses. Dans un détour, il dépasse la file, manque de temps pour se ranger et entre de plein fouet dans un mastodonte.

Hervé n'est plus.

S'il avait dominé sa peur, s'il avait usé de sang-froid, il aurait appris que le coffret de sûreté de Mme Hérald ayant fait l'objet de recherches par le FBI était celui à côté du sien. Hervé Prudhomme, le malheureux banquier, était mort inutilement.

Maintenant tout était changé. Marie en découvrira sous peu les conséquences.

Chapitre 14

— C'est incroyable! William. Hervé a eu un accident près de Seattle, regarde! C'est dans le journal.

William se penche et lit la nouvelle pendant qu'Éveline nerveuse, égrène des scénarios du drame.

— C'est étrange. Que faisait-il à Seattle?

— Une réunion de banquiers. Un congrès. Tout est possible, Éveline.

— C'est vrai. Chère Marie. Quelle épreuve! Penses-tu que je devrais l'appeler?

— J'avoue que je ne sais pas.

— Tu as raison. Mieux vaut réfléchir. Comment prendrait-elle la chose?

— Comme une insulte, une provocation?

— Les deux, peut-être... Qui sait?

— Pensons à elle et attendons les événements.

— C'est ce qu'il y a de mieux à faire, je crois.

Le couple décortique le drame sous ses angles multiples, à la recherche d'une explication jusqu'au coucher. La vitesse, les routiers, les routes mal entretenues, tout y passe.

— Nous ne savons pas ce qui nous attend, William, au détour de notre route. Ce cher Hervé était si bon. Il vivait pour Marie, il en était dépendant.

— Dépendant?

— Il l'aimait plus qu'elle ne l'aimait. À cause de son infirmité, il lui a offert le maximum de ses capacités pour combler ce handicap.

— Lequel? Je ne me souviens pas.

— Il faisait du strabisme d'un oeil. Un jour, il m'a fait des confidences. Il se croyait laid, très laid. Son oeil gauche regardait toujours vers l'extérieur pendant que l'autre te regardait et vice versa. Alors, nous ne savions jamais où et comment le regarder. Cela créait une certaine gêne et paralysait des gens.

— Marie l'a-t-elle accepté?

— Elle l'a toléré, devinant par ses gestes affectueux et attentionnés comment elle serait choyée par cet homme. Elle ne fut pas déçue, il a tenu ses promesses.

— Sa vie est un succès éclatant. A-t-il été heureux?

— Je l'ignore. Il a vécu pour elle, rien que pour elle. Se donner à ce point nous rend-il heureux?

— Non. La dépendance tue l'un et l'autre.

— Je le pense, William.

— C'est triste de le constater. Ont-ils eu des enfants?

— Je l'ignore. Il y a si longtemps que je les ai rencontrés. J'ai toujours son numéro de téléphone.

— Nous surveillerons de loin et nous verrons.

— Allons dormir maintenant. Tu as besoin de ton sommeil. Une prescription essentielle du médecin, ne l'oublie pas.

William Leider, le dos voûté, lui sourit. Le couple monte se reposer.   * * * * *

226

Marie, anéantie, laisse couler le flot de sa peine. Le policier la quitte en silence, empêtré dans son inconfort. Il est toujours difficile d'annoncer un drame. La femme d'Hervé accueille la nouvelle comme une catastrophe. Elle songeait parfois à un tel événement, sans pouvoir en saisir la portée, et se demandait comment elle réagirait. Devant l'évidence, elle s'effondre. L'homme si souvent diminué par elle, se transforme en un géant aux mains fabuleuses. L'ampleur de sa honte lui donne la nausée. Elle jette un regard autour d'elle et rencontre froideur et ridicule. Sans lui, elle n'est plus cette femme ardente mordant à belles dents dans la fureur de vivre ses excès. Sans lui, elle rapetisse de moitié. Près d'elle, les feuilles de la plante verte tombent de sécheresse et de faiblesse, elles ont été malmenées par la chaleur et l'oubli. Marie a l'impression qu'elles ressentent l'atmosphère lourde. Depuis un certain temps, elle a négligé de les entretenir, emportée par sa course folle à gravir la pente de la richesse. Ses enfants, Judy et Paul, à ses côtés, se vident le coeur. Aline, qui a été retrouvée au Canada la semaine dernière, est loin, très loin. Le mystère de son séjour prolongé reste entier. Francis, son aîné, est parti avec un ami on ne sait où, Marie s'en inquiète; elle est incertaine de le retrouver à temps pour les obsèques.

Le téléphone sonne. Elle décroche le récepteur.

— Aline, ma grande. C'est toi!

Une jeune fille effondrée pleure au bout du fil.

— Maman! Oh! maman. C'est terrible. Je ne sais pas ce qui m'arrive mais je m'ennuie tant, tout à coup, que j'ai dû t'appeler. Je ne peux m'expliquer ce que je ressens.

Marie tourne le bouton de sa chemise bleue au centre de son estomac, incapable de réagir.

La jeune fille trouve sa mère étrange avec ce silence à n'en plus finir.

— Maman? Tu es là? Je ne t'entends plus.

— Ah! petite fille. Ce qui arrive est épouvantable.

— Épouvantable? Je ne comprends pas.

— C'est papa.

— Papa? Que lui est-il arrivé? Est-il malade? Je trouve ta voix très fatiguée, maman.

— Aline, c'est terrible.

— Terrible? Parle, mais parle donc!

— Ton père est décédé dans un accident d'auto.

La jeune fille au bout du fil est secouée de terreur, son corps est parcouru de tremblements.

— Oh non! Ce n'est pas vrai!

La grande fille de Marie échappe l'appareil et une autre voix de femme reprend la conversation.

— Marie, expliquez-moi. Votre fille est dans tous ses états.

— Madame Berthe, Hervé est mort. Le père d'Aline a eu un accident. J'aimerais que vous mettiez ma fille à bord du premier avion, nous avons besoin d'elle.

— Oh! C'est inimaginable. Nous le faisons tout de suite, Marie. Nous essayerons de l'accompagner. Ne vous inquiétez pas. Nous prenons soin d'elle.

Après son étrange fuite à Québec, la grande fille des

Prudhomme retourne chez elle dans des circonstances douloureuses. Malgré son envol insensé, dont elle découvrait toutes les sombres facettes, elle adorait son père. Mais il n'était plus maintenant. Il ne le sera plus jamais. Ces mots fatidiques creusent un puits de regrets insondables. La dame qui l'héberge se demande si elle s'en remettra.

Entre le ciel et les nuages, Aline vit à reculons. De multiples souvenirs jonchent le sol de sa peine comme des nénuphars effleurant son tapis de larmes. Tant de fois, il l'a consolée. Tant de fois, il lui a caressé le dos. Encouragée dans ses déboires. Elle le revoit qui part le matin, soucieux, son éternel porte-documents noir au bout de son bras. Tant de fois, elle l'a déçu par ses folles embardées incompréhensibles. Vouloir être différente à tout prix. Tenter de renier ses racines. Écouter les sages conseils de ses amis disparus, aussitôt qu'elle était dans le pétrin. La tête piquée dans l'infini du ciel, elle lui parle et lui promet de porter dignement son nom. Sa mère la reçoit à bras ouverts et à grands coups de sanglots.

— Ma grande! Comme je suis contente que tu sois là. Ton père était si fier de toi, tu sais.

— Je le sais maman. Hélas. Raconte-moi tout.

La mère et la fille se confient et se libèrent. Une enquête du coroner est instituée car une question est sur toutes les lèvres. Pourquoi ce policier était-il à ses trousses?

Marie garde pour elle la longue liste inventée par ce mystère. Que faisait son mari à Seattle? Qu'avait-il fait de son auto? Pourquoi se dirigeait-il vers la frontière? Cette fois, elle les conserve bien au chaud près de son coeur. Personne n'en prendra connaissance. Une fois seule, elle fera sa petite enquête et le saura.

Au salon funéraire, un homme troublé attire son attention. Il s'approche et lui donne sa carte professionnelle.

— Madame Prudhomme, c'est terrible ce qui est arrivé à M. le Banquier. Je peux vous aider dans plusieurs domaines si vous le désirez. Je connais bien des choses sur votre mari. Au revoir, madame.

Marie cache sa surprise, ouvre la main et lit le nom de l'inconnu. Alfred Langevin, concierge. Surprise, elle ouvre son sac à main et range la précieuse carte dans un compartiment et en referme la fermeture éclair, l'homme s'est volatilisé. Dans un coin obscur du salon funéraire, un homme a tout vu du manège. L'agent Gibson écrit l'heure, la date et l'endroit dans son petit calepin noir, puis il lui tourne le dos pour éviter d'être reconnu.

À l'insu de Marie, l'agent fait son enquête auprès des gens et de ses amis. Le magnétophone en action dans la poche du revers de son manteau, il enregistre les séquences utiles à ses démarches. Devant la tragédie, le monde croule, les langues se délient, le courage flanche et l'affaire est dans le sac. Tout le monde parle. Certains se confient, des noms se donnent, des numéros de téléphone se glissent dans les conversations et des adresses s'incrustent dans la mémoire de Gibson. Une abondance de pistes à explorer s'engouffrent dans ses poches avec une facilité déconcertante. Il rit dans sa barbe en quittant les lieux et s'endort le coeur léger. Un immense boulot l'attend au lever du jour.

Hervé est mis en terre, une couche protectrice est renversée sur lui et il retourne au passé. Une pensée étrange monte des lèvres closes de sa femme.

«C'est curieux, Hervé, je suis contente pour toi. Ton calvaire avec moi est terminé.»

Le choc initial passé, quelques larmes vite essuyées sur le coin de son faciès, Marie, remise sur ses pieds, gère l'événement d'une main de maître. En elle, ses sentiments hideux l'étourdissent, elle boit de l'eau et mange de l'aspirine. Une grande bouffée de liberté grandit en elle, une fois de retour à la maison. Elle est libre et riche. Très riche. Son rêve s'est enfin réalisé. Que fera-t-elle de ces nouvelles avenues? Elle a la vie pour y songer.

Aline repart au Canada, Judy reprend le chemin de l'école et Paul celui du travail. Un soir, une clé joue dans la serrure de la porte. Francis, son fils, entre en sifflotant.

— Tiens, te voilà, toi!

Francis s'amène, le pas lent, la bouche pâteuse, l'oeil hagard.

— Papa n'est pas arrivé?

Marie bondit sur ses talons.

— Comment! Tu rigoles ou quoi?

— Je ne rigole pas, je veux savoir.

— Ton père est parti pour toujours.

— Il nous a quittés?

— Ton père est mort, Francis. Mort! M'entends-tu? Depuis dix jours. Et tu n'as pas daigné lui montrer un peu de respect!

— Je veux le voir. Il est à quel salon?

— Il est mort et enterré. Sans toi. Sans son fainéant de fils, figure-toi donc. Cela a peut-être été mieux ainsi. Tu ne lui as pas imposé ton ignoble présence. Ta dégradante personne. Où étais-tu pendant tout ce temps? Les journaux, la télévision, la radio en ont parlé des jours entiers. Et toi, tu n'as rien su. Dans quel monde vis-tu lorsque tu nous quittes, Francis? Je veux le savoir.

Le fils aîné d'Hervé et de Marie, en sanglots, s'effondre sur une chaise, son visage transpercé par la douleur. La longueur de ses cheveux ternes et sales le rend encore plus pathétique.

— Oh! non! Papa est mort! Non! Ce n'est pas vrai!

Marie, sa mère, ne prête aucune attention à son fils et continue à répandre sa colère partout.

— Parce que maintenant, tout va changer. Ton père tolérait ta paresse parce qu'il était bon, mais il n'est plus ici pour te protéger. Dorénavant, tu iras vivre de tes propres ailes, si tu en as encore.

Le fils déchu sent tomber ses épaules, la morve lui pend au bout du nez. Anéanti, il implore.

— Avec quel argent, maman?

— Je te payerai quatre mois de loyer, pas plus. Si tu ne trouves pas, tu vivras du secours direct.

— Papa n'aurait jamais voulu ça pour ses enfants.

— Ton père, non, mais ta mère, oui. Les pleurnicheries de ta part, c'est fini! Allez ouste! Lève-toi et va prendre une marche, je t'ai assez vu.

Marie quitte son fils en larmes, pleurant la perte de son père.

Le lendemain, sans avertissement, elle le réveille et ils partent à la recherche d'un appartement. Elle l'installe près d'un collège.

— Au cas où l'envie de continuer tes études te viendrait.

Le jeune homme, incapable de rouspéter, accepte la clé, et se prépare à déménager ses pénates.

— Tu vois, il y a un McDonald au coin du boulevard. Tu pourras y travailler. Puis... une épicerie sur l'autre coin de la rue. Je parie qu'ils ont besoin d'employés. Mais oui. Regarde...il y a une annonce dans la vitrine. *Commis demandé.*

Francis, endormi par le choc, l'écoute par une oreille seulement.

— Et une quincaillerie sur une autre rue, si tu n'aimes pas jouer dans la viande. Tu pourras toujours compter les clous.

— El Segundo, c'est loin de chez nous.

— Elle fait partie de Los Angeles, ce n'est pas loin. As-tu peur?

— Non.

— Bien alors...

Marie avait fait exprès pour l'éloigner de ses amis pervers, en espérant voir s'écouler un peu de temps avant qu'ils se retrouvent.

— Je n'ai pas le téléphone?

— Si tu en as besoin, tu travailleras et tu t'en payeras un.

Francis se sent coincé. Des réactions lui grimpent le long du dos mais il s'abstient de les laisser se répandre.

«C'est dommage que papa soit mort. Très dommage! La vie ne sera plus pareille, en effet.»

Francis referme la porte sur sa mère qu'il déteste. Il survole son nouvel environnement, la panique au coeur, le réfrigérateur rempli et la tête vide. Il met un temps fou à s'endormir.

Marie traverse la rue et entre à l'épicerie.

— Puis-je voir le gérant?

Un homme affable lui est présenté.

— Monsieur, vous avez besoin de personnel?

— Oui, madame. De jeunes bras solides.

— Demain matin, mon fils postulera pour cet emploi. Il s'appelle Francis Prudhomme. Vous lui donnez sa chance et je vous paie un mois de son salaire. Ensuite, vous jugerez de ses capacités, qui, à mon avis, sont excellentes.

Les yeux du gérant s'agrandissent d'étonnement.

— Un mois, madame!

— Vous avez bien compris. Voici le chèque.

— Vous n'y allez pas par quatre chemins, madame.

— Tous les moyens sont bons pour arriver à ses fins, n'est-ce pas!

L'homme s'esclaffe et lui tend la main.

— Trop peu de gens vous ressemblent, madame. Ils changeraient la face de la terre.

— Je reviendrai prendre de vos nouvelles.

— Autant qu'il vous plaira, madame.

Marie retourne chez elle fourbue. Elle dépose son corps sur sa couche et fait une ardente prière à son mari, il fallait que Francis s'en sorte.

Le lendemain, Marie s'écroule. En larmes, elle s'attable devant son café. Elle est seule. Infiniment seule. Le sera-t-elle toujours? Judy et Paul sont déjà partis. Elle entend la voix d'Hervé à chaque détour de ses gestes. Même ennuyeuse, elle remplissait la pièce. Elle s'entend maugréer contre ci et ça. Elle l'écoute répliquer de sa voix de baryton égrenant ses notes chaleureuses. Un vide immense remplit la maison. Que deviendra-t-elle sans lui?

— *Riche comme tu es. Tu devrais le savoir!*

—Je devrais le savoir mais je ne le sais pas. La richesse n'a plus de sens maintenant.

— *Tais-toi, tu fais injure à Hervé. Il a tout misé pour en arriver à ce but et il y a laissé la vie.*

Marie se frotte le nez énergiquement, il ne cesse de piquer. Puis c'est au tour de son dos. Est-ce son corps qui n'en peut plus de soutenir la honte accumulée?

Elle décide de faire le ménage de leur chambre à coucher... pour «changer le mal de place.» Aussi bien vider tous les tiroirs maintenant. L'idée s'avère excellente. Ce travail l'occupe pendant plusieurs jours. Elle refait le tour de ses souvenirs et de sa vie en même temps. Des boîtes s'amoncellent dans un coin du corridor, l'Armée du Salut les distribuera.

Des quantités de papiers chiffonnés remplis de chiffres tombent dans la corbeille à papier.

«Il comptait tout le temps. Il vivait de grandes inquiétudes. Comment a-t-il pu acquérir tant de richesse? Je l'ignore.»

Des cartes d'affaires remplissent deux boîtes en tôle.

«Qui sont ces gens? Son monde m'est inconnu... par ma faute. Je n'ai jamais voulu assister à aucun événement, le concernant. Il a peut-être été un grand homme à mon insu. Je ne le saurai jamais.»

Des noms de femmes défilent entre ses doigts. Un pincement au coeur gonfle sa crainte.

«L'une d'elles l'a peut-être aimé... Je n'en sais rien.»

La porte sonne. Le professeur de peinture lui rend visite.

* * * * *

Judy profite de sa journée de congé pour se rapprocher de sa mère. L'odeur des roses rouges montant à sa fenêtre la nuit entière a ravivé la tristesse de l'absence de son père. Il aimait tant cultiver ces fleurs. Elle s'ennuie de lui et éprouve le besoin de verbaliser ses sentiments alimentés par ses souvenirs si tangibles. L'absence de son frère aux obsèques lui a crevé le coeur. Qu'avait-il fait pour mériter une telle indifférence de la part de son fils? Elle se creuse les méninges et les réponses se font rares.

Marie, sa mère, taciturne, étourdit l'ambiance de jéré-miades insignifiantes. Judy la trouve triste et énigmatique. Un mystère plane sur eux.

— Maman, je trouve très curieux que Francis ne soit pas encore rentré. J'ai appelé partout et je ne le trouve nulle part.

— Ne le cherche pas, il est chez lui.

— Qu'est-ce que tu veux dire? Chez lui c'est ici.

Judy trouve sa mère évasive.

— Tu l'as retrouvé, c'est ça?

La mère de Judy secoue son épaule gauche, décidée à reprendre l'initiative.

— Judy, il est venu ici et est reparti.

— Explique-toi.

— Je l'ai mis à la porte.

Judy s'enfonce dans son fauteuil. La surprise lui ouvre la bouche.

— Tu as quoi?

— Foutu à la porte. Il ne savait même pas que ton père était décédé.

— A-t-il donné des explications?

— Aucune.

— *Tu ne lui en as pas donné l'occasion.*

— Tu lui as appris la nouvelle en le mettant à la porte! Maman! Ce que tu as fait est ignoble!

— C'est ce que ton frère a fait qui est inacceptable.

Judy est maintenant debout devant Marie et l'invective.

— Maman, tu es un monstre. Tu es pire que tout ce que

je pourrais imaginer. Je comprends papa d'être parti.

Ébranlée sur son socle, Marie attrape d'une main le coin de la table, elle vacille.

— Ma fille, fais attention à tes paroles.

— Parce que si je dis ce que je pense, je vais prendre la porte à mon tour?

— Judy, je ne comprends pas ta réaction. Je croyais que l'absence de ton frère au décès de ton père t'avait profondément choquée.

— Maman, Francis a ses défauts mais il avait besoin d'être ménagé pour une telle nouvelle.

— Et pour quelle raison, veux-tu me le dire?

— Francis est...

— ...un fainéant qui s'est laissé faire vivre par son père toute sa vie. C'est un mollusque de la pire espèce.

— Maman, Francis est un penseur. C'est un génie. Quand on prend le temps de vraiment l'écouter, il a les idées les plus révolutionnaires qui soient.

— Francis est un mou, sans colonne vertébrale.

— Francis est unique, il a seulement besoin d'encouragement. Tu verras qu'il transformera le monde.

— Les mollusques et les invertébrés ne sont pas ceux qui ont déplacé le plus d'air. Francis vit en orbite autour de la lune, 365 jours par année. En attendant...

— ...il a été rejeté par ceux qui doivent le comprendre.

— Tu ne m'entraîneras pas dans ce sentier, ma fille. Je n'ai et n'aurai pas la patience de ton père. S'il a tant d'idées, c'est le temps de nous le démontrer. En attendant, il est...

— ...où maman?, demande Judy, nerveuse et inquiète.

— À El Segundo dans son appartement.

— Tu lui as trouvé un appartement?

— Encore chanceux que j'aie posé ce geste.

— C'est inconcevable, maman. Je vais le rejoindre. Quel est son numéro de téléphone?

— Il n'a pas le téléphone.

— Pas le téléphone...! Je n'en reviens pas. Tu n'es pas une mère! vocifère Judy, la fille de Marie muette d'étonnement. Je vais le rejoindre avant que tu me jettes à la rue à mon tour, maman.

La jolie brunette aux yeux bleus accroche son chandail jaune au passage et quitte sa mère en coup de vent.

— Tiens. Voici son adresse, crie Marie, courant vers sa fille en furie.

La mère regarde s'éloigner l'auto de sa fille à toute vapeur, soulagée. Elle espérait ardemment que quelqu'un lui rende visite.

La tempête tropicale apaisée, elle sait que sa fille reviendra.

Autour d'elle la solitude s'épaissit.

* * * * *

El Segundo, un quartier tranquille de la banlieue de Los Angeles, sommeille les pieds dans l'eau du Pacifique.

Judy a longé le littoral sur le grand boulevard le coeur en charpie, l'âme ulcérée par le décès de son père, l'étrange comportement de sa mère et l'absence de son frère aîné. Soudain une vague profonde de tristesse monte en elle et arrose son visage de larmes abondantes. Incapable de voir la route, elle s'arrête en bordure et déverse le trop plein de sa peine, la figure entre ses mains. L'horizon embué l'enrobe d'une quiétude salutaire à sa délivrance. Elle poursuit sa réflexion.

«— Que vais-je devenir sans toi, papa?

— Tu vas survivre Judy, lui souffle le fantôme paternel.

— Peut-être, mais à quel prix?»

Le souvenir de sa mère tigresse refait surface.

«Tes agissements me font peur, maman. Qui es-tu vraiment? Un ange ou un démon? Papa parti, ton sillage dessine une multitude d'incohérences de ton passé propre à faire dresser les cheveux sur la tête. Tu sembles motivée par un désir inassouvi impossible à satisfaire. Lequel maman? Papa n'a jamais pu en découvrir la source. Je l'ai senti depuis ma plus tendre enfance.»

D'autres visages connus se superposent et l'habitent: Aline, sa grande soeur si mystérieuse. Francis, son frère préféré. Sa nonchalance l'excède. Seul Paul, le cadet, semble se comporter normalement. Un regard furtif autour d'elle lui indique qu'il serait bon de repartir, les autos ralentissent au passage. Ses larmes taries un moment, le coeur allégé, elle reprend la route. Elle constate que ses pensées voilées par l'inquiétude et la colère se sont adoucies. À mesure que s'atténuent ses émotions, un mélange de haine et d'admiration grandit de sa rencontre maternelle. La brave femme a pris une bonne décision, celle que son père n'avait jamais osé prendre.

Elle, la petite Judy, fera le reste. Soulager les souffrances, penser les plaies ont toujours été sa force. Elle veut devenir infirmière comme sa mère. C'est le plus beau métier du monde, songe-t-elle souvent dans ses moments de grande réflexion. L'image de son frère s'élève et se fixe au pare-brise de son cerveau.

«Il doit être mort d'inquiétude. Que fera-t-il? Lui qui n'a jamais voulu accomplir quoi que ce soit à la maison. J'ai hâte de savoir.»

* * * * *

Au départ de sa mère, Francis est pris de panique. Il manque de souffle, a du mal à inhaler et exhaler le peu d'air qu'il trouve. D'un bond, il ouvre la porte de son balcon et s'apaise. La vue est magnifique. Les toits à la mexicaine lui sont familiers. Une foule de tuyaux de terre rouge coupés en deux recouvrent sa vision comme une mer en fusion au coucher du soleil. Il sourit. Ses idées, au bord du précipice un instant plus tôt, se transforment complètement pour retrouver un semblant d'ordre.

Le souvenir de son père l'a poursuivi la nuit entière. Un arsenal de sentiments hideux longe les parois de son être recouvert de honte et de solitude. Au loin, à l'horizon, monte le portrait de son père travaillant dans son jardin.

«— Pauvre papa. Je m'ennuie atrocement de toi. Que ferai-je sans toi. Comment vais-je poursuive ma vie?

— Ta mère t'en a montré les avenues...

— Ouais...»

Il baisse la tête accrochée au bleu du ciel et plonge son regard au sol. Des gens vont et viennent, noyés dans leurs pensées. Il aperçoit l'épicerie dont lui a parlé sa mère.

«— Il faudrait que je rende visite au gérant demain. Mais je doute qu'on m'emploie.

— Le désires-tu vraiment ou si tu t'évertues à espérer un refus?»

Francis se frotte le nez, puis le cuir chevelu. Son mental lui faisait la guerre et il ne le prisait guère. Il songe à ses amis et aimerait les inviter, mais il n'a pas le téléphone. Il entre, s'étend sur son divan, ouvre son appareil de télévision. La platitude à son apogée lui casse les oreilles. Il referme le bouton.

«Une marche me fera du bien.»

Il dégringole l'escalier une pomme en main et se dirige vers le Pacifique à deux pas.

Marie, sa mère, serait très fière. Elle vient de gagner une bataille.

Le lendemain, il se présente à l'épicerie du coin. Un supermarché prospère et très achalandé. Le gérant semble l'attendre depuis longtemps. Enthousiaste, il l'engage, à la surprise de Francis pourtant assez amorphe.

— Tu commences demain matin, mon gars. Je suis content.

— Ah! oui? Ah! ben.

Francis revient chez lui en se traînant les talons.

«Travailler. Quelle tâche ingrate! Le boulot devrait être banni. On devrait vider les banques, les magasins et vivre dans la nature comme les indigènes et les animaux. Ils ont seulement à se préoccuper de la nourriture pour vivre. Si on la laissait se gérer à sa guise, la nature sèmerait l'abondance, sans qu'on ait à y lever le petit doigt. L'argent est la pire invention des hommes. Elle les tue à petit feu.»

Arrivé devant son building, il se dirige au parc tout près où un essaim de garçons court après un ballon. Il sourit.

Eux sont contents. Le seront-ils longtemps? Le temps que les adultes les laissent vivre comme ils l'entendent. Une voix rauque monte au loin en gesticulant.

— Eh! Les enfants. Que faites-vous dans ce parc? Il est privé. Allez, ouste! Tout le monde dehors. Le curling va bientôt commencer et je ne voudrais pas perdre mon job.

Les garçons partent la tête basse, désolés d'avoir été interrompus par des règlements stupides inventés par des hommes égoïstes.

«Qui ont les poches bourrées d'argent, songe encore Francis convaincu de la valeur de ses idées. Faudrait changer le monde.»

Pendant qu'il veut faire tourner la planète de l'autre côté, la nuit le rejoint sur son banc de parc, et il monte chez lui digérer sa solitude.

* * * * *

Quatre jours plus tard, Judy frappe à sa porte. Il sort de la douche.

— Judy! Qu'est-ce que tu fais ici?

Une grande page est tournée et une belle surprise attend Marie, leur mère. Francis travaille!

Chapitre 15

L'automne a fait place à l'hiver et le printemps est de retour. Marie vient de quitter l'agent Gibson. L'interrogatoire fut si intensif qu'elle n'en peut plus. L'impression de s'enliser davantage à chacune des visites de cet homme lui fait claquer les tympans. Elle ignore où cela va la mener et ce que désire cet homme. Elle répond au mieux de ses connaissances, mais il lui donne la sensation de se tromper constamment. Marie est à bout de souffle.

Un matin, il lui annonce une bonne nouvelle.

— C'est ma dernière visite, Madame Prudhomme. Vous êtes contente?

— Je pleure de joie, monsieur. Ne le voyez-vous pas? ironise-t-elle.

— À la bonne heure. Nous nous reverrons peut-être.

— Jamais, monsieur! Voilà mon plus cher désir.

L'agent avale, sans broncher, ces parcelles de cynisme enrobées d'ironie. Il rétorque.

— Pourtant, je vous trouve sympathique, madame.

— Ce n'est pas réciproque. Croyez-moi.

— Seul le résultat de mon enquête vous accordera cette joie, madame.

Marie tient la porte de sa demeure ouverte depuis un moment et s'impatiente devant la lenteur de l'homme à quitter les lieux.

— Je vous salue, madame, poursuit-il, sa cigarette sur le point de lui brûler le coin des lèvres, un sourire moqueur illuminant son visage.

Marie évite de le regarder partir et referme la porte bruyamment.

— Quel insolent personnage! lance-t-elle à sa perruche, soulagée de le savoir loin.

Plus tard, dans son bureau au département des enquêtes, le brave policier scrute l'épais dossier, page par page, mot à mot. Son travail progresse, une gigantesque fraude se cache sous les colonnes de chiffres. Une question lui échauffe le cerveau. Pourquoi cette femme avait-elle tant de richesses en plus de posséder celles de son mari? Une réponse se trouve entre les lignes. Il la découvrira, il en fait le serment.

* * * * *

Chez les Leider, la vie coule baignée de douceur de vivre. Éveline est préoccupée par certains malaises de son mari. Elle le voit qui se frotte souvent la jambe droite à la dérobée.

— As-tu mal, William?

Le millionnaire, surpris de s'être oublié devant sa femme, fait la moue.

— Ce n'est rien, Éveline. Un léger picotement qui me vient comme ça, de temps en temps.

— ... et qui te cause des douleurs.

246

— Parfois, mais ne nous attardons pas à ces banalités. Tout le monde a ses petits bobos.

— Qu'il est important de soigner même lorsqu'ils sont bénins, tu le sais.

Le mari d'Éveline grimace et retombe dans ses papiers étalés sur son grand bureau: des plans de maison à répétition, suffisants pour remplir tout un quartier de sa ville. Penchée sur son épaule, éblouie, Éveline examine l'idée lumineuse que son mari continue de concrétiser en pointant le document du doigt.

— Tu vois, ma chérie, ici ce sera l'épicier du coin. Et là, le nettoyeur.

— Et sur cette rue?

— Nous construirons un mini-centre commercial.

— Que nous exploiterons?

— Que nous ferons exploiter par les plus compétents parmi nos locataires!

— Situé derrière, dans ce quadrilatère, c'est l'endroit idéal, William.

— Exactement, Éveline. Tu as vu comme l'autre projet fonctionne bien.

— Cette idée de loger les plus démunis dans des loyers convenables a augmenté leur dignité humaine. Je suis renversée par les résultats. Plusieurs ont commencé à travailler à l'extérieur.

— Le prix de leur loyer est si bas.

— Personne ne voulait de ces pauvres gens, et toi ... tu as chambardé tous les préjugés. Maintenant je peux te dire que j'ai douté de ton projet. Il était si farfelu.

— Tout est réalisable dans la vie. Il suffit de vouloir et d'agir. Nous avons tant reçu sur cette terre que remettre un peu de cette richesse aux autres ne nous appauvrira pas.

— C'est ce que tu affirmes. J'en ai douté longtemps. Je me disais que ta grande générosité te perdrait, un jour ou l'autre. Mais non, tout s'avère un succès au-delà de toutes les espérances.

— C'était pourtant si clair dans mon esprit. Redonner le courage aux hommes, c'est les aider à renaître. Tu le vois bien, Éveline. Je te remercie de m'avoir soutenu. Si tu as douté, jamais je ne l'ai découvert sur ton visage.

— Je t'admire trop pour douter de toi. Je peux hésiter sur certaines de tes idées, mais jamais de toi.

— Chaque jour, je constate des changements dans ce quartier.

— Avoue que le contrat verbal que tu as établi avec ces gens est très inusité. Personne n'aurait osé leur faire confiance.

— Peut-être, mais il fonctionne.

— Le fait de leur avoir demandé de garder leur logement propre en retour d'une mensualité si minime en a estomaqué plusieurs. J'ai été sceptique, permets-moi de te l'avouer.

— Tu as vu! La fierté est contagieuse. Ceux pour qui être propre était chose facile ont entraîné les autres à les imiter.

— Penser à rester propre est un travail ardu pour certains. Je l'ai constaté en arpentant les rues.

— Tu as utilisé le mot juste, Éveline. Pour plusieurs, c'est un travail. Mais un travail qui leur jouait de vilains tours.

Ils ont commencé tranquillement à travailler sur eux et leur estime, à leur insu. Je les voyais se transformer sous mes yeux. C'était le plus grand salaire jamais obtenu.

— L'exemple des plus vaillants entraînait les autres. Cela se voyait.

— Puis l'un d'eux est venu me demander d'acheter une tondeuse, il souhaitait améliorer sa rue. Ses voisins l'ont rémunéré selon leurs moyens.

— Depuis, il travaille cinq jours par semaine, William.

— Un autre est devenu barbier.

— Eh! oui.

— J'ai installé un troisième locataire au dépanneur.

— Sa femme le seconde. Elle a des mains de fée. Elle vendra ses travaux à cet endroit, j'en suis sûre.

— Je vois de si grandes choses dans ce projet, il transformera le monde.

— Ton génie se situe dans ton altruisme.

— Et dans ton amour. Tu as illuminé ma vie, Éveline. Sans toi, je n'étais qu'un banal Américain.

Éveline, émue aux larmes, s'approche de son tendre mari et lui caresse la joue affectueusement, puis dépose un doux baiser sur ses lèvres humides. William écrase une gouttelette d'eau tombée des paupières de sa femme et lui tapote le bras. Il se penche et se frotte la jambe droite. Éveline se ressaisit, toute joie a disparu de son visage lumineux.

— Sans moi, William, tu serais devenu le grand homme que tu as toujours été. Je n'y suis pour rien. Mais... tu as mal. Nous devrons consulter le médecin, dès cette semaine.

— Bon. Si cela peut te rassurer. Maintenant, allons voir ce terrain en friche que je viens d'acquérir. Le maire de Los Angeles s'est esclaffé jusqu'à s'étouffer quand je lui ai exposé mes projets, mais il commence à rire jaune. Il regrette quasiment de m'avoir octroyé toutes ces réductions de taxes.

William, volubile, continue sur sa lancée.

— Sans compter les services d'eau et d'aqueduc qu'il a gracieusement implanté dans ce quartier.

Éveline s'engouffre dans l'auto, heureuse.

— Tu es un malin personnage, mon mari.

— Un homme avisé en vaut deux, Éveline. Je lui ai fait miroiter l'idée que ces gens reprendront goût à la vie, se trouveront un boulot et payeront des impôts. Je l'ai assuré qu'un jour, il ne verrait plus aucun miséreux dans sa ville et que mon projet se voulait sans but lucratif.

— À la vitesse où il transforme les gens, tu vas faire de l'argent malgré toi et plus vite que tu le crois.

William sourit. Cette idée lui plaît. Après tout, n'a-t-il pas cette propension à brasser des affaires inscrite en lui?

— Nous verrons bien, Éveline. En attendant, ne brusquons rien. Là n'est pas mon but.

Éveline tourne son jonc autour de son annulaire. Elle hésite à formuler la question qui la tenaille depuis un moment. Le sujet en a été discuté lors d'une partie de bridge avec ses amies. L'une d'elles réfutait la notion d'égalité entre elles. Leurs voix criardes montent du souvenir et des images hideuses se créent.

— Les Blancs sont supérieurs aux Noirs, criait cette

femme haut et fort.

Une voisine de table cessa son jeu, la regarda les yeux pleins de hargne et se tut. Une autre baissa la tête, honteuse d'entendre une telle aberration et de posséder une si faible colonne vertébrale. Elle brassa les cartes en silence.

— Les Noirs ont le cerveau plus petit que celui des Blancs, continuait-elle, décidée à maintenir son point de vue.

— On en a fait des esclaves. Ils ne savaient et ne pouvaient faire autre chose, confirma une autre joueuse à la tête blanche.

— Ouais. Il y a des bancs du stade de baseball pour les Blancs et d'autres pour les Noirs.

— Ça c'est vrai! Dans ma ville en Alabama, ils n'ont pas le droit de boire dans les fontaines publiques, ils pourraient les contaminer.

— Je ne voudrais pas en voir un dans les transports publics. Il serait mieux mort.

— Ni dans les écoles. Ils y perdraient leur temps.

— Et le feraient perdre aux Blancs.

Abasourdie, Éveline, le nez dans son paquet de cartes, rongeait son frein. Ce qu'elle entendait la renversait. Jamais elle ne s'était imaginé humer une telle atmosphère de toute sa vie. Une amusante partie de cartes alimentée de grivoiseries mesquines et racistes tournait au cauchemar. Pourtant, plus personne ne trouvait matière à rire.

— On dit que la ville et son maire a un projet explosif dans ses valises.

— Lequel? insiste une vieille timide, les mains pleines

251

d'arthrite.

— Il paraît qu'il veut leur donner des loyers et les faire vivre avec les Blancs.

— Comme les Blancs, reprend Éveline.

— À-t-il perdu la boule?

— Ça ne marchera pas!

— Comment le savez-vous, Madame Filman? interroge encore Éveline.

Les femmes croisent leurs muettes pensées et regardent Éveline dans un mouvement de va-et-vient lourd de sous-entendus et de suspicion.

— Je le sais, un point c'est tout! J'y veillerai personnellement.

— Seriez-vous en faveur d'une telle folie, Madame Leider?

— Pourquoi pas? On dit que le coeur d'un Noir est parfois plus blanc que celui d'un Blanc!

Les vieilles, incrédules, incapables d'en entendre davantage, jetèrent leurs cartes sur la table et quittèrent le groupe.

En route, les chuchotements fusèrent.

— D'où vient-elle celle-là?

— Elle n'est pas des nôtres, ça se voit.

— C'est pourtant une Blanche, ose avancer l'une d'elles.

— Je me suis laissé dire qu'elle était Canadienne.

— Aaaaaah! Tout s'explique, conclut la timide.

— Oui. Elle n'a pas connu ça, elle, des Noirs! proclame dédaigneusement une grande mince.

La timide sourit et l'autre approuve. Personne n'ose en ajouter davantage. L'attroupement se disperse en silence, toutes songent aux dollars qu'Éveline fait pleuvoir sur leurs oeuvres. Mieux valait laisser ce sujet brûlant dans les profondeurs de leurs méninges et n'en souffler mot à quiconque.

Une fois seule, Éveline médite sur les mesquineries de ces femmes et songe à son mari.

«Il prépare une révolution, le pauvre homme. Comment réussira-t-il?»

Dans leur limousine, Éveline ressasse ce souvenir et se tait. «A-t-il songé à cet aspect? Est-il conscient des préjugés tenaces incrustés dans leur crâne blanchâtre? Je dois m'en assurer. »

— Que feras-tu des Noirs?

— Les Noirs? Ah! oui. Les Noirs.

William esquisse un mouvement de nervosité à peine perceptible. Oui, il a mijoté ce sujet controversé. Lui, un Blanc, riche et heureux, peut-il vivre sur la même planète que les Noirs en fermant les yeux sur les injustices au quotidien qui longent les rues de certains quartiers de sa ville? Peut-il vivre sans s'émouvoir des abus gratuits, sans prendre conscience des mauvais traitements odieux dont la moitié de son pays crée des victimes innocentes? Non. À son arrivée en sol américain, il pensait en Blanc et acceptait, sans trop de difficultés, le raisonnement entendu à travers le discours américain. Il se croyait supérieur comme eux et prenait pour acquis leur façon de voir la situation, de contourner le problème.

Un jour, un banal incident le chavira. Il prit l'initiative, sans y voir de difficultés, d'embaucher une Noire comme réceptionniste à son bureau de Los Angeles. Un bon matin, la très compétente jeune fille, une amie de Lumina leur gouvernante, s'installa à son poste, tout heureuse, mais un peu inquiète. Le survol des employés de ce bureau lui glaça l'échine. Elle était la seule de couleur et une femme par surcroît. Des tensions naquirent entre eux et le patron voyait s'amplifier les propos racistes et les quolibets. Pendant qu'il réfléchissait à cette nouvelle donnée, il se disait prêt à ne jamais céder sur le sujet. Un banal incident eut lieu. Il transforma l'atmosphère et le courant de la vie de certains d'entre eux. La femme du plus rébarbatif de ses hommes tomba malade et eut besoin d'une transfusion sanguine. Cet homme indispensable à William devait être aidé. Personne ne leva le petit doigt pour se porter volontaire.

— C'est un méchant homme! disaient les uns. Qu'il s'arrange avec ses problèmes.

— Je n'ai pas trop de sang, affirmait une autre femme, je suis toujours gelée. Qu'il s'en trouve!

— Pourquoi ne donne-t-il pas du sien? demandait un jeune homme.

— Il ne le peut pas. Il est incompatible.

— Ah? continuaient d'autres personnes.

Chacun faisait le tour des employés et personne ne trouvait la bonne personne. Oh! Il y avait certes Maggy, la Noire, mais personne ne songeait un instant à lui poser la question et taisait ses propres pensées sur cet inquiétant sujet.

Un matin, Maggy pénétra affolée dans le bureau de son patron. Elle saignait abondamment. Un coupe-papier caché dans une pile de feuilles lui avait fait une bonne entaille au bout d'un doigt. Une goutte de sang tomba sur une feuille blanche. Elle fit une large tache rouge qui surprit William Leider. Il prit lui-même soin de Maggy, le visage illuminé par sa découverte.

— Vous restez dans votre bureau et vous m'attendez.

Il revint à son fauteuil, prit la précieuse feuille maculée du sang de Maggy, trouva une épingle, se piqua le bout du doigt et laissa tomber une goutte de son propre sang près de l'autre tache. L'effet était saisissant. Aucune différence. Il fit une marque derrière la feuille de manière à bien identifier son sang et se rendit à la salle communautaire. Ses employés y prenaient le lunch ou se reposaient.

— Bonjour patron, dit l'un en continuant de manger.

— Bonjour Joseph, ça va?

D'autres cessèrent de parler en examinant la feuille de papier entre les mains de l'homme au sourire étrange.

— J'ai un test spécial à vous soumettre. Qui se porte volontaire?

Chacun se scrute, intrigué, en se demandant où son patron voulait en venir.

— Moi! dit la plus raciste des secrétaires.

William sourit de toutes ses belles fausses dents. Le hasard se rit parfois des situations.

— Bien. À la bonne heure. Approchez, Betty. Je ne serai pas long.

Il éleva la feuille et la montra au groupe.

— Vous voyez tous ces deux taches sur cette feuille.

La curiosité fit se diriger le groupe vers la table du patron. Certains se penchèrent sur la feuille pour en examiner le contenu.

— Bon. Voici.Une goutte de mon sang se trouve sur cette feuille. L'autre appartient à une de nos employées.

— Ah? firent les uns. Oh! dirent les autres, en s'interrogeant des yeux.

— Betty va nous identifier laquelle des deux taches est mon sang.

Betty, penchée sur le papier, tournait et retournait les taches afin de trouver la solution.

— Je suis incapable de le dire, Monsieur Leider.

— Quelqu'un peut-il lui venir en aide?

La feuille circulait entre des mains et le secret gardait son mystère.

William, heureux, disparut, sans les satisfaire. Il fit revenir sa réceptionniste, lui expliqua le but de sa démarche et offrit de la reconduire à l'hôpital, si elle consentait à donner de son sang à quelqu'un. La généreuse jeune fille réfléchit.

— Si votre sang est compatible, vous comprenez.

— Je suis d'accord, monsieur.

— N'en soufflez mot à personne. Vous donnerez de votre sang à une femme blanche. Cela vous cause un problème?

— Pas du tout, monsieur. Je tairai cet événement à ma famille. Mon frère n'aime pas les Blancs.

— Parfait, Maggy. Préparez-vous, dans cinq minutes

nous partons.

William demanda à sa secrétaire de faire circuler la fameuse feuille maculée de sang à tous ses employés en leur demandant d'identifier quelle tache contenait son propre sang. Il reviendrait en fin de journée pour connaître le résultat. Puis il sortit le sourire aux lèvres et le soulagement au coeur.

À l'hôpital, Maggy fut reconduite à un bureau de médecin où une infirmière lui soutira quelques gouttes de sang du bout d'un doigt. Le résultat fut concluant. Maggy était compatible avec la malade, de plus en plus mal en point. La femme de l'homme raciste fut soustraite au regard de son mari et fut transportée dans une salle adjacente à sa chambre et on installa Maggy près de la femme dont la pâleur fit frissonner la jeune Noire. Elle sentit son coeur se retourner dans son nid. La jeune femme surmonta son émotion, accepta cet instant pénible et offrit son bras au médecin. Le moment était lourd de multiples sentiments contradictoires. Le personnel regardait ce portrait inconcevable, irréaliste et irréalisable il y a quelques instants à peine. Une employée très nerveuse ne pouvait en supporter davantage. Elle sortit malgré les ordres du médecin et s'appuya contre le mur proche, en butte aux assauts tumultueux de son cerveau et de son coeur. Ses compagnes passaient près d'elle, sans qu'elle ne les voie. Ses pensées sortaient à haute voix pour elle-même.

— Imaginez! Une Noire donne du sang à une Blanche! Comment vais-je expliquer cela à mon mari? Puis à mon père et à ma mère... Tout le monde va traiter cette Noire de traître! Et la Blanche de folle. Cet hôpital est tombé sur la tête. Mettre la vie de cette malade en danger de mort. Je ne croyais pas voir de telles aberrations de toute ma vie. Qu'est-ce que je peux faire à présent?

Pendant qu'elle reprenait difficilement son souffle, dans la salle un autre médecin s'interrogeait sur ce que son confrère venait d'autoriser. Il regardait la Noire assise près de la Blanche en train de sauver son ennemie de toujours. Son voisin dut intervenir deux fois pour le sortir de sa profonde réflexion. Pourtant, ce n'était qu'une banale transfusion de sang. Dans un silence religieux, le personnel prenait part à une première américaine et en était pleinement conscient. Chacun et chacune agissait avec une grande fébrilité mêlée de respect. Cette Noire était brave. Elle leur attirait des larmes vite essuyées par un bref geste de la main. Une autre n'osait la regarder, tellement elle touchait à ses propres entrailles, ses propres peurs et ses préjugés enracinés. Que deviendra cette femme blanche avec du sang noir dans le corps? L'infirmière n'osait renchérir sur le sujet. Maggy, en pleine confiance, sentait autour d'elle un chaud manteau d'admiration recouvrir ses épaules. Elle écrivait une page d'histoire, sans le réaliser vraiment. Préoccupée par les battements accélérés de son coeur, elle espérait en finir au plus tôt.

La malade ouvrit les yeux et vit la Noire assise près d'elle reliée à son bras par des tubes. Elle ne savait quoi penser. L'espace d'un éclair, elle réalisa que sa vie reprenait sa place en elle grâce à cette... cette... femme. Le sang d'une Noire l'avait sauvée. Elle lui prit la main et la lui serra fortement. La brave Maggy en fit autant. Leurs regards s'unirent dans une communion intense indescriptible. Leur monde venait de changer à jamais.

— Vous ignorez ce qui vous attend, murmura une infirmière, témoin de ce geste sans précédent.

Au sortir de la pièce, William Leider, son patron, aurait pu voir son degré de blancheur si elle avait été de sa couleur. Il entoura tendrement les épaules de Maggy de son bras, longea le corridor lentement et sortit au milieu de badauds médusés en se disant une chose: comme elle était belle et brave cette femme! Il la reconduisit à deux coins de rues de chez elle, afin de lui éviter de donner des explications inutiles. Il lui donna deux cents dollars et la quitta en disant:

— C'est le prix que les Blancs reçoivent pour un tel geste.

La jeune fille trouva cette réponse exagérée mais se retint de le mentionner. La brave Noire vivait une heure de gloire inespérée.

— Je serai au travail demain matin, monsieur.

— J'y compte bien, Maggy. À demain.

Il la regarda contourner le coin de la rue et disparaître. En lui, une grande décision avait été prise. Le visage de son employé raciste se posa à la paroi de son pare-brise. Comment réagira-t-il lorsque sa femme lui annoncera qu'elle revit grâce à une Noire? Un grand combat fera rage en lui. Il le devine.

«J'ai hâte de voir sa réaction.»

Soudain, il se souvient de sa feuille ensanglantée et fait demi-tour.

Au bureau, on avait d'abord pris à la légère le mystère

de cette feuille étrange. Mais la secrétaire insistait et les obligeait à répondre. Alors, ils découvraient qu'ils en étaient incapables. Les deux taches étaient identiques. Le soir, dans chaque demeure de ses employés, William Leider avait suscité une foule de discussions sur le sujet insolite. Chacun se demandait à quoi voulait en venir leur patron. Était-il en train de perdre l'esprit? Certains commençaient à le penser.

Le lendemain, William réunit ses employés et leur demanda le résultat.

— Alors, je crois que vous avez tous compris cette mise en scène. Maggy, notre réceptionniste, a sauvé la vie de la femme de John Benson.

Les visages s'étudièrent et la stupéfaction se lisait sur chacun d'eux.

— Vous n'avez pu faire la différence entre mon sang, celui d'un Blanc, et d'une Noire, celui de Maggy. Ils sont tous les deux rouges. Alors réfléchissez à cette expérience que nous venons de vivre. Lorsque John Benson reviendra travailler, vous saurez comment lui répondre.

Le groupe se leva époustouflé et en silence, puis se dirigea au boulot, l'esprit enfoui dans une mixture nébuleuse d'idées tenaces. Les employés de William venaient de franchir une large barrière les menant péniblement vers la liberté. Mais ils l'ignoraient.

Éveline referme la vitre de l'auto, un moment pensive. Sa voix transmet son opinion.

— Cet après-midi, les femmes du bridge en ont parlé.

William sort des limbes, il revenait de loin.

— De quoi parles-tu, Éveline?

— Des Noirs.

Il a beaucoup réfléchi sur le sujet et a pris de grandes, de graves décisions qui, une fois prises, ne seront jamais éliminées, peu importe les conséquences.

Le visage pensif d'Éveline, assise près de lui replonge l'homme dans la réalité.

— Oui, j'y ai songé, Éveline. Laisse-moi faire. Tu vas voir un volcan se réveiller.

— Tu me fais peur, William.

— N'aie pas peur. On dit que le bien ne fait pas de bruit, moi je veux qu'il fasse un tremblement de terre, si nécessaire.

— Tu ne peux pas faire autrement?

— Je ne provoquerai aucune tornade, mais si elle arrive sur le continent, alors nous y ferons face. Seras-tu à mes côtés?

— Quelle question! William, tu le sais bien. Je serai toujours proche et prête à t'aider.

William lit une grande ferveur et une force invincible dans les replis du regard de sa femme. Il a puisé sa source de vivre et son énergie dans ces moments intimes. Son succès lui venait d'elle. De son âme émanait une source puissante de vitalité et de bonté jamais retrouvée nulle part. La franchise et la naïveté de cette femme l'empêchaient de le réaliser. Il en buvait d'autant plus volontiers le nectar, qu'elle le lui offrait à torrents, sans s'en rendre compte. De cette source découlait son bonheur. Comme il se sentait bien en sa compagnie! Oui, il était profondément heureux.

— Tu devrais t'arrêter maintenant, William.

— M'arrêter! Pourquoi? Je ne me suis jamais senti si utile de toute ma vie!

— Tu as mérité de te reposer.

— Je suis incapable de vivre sans projets. Tu le sais bien, Éveline. Ils me gardent en vie.

— J'ai peur que ce dernier soit trop gigantesque.

— Rien n'est trop grand pour moi. Au contraire. Les grandes idées me stimulent. Les voir se concrétiser me remplit de joie et de vitalité. Avoir des idées n'a rien de bien exceptionnel. Les mettre à exécution, là, tu parles!

Éveline s'agite et gesticule. Elle ne pourra jamais le changer. Son mari avait vécu par et pour l'action, il mourrait de manière identique.

Elle en fait son deuil et lui sourit.

— Tu ne changeras jamais, William.

— Et je ne veux jamais changer! Mais il y a une chose qui doit changer.

— Laquelle?

— Les Noirs. Je dois les introduire tranquillement dans mes appartements.

— Tu t'attaques à un monstre, William. Tu n'as que des Blancs dans tes résidences.

— Oui. Le volcan dort là.

— Comment feras-tu?

— Je te laisse le deviner. Regarde-moi aller. Tu vas tout comprendre.

—Cachottier, va!

Le soir étend sa nappe de béatitude sur le domaine de la rue Aberdeen Drive pendant que le vieux couple entre tranquillement à la maison.

Troisième partie

Chapitre 16

— Je suis ruinée!

Marie s'écroule en réalisant ce qui lui arrive. Assise sur les marches extérieures de sa demeure, elle lit et relit le papier de l'homme de loi reparti en vitesse, semant autour de lui un désastre sans fond et horrifiant. Effondrée, elle pleure à chaudes larmes et crie à qui veut l'entendre, en s'arrachant les cheveux:

— Je suis complètement fauchée! Hervé, tu as été le plus salaud des hommes que j'ai connus!

Mais la femme ambitieuse est seule. Complètement seule devant sa détresse et son humiliation.

Devant elle, la mer bleutée se fait invitante et sensuelle. Des oiseaux s'égosillent dans un arbre qu'elle n'entend pas. «Que faire? Pourquoi ne pas suivre son appel et en finir?» L'envie de tout quitter en douce poursuit sa route en elle. Un océan houleux la plonge dans un univers sombre où elle ne se retourne plus. Tout s'emmêle dans ses pensées. Entre les lames déchaînées de ses idées en ébullition, le visage d'Hervé se tient droit devant elle et attend que la tornade progresse.

Marie Prudhomme se lève, le papier en main, et vocifère sa colère comme s'il était présent.

— Salaud! Tu m'as fait un cadeau empoisonné le jour où tu m'as tout légué.

(«—*Tu m'y as conduit!*»), lui répond le défunt, d'un ton ironique.

— Je n'ai rien fait du tout, Hervé Prudhomme!

Elle se bat désespérément avec ce fantôme, sans succès. Son énergie s'évanouit comme glace au soleil. Exténuée, elle entre en faisant claquer la porte, mais son corps tombe au combat et ploie sous le poids de la cuisante défaite.

«À quoi bon crier ou m'époumoner, personne ne m'entend.»

La voix éteinte, elle réfléchit la tête entre ses mains, en prenant son défunt mari à témoin.

«J'étais aveuglée par la richesse, mon désir de fortune et je n'ai rien vu. La fortune. De la foutaise! Une chimère qui sème maux de tête, engueulades et crêpages de chignon! Tu t'en fous éperdument. J'ai eu toutes les misères du monde depuis ton départ. On t'a accusé de vol de titres dans ta banque. Tu n'étais pas là pour te défendre. Le concierge, ton complice, est derrière les verrous. Il a tout avoué. Mais je doute, Hervé. A-t-il dit la vérité? Il est seul dans cette affaire. Les absents ont toujours tort. Pourtant, je suis incapable de te voir en voleur. Tu avais bien des défauts, mais pas celui-là. Les preuves étaient contre toi, donc contre moi, puisqu'on a dit que le don de tes avoirs était délibéré et que je devais en être complice. Ce qui est faux! À la suite de ces insinuations, le poids de ces accusations était lourd. Très lourd. Au point de me faire payer puisque j'ai hérité de tout. J'ai eu beau rechigner, regimber: rien à faire, j'étais soupçonnée. On se prépare à récupérer tout ce que tu m'as donné. Les héritiers de cette femme aux titres disparus ont le bras long. Ils sont gourmands.»

(«—*Tu devrais te battre Marie!*»), semble lui suggérer son défunt mari.

S'il était encore de ce monde, il lui expliquerait en ces termes:

(—*Je n'ai pas volé les titres de cette femme. Ben Harrisson, le gardien de nuit que tout le monde soupçonnait, a été piégé par le concierge qui a tout concocté et m'a accusé. Ce fut facile pour lui de construire l'histoire. À mon insu, il me surveillait le soir lorsque je restais à la banque pour travailler. Les titres que j'ai subtilisés appartenaient à ce vieil inconnu, un dénommé Bonnar. Un homme seul, sans descendants. Tu n'as rien à craindre. J'ai seulement pris le paiement de mon salaire en surveillant ses avoirs, c'est tout... Le numéro de ce coffret est le 204 et non le 215. Il est dans la rangée au-dessus du numéro 215. Comment te le faire savoir? Tu ne le sauras probablement jamais. Quant aux deux autres vieux qui m'ont demandé le même service..., laissons tomber le sujet, ils ne sont pas en cause.*)

Assise dans un fauteuil de velours pourpre, Marie est anéantie. Le gazouillis incessant des volatiles à travers sa fenêtre ouverte l'impatiente. Elle se lève, leur clôt le bec dans un geste brusque, les vitres en tremblent. Puis, elle se rassied. Sa force s'est dissoute comme la rosée au soleil. Vidée, elle ressasse la stupidité de sa vie. Stupéfaite, elle s'analyse comme dans un miroir bon marché dont le tain s'est effacé, en laissant des trous transparents. Lacérée de partout, elle ravale l'écume de son amertume sans fond, les mains moites et le coeur en cavale. Sa main droite le caresse pour le détendre, sans succès.

«Que vais-je devenir? Je suis lavée! Complètement! Grand Dieu! Qu'ai-je fait pour mériter un tel châtiment?

—*Bats-toi!*, lui crie la voix exécrable.

—Me battre?, vocifère sa colère. J'ai bien essayé.Ce fut inutile. Je ne suis plus de taille.»

Sa déception crève un lourd nuage de larmes, longtemps retenu par l'orgueil. La pièce décorée avec tant d'application et de coeur se transforme sous ses larmes et dessine des formes et des couleurs nouvelles et étranges. Un monde muet lui fait la cour. Elle soupire avec regret.

«Une si belle maison! On dirait un château...

Demain, l'huissier l'envahira et s'installera en agresseur. Le château de cartes s'écroulera, à l'image de ma vie. Cet ignoble personnage me chassera comme un vulgaire chien errant puant la pisse.

Où vais-je aller? Chez qui dormirai-je?»

Une poussée terrifiante d'angoisse lui serre la gorge et l'étouffe. Elle se lève et attrape la bouteille de gin au passage. Agitée, elle se bat avec le bouchon et soulève la bouteille. Enfin, un liquide asphyxiant coule dans son gosier assoiffé et la réchauffe à l'instant de sa descente interne. L'âcreté du liquide, qu'elle a toujours trouvé imbuvable, lui ferme les yeux et plisse son visage de dégoût. Elle frissonne pendant que son oesophage laisse monter une chaleur irradiée dans ses veines et lui procure une douce sensation de bien-être. Elle enfile une autre gorgée, puis une troisième et examine les résultats. Son monde se transforme, fait place à une douce euphorie jamais ressentie.

Entre les vapeurs grises de son univers, quatre figures d'enfants se créent sur la paroi de son cerveau, lui sourient, puis disparaissent.

«Mes petits. Que faites-vous en ce moment? Vous avez quitté votre mère depuis un bon moment déjà. Pour faire votre vie, comme vous dites. Vous venez me voir si peu souvent.

Pour ne pas me déranger», m'assurez-vous.

Je suis une grande dame de la haute maintenant, ironisez-vous.

Votre monde et le mien sont incompatibles, répliquez-vous lorsque je vous demande des explications.

Je ne trouve pas. Mais vous vous obstinez à distancer vos visites. Pourtant, c'est pour vous que je le fais. J'ai créé cette ambiance et agrandi mon cercle d'amis afin de vous ouvrir des portes, vous donner des opportunités, des contacts.

— *Menteuse!,* hurle soudain sa copine interne. *Tu l'as fait pour assouvir une chimère, nourrir une vengeance. Tu as entreposé une phrase dans ta tête et tu l'as cultivée d'aigreur et de ressentiment.*

"Un jour, je reviendrai", as-tu crié un matin à Éveline ton amie infirmière, les yeux pleins de haine. "Un jour, je serai plus riche que toi, Éveline Paradis!", t'es-tu promis, la tête enfouie dans ton oreiller mouillée de tes larmes, en apprenant la nouvelle de son mariage à William Leider.

Marie, la bouteille en main, vacille en s'approchant de son fauteuil capitonné. Elle échoue maladroitement entre les bras du meuble et pose la tête sur le dossier, le regard piqué au plafond blanc finement ciselé et orné de ramures en plâtre savamment appliquées.

* * * * *

Dehors, le jeune camelot blond et maigrelet balance son sac vide sur sa hanche, ses nervures cérébrales en voltige autour de lui. Il ramasse le fruit de son labeur de la semaine en chantonnant, il a assez de sous pour s'acheter d'autres disques d'Elvis. En approchant de la maison des Prudhomme, une langue de feu monte de la table, en face de la fenêtre. Incrédule, il se demande ce que c'est, mais plus il avance, plus il réalise l'ampleur de l'accident dans lequel il est plongé. De ses mains, il met son visage en oeillère dans la fenêtre et court vers la porte centrale, par bonheur non verrouillée. Il aperçoit une femme étendue par terre, le visage ensanglanté, et une lampe à demi renversée sur le rebord de la table dont l'abat-jour s'enflamme dangereusement. Il emprunte le corridor où il a vu si souvent disparaître la dame à la recherche de son porte-monnaie, aboutit dans la cuisine, ouvre plusieurs tiroirs du comptoir, en tire plusieurs nappes et revient vers le feu qu'il recouvre en vitesse. Une grosse fumée noire monte du puits de chaleur maté. Le camelot sent battre son coeur emballé à pleine capacité. Il a eu très peur. Il examine la femme et découvre son pied emmêlé dans le fil de la lampe. Puis il ramasse la bouteille de boisson vide près de lui et de la chaise proche. Il cherche le téléphone et demande de l'aide. Une ambulance amène la dame et le camelot l'accompagne. Soudain, une idée lui traverse l'esprit. Il se tient les joues de regret.

«Oh! J'ai oublié de verrouiller la porte derrière moi.»

Son sac, toujours en bandoulière, lui semble un objet inusité en de telles circonstances.

«Il faudra que j'appelle ma mère. Elle va s'inquiéter.»

La dame laisse couler une longue plainte qui terrifie le jeune adolescent. «S'il fallait qu'elle meure!» L'infirmier a lu dans ses pensées et le rassure.

— Ne t'en fais pas, elle s'en remettra. Grâce à toi...(et à sa boisson).

La conversation arrosée d'explications et de compliments nourrit le camelot dont le coeur s'apaise. Il sourit, se rassied mieux, écoute nerveux le monologue de l'homme costumé, répond selon les humeurs et les couleurs verbales de l'infirmier volubile et rassurant. L'hôpital est en vue. Le camelot saute sur le pavé, heureux de s'évader de cette si étonnante situation. Il n'a plus qu'un désir, donner les informations sur son étrange découverte aux intéressés et retourner chez lui.

Le lendemain matin, les reporters de son journal pour lequel il travaille sont à sa porte et le suivent pas à pas; il est devenu une vedette bien malgré lui. Ce tapage médiatique l'ennuie.

— J'ai fait ce que tout le monde aurait fait, assure-t-il aux reporters gourmands, ni plus ni moins.

Plusieurs en doutent, mais ce n'est pas son problème.

* * * * *

En après-midi, Marie retourne chez elle, retrouve ses dégâts honteux et offre des excuses à son sauveur. À son arrivée chez les Prudhomme, le jeune camelot est accueilli par la propriétaire, le cuir chevelu à demi recouvert de bandages.

— Madame, je suis content de vous revoir. Ce n'est pas grave, j'espère.

— Si cela peut te rassurer, je n'en mourrai pas. Pour te remercier de m'avoir sauvé la vie, je t'offre tout ce que tu désires dans cette maison.

— Madame! C'est trop! Beaucoup trop. Je ne l'ai pas fait pour recevoir une récompense.

— Je le sais, Harry. Je le sais. Mais moi, je désire te remercier de cette façon. Depuis hier, plus rien n'a de valeur à mes yeux ici. Alors sers-toi.

Le camelot, inconfortable devant cette offre, ne sait comment agir. Une belle peinture l'a toujours fasciné. Il en parlait à sa mère qui lui suggérait d'avoir des goûts un peu plus réalistes, cela l'aiderait à être heureux dans la vie. Mais il sentait dans la voix maternelle une sorte de déception dissimulée derrière sa bonne humeur. Il savait qu'elle aimait la peinture. Souvent, à l'insu de la famille, elle se tenait devant celle accrochée au milieu du mur de son salon, achetée chez Zellers. Le camelot s'approche et indique timidement son choix. Marie Prudhomme recule. Ce Rembrandt valait plus de cent mille dollars. Sans hésiter, elle le décroche et lui offre, émue.

— Harry, il est à toi! Comment vas-tu l'apporter chez toi?

— Je viendrai avec papa ce soir. Il y en a une qui va être contente!

— Ta mère?

— Oui. C'est pour elle.

Marie sent monter une vague de regrets. Aucun de ses enfants n'aurait posé un tel geste.

— Tu es un brave garçon, Harry. Jamais je ne t'oublierai!

— Merci madame.

Elle lui serre la main. Ses yeux s'humectent.

— Maintenant, va, avant que je ne change d'idée. Demain il sera trop tard. La vie aura un autre visage.

Le camelot la quitte, sans trop saisir les insinuations de cette dame spéciale. Le coeur léger et les jambes alertes, il enfourche sa bécane et imagine le visage de sa mère devant un tel présent. «La vie offre de grandes surprises, se dit-il. Elle le mérite.»

Au matin, un immense camion recule devant la porte de Marie Prudhomme. Sans respect, des hommes vident sa demeure de tous ses meubles et les autos de son garage sont confisquées.

Engourdie par la colère, ivre d'amertume, Marie regarde disparaître son univers. Stoïque, aucune larme ne perle dans son regard. Un sentiment de grande humiliation l'habite tout entière et la paralyse. Un brouillard épais recouvre sa cervelle. Elle est presque heureuse d'être seule à subir une telle vilenie. Le jugement de ses enfants lui aurait été insupportable.

Exténuée, elle surveille les hommes refermer sa porte et s'assied sur une marche de son grand escalier en chêne. Les bras refermés sur un coussin, elle se penche, y dépose sa tête, ivre de pensées noires et tumultueuses.

«Comment dormirai-je ici cette nuit? Que ferai-je demain matin pour déjeuner? Où irai-je, lorsque j'aurai remis la clé de la maison à l'huissier?»

Elle se rend dans la cuisine, ouvre une porte d'armoire, choisit un verre et attrape la bouteille de scotch, une porte plus bas. Elle remplit son verre et l'avale d'un trait. Incapable de lutter davantage, exténuée, Marie Prudhomme monte à sa chambre, s'accroupit, ferme les yeux et s'endort sur son minuscule oreiller.

* * * * *

À El Segundo, Francis, son fils aîné, renaît. Il a trouvé son emploi, intéressant. Son patron a décelé en lui de grands talents en affaires. Ses suggestions ont une portée nouvelle qui plaisent à son patron. Les chiffres n'ont pas de secrets pour lui. En un clin d'oeil, il évalue les gestes de la compagnie et rectifie les lacunes. Le patron en est renversé. Le soir, de retour chez lui, le jeune homme a appris à se passer du téléphone.

«Une excellente idée, après tout», se dit-il, en songeant au geste maternel posé un jour de grande tourmente familiale.

Il dévore des montagnes de bouquins en écoutant de la musique. Judy lui rend souvent visite. Elle a emménagé avec un copain... un peu louche, selon lui. Mais il ne lui en souffle mot. Qui est-il pour s'immiscer dans la vie de sa soeur? N'a-t-il pas eu ses heures de grande fainéantise?

Paul, son jeune frère, a déniché un petit appartement, il est retourné aux études. Il ignore que sa mère ne pourra plus lui payer l'université. Chacun évite de parler de leur mère. Elle mène sa vie, eux gèrent la leur, un point c'est tout!

Ce soir, sans se l'expliquer, il ne cesse de penser à elle.

«Est-elle malade?

—*Va la voir!*», insiste une voix en lui.

Il rejette cette idée.

«D'ailleurs, elle n'a jamais montré signe de vie depuis qu'elle m'a mis à la porte.»

L'obsession s'amplifie, au point où il ne peut plus lire quoi que ce soit. Il change le disque, en place un autre, mais la musique ne l'atteint pas. Il tourne en rond, sans savoir pourquoi. Des images de son père surgissent des couloirs de sa pensée et il semble lui parler.

—*Va voir ta mère, Francis.*

Il se demande ce qui lui arrive. Il s'assied une seconde fois, se lève, se rassied, se frotte le visage, les yeux, en butte à une agitation grandissante.

«Avoir le téléphone...»

Il sort et se rend à une cabine téléphonique. La ligne de sa mère est débranchée. Inquiet, il revient chez lui. En route, il demande à un ami de lui prêter sa vieille bagnole.

— Vieux! Je ne reviendrai pas tard, je travaille demain matin.

Il refait la route, mille fois empruntée dans sa vie, l'âme

tourmentée. Un mélange de nostalgie et de mystère créé par l'absence de son père et cet étrange élan inexpliqué vers sa mère l'habite.

Le paysage n'a pas changé. Il retrouve le même air salin du large qu'à El Segundo, la chaleur lourde des beaux jours d'été, la griserie de la route maculée par de multiples voitures comme la sienne. Il écoute le babil du vent californien par la vitre ouverte de sa portière, éprouve du plaisir à surveiller un immense bateau blanc glissant sur le bleu de l'océan au loin. Puis, tout près, les puits de pétrole qui travaillent, les pieds ancrés dans le sable des plages.

Enfin Santa Monica.

La demeure familiale sommeille dans la pénombre naissante. Pourtant, il est encore tôt en soirée. Tout est si tranquille qu'il en frissonne. Comme si la mort était passée. Il accélère le pas. L'absence de l'auto maternelle le surprend.

Donc, elle n'est pas à la maison. Il met machinalement une main dans sa poche.

— Ah! zut! Je n'ai pas les clés.

L'espoir au coeur, il monte lentement les marches de l'escalier comme s'il fallait en respecter le silence inexplicable à l'image d'une entrée dans un sanctuaire. Le silence l'abasourdit.

— Qu'est-ce qui se passe ici?

Son coeur s'accélère. Il se parle.

Il tourne la poignée de la porte... elle cède.

— Ouf! Je suis content.

Le silence environnant qui le précède s'accompagne

d'une étrange sensation de vide.

Incrédule, il se dit que tout est l'oeuvre de son imagination. Une idée macabre lui traverse l'esprit. Un bandit se trouve à l'intérieur et sa mère a été kidnappée. Il se raidit le dos et piétine cette folle du logis qui s'amuse. Tout est étrange au-dedans. Étrange et silencieux. Il tourne le commutateur. La surprise le laisse sans voix.

Dans la demeure tout est disparu: aucun meuble, des murs dépouillés...

«Comme c'est grand!»

— Maman?

Pas de réponse.

Il marche lentement vers la cuisine, à la recherche de quelqu'un. Plus de réfrigérateur ni de cuisinière. Il tombe des nues, cherche un endroit pour s'asseoir mais il n'en trouve pas.

— Maman? Où es-tu?

Personne ne lui répond.

Il a de plus en plus peur. Un malheur lui est arrivé. Il examine une marque de brûlure sur le plancher dans le hall d'entrée. Il grimpe en vitesse à l'étage supérieur, ouvre des portes. Tout est désespérément vide de tout son contenu.

Immobile, il se frotte l'estomac noué par l'inquiétude. Ses craintes le terrifient, alourdissent le silence du corridor.

— Maman? Maman! implore sa voix éteinte par ses appréhensions et presque devenue celle d'un petit enfant.

Le silence complice du mystère garde le secret.

Il s'arrête, écoute le mutisme infranchissable des murs et les interroge, la voix fébrile.

— Maman. Réponds-moi.

Son ciboulot s'en donne à coeur joie. Ses pensées se voilent d'une inquiétude paralysante.

Francis pousse la porte de ce qui fut jadis sa chambre, étranglé par les questions sans réponses. Il se fige sur place.

— Oh! non!

La pièce évidée de ses choses personnelles crève le peu de courage qui lui reste. Une grande tristesse le recouvre comme une chape de plomb et courbe ses épaules.

— Pourquoi avoir donné toutes mes affaires, maman? Qu'as-tu fait? Tu ne nous aimes pas plus que ça, ou si peu?

Il pousse enfin l'ouverture de la chambre de sa mère, le corps crispé par la crainte. Ce qu'il voit crée un frisson sur son corps entier. Sa voix implore.

— Maman?

Une femme effondrée gît par terre, appuyée au mur d'une pièce pleine d'écho. Elle a replié ses jambes et tient ses genoux recouverts d'un coussin, de ses deux mains, en les balançant comme un automate; une personne envolée dans les limbes. Elle pose sur lui un regard terne presque sans vie et absent. Sa mère semble cloîtrée dans un monde inventé par elle. Il frissonne d'effroi.

Marie Prudhomme aperçoit son fils à travers le brouillard de ses pensées et la buée de ses pupilles. Incrédule, elle se demande si elle ne devient pas maboule. Son fils qu'elle a jeté à la rue est là, près d'elle.

«C'est impossible! Je rêve. Je me raconte des histoires.»

Une voix masculine s'élève douce, insistante.

— Maman! Oh! maman!

Devant le spectacle d'une si grande désolation, le jeune homme s'immobilise de stupeur. Découvrir sa mère dans un tel anéantissement lui broie le coeur. Un flot d'émotions lui monte des entrailles. Son panier d'aigreur envers elle se vide, des bruits affectueux le remplissent.

— Maman. Enfin! Mais qu'est-ce qu'on t'a fait?

La mère de Francis ne l'entend pas, elle est en voyage dans son univers. Longtemps, elle reste prostrée comme une femme violentée, la gorge nouée par le silence lourd dans un coin de sa chambre sans lit, les bras croisés sur son coussin, les yeux hagards, la tête absente. Paralysée par la profondeur de sa déception, les épaules affaissées de désillusion, elle dérive. Un grand vide la remplit tout entière. Un vide se transformant en un gouffre sans cesse agrandi, creusé au fond d'une grande blessure à son amour-propre. Des images passées et présentes s'entrechoquent et s'amalgament dans un tourbillon de sensations incolores. Comme si elle s'était réfugiée au fond d'un puits froid, horrifiant et sans issue. L'ouragan interne fait rage et la propulse au faîte de l'absurdité.

«J'étais grande, je suis un ver de terre. J'étais quelqu'un, je suis une nullité. Pouvoir disparaître sous un masque gélatineux. Devenir invisible aux miens. Moi, la femme des désirs ensorcelés. Moi, la mère coriace, froide, calculatrice. Moi, l'épouse impitoyable. La route pavée d'or s'est transformée en un sentier rocailleux miné par la tempête.»

Marie sombre dans le néant. La chambre tourne autour

d'elle.

«Suis-je en train de mourir? Toute seule?»

Recroquevillée, elle frisonne malgré la chaleur. Sa vue brouillée et l'alcool ingurgité déforment les environs, elle se frotte les yeux rougis par les larmes taries.

«Que vais-je devenir?»

Des clichés de son enfance refont surface. Elle se revoit enfant heureuse dans une vie toute simple. Si loin d'elle, qu'elle en a oublié les contours, les saveurs et les atmosphères.

—*Tu te mens Marie. Tu les as refoulés depuis long-temps. La hargne à atteindre la richesse t'a aveuglée. Tu as façonné une couche épaisse d'oubli volontaire devenue poussiéreuse. Gratte. Nettoie. Ouvre les volets. Laisse entrer la lumière. Tu seras surprise de tes découvertes. Regarde qui est à tes côtés.*

Aveuglée et en désaccord avec ses pensées, Marie ne le voit pas. Elle pousse d'un pied le mur imaginaire créé autour d'elle et grimace. Une image se tient aux limites réalistes de son encéphale.

Éveline Leider heureuse émerge de son onde cervicale et lui sourit. Une grande colère surgit des profondeurs et la recouvre d'un tapis d'aigreur nauséabonde. Elle ressent une énergie inégalée l'envahir et lui brûler l'estomac comme de l'acide. Marie en a la frousse. Pour la première fois de sa vie, elle a peur d'elle-même.

Une voix masculine proche couverte de tendresse agite ses ténèbres.

— Maman. Qu'est-ce qui t'arrive?

Le visage de son fils penché sur elle se déforme. Elle ne le reconnaît plus. L'angoisse l'étreint.

«Vais-je devenir folle?»

Ses tempes frappent la paroi de son crâne et lui serrent le front. Des mots jamais prononcés ourdissent ses lèvres closes. Soudain le mur se brise, les fenêtres internes éclatent et se transforment en un ouragan de haine.

— Maudite sois-tu! Éveline Paradis!

Devant l'assaut vocal maternel, Francis recule et attend. Il ne reconnaît plus sa mère noyée dans un drame incompréhensible.

«Jamais je ne lâcherai prise. Je reviendrai. Tu verras ce dont je suis capable», continuent les mots muets et véreux.

William souriant au bras de sa femme, bien campé dans sa richesse, embrase le coeur de Marie la déconfite, augmente sa déception. Comme une poussière accrochée à une manche de chandail et qui ne peut pas partir, la femme éreintée tente de l'anéantir, sans succès.

«Je t'ai aimé jusqu'à la négation de moi-même William Leider. Jusqu'à l'avortement de mon être. La destruction de ma fierté. J'étais prête à tout pour te reconquérir. Je devais d'abord lutter d'égal à égal, sur le même terrain doré. J'en veux à la vie de m'avoir trahie. Je rage. Je suis une mer en fusion.»

Abritée sous le parasol ensorcelé de sa colère et de son ressentiment, elle se sent enflammer. Curieusement, ce sentiment la ranime.

Une série de visages aimants se piquent en gendarmes sous ses paupières enflées. Ses enfants évacuent un instant, le venin nourrissant son coeur et la calment comme une brise légère. Tout petits, ils s'amusent sur la plage, insouciants du monde des adultes. Tout à coup, une vague de gestes oubliés surgit de ce beau moment et l'émeut.

«Chers petits!»

Le décor de sa chambre vide refait surface, Marie le circonscrit à l'aveuglette. Le temps d'un éclair, la réalité se pointe le museau. Elle se gratte le cuir chevelu.

— Ah! J'ai oublié. La porte de la maison est déverrouillée... Puis, tant pis!

Un torrent de tristesse la submerge soudain, lorsque le souvenir ressuscite les mille et un gestes affectueux de son mari et les fait briller de mille feux. Dans ce soir naissant d'automne, ils remplissent l'écran de sa mémoire.

«Pauvre Hervé. Tu étais si bon! Ta disparition m'en a laissé des empreintes indélébiles. Pourquoi faut-il toujours s'en apercevoir trop tard? Je n'ai pas été à la hauteur. Je n'ai pas su voir la luminosité de notre belle aventure. Je n'ai pas su goûter l'eau de la vie à la même source que la tienne.

Que faire de ces lambeaux corporels? En finir. Perdre le souffle.»

Un bruit de pétarade venu de l'extérieur la secoue, elle sursaute, se lève, sort des limbes où elle s'était réfugiée et revient un moment sur terre. La présence de Francis l'air inquiet, toujours proche d'elle, la stupéfie et calme ses pensées en déroute.

— Francis? C'est toi? C'est bien toi!

Elle fait un bref mouvement d'approche, se ressaisit et

se recule.

— Va-t-en, Francis! Laisse-moi seule. C'est tout ce que je mérite.

Marie Prudhomme se laisse retomber sur la couche dure du sol, lasse de ces guerres internes livrées inutilement. Elle ferme les yeux sur ce long jour, lourd de peine et de désillusion. Le fil de ses idées emmêlées se renoue. Elle retombe dans son silence.

«Je suis passée à côté du bonheur. Le nuage envoûtant de mes ambitions a déformé les couleurs des jours. L'amertume quotidienne en a terni l'éclat. J'ai oublié de vivre.»

—*Enfin, tu parles avec du bon sens!*

La mère de Francis regarde, sans voir, le creux de ses mains et le bout de ses souliers, chavirée.

«Comment affronter le regard de cet enfant après ce que j'ai fait?

Chers enfants!

Me pardonnerez-vous un jour? Il y a trop longtemps que je ne vous ai pas vus. Trop longtemps que je n'ai pas eu de vos nouvelles... par ma faute! J'accepte votre silence. Il me blesse mais il m'éclaire sur ma petitesse.»

Devant son fils persistant, la coeur gonflé à bloc cède. Les écluses débordent et inondent la pièce de sons horribles. La douleur fait son oeuvre.

Francis, inquiet, se tient près de sa mère, la sent très perturbée, pose la main sur son épaule, veut la soulever lentement.

— Maman. Dis-moi. Qu'est-ce qu'on t'a fait?

Son corps immobile ne répond plus à aucun stimuli. Amorphe, elle pleure et se tait. On dirait une enfant incomprise désabusée des grandes personnes. Elle jette un regard furtif à son fils et détourne la tête pour fuir ses interrogations. Honteuse, elle voudrait se trouver à cent lieues de ses belles prunelles d'azur. Plutôt mourir que de vivre ce moment.

L'ampleur de sa honte n'a d'égale que celle de ses ambitions. Marie, exténuée, n'en peut plus, elle cède. À son fils ému, elle murmure:

— Francis? C'est toi!

— Maman.

Francis réussit à la mettre sur pied et la soutient fermement. Il cherche quelque chose des yeux.

«Où trouver un endroit pour se parler?»

Résigné, il la laisse choir sur la première marche de l'escalier, s'installe à ses côtés et l'entoure de son bras. Attend.

— Maman. Petite maman.

La tête de sa mère retombe sur son estomac, il lui caresse les cheveux comme une petite fille qu'elle est devenue. La pluie incessante des yeux maternels remplit la demeure accompagnée d'une plainte, jamais expérimentée. Francis a du mal à retenir ses larmes. Le barrage cède. Ensemble, ils pleurent. Francis revoit leur vie toute croche, leurs liens mal fichus, leurs incompréhensions mutuelles persistantes, l'absence de son père, de ses deux soeurs, de son frérot, la maison vide, son passé envolé, sa solitude, tout.

— Maman. Vas-tu me dire maintenant?

Marie tourne son mouchoir devenu un boudin entre ses

doigts. Elle replace tranquillement ses esprits.

«Comme elle a vieilli», se dit-il.

— Francis, j'ai tout perdu. Nous avons tout perdu. On m'a accusé d'avoir volé un vieil homme, sans preuve. Je n'ai rien fait. Avant sa mort, ton père m'avait tout donné. J'ignore pourquoi. Avait-il des ennuis? Voulait-il me protéger de quelque chose que j'ignore?

Francis, estomaqué par la révélation de sa mère, reçoit la confidence comme un coup de massue. Le choc absorbé, il se reprend. L'éloignant un peu, il plonge dans son regard.

— Mais il faut te battre, maman.

— Je n'en ai plus les moyens. Je suis ruinée. La cour, le juge; tout le monde a décidé de me laver de tout. Tu me crois, n'est-ce-pas?

«J'ai tous les défauts de la terre mais je ne suis pas une voleuse, Francis», supplient les mots emprisonnés derrière les lèvres closes de Marie Prudhomme.

Il s'agite et lui secoue les épaules.

— Nous ne laisserons pas faire une pareille erreur, maman.

— Comment feras-tu, Francis?

— Je l'ignore, mais nous allons essayer.

— En attendant, l'huissier a reçu l'ordre de tout emporter.

Marie est prise de frissons convulsifs, telle une petite fille complètement apeurée.

Francis se lève et la tire par la main.

— Bon. En attendant, où sont tes valises? Nous allons

les remplir. Ce soir, tu viens coucher chez moi.

Marie, stupéfaite, ouvre grand les yeux.

— Chez toi!

— Chez moi.

Marie, abasourdie par le geste de son fils, le regarde intensément. Un sentiment de grande fierté monte en elle et grandit dans son âme. Jamais elle n'avait soupçonné une telle générosité chez son enfant. Honteuse de ses propres gestes envers lui, elle se demande comment se faire pardonner.

Pendant qu'il s'exécute, sa mère se tient adossée à la fenêtre gorgée de soleil bienfaisant et garde le silence entre-coupé de plaintes, d'interrogations et de pleurs. Des bour-rasques de rage montent à ses lèvres et éclaboussent la pièce lourde du vide ambiant. Cette énergie ajoutée à celle du soleil la fait cesser de trembler. Éclopée ainsi, Francis la découvre très fragile.

Puis, c'est le départ.

Debout, immobile un long moment, Marie accumule le plus de détails possible sur sa demeure. Son coeur lui fait mal. Une tornade de mots secrets engloutit cette tranche de vie.

«Que de rêves effondrés! Que de souffrances inutiles! Que de faux désirs poursuivis! Pourquoi?»

Le souvenir de William Leider dessine une forme. Elle ne l'a jamais oublié. Puis, celui d'Éveline Paradis, la voleuse de coeur, s'ajoute au paysage.

«Vous n'avez même pas été conscients de notre exis-tence. Vous ne savez rien de notre standing. Nous avons existé comme vous. Comme vous, nous avons nagé dans l'aisance.

Pendant tout ce temps, j'espérais vous apercevoir au coin de la route, en train de regarder notre ascension. Je rêvais de ce moment. Je ne vivais que pour ça. Je jouissais à l'avance de l'effet de surprise créé sur vos visages. Je devenais votre égale. J'en étais fière. Mon rêve est né et est mort sans vous. J'ai été heureuse en sursis. Heureuse, en cultivant cette jalousie maladive. Heureuse, accrochée à ce désir malsain de te reconquérir un jour, William. Heureuse de songer au mal, bien mérité, que je t'infligerais à mon tour.

J'ai été une femme heureuse, malheureuse. Quel paradoxe! Aujourd'hui, la vérité me cloue au plancher. La vie est différente. En trouverai-je le sens? Je l'ignore. Je ne veux plus vous voir. Je ne suis rien. Une minable dépossédée de tout. J'ai vécu inutilement. Adieu!»

Dans un geste précipité, elle s'enfonce dans l'auto, pendant que Francis pousse l'accélérateur. Elle ne reverra plus ce coin porteur de vingt-six ans d'existence. Une page vient de se tourner.

Le trajet se fait en silence entrecoupé de parcelles de mots couverts de sous-entendus et de regrets faisant des notes de musique mélancolique. Le vent du large entre et lui caresse la joue. Elle l'accueille comme un ami. Parfois, elle jette un regard à ce fils transformé, aux cheveux coupés, beau comme un Adonis et cela lui donne envie de l'embrasser sur la joue.

— Je ne suis pas un exemple à suivre, Francis. Crois-moi. Nous passons à côté de l'essentiel par notre faute. Nous construisons notre malheur et vernissons bien souvent notre tombe nous-même.

Francis se tait. Sa trop grande peine le noie. Il ravale et se racle la gorge maintes fois. La route ne lui a jamais paru aussi longue.

«Que deviendra ma mère? Pourra-t-elle y survivre? Repartir à neuf n'est pas évident. Elle est tombée de haut, très haut; de la hauteur de ses ambitions démesurées. Si elle nous avait avertis de ses déboires! Nous aurions peut-être pu trouver un moyen de contourner un tel désastre.» Il l'examine à la sauvette et son coeur saigne. Sa pâleur a de quoi effrayer n'importe qui.

Arrivés à El Segundo, Marie Prudhomme enjambe les quelques marches du vestibule de l'appartement de son fils comme si elle devait vaincre l'Everest. Le logis minuscule de Francis sent bon la chaleur humaine.

— Ah! Que je suis fatiguée, Francis! Je n'en peux plus.

Une pile de disques traîne par terre près de la radio, il les ramasse. Puis, il entraîne sa mère vers sa chambre.

— Tiens, tu dormiras dans mon lit, ce soir.

— Dans ton lit? Pas question, Francis.

— Ici, c'est moi qui décide.

Marie baisse pavillon et attend. Il a de la graine de son grand-père Desrochers, cet enfant.

— Tu travailles, tu as besoin de sommeil réparateur.

— Maman, je dors partout. J'ai appris ça dans mes «voyages», dit-il en faisant allusion à ses soirées extravagantes avec ses amis.

Le duo sourit timidement.

— Bon. J'accepte. Mais ce n'est que temporaire.

— Prenons la vie un jour à la fois, me dit tout le temps mon patron.

— Il a raison, Francis.

Marie, lasse, s'assied sur le bord du lit. Elle tombe de fatigue.

— Je pense que je vais me coucher tout de suite.

— Je prends mes affaires pour demain.

— Tu es prévoyant, en plus.

— Je suis tout ce que tu n'as jamais découvert maman.

Il lui sourit tendrement et sort le coeur lourd. La phrase est sortie trop vite. Une folle envie de pleurer l'envahit tout entier. Il se renferme dans sa salle de bain et ouvre le robinet. Le bruit étouffera celui de ses larmes. Ce qu'il vient de vivre est hors de tout entendement. Sa pauvre mère est devenue une démunie, une épave à la dérive. Les images et les émotions ressenties dans ce voyage resteront gravées à jamais dans son souvenir. Sa peine vidée, il franchit une autre avenue de son ciboulot. Il a pris des décisions. L'avenir en témoignera.

Le lendemain matin, l'aube est levée depuis longtemps lorsque Marie ouvre l'oeil. Elle jette un oeil à l'extérieur; le ciel bleu immaculé lui sourit.

— Ouch!

Sa tête crie au secours, sa gorge à l'aide. Son corps tendu n'a pas réussi à se détendre. Une crampe persistante à un orteil retient son attention, l'obligeant à s'en occuper. Courbaturée, la tête lourde, elle se dirige péniblement vers la salle de bain. Un grand verre d'eau avalé, le miroir lui reflète un visage déformé par des yeux amorphes enfouis sous des paupières enflées. Ses joues creuses et sa peau cireuse la force à détourner son regard, elle le fuit. Dans la cuisine, un papier sur la table attire son attention.

Maman,

Repose-toi le temps nécessaire, je vais déménager tes affaires dans un entrepôt près d'ici.
Je ne viens pas dîner. Mange ce que tu voudras, le réfrigérateur est plein.
Regarde dehors, il fait toujours beau ici.
Alors, souris!

Francis.

La fin du monde appréhendée la veille s'évapore sous un jour regorgeant de luminosité. Elle en est surprise et ravie. Marie scrute l'horizon entravé par des grappes d'immeubles neufs. C'est vrai qu'il fait beau. Elle avale un léger déjeuner et ouvre la porte de l'appartement avec l'idée bien arrêtée de mettre le nez dehors. Une bouffée d'air chaud lui fouette le visage, elle recule.

— Ouf! Quelle chaleur!

«Demain, j'irai peut-être.»

En balade autour d'elle, des images neuves nourrissent son décor intérieur. Le nid de Francis fourmille de couleurs chaudes. Le bon goût et la simplicité alimentent sa surprise.

Autour d'elle, des meubles intéressants l'intriguent et aiguisent sa curiosité. Captivée par sa découverte, la voilà qui analyse l'ameublement de son fils. Elle se penche, cherche la marque derrière le divan en velours aux reflets multiples et la lit:

— Kroeler. Il possède du Kroeler! Des meubles que je n'ai jamais pu me payer à son âge. L'affaire est louche.

Au mur trône une peinture d'un illustre inconnu, bariolée en tous les sens et sans queue ni tête.

«Il paraît que c'est de l'art abstrait», songe-t-elle, ennuyée.

La table en bois de couleur verte et blanche rivalise de simplicité. Le reste de l'ameublement est tout à fait ordinaire. Des affiches de chanteurs rock voisinent avec des chanteuses en positions sensuelles et ornent le petit appartement aux murs blancs.

Une idée lui martèle l'esprit et garde son regard captif du fauteuil magnifique.

«Francis n'a pas les moyens de se payer un meuble semblable. D'où vient-il?»

Sa fragilité à fleur de peau la pousse à s'asseoir. En elle, tout est bousculé. Son intérieur tremble: un continuel soubresaut minuscule et vague à peine perceptible. Elle ferme les yeux. Des images se bousculent aux portes de son cerveau. Elle revoit son immense demeure noyée sous le soleil ardent où elle se dore. Elle ressent l'intense bien-être vécu en ces lieux, sans avoir pris la peine de le réaliser. Elle constate les bévues provoquées par ses stupidités. Elle constate le bonheur ambiant emprisonné dans cette enceinte; elle ne l'a pas goûté. Maintenant, il n'est plus. Rien n'est plus.

«Je suis dans la rue. Je n'ai plus un rond. Que vais-je devenir?»

La rivière de chagrin, un moment tarie, reprend son cours. Une coulée de larmes façonne son sillon sur ses joues. Elle le laisse humidifier son chandail bleu.

«Tant pis! Tant mieux! Peu importe!» songe-t-elle en évacuant le trop plein de sa peine.

Le téléphone sonne, elle sursaute.

— Allo?

— C'est toi, maman?

La voix musicale de son fils parfume l'atmosphère et crée un filon d'espoir. Elle renifle et s'essuie le nez du revers de la main. Incapable de répondre, elle attend que son fils lui vienne en aide.

— Maman, puisque tu es debout, je passe te chercher. J'ai besoin de savoir ce que tu feras de tes choses et comment tu désires les placer.

Marie jette un regard au ciel, il a écouté ses prières. Il faudra bien que la journée se passe, d'une manière ou d'une autre.

Au soir, fourbue, Marie s'endort imbibée de fatigues réparatrices.

La vie commence un nouvel épisode chez les restes de la famille Prudhomme.

Chapitre 17

Un samedi matin, Lumina, la gouvernante de William Leider, a aperçu Marie assise sur un banc près de l'appartement de son fils. La vieille dame, sur le point de débuter sa retraite, l'a reconnue tout de suite par la clarté de son regard, malgré tant d'années écoulées. La dame mince, que des méchantes langues diront amincie par la méchanceté, possède toujours dans son maintien une sorte de fierté innée, unique chez elle.

— Bonjour Garde Desrochers.

Marie, surprise, examine attentivement la dame qui l'interpelle si familièrement. Puis son visage s'illumine.

— Lumina Lopez! Est-ce possible?

— Tout à fait!

Une montagne de souvenirs se dresse en gendarme, le coeur de Marie chancelle. Elle se ressaisit, évite de montrer le trouble grandissant en elle.

«Je dois étirer le temps, se dit-elle. En savoir davantage. D'abord m'informer à son sujet, ensuite le reste...»

— Comment allez-vous, Lumina?

— Je vais très bien. Mes jambes ne me soutiennent plus aussi bien qu'avant, mais... Que voulez-vous, c'est la vie!

— Vous demeurez près d'ici?

— J'ai un bel appartement dans le *Domaine*.

— Le *Domaine*? J'ai vaguement entendu parler de cet endroit.

— C'est beau, propre et sécuritaire.

— On dit qu'il appartient à un millionnaire.

La brave Mexicaine hésite entre raconter le peu qu'elle sait ou se taire. Elle choisit la seconde option par sécurité.

— J'ai eu affaire à un homme qui se dit le gérant. Je n'en sais pas plus. Et vous, Garde Desrochers? Que devenez-vous?

Marie a un pincement au coeur, elle grimace. Tout dévoiler? Pas question! Éveline peut aller se rhabiller, elle ne saura jamais sa triste et humiliante condition de mendiante.

— *Que tu as créée, Marie.*

«—Que j'ai subie! malgré moi, je te demande pardon!»

L'infirmière discrète laisse couler un mince filet de confidences propices à rétablir la confiance entre elles.

— Je demeure chez mon fils. Là, dans cet appartement au milieu de la rue. Un garçon extraordinaire, vous savez.

— Je n'en doute pas, madame. Les enfants ont souvent le don de nous faire mentir, ne trouvez-vous pas?

Marie scrute les prunelles de cette femme trop perspicace à son goût. Sait-elle des choses à son sujet?

Elle se gratte la gorge et essuie son front ruisselant de sueur.

— Sans doute, Lumina. Dites-moi. Y a-t-il des places disponibles au *Domaine*?

— Je le crois, madame. Si vous le désirez, je m'informerai et viendrai vous le dire samedi prochain. Je viens aux nouvelles par ici, une cousine y vivant seule. J'essaie de la persuader de s'établir près de chez moi, mais rien à faire. Elle a peur du changement.

Lumina fixe son regard sur la place libre du banc à côté de l'ancienne employée des Leider en glissant un silence étudié, espérant recevoir l'invitation de partager son siège. En vain.

Marie refuse cette idée, l'enjeu est trop grand et trop pénible. Elle déclare:

— C'est une excellente idée, Lumina. Je vous attends samedi prochain.

Marie n'a pas osé lui poser la question qui lui brûle les lèvres, de peur d'attiser sa curiosité. Que devient William Leider? Cet homme a dominé sa vie et son souvenir l'a empoisonnée. Elle en est prisonnière et désire s'en libérer. Déçue par cette rencontre fortuite, elle frappe du pied un caillou imaginaire, en guise de déception et d'interrogations.

Longtemps après le départ de la vieille gouvernante des Leider, Marie reste là, immobile, à ressasser son passé et cette visite inopinée en se disant que de son cercueil, Hervé était peut-être là-dessous. Elle trouve que décrire sa nouvelle réalité lui est moins difficile qu'elle ne se l'était imaginé. Cette constatation la soulage.

«Ai-je bien fait de dire la vérité? Avoir brodé n'aurait pas été si mal, après tout. On dit ça, puis on s'enlise dans les mensonges à ne plus finir et on se contredit.»

Satisfaite de sa démarche, elle pousse un long soupir et s'étire. Serait-elle sur la route de sa véritable source intérieure? Cette idée encore nébuleuse a du mal à se frayer un chemin. Une autre plus... plus honteuse effleure sa pensée, elle la rejette aussitôt. Si c'était la possibilité de revoir William qui lui donnait ces ailes... Décidée, elle secoue la poussière imaginaire tenace sur ses genoux comme pour en effacer toutes les traces, et prend une marche.

Marie découvre chaque jour sur son banc de parc de nouvelles couleurs, des gens heureux, des enfants au visage épanoui qui s'amusent dans les carrés de sable proches et les balançoires. Des vieux se promènent tranquillement au bout de la laisse de leur chien. Des oiseaux roucoulent leur éternel optimisme; tout un monde oublié à réapprivoiser. Un immense figuier pleureur (ficus Benjamina de son vrai nom, un arbre gigantesque à l'écorce mince dont la couleur fait penser à la peau d'un éléphant. L'origine de cet arbre se situe à Moreton Bay en Australie. Il produit des figues et donne des fleurs magnifiques. On en trouve à Santa Barbara et dans les Ever-Glades en Floride) capte son attention pendant des heures. Il ressemble à sa vie. Ses branches emmêlées entre elles en un charabia indescriptible grossissent et se prolongent le long de la haute clôture en aluminium quadrillé. En pensée, elle suit les nombreux sentiers possibles à parcourir pour se rendre au sommet.

«Les routes sinueuses de ma vie, songe-t-elle nostalgique. J'en ai piétiné une quantité à la sauvette, sans les analyser vraiment.»

— *Pressée! Toujours à la course. Voilà ce que tu es, Marie Prudhomme! Accepter de savourer le temps qui passe, sentir les arômes de la vie, écouter fredonner la nature, découvrir la beauté de ceux qui t'ont entourée, toucher la main qui se donne, entendre battre le coeur des tiens, découvrir la splendeur de leur affection; tu en es dépourvue, Marie Prudhomme. Tu cours dans les ruisseaux, à la recherche de l'impossible. La vraie vie t'a tracé un superbe boulevard, l'a garni de magnifiques paysages, elle t'a comblée de talents pour la parcourir et tu l'as mise au rancart. Bêtement. Pourquoi? Tu en connais la réponse. Pas vrai?*

—Je le sais.

«Vais-je m'en souvenir une fois repartie sur ma lancée?»

—*Voilà toute la question, ma vieille. Toute la question!*

Deux énormes branches du figuier, dont la dimension dépasserait le plus gros érable de son enfance, s'étirent le long de la rue et ont créé près de son tronc un siège naturel magnifique et ombragé. L'idée de s'y installer lui traverse l'esprit. Elle regarde de chaque côté d'elle, personne. Puis, elle se trouve stupide d'avoir permis à ce léger désir de flâner dans le décor de son esprit, elle est trop vieille pour ce genre de futilités.

Enfouie si loin dans son être, Marie ne voit pas le trou creusé dans le sable par son talon. Elle touche son bras resté à découvert, il brûle sous la caresse du soleil ardent. Autour d'elle, le babillage des enfants, pourtant nombreux une heure précédente, s'est tu. Elle se tourne vers le grand carré de sable et la balançoire verte, plus personne. Tout à l'heure, elle avait surveillé attentivement un homme qui s'amusait avec son garçonnet.

— En plein milieu de la semaine, avait-elle réalisé.

À Los Angeles, c'est connu. On quitte son travail pour se rendre au parc avec son enfant. Puis, aucun enfant ne déambule seul sur les trottoirs, c'est trop risqué. Trouver un jardin d'enfants ou une gardienne donne des cauchemars aux plus aguerris des parents.

La cause: la peur du kidnapping. C'est un fléau dans cette ville, lui avait raconté un jour une dame d'âge mûr. Le chantage des divorcés, vous comprenez?

«Plus personne ne flâne dans le parc, cette dame avait raison.»

L'heure du retour a sonné. Marie Prudhomme se lève, se secoue et entre chez son fils.

Le soir de ce beau jour, Francis trouve sa mère bavarde comme une pie. Il s'en réjouit.

— Enfin! Maman, tu commences à avoir du bon sens. Qu'est-ce que tu m'as fait pour souper?

— J'ai rencontré quelqu'un.

Marie, incapable de raconter les conséquences de cette rencontre et les espoirs qu'elle a suscités, se contente de lui sourire. Elle ne pouvait lui avouer son amour pour cet inconnu millionnaire et le désir sournois de reconquête qui a miné sa vie et l'a brisée en quelque sorte.

Francis fronce les sourcils, sa curiosité est aiguisée.

— Un jour, je vous ai tous raconté mon arrivée à Los Angeles. T'en souviens-tu?

— Oui, très bien. C'est une vraie histoire de fou.

— Pas de fou, Francis, de folle, puisque nous étions deux femmes.

Francis pouffe de rire. La joie avait saveur de miel.

— Cette femme était leur gouvernante. Elle m'a parlé du *Domaine*.

— Du *Domaine*? Je ne connais pas.

— Elle m'a dit qu'ils avaient des logements à louer. Très propres et à des prix hors de toute compétition.

Francis regarde sa mère et pousse son assiette. La réplique maternelle avait une saveur âcre.

Marie réalise sa bévue et s'oblige à expliquer.

— Tu le devines, je ne pourrai pas rester avec toi toute ma vie. Je suis encombrante à mes heures. Je le sais. Puis tu dois reprendre ton lit.

Francis réplique aussitôt.

— Tu n'es pas encombrante, maman. Je suis si content de t'avoir avec moi. Je ne veux pas que quelqu'un vienne te voler.

Marie, émue, ravale ses émotions. Depuis qu'ils se sont parlé coeur à coeur, les obstacles se sont évanouis comme pluie au soleil. Un souffle nouveau les anime et les fait vivre.

— Je le sais, Francis. Jamais plus je ne te laisserai derrière. Tu le sais. Mais il serait malsain pour nous deux de vivre ensemble le reste de notre vie. Tu dois faire ta vie et moi, je dois écrire la fin de la mienne. L'admets-tu?

— Je le sais mais je n'accepte pas.

— De toute façon, je ne suis pas encore partie. Je dois d'abord me trouver un travail.

— Si tu veux, je te donnerai un coup de pouce.

Marie devine l'allusion de son fils quand elle est allée le reconduire, subito presto, à El Segundo. Elle rit aux éclats.

— Je vois. Les voiles ont tourné au vent. Si tu le peux, j'accepte.

Le souper se prolonge dans une atmosphère de simplicité et de douces taquineries. Jamais Francis ne s'est senti aussi heureux. Marie, sa mère, s'interroge sur cette situation nouvelle. Un grand bien-être la plonge des journées entières dans une paix inégalée. Elle se dit que, peut-être, c'était là la vraie manière de vivre.

Pendant qu'ils discutent, Marie reste les yeux accrochés au divan luxueux.

— Au fait, Francis. Comment t'es-tu payé un si beau meuble?

— C'est une longue histoire, maman. Tu veux l'entendre?

— Mais oui. Elle m'intéresse.

Sa curiosité est détournée par un coup de téléphone. Elle sort sur la véranda accompagner le soir naissant d'une douce chanson entendue pendant le jour, en prenant son thé glacé. Elle n'a pas sitôt mis le pied dehors que le ciel lui tombe dessus d'un coup puis se recroqueville sous son édredon céleste multicolore: la nuit entre en action.

Chapitre 18

— Pouvons-nous déplacer ce bureau, William? Il me semble que dans ce coin, il serait plus fonctionnel.

William se penche et se frotte la jambe gauche.

— Cela suffit, William! L'autre jour c'était la droite et maintenant la gauche... J'appelle le médecin.

— Un léger picotement qui cessera. Ne t'en fais pas.

— Au contraire, c'est tout réfléchi. Je t'emmène chez le médecin.

À contrecoeur, William subit les examens médicaux et est hospitalisé.

— Je sortirai demain, tu verras.

— Mais oui. Nous verrons demain.

— Surtout n'inquiète pas les enfants inutilement.

— Tu appelles ça inutilement? Je me réserve le droit de faire ce qui me semblera bon pour eux, mon cher, et pour toi. Avoue que j'ai raison.

À travers le souci larvé dans le regard de William, une étincelle de joie vacille. Elle lui sourit. L'idée de revoir ses deux enfants lui réchauffe le coeur. Peut-être atténuera-t-elle la crainte de la fin.

William est soigné pour une phlébite et retourne au bercail en chaise roulante. Des soins supplémentaires lui seront nécessaires.

Depuis, chez les Leider, le mari d'Éveline appesantit la vie de tout le monde. Son caractère irascible pèse lourd sur l'atmosphère déjà alourdie par la maladie. Le fauteuil roulant le déplace maintenant accompagné de regrets et de plaintes injustifiées. Éveline se ferme à toutes les méchancetés, en se disant que sa maladie en est la cause. Elle ne reconnaît plus l'homme qui a partagé sa vie avec tant de douceur. Dans ses moments d'accalmie, il surveille Éveline aux commandes de son univers. Il la trouve empreinte d'une énergie insoupçonnée et d'une débrouillardise à toute épreuve, et il en est soulagé.

Éveline engage une jeune Noire récemment promue infirmière qui lui allège la tâche devenue lourde. Elle recule l'échéance de la fin de William et se demande comment elle lui survivra.

L'heure est à une profonde réflexion. Une page de sa vie se tourne, lourde et pleine d'inconnu.

* * * * *

La fille d'Éveline et de William, le Dr. Yvette Leider, accompagnée de son mari, le Dr. Bob Marceau, reviennent définitivement du Canada. Installés à Winnipeg, ils ont pratiqué pendant une dizaine d'années dans le même hôpital. Le couple s'est acquis une renommée mondiale en immunologie.

L'hôpital Mont-Sinaï de Chicago leur offre un poste prestigieux comme chef et assistant-chef en recherche dans un vaste laboratoire tout neuf. Ils jubilent. Leurs parents s'en réjouissent.

Éveline lui soumet sa réflexion.

— Au moins, il y en aura une qui sera proche de nous, William.

— Oui. J'en suis très content. On ne peut en dire autant d'Andy.

— Andy demeure à quatre heures d'ici, William.

«Et pourtant... il a été si loin. Le Viêt-nam... »

Éveline esquisse un sourire, aussitôt effacé sous la tristesse montante créée par sa dernière pensée. Silencieuse, elle se laisse envahir par l'inquiétude.

«Pauvre Andy. Nous en avons si peu de nouvelles. Que devient-il? Cela ne lui est pas familier. Il écrivait à toutes les semaines. Depuis un bout de temps..., plus rien. Serait-il reparti sans nous en parler?»

* * * * *

À la base militaire de Miramar, le pilote Andy Leider n'est plus que l'ombre de lui-même. Depuis son entrée dans l'armée, il a subi déshonneur et humiliation.

— Vous êtes libre, capitaine Leider. L'armée vous remercie de vos services et vous offre cette médaille pour loyaux services.

Andy fait la moue. En lui brûle un feu incessant de colère grandissante. Il est malade et personne n'en découvre le sérieux. On préfère le congédier plutôt que le soigner.

— Voilà une affaire classée! souffle un général à l'oreille d'un autre général.

305

Le second soutient le regard du premier et sa froideur lui glace les veines. Visiblement, il n'est pas d'accord.

— L'avenir nous en assurera, affirme-t-il sèchement. Si vous voulez mon avis...

— Nous n'avons que faire de votre avis, général Scott. L'armée a tranché et l'armée ne se trompe pas. Compris? Les sans colonne n'ont pas affaire dans nos rangs. Ce soldat était trop mollasson. Il était un enfant d'école. Il souffrait d'un mal imaginaire. Trop gâté. Voilà ce que devient la jeunesse américaine. Des mollusques! Des invertébrés! Toujours à se plaindre, sans pouvoir trouver la source de leur mal. Le meilleur moyen de perdre la guerre, c'est de faire confiance à de la racaille de la sorte. C'est fini! Les ordres sont les ordres!

«Qu'est-ce qui lui prend? songe l'autre plus conciliant. Quelle mouche l'a piqué? Cet aviateur était malade. Je le sais, je le sens. Il souffrait d'un mal inconnu depuis qu'il avait fait la guerre du Viêt-nam. Il a servi sous mes ordres. C'était un bon soldat. Vaillant et courageux. Plusieurs actes de bravoure sont consignés dans le grand livre de ma mémoire sur cet homme. Mais il est devenu l'ombre de lui-même. Inconstant, peureux, angoissé, craintif, sans raison apparente. Il oscille entre l'euphorie et l'accablement, sans crier gare. Certains jours, il broie du noir et tout semble normal dans son corps. »

— C'est dans sa tête et dans son âme que la tempête fait rage, lui a avoué un médecin militaire. Ils sont de plus en plus nombreux à souffrir de ce mal, a-t-il rajouté dans un moment de confidences inhabituelles offertes, un jour, entre deux verres dans un coin d'un mess des officiers de la base militaire.

Il lui sort des rougeurs sur tout le corps ou des démangeaisons insoutenables, sans avertissement. Ses tests d'allergies ont été analysés à San Diego, tout est clair dans un ciel limpide. Nous sommes devant une énigme.

L'autre officier, surpris par la révélation, avait bougé ses livres et replacé ses crayons en guise de réponse.

— Le gouvernement ne pourra taire ce secret pendant longtemps, renchérit-il. Le mal se propage trop vite.

— Personne n'y porte attention?

— Personne.

— C'est difficile à croire. Et vous...

— Nous sommes forcés de fermer les yeux.

— C'est affreux!

— Je ne pourrai en supporter davantage pendant très longtemps.

— En effet. Que comptez-vous faire?

— J'ignore pour le moment. Vous êtes le premier à qui je me confie. Combien sont-ils à subir ce croc-en-jambe? Je ne saurais l'affirmer.

— Je vais faire ma petite enquête.

Le médecin sent monter, en lui, une faible lueur d'espoir, il continue:

— Je suis content de vous l'entendre dire. Je vous reverrai en temps opportun.

— C'est ça. Je vous ferai signe.

Les deux hommes s'étaient quittés se tapotant l'épaule en guise de réconfort.

* * * * *

Pendant la convalescence de William Leider, quelque part sur une base militaire californienne, un jeune homme triste écrit une lettre lourde de conséquences et de déceptions. Il a beaucoup réfléchi à son futur et n'entrevoit aucune issue, autre que celle qui s'est dessinée devant lui et qu'il a décidé de suivre. Autour de lui, tout sent le monde de la guerre. Un monde, son monde! Tant aimé: couvert d'imprévus, de difficultés, de décisions indigestes pour lui et ses compagnons, c'est la rançon des querelles humaines. Cette vie d'adrénaline lui a toujours plu. Mais sa route emprunte un virage abrupt et sans retour. Il le sent, le sait au fond de lui. Des nuits entières, il a songé à ce futur insoupçonné. Un seul problème le ronge: comment en avertir ses parents? Ramassant son courage à deux mains, il choisit son stylo bleu et appuie sur la feuille blanche. Le destin imprime son chemin.

Peu de temps après cet événement, un mercredi après-midi, le facteur dépose une lettre dans la boîte aux lettres des Leider. Éveline analyse l'écriture et son visage s'illumine, elle accentue ses gestes, ouvre la missive en criant.

— William, c'est Andy!

Mais son mari ne l'entend pas.

À mesure que les mots s'emballent sous ses yeux, elle change de physionomie. À travers la relecture des pages noircies de nouvelles étranges, elle se gratte le cuir chevelu. Elle devine son fils penché sur sa table qui enfile des lettres difficiles à se transformer en mots.

Papa et maman,

Ce que j'ai à vous annoncer vous chagrinera. Je n'en suis pas responsable. J'ai mon bleu en mains, on me demande de quitter l'Armée américaine. On me remercie de mes loyaux services et on me donne comme explication que la guerre est terminée et que les effectifs doivent être réduits.

C'est un véritable coup de poing au visage, pour ne pas dire un coup de poignard au coeur.

Des aviateurs dont l'ancienneté est moindre que la mienne restent en poste. C'est incompréhensible. Je suis estomaqué. Cette aberration n'a aucun sens. Cela me rend malade.

Moi qui souhaitais de tout coeur faire carrière dans l'Armée américaine, voilà que l'on m'en écarte, sans raisons. Car je n'en vois aucune.

Parfois, je pense que j'ai trop osé être à la hauteur. Je suis allé au-delà de mes limites. J'ai frôlé de trop près les forêts asiatiques. Puis je me dis que ce liquide jaune...

Laissez tomber mes états d'âme, ils ne me redonneront pas mes galons ni mes ailes. Je sais simplement toute la déception que vous occasionnera cette nouvelle. J'entre à mon appartement la tête basse et les épaules recourbées du devoir non ou mal accompli, prenez-le comme vous le voulez.

Le pire, c'est que je n'en connais pas la cause ni l'origine. J'ai pourtant tellement voulu bien faire mon travail. Il était toute ma vie.

Éveline étouffe les sanglots montés dans sa gorge et ravale, les lèvres tremblantes. La suite lui tord les boyaux. Elle s'effondre sur une chaise en parcourant une troisième fois le cri du coeur de son fils.

Donc je quitte l'armée, je déménage au Michigan. J'y ai trouvé un endroit paisible pour continuer ma route.

Ne m'en veuillez pas et pardonnez-moi, je n'ai pas été à la hauteur de vos aspirations.

Andy

— Pas à la hauteur... pas à la hauteur! crie Éveline en arpentant les grandes pièces de sa demeure et en s'arrachant les cheveux.

— Il n'a pas été à la hauteur, William, affirme-t-elle ironiquement à son mari venu à sa rescousse.

— De qui parles-tu, Éveline?

— Il déménage! continue-t-elle pour elle-même, l'incrédulité inscrite en elle.

— Éveline. Calme-toi!

Éveline revient sur terre et aperçoit son mari inquiet qui la regarde et se demande ce qui peut troubler sa femme à ce point.

— William! Il déménage.

— De qui parles-tu, Éveline? On croirait que le tremblement de terre est passé.

— Pire que ça, William. Pire que ça!

— Éveline, assieds-toi. Respire par le nez.

La femme de William, très secouée, se laisse choir dans un fauteuil et recommence à geindre.

— Passe-moi cette lettre!

William lui enlève l'enveloppe des mains et parcourt les lignes lourdes d'aveux.

Le temps s'arrête et étend son manteau de mélancolie.

William, ému, remet les feuilles dans son écrin et revient vers sa femme un peu calmée.

— Il ne viendra pas vivre avec nous. Pourtant j'avais tant...

— Il a trop honte, William!

— J'avais espéré...

— De quoi, grand Dieu!, pourrait-il avoir honte?

Le couple se confronte sur un plan différent, William songe à la gestion de ses affaires et Éveline à la déception de son fils.

— Sa lettre est lourde de mystères, Éveline.

— William, il ne donne pas son adresse...

— Qu'est-ce que l'armée en a fait?

— C'est étrange ce que tu dis.

— C'est affreux!

— Comment peut-il penser que nous l'aimons seulement pour ses prouesses?

— Oui. Comment est-il arrivé à le croire?

— Je l'ignore, William.

— Il refuse notre aide. C'est difficile à accepter pour un père. Je t'assure.

— Nous devons le retrouver. Malgré lui, ordonne la

mère en tapant dans le creux de ses mains.

— Nous avons besoin de lui.

— Besoin de lui, répète Éveline songeuse. Pauvre enfant... Si fragile.

— Si docile.

— Et obéissant.

— Très docile. Trop.

— Il n'a pas pris sa place comme il aurait dû le faire, William.

— Lui en avons-nous laissé la chance?

William scrute le visage de sa femme lourd de peine et incrusté de souffrance dont les aveux lui vont droit au coeur. En effet. Qu'a-t-il fait pour cet enfant? Peu. Très peu. Il lui a donné l'image d'un homme puissant capable de faire pousser des millions comme des fleurs, mais inhumain en quelque sorte. Un défi insurmontable pour tout enfant.

— Il a été un enfant effacé.

— Qui a demandé si peu, Éveline.

— Nous aurions dû le constater, le pousser à aller de l'avant au lieu d'en jouir.

— Il n'avait pas le talent de sa soeur.

— Qui a occupé le plancher, elle!

— Qui a pris tant de place!

— Toute la place!

— Nous en étions si fiers, Éveline.

— ... au détriment de notre fils.

— Si c'était à refaire...

— Nous referions probablement les mêmes erreurs. La

vie est ainsi faite.

— Nous sommes impuissants devant le passé.

— Le passé est un grand maître qui nous montre les erreurs à ne pas faire. Hélas! Nous l'avons oublié.

— Éveline, ne regrettons rien. Personne sur la terre ne peut affirmer qu'il a eu une vie idyllique.

— Tu as raison. Cela n'existe pas.

Éveline se lève un brin rassurée et se rend à la fenêtre. L'odeur des souvenirs remplit toute la pièce.

— Tout n'est pas perdu, Éveline, lui renvoie la voix de son mari derrière elle.

— Tout?

— Réfléchissons-y, nous trouverons la lumière.

La mère ébranlée regarde s'éloigner William. Maladroit, il pousse les roues de son fauteuil roulant tout en ruminant la lourdeur de sa propre défaite. Où a-t-il failli à la tâche? Il ne saurait le dire.

Restée seule, Éveline retourne ses pensées dans le creux de ses mains vieillissantes, le coeur en lambeaux.

On fait de son mieux et ce mieux n'est pas suffisant pour certains de ceux qu'on aime.

À l'aube de la nuit, le couple n'aura pas encore résolu son énigme, ni trouvé de ressources dans sa méditation. Les Leider déposent leur corps fatigué par l'agitation du coeur dont ils ont été les héritiers. Ils ferment les yeux, tard dans la nuit. De multiples projets fermentent en effervescence. Les retrouvailles avec leur fils Andy sera leur préoccupation majeure. Une consolation monte de leurs inquiétudes et jette un baume sur leur tristesse.

— Par bonheur, Yvette est de retour, William.

— Au moins, nous en avons une proche, Éveline. Mais pour combien de temps?

— Nous lui en parlerons demain.

— Dormons, si nous voulons nous battre. Nous avons besoin de force, ma femme.

Éveline s'approche de son mari et s'émeut. Se battre. Elle le retrouvait dans cette affirmation. Se battre. Il n'avait fait que ça depuis sa naissance.

Les jours suivants, William sombre dans une profonde tristesse. Plus rien ne l'accroche à la vie. Éveline intervient.

— Allons, William. Secoue-toi! Ce n'est pas le moment de flancher. Nous le retrouverons... malgré lui. Nous nous rendrons à cette base militaire, nous interrogerons mer et monde. Tu as toujours réussi ce que tu as entrepris. Tu ne vas pas lancer la serviette si facilement. Il s'agit de ton fils. Ne l'oublie pas. Andy cache autre chose dans ses bagages. Il nous a brodé une histoire pour nous endormir ou nous éloigner de la véritable raison. À mon avis, elle doit être bougrement grave pour nous tromper de la sorte. Cela ne lui ressemble pas.

William, réchauffé par l'énergie du regard de sa femme, se laisse convaincre.

— Tu crois ce que tu avances?

— Du plus profond de mon âme et de mes tripes.

Le signal d'un combat farouche est donné, ils l'écrivent dans la profondeur de leur regard mutuel. Les jours, les semaines suivront, denses dans leur vie. Les recherches débutent.

William retrouve un nouveau souffle et Éveline, une autre façon de continuer son combat. Mais William manque de vigueur. Son corps ne répond plus aussi bien. L'âge s'est accumulé plus qu'il ne le désirait depuis un certain temps. Le départ d'Andy l'a, malgré tout, remis sur la voie du combattant. Mais une idée le poursuit au-delà de ces frontières connues.

«Dans une douzaine d'années et quelques mois, je serai centenaire.»

L'homme vieillissant n'ose y réfléchir et s'étourdit de projets toujours aussi ambitieux. Le risque est pour lui une seconde nature.

Éveline est soucieuse. Son mari, malgré un subit regain de vie et l'abandon de son fauteuil roulant, perd de la vitalité. Sa vue diminue, sa mémoire lui fausse parfois compagnie et souvent au mauvais moment, ses jambes ne veulent plus avancer aussi vite qu'il le désire et son caractère absorbe mal le coup. Il passe, alors, des journées entières dans son immense bureau occupant une aile de sa luxueuse demeure à rêver, la tête envolée dans ses pensées . Souvent, sa femme le surveille en s'inquiétant. À qui, à quoi songe-t-il? Puis, elle pénètre dans la pièce et dérange le silence, agite le bruit, en fredonnant ou en badinant. Éveline, en femme avertie, le seconde davantage, sans le lui démontrer clairement et s'initie, en même temps, aux rouages de la vie de son homme.

En mari clairvoyant, William réfléchit et songe à son avenir. Dans son ciboulot tout est organisé. Son comptable et bras-droit, un bon gestionnaire à l'abri de tout soupçon, navigue déjà à la barre de son empire financier et le seconde.

«Le contraire m'aurait surpris», songe-t-elle amusée.

William Leider projette de remettre la gestion de son oeuvre à sa femme. Elle connaît ce monde autant que lui et a pris part à son érection du début à la fin. *Le Domaine* symbolise leur accomplissement mutuel et le fruit de leur amour. Éveline sera à la hauteur. Il a beaucoup réfléchi à la transmission de son empire et en a donné la supervision à des amis gestionnaires fiables dont sa femme sera la présidente. Son fidèle comptable la secondera.

Confiante en l'avenir, Éveline se préoccupe seulement de la santé de son mari. L'éventualité de son départ la jette dans une telle anxiété qu'elle évite le sujet. Tout le monde vit comme si...

* * * * *

Un lundi matin, Lumina entre en coup de vent, remplie d'une agitation inhabituelle.

— Vous ne devinerez jamais qui j'ai rencontré, Madame Leider.

Éveline examine le visage radieux de sa vieille gouvernante et se demande quelle mouche l'a piquée.

— En effet, je suis incapable de deviner, Lumina.

Au second étage, William s'avance près de l'escalier, piqué par la curiosité et les éclats de joie de leur inestimable employée.

L'agitation inusitée de Lumina crée une saine diversion

dans l'opulente demeure en ce matin d'été. William prête l'oreille.

— Allons. Ne nous laisse pas languir davantage.

— Madame Leider, j'ai vu Garde Desrochers, votre ancienne amie.

Éveline sent son corps se crisper de surprise.

— Tu as vu Marie? Tu en es certaine?

— Absolument.

— Comment peux-tu certifier que c'est elle?

— Je l'ai reconnue tout de suite. Elle n'a pas changé une miette. Elle est aussi petite qu'avant.

Éveline éclate de rire. William songe à celle qu'il a rencontrée lors de l'accident de son fils. Elle paraissait beaucoup plus en chair que le déclare Lumina. Un étrange bien-être recouvre ce souvenir affectueux. Cet instant de protection unique devant sa vulnérabilité l'enveloppe d'une douce euphorie jamais ressentie ni dévoilée. En aurait-il été amoureux sans le savoir? Il tend l'oreille.

— Je lui ai parlé.

Éveline agrandit les prunelles.

— Tu lui as...

— ... parlé. Elle était assise sur un banc dans un parc d'El Segundo.

— El Segundo! Qu'est-ce qu'elle faisait là?

— Elle vit là avec son fils.

William en a assez entendu. Il retourne à son bureau et fait un appel, puis un autre... et un autre...

— Je lui ai promis de la revoir la semaine prochaine

lorsque j'irai voir ma cousine.

— Ah! oui?

— Elle m'a demandé des informations sur le *Domaine* où je demeure.

— Je vois, poursuit Éveline songeuse.

Éveline monte vivement auprès de son mari, William feint l'ignorance.

— As-tu entendu ce que m'a raconté Lumina?

— Quoi?

— Elle a rencontré Marie.

— Marie Prudhomme?

— Exactement.

William se recule sur son fauteuil et suit avec une indifférence étudiée la conversation de sa femme. Il a déjà donné des ordres à une certaine dame de voir à payer au gérant la location annuelle du loyer le plus éclairé du *Domaine*. Elle trouvera n'importe quelle raison, sans mentionner le nom de l'auteur de ce geste. Un pourboire alléchant suivrait la transaction.

— Étrange. Elle demeure avec son fils.

— Elle a eu des revers de fortune depuis la mort de son mari, sans doute.

— J'imagine.

— Lesquels?

— Dieu seul le sait et le diable s'en doute.

— Veux-tu que nous la recevions ici, William? Elle était une merveilleuse infirmière autrefois.

William réfléchit.

— Nous verrons bien.

La semaine suivante, Lumina revient de son congé avec des nouvelles de Marie plein les bras.

— Elle est déménagée dans un logement du *Domaine*, m'a-t-elle dit. Elle est très heureuse, un mécène lui a payé son loyer pour une année. Elle en est estomaquée et se demande qui a pu lui faire un tel cadeau. Elle travaille dans un foyer pour personnes âgées.

Éveline jette un regard imperceptible vers son mari. Il se tait, écoute le récit de son ancienne employée éconduite un jour, par lui. Une profonde nostalgie monte en lui.

L'âge ennoblit les sentiments, polit les souvenirs, adoucit leurs contours, épure les événements passés. Au retour de Marie dans sa vie, un brin songeur, il se met à rêver, un peu embarrassé.

«Si je l'avais choisie, comment aurait été ma vie?»

L'arrivée de sa femme dans la pièce accentue sa gène. Il se secoue et rejette cette idée. Éveline a été à la hauteur de toutes ses attentes. Il a eu une belle vie en sa compagnie. Elle fut une femme attentionnée et aimante. Que pouvait-il désirer de plus?

«—*Un enfant...*, murmure des sons au fond de lui.

—Tais-toi. J'en ai eu deux. Deux beaux et bons enfants.

—*Mais ils ne sont pas de ton sang. De ta chair. Tu sais que tu n'en es pas la cause.*

—Au contraire, je ne le sais pas. Je n'en ai jamais eu la

certitude.»

La voix douce de son Éveline lui caresse le tympan.

— Tiens, approche-toi de la table, William. Manger te fera du bien. Tu es songeur depuis quelques jours. As-tu des ennuis?

William se ressaisit.

— Non, non. Sais-tu? Il me vient une idée insensée, tout à coup.

— Laquelle?

— J'aimerais aller visiter le *Domaine*, cet après-midi.

Ravie, Éveline s'exalte.

— Tu veux sortir! À la bonne heure! Nous irons tous les deux après ta sieste.

Le gérant du *Domaine* les reçoit avec empressement. Mine de rien, il demande à voir le logement le plus éclairé, afin de s'assurer de la justesse du choix de la dame.

— Splendide! conclut William.

— Comme cet appartement est beau! s'exclame Éveline. Si un jour j'en avais besoin d'un, je choisirais celui-ci.

Sous les affirmations de sa femme, William sait que Marie sera heureuse ici. À sa manière, il lui remettra un peu de douceur et soulagera son inconfort.

Content de sa bonne décision, il retourne à la maison, exténué mais heureux.

Une fois son mari étendu sur son lit, le coeur d'Éveline remue ses inquiétudes. Comment l'aider?

Impuissante, elle constate la triste réalité.

«Comme il en perd», découvre-t-elle remarquant l'importance de la diminution de ses capacités. «Devrai-je le placer un jour aux soins prolongés? Oh! Mon Dieu, épargnez-m'en.»

Soucieuse, elle s'endort difficilement en l'écoutant respirer.

Chapitre 19

Marie remonte la côte lentement et plus facilement qu'elle ne l'avait imaginé. Mais sa fragilité se tient aux aguets. Certains jours, elle sent son intérieur tout craquelé et l'angoisse se pointe le museau, lui tord les entrailles en agitant ses bruits. Alors, une peur terrifiante l'envahit, elle se demande si elle pourra s'en sortir. Puis elle se parle et se dispute.

—*Tu n'as pas le droit de douter de la sorte*! *Pense à ton fils*.

Francis et sa bonté reprennent le volant, et la forêt de ses pensées diminue sa rumeur rocambolesque. Marie lève les yeux au ciel immaculé, en se disant qu'elle n'avait pas le droit de douter. Les sons de la vie seront toujours abondants et prêts à bondir à ses oreilles à la moindre possibilité. Puis, elle ressasse le parcours de son vécu, en l'analysant à chaque détour et se dit que ce ne fut pas aussi douloureux que ses humeurs le décrivent.

Elle valse entre le désir de vivre simplement et celui de poursuivre la route de ses ambitions farfelues. Comme un pantin, elle se laisse porter au gré de ses idées, sans réfléchir ni faire le point. Parfois, du fond de ses entrailles, surgissent des fantômes agitant leurs bras. Ses tentations rebelles de vengeance ou d'envie se manifestent et lui tordent les boyaux.

—Marie. Tu as pris tout le gâteau pour toi. Tu as tout eu! Amour, bonheur et richesse.

«—C'est injuste! Je n'ai pas mérité ni désiré une telle déchéance. Je n'y avais pas droit. Si je pouvais un jour le revoir... que de choses je réglerais!»

Sa réflexion la torture pendant les rares moments de méditation qu'elle se permet. Puis, elle se ressaisit lorsque l'envie pernicieuse se pointe le bout du nez. Elle la repousse de toutes ses forces, en se disant qu'elle ne peut plus rêver de richesse, de belles toilettes, de princes richissimes, d'adulation, de mondanité. Non. Dorénavant, elle se consacrera à cet emploi trouvé, encore une fois, dans le journal. Un foyer pour personnes âgées a besoin de ses services.

Dès le retour de cet appel téléphonique, enthousiaste, Marie recommence à échafauder des châteaux en Espagne.

«Qui sait? Certains petits vieux ont du pognon.»

L'engrenage malsain de l'envie, cette affreuse sensation de regrets, de désirs inassouvis, remonte en elle à son insu et lui fait perdre la notion de la réalité. Elle rêve des nuits entières à ce jour où, peut-être, elle sera heureuse au bras d'un homme riche et ira rendre visite à Éveline, et surtout à son mari. Peu à peu, son désir de vengeance renaît et la voilà au centre de cette idée malsaine qui la nourrit et lui fait oublier de vivre.

Francis la voit se transformer sous ses yeux et en éprouve du regret. Il baisse les bras et se dit que cela était trop beau pour continuer. Il ne pourra jamais changer sa mère.

— Francis, il y a un homme merveilleux à mon travail.

324

Francis fronce les sourcils.

— Merveilleux comment, maman?

— Formidable! C'est tout.

— Explique-toi.

— Il paraît bien.

— C'est tout?

— Il a une grosse bedaine mais bon, ce n'est pas grave.

— Et quoi encore?

— Il boite.

— Des deux pieds ou d'un seul?

Marie rigole.

— Si je te disais des deux? Mais ce n'est pas vrai.

— Donc c'est un homme à canne.

— Tu as de ces manières de dire...

— Puis... Il a un gros nez?

— Je n'ai pas vraiment remarqué.

— Une bedaine, un gros nez, une canne, pas de cheveux...

— Comment le sais-tu?

— Généralement les gros nez, les grosses bedaines ont légué leur crinière à la postérité.

— Tu exagères. Tu es bien comme ton père! Il amplifiait toujours les événements ou les diminuait.

— J'en suis content, maman. Si je résume tes paroles, il est sans défaut.

— Il fume comme une cheminée.

— Et encore?

— Il ronfle la nuit, mais ça se supporte.

— Ah! oui? Tu affirmais le contraire au sujet de papa.

— Une chose m'ennuie.

— Laquelle?

— Il a une vilaine fille constamment à ses trousses.

— Une vilaine fille, hein! Très affectueuse envers son père.

— Une mouche à miel. Je ne te mens pas, elle le surveille constamment.

— Tu veux dire qu'elle surveille le personnel?

— Que vas-tu chercher là, Francis. Le personnel est irréprochable.

— Alors, pourquoi est-elle inquiète?

— Il perd la mémoire, un peu.

— C'est inquiétant en effet! hein maman?

— Tu devrais lui voir la bague!

Francis se recule sur sa chaise, ironise.

— Bon. Voilà la vraie raison. Les cailloux. Les femmes sont folles des cailloux par ici. Mais toi, tu ne leur ressembles pas, hein! Il doit fumer le cigare, ils vont avec les cailloux.

Marie se gratte la gorge de chats imaginaires restés coincés par mégarde. Elle cherche une réplique.

— Il n'y a rien de mal à aimer les beaux cailloux, Francis.

— Il y a aimer et aimer. Ceux qui rendent fous sont nuisibles.

— C'est évident.

— J'en connais qui sont presque devenus maboules en voulant devenir ce qu'ils ne sont pas et ne seront jamais.

326

Marie sent entrer la lame acérée des insinuations de son fils et tente une diversion.

— Je suis certaine que si tu deviens riche un jour, tu ne seras pas différent des autres.

— Je suis riche, maman. Mais tu ne le sais pas.

Marie échappe l'assiette en faïence qui éclate sur le plancher. Elle surveille son fils, intriguée par cette affirmation-choc, tout en ramassant les dégâts.

«Tu en es bien capable. Mon vlimeux!»

Francis rit dans sa barbe. De façon délibérée, il a semé le doute chez sa mère, qui décortiquera cette éventualité pendant des jours. Son but est atteint.

— De toute manière, ton monsieur au cigare, au coco rasé, au pneu gonflé, à la canne à pommeau d'or a sûrement besoin d'un chauffeur privé quand sa chère fille est occupée...

— Tu as tout deviné.

— Quand me la présentes-tu?

Marie, écarlate, disparaît dans la salle de bain, elle a besoin de retrouver ses esprits.

La gaieté communicative de son fils l'a rejointe jusque dans ses entrailles.

Ce monsieur ne perd rien pour attendre.

* * * * *

— Je suis riche, maman!

Cette phrase siffle dans son tympan comme le vieux

«canard» sur le poêle de sa grand-mère. Elle réfléchit longuement sur cette affirmation pleine de sous-entendus.

«Il est riche... Riche de quoi? Pas de fortune, il n'en a pas. Comment aurait-il pu en hériter? Certes pas d'immeubles, il demeure dans un loyer minuscule. Ses meubles... Son histoire se tient. Même si je n'ai pas démontré mon intérêt pour cette aventure, elle m'a touchée.»

Je suis riche, résonne le souvenir de cette affirmation pleine d'ironie.

«Si c'était pour me divertir... Dévier mon esprit... Changer mes idées... Il en est capable, le bougre! Son histoire de meubles est plutôt étrange, cependant.»

Un jour, au magasin où il travaille, il a rencontré un homme qui sortait de l'armée et qui cherchait à vider son appartement car il déménageait dans un nouvel État. Il demeurait à Long Beach, dans le quartier des richissimes banquiers. Costello qu'il disait s'appeler.

— Un nom rare dans le milieu, affirmaient ses amis.

Son teint pâle contrastait avec l'ensemble des Californiens très basanés d'origine espagnole. Il semblait malade. Très pressé, il lui a offert tous ses meubles pour une bouchée de pain. Il a tout emporté, le jour même, au grand soulagement de son mystérieux donateur.

Comme tout était trop gros, il a gardé l'essentiel et a revendu ou échangé le reste avec des amis.

«Non, il est à l'opposé de moi, cet enfant, se dit Marie. Laisser passer une telle chance n'arrive pas souvent. Étrange comme les jeunes ont des conceptions différentes de la vie et des plaisirs qu'elle nous apporte.»

— Être riche ne fait de tort à personne, ajoute-t-elle pour elle-même.

— Être riche a deux facettes, maman. Exactement comme une pièce de monnaie, renchérit Francis qu'elle n'avait pas entendu entrer. La richesse procure ou détruit tout, selon ton choix.

— Je crois fermement qu'elle rend heureux. Connais-tu des riches malheureux?

— Des tas. Tu ne regardes pas au bon endroit, maman.

— Qu'est-ce que tu veux dire? Il n'y a pas mille façons de regarder le monde, Francis.

— Oui, maman. Tout ce qui brille n'est pas or, tu le sais.

— Et tout ce qui est or ne brille pas non plus.

— Tout est dans le point de vue, de l'angle, maman.

— Je ne te suis plus.

— Un jour, tu saisiras tout. Tu découvriras ma richesse.

— ...

— En attendant, mangeons.

Marie hausse les épaules, elle ne s'y retrouvait plus.

«Les paraboles, ce n'est pas mon fort!» se dit-elle, ennuyée par cette incompréhension.

* * * * *

329

Entre-temps, la vie démêle son écheveau d'événements quotidiens. Elle sème çà et là des imprévus, ajoute des plaisirs bénins, agrémente les airs de mélodies ailées, parfume l'atmosphère de senteurs connues, colore des rencontres de jolies taquineries. Marie se laisse envahir par ce quotidien facile à vivre, et se surprend à sourire. L'autre vie lui semble si lointaine parfois. Comme si elle en avait déjà oublié les charmes ensorceleurs.

Est-elle enfin guérie de son désir maléfique et empoisonné? Nul ne saurait l'affirmer. Francis la voit reprendre goût à la vie sous ses yeux et en est ravi. Chacun habite dans son appartement et ils se visitent très souvent. Le reste des enfants a interrompu ses études, faute de moyens pécuniaires.

Paul, le benjamin, en a été très perturbé. Il a mijoté des torrents d'amertume envers sa mère. La colère s'est installée. Il a mis du temps à lui pardonner. Maintenant, il a repris du service. Il s'est trouvé un emploi dans une banque et il rêve de venger l'outrage fait à son père. Un jour, il sera banquier à son tour. Il en fait le serment.

Sa fille Judy, devenue infirmière comme sa mère, a déniché un emploi dans un hôpital de New York. Un bien grand chemin les sépare. Elles ne se voient plus.

Aline, celle qui demeure au Canada, appelle de temps en temps, sa vie se dessine là-bas puisqu'elle s'est mariée la semaine dernière. Personne n'est allé par manque d'argent. Marie a l'impression de devenir une madame tout-le-monde. Ce rôle la gêne mais elle l'apprivoise à petite dose. Parfois, elle enjolive la vérité, déforme un peu sa réalité et elle en rit au téléphone avec Francis. Ils sont devenus inséparables.

Francis constate que sa mère parle de moins en moins de son séjour sur la montagne, comme elle l'appelle. Il en est ravi.

«Elle en viendra à bout de ce fichu désir de posséder encore et encore. Elle découvrira la vraie richesse», se dit-il plein d'espoir.

La saison se termine sur cette note joyeuse lorsque le téléphone sonne chez Marie. Une voix de femme l'interpelle.

— Oui. Vous êtes bien chez Madame Prudhomme.

— Bonjour Marie. C'est moi, Éveline Leider.

Marie sent ses jambes ployer de stupéfaction. Elle tire une chaise.

— Madame Leider?

— Comment vas-tu, Marie?

— Assez bien, merci!

— Je ne vais pas passer par quatre chemins, Marie, j'aurais besoin de tes services. William est très malade et je veux quelqu'un d'expérimenté sur qui je peux compter auprès de lui.

— Qui vous a donné mon adresse?

— Notre bonne Lumina. Elle est toujours à notre service. Depuis qu'elle t'a rencontrée, elle ne cesse de parler de toi. Chaque jour, une anecdote n'attend pas l'autre. Elle a une mémoire prodigieuse. Elle raconte des choses que j'ai oubliées complètement.

— Votre mari est malade.

— Il se déplace en fauteuil roulant maintenant. Il a eu une grosse pneumonie et exige une attention continuelle. Si tu acceptais, je serais soulagée. J'ai congédié la dernière infirmière rentrée, elle était insouciante et oubliait des choses. Je ne peux me le permettre. L'autre doit se rendre au chevet de son père malade. Ton prix sera le mien.

Marie raccroche, abasourdie. Un mélange d'incrédulité et de honte de s'être rabaissée se répand en elle.

«Qu'est-ce que je viens de faire! Je l'ai vouvoyée! C'est incroyable! Depuis des années j'ai espéré, j'ai souhaité vivre ce moment et voilà que... Je me déteste.Que je me déteste! Elle doit en rire à gorge déployée en ce moment.»

Marie Prudhomme donne un violent coup de poing sur la table et se ressaisit. Elle sent monter une grande colère. Une chaleur intense circule dans son corps et la remplit d'énergie. Le décor change de couleur. Tout s'intensifie. Ses prunelles dégagent un désir de vaincre insoupçonné. L'heure de sa vengeance a sonné. Elle le sent. Aucune culpabilité ne l'habite. Elle ne l'a pas voulue ni recherchée puisque c'est Éveline qui a fait appel à ses services. Seule, la déception de s'être effacée devant celle qui lui a volé l'homme de sa vie, laisse un goût amer au fond de son coeur agité comme une marionnette. Pourquoi ce geste lui est-il venu instantanément? Aurait-elle changé à ce point, à son insu? Un mélange de joie et d'orgueil recouvre ses pensées.

«Imaginez! La grande dame Leider a consenti à me demander de l'aide. Woao!»

Marie danse seule dans sa cuisine en proie à une crise de rires incontrôlables. Sa réaction la rassure. Elle s'arrête subitement. Sa décision est prise. La curiosité a gagné tous les paris. Enfin! Elle verra de ses propres yeux la couleur de ce bonheur éternel... Enfin! Elle parlera à cet homme ignoble qui a intoxiqué sa vie.

L'euphorie remplit le logement de Marie, payé par William Leider, sans qu'elle le sache. Elle regarde sa montre.

Comme la journée va être longue!

Au souper, elle téléphone à son fils.

— Devine ce qui m'arrive, Francis.

— Je donne ma langue au chat. Avec toi, tout est possible.

— Tu n'as jamais si bien dit.

— Mais encore...

— J'ai fini de travailler au foyer des vieux.

— Hein! Qu'est-ce que tu dis?

— Tu as compris parfaitement. Le foyer, c'est fini!

— Et comment vas-tu payer ton loyer?

— Tu oublies qu'une bonne dame l'a fait à ma place, Francis.

— Ce cadeau n'est pas éternel, maman. Tu m'as affirmé la semaine dernière avoir reçu une facture, payable au début de l'année.

— Je sais. Je ne m'en fais pas outre mesure.

— Tout de même. Tu changes soudainement. Je t'ai connue pleine de nervosité devant ton avenir incertain. Je t'ai si souvent vue ruminer des idées noires, pendant des heures, seule dans ton silence. Voilà que par un tour de magie, tu balances tout par-dessus bord. Tu m'intrigues.

— Je n'ai pas fini, mon Francis.

— Tu m'inquiètes. Qu'est-ce qui mijote encore sous ton chapeau?

— Je change d'emploi, c'est tout.

Francis soulagé pousse un long soupir.

— Bon. C'est bien. Et où iras-tu, cette fois?

— Chez les Leider.

— Sur la montagne!

— En plein dans le mille, Francis!

Francis tombe des nues. Tout s'écroule autour de lui.

— Maman! Tu ne vas pas...

— Eh! oui. Je monte sur la montagne. Je vais à Beverly Hills. La grande dame m'a appelée cet après-midi. J'ignore comment elle m'a retracée.

— Pourquoi as-tu accepté d'aller là?

— L'argent, Francis. J'ai demandé le triple de mon salaire et elle me l'a accordé.

— Le triple!

— Le triple.

— Elle doit être bougrement mal prise.

— C'est gentil pour ta mère, cette affirmation-là.

— Je ne veux pas te blesser, maman. Mais avoue qu'il y a du mystère là-dedans... Il y a anguille sous roche, avoue.

— Je ne vois aucun poisson, mon garçon. Au contraire.

«Les poissons, ce sont eux...», pense-t-elle.

— En tout cas, maman, s'il t'arrive quelque chose, je ne réponds pas de moi.

— Des menaces?

— Des avertissements. Rien de plus. Je préfère te le dire ouvertement, maintenant! Tu sauras sur quel pied danser.

— Eh! oui, je saurai. Je peux te rassurer, Francis, tout ira bien. Je n'ai plus ces idées folles en tête. J'ai changé, comme tu vois.

Francis hoche la tête. Il n'est pas aussi certain de cette affirmation.

— Je le souhaite, maman. Ardemment. Quand cet heureux événement aura-t-il lieu?

— Je commence lundi prochain.

Marie Prudhomme s'installe aux commandes de ses méninges, le geste nerveux et la bouche généreuse. Les mots naissent, s'agitent et glissent en cascade abondante sur ses lèvres agitées. On dirait une rivière printanière gonflée à bloc cherchant où déverser le trop-plein de son écume. Francis éloigne le récepteur de son oreille un moment, il ne l'écoute plus. Il attend une accalmie pour intervenir.

— Alors, bonne chance. C'est tout ce que je peux ajouter.

— La chance est enfin de mon côté. Tu verras, Francis. Un jour, je te remettrai tout ce que je te dois.

Francis s'impatiente au bout du fil.

— Maman! Tu sais bien que je ne veux pas de ton argent. C'est de toi dont j'ai besoin.

Marie est émue. Son fils a touché sa corde sensible.

— Francis, ta mère sera toujours là pour toi. Tu le sais. Je t'aime, mon grand.

Au tour de Francis de sentir des crépitements dans le creux de son estomac.

— Moi aussi, maman. Moi aussi!

— Bonne nuit, mon grand. Dors bien.

Francis tombe à la renverse sur sa couche. L'effervescence verbale de sa mère et son manque de réalisme lui frappent les tympans. Quand elle retombe dans cette euphorie maladive, il se chagrine. On dirait une alcoolique. Ce mot sonne drôlement à son oreille. Avoir songé à cette idée le bouleverse. Comment peut-on être alcoolique dans les idées? Est-ce possible?

—L'ivresse mentale, mon cher garçon. Oui, l'ivresse mentale.

Francis a déjà entendu parler de cette stupide conception avancée par un médecin chercheur à la télévision et il en a rigolé. Ce docteur affirmait que la pensée pouvait devenir ivre, au point de ne plus savoir comment s'arrêter. Le cerveau multiplie les idées comme un tireur fou engagé dans une ronde effrénée de terreur insensée. La personne devient extrêmement fatiguée et ne peut plus fonctionner. Francis, en colère contre sa mère, se lève pour faire diversion et se verse un jus.

«Elle aime le pétrin. Qu'elle y reste!»

Il choisit un disque classique et ajuste le son. Cette idée lui colle au cerveau.

«Aussi bien apprivoiser le cyclone et y faire face, se dit-il, désolé mais réaliste. Attendons les événements.»

Le jeune homme se laisse emporter par la méditation et des millions de mauvais souvenirs jonchent le sol de ses avenues imaginaires. Les rumeurs internes ne cessent de lui dessiner mille et un fantômes. Les bruits de son passé refont surface et l'étourdissent. Démuni, il monte se coucher.

Ce soir, comment va-t-il trouver le sommeil?

* * * * *

Chapitre 20

William Leider traîne sa vie comme il peut. Depuis que son fils a décidé de fuir, il est accablé. Un combat de titan inégal et injuste se dresse devant lui comme un torrent fougueux impossible à franchir. Sa volonté flanche certains jours.

Éveline a troqué sa vie d'ornithologue pour une autre raison. Les ibis attendront. Lui et sa femme cherchent leur fils depuis des mois, sans succès. A-t-il changé de nom? William le soupçonne. Pourquoi? Cela n'a aucun sens. Les hommes posent parfois des gestes irrationnels irréversibles. Regrette-t-il? Nous l'ignorons. Éveline et lui retournent la question maintes et maintes fois chaque jour, sans jamais y trouver une réponse sensée.

Ils ont appris que plusieurs soldats sont malades depuis leur retour du Viêt-nam. William a interrogé deux officiers qui ont tenu à garder secrète cette partie de la vie de leur fils. L'armée est l'armée. Personne ne peut découvrir ce qu'il n'a pas besoin de savoir.

William en perd la raison. Il songe à acheter ce silence à prix fort. Il a engagé un détective pour évaluer certaines personnes, en vue d'éventuels pourparlers. Éveline sera le maître d'oeuvre en la matière. Ne doit-elle pas commencer quelque part, un jour?

—Ce que nous nous apprêtons à faire est horrible, William. Cherchons un autre moyen. Je n'aime pas ce trafic d'influence.

— Notre fils en est le prix, Éveline. C'est différent. Pouvons-nous le laisser à lui-même lorsque nous nageons dans l'opulence? À quoi serviront nos milliards, Éveline. Le sais-tu?

Milliards! À l'écoute de ces affirmations inimaginables, Éveline écarquille les yeux. Elle a toujours su que William roulait sur l'or, mais elle a passé sous silence cette facette de leur vie si douce et lumineuse. Jamais elle ne s'est imaginé posséder tant d'argent. Sa vie s'est déroulée sur un tapis de facilité qui allait de soi.

«À quoi bon s'interroger et poser des questions inutiles qui ne changeront pas le cours des choses», se disait-elle, confiante.

—En effet. Que ferons-nous de tout cet argent, William?

—Cette situation nous pose une question d'éthique morale, Éveline. Peut-on rester inactifs devant les difficultés de notre fils? Allons-nous nous dorer devant notre porte encore longtemps sans bouger, les deux jambes allongées au soleil? J'en suis incapable. Nous devons prendre tous les moyens pour le retrouver et lui venir en aide. Je sens qu'il a de grandes difficultés. Il ne veut pas nous inquiéter, tu le connais.

Éveline ferme les yeux. Son mari avait mille fois raison. Puis, elle revoit son fils inquiet du regard affectueux qu'ils portaient à sa soeur Yvette. Elle en ressent les arômes et les atmosphères, en hume les odeurs comme si elle les vivait vraiment. Il se chicanait pour attirer l'attention. Une attention inappropriée et mal distribuée, elle se l'avoue. Yvette, si brillante et si studieuse, rivalisait et assurait son pouvoir de domination sur eux, en déployant ses charmes multiples et pleins d'astuces. Régner par l'astuce et la détermination, voilà ce en quoi elle rayonnait. Andy, lui, revendiquait sa place maladroitement. Franc et droit, il subissait une défaite à toute tentative de séduction. Vaincu, il se vengeait et écopait de réprimandes frustrantes et lourdes de conséquences.

À l'adolescence, il devint un garçon rébarbatif à toute forme de soumission. William et Éveline en étaient très inquiets. Il fut placé en institution privée avec un meilleur encadrement, afin de faciliter sa réussite scolaire. Il détesta cet endroit rigoureux, loin de ses parents, et se sentit puni par cette situation, car sa soeur poursuivait ses études près de chez elle.

Il revint quelques années plus tard, mais la blessure au coeur était permanente. L'absence d'affection réelle ou imaginaire avait fait son oeuvre.

Distant et froid, ses parents ne purent percer la carapace dont il s'était enveloppé pour moins souffrir. Lorsqu'il leur apprit son désir de joindre l'armée, leur stupéfaction fut totale. En secret, ils se sentirent soulagés.

De son côté, Yvette volait de ses propres ailes vers une carrière médicale prometteuse.

Éveline Leider revient sur terre. Elle réplique:

—Je vois où tu veux en venir.

—TOUS les moyens. Tu entends?

341

—Je suis d'accord. D'ailleurs, nous ne pourrons plus vivre s'il lui arrivait quelque chose.

—Exactement! Je constate que ma santé ne veut plus suivre comme avant, Éveline. Je dois l'avouer.

—Alors, je serai ta relève William. Sois sans inquiétude. À une condition.

—Laquelle?

—Que tu me montres le chemin s'il est trop abrupt ou rocailleux.

—Ne crains rien, je serai là comme un chien de garde. Es-tu satisfaite?

William se sent soulagé. Il craignait un refus de sa part devant la tâche, même s'il n'avait jamais douté de ses capacités ni de la réussite de son plan.

Émue, Éveline se penche, caresse la joue de son mari et dépose un tendre baiser sur ses cheveux. Son regard, sur le point de se transformer en pluie diluvienne, roule dans l'eau. Comme elle aime profondément cet homme!

* * * * *

Soulagé, Andy serpente sur la route depuis maintenant une heure. Il traverse l'Amérique vers le Michigan. Muskegon lui semble une ville rêvée. Située au nord, sur le bord du lac Michigan, il aura un peu l'impression de revivre les couchers de soleil du Pacifique. Son appartement vidé, il s'en remet à sa bonne étoile. À son départ, pendant un moment, il a balayé la montagne du regard où demeurent ses parents en devinant leurs allées et venues, le coeur serré. Puis, il s'est parlé, pour éviter de transgresser le plan qu'il s'est tracé. Une fois au volant de sa voiture, son départ lui parut plus sensé. Il prenait une certaine forme de réalisme et s'y accrochait avec la force du désespoir. Sa vie dans l'aviation se déroulait à travers le paysage et prenait toute la place. À mesure qu'il réfléchissait, sa décision lui paraissait absurde. Mais il avait appris à vivre avec les décisions prises, sans jamais reculer. Bonne ou mauvaise. Il devait foncer. Telle était la consigne.

Son analyse de sa situation se transformait désormais en une complète liberté de penser dont il jouissait tout à coup.

«Et si je retournais à la maison... Ils me recevraient les bras ouverts, je le sais. Mais il y aura les sous-entendus sournois, les comparaisons avec la divine Yvette... Je suis content de ne pas l'avoir revue, celle-là. Elle est installée à l'hôpital Mont-Sinaï de Chicago, à ce qui paraît. L'idée de lui rendre visite m'est passée par la tête, mais je suis heureux de ne pas l'avoir mise à exécution. À quoi bon! Qu'est-ce qu'on aurait eu à se dire? Elle m'aurait lancé sa réussite en plein visage, je n'en ai pas besoin. Et la lettre... Après ce que je leur ai écrit, mon échec sera un affront encore plus odieux. Je ne dois pas flancher. À aucun moment. Je dois me refaire une vie et ensuite... je verrais.»

Il ouvre la vitre de sa voiture et laisse le vent lui jouer dans les cheveux. Près de lui, la carte routière garde dans ses plis la route à suivre.

«Le Wisconsin, c'est loin.»

Après mûres réflexions, il avait décidé de changer son itinéraire. Le Wisconsin sonnait mieux à son oreille que le Michigan et se trouvait de l'autre côté du lac. Il choisit Oshkosh, une ville dont on oublie le nom facilement, située sur le bord du lac Wanebago.

Andy jette un coup d'oeil sur sa carte et s'assure qu'il suit la bonne route. Satisfait, le jeune soldat en fuite et malade pousse l'accélérateur au maximum.

Au coucher de soleil, dans un motel insignifiant, à l'abri des gens de la terre, il s'étend sur sa couche, fourbu de tant de grandes décisions prises en si peu de jours.

La nuit renferme une multitude de fantômes terrifiants venus lui rendre visite. Au lever du jour, il se réveille exténué. Un violent mal de tête lui fend le crâne. Il pousse ses jambes hors du lit et s'assied. La douleur à son système cervical est si intense qu'il retombe à la renverse. De gros frissons parcourent son corps entier. Il plisse les yeux à cause de la souffrance. Il entend son coeur avoir du mal à avancer.

«Un autre de ces moments terrifiants, se dit-il inquiet. Pourvu que ce ne soit pas trop affreux.»

Il en a l'habitude, depuis le temps. Il en a perdu sa carrière. Certains matins, il ne pouvait se rendre au travail. Il s'époumonait à dire à ses supérieurs que ses absences n'étaient pas choisies de gaieté de coeur ni par mauvais vouloir, mais la haute direction s'entêtait à l'identifier à un pleurnichard, une poule mouillée, se plaignant à tort ou à raison et le plus souvent, sans raison. Il arrivait à plusieurs soldats de se lever complètement sonnés et ils se retrouvaient dans la salle de rassemblement, frais et dispos, sans aucune trace de fatigue antérieure apparente.

— Moi, leur disait-il, ce n'est pas la même chose. Moi, je suis allé au Viêt-nam.

— En quoi ton service au Viêt-nam peut-il avoir changé ta vie, capitaine Leider?

— J'ai été exposé à des produits toxiques, mon commandant.

Le supérieur parut agacé par cette affirmation.

— Tous les soldats sont sujets à de telles situations. Vous ne faites pas exception. Personne ne s'est plaint comme vous le faites. Oser insinuer que l'on vous a rendu malade tient de l'absurdité. Tenez-vous-le pour dit, capitaine Leider. Ne colportez plus de telles sottises, sans fondements. Vous avez compris? L'Armée américaine est la meilleure au monde! Le saviez-vous?

— Oui, mon commandant.

— Bien. Soyez au poste demain matin.

— Oui, commandant.

— Rejoignez votre escadron. Vous pouvez disposer.

— Merci, mon commandant.

Le pilote Leider disparu, le commandant demeurait perplexe, il se penchait sur un rapport fonctionnel de l'infirmerie. À travers les lignes, il découvrait des choses étranges. Il se levait et arpentait les sinueux couloirs de sa pensée.

«Si ce soldat disait la vérité. Plusieurs tombent malade depuis quelques mois. L'infirmerie manque de lits. Tous éprouvent de curieux malaises. D'autres ont d'étranges comportements. Ils deviennent agressifs, sans raisons, ou doux comme des agneaux, sans motifs, incapables d'exprimer la plus infime parcelle de défense corporelle. Ils plongent dans un autre monde, inconnu des humains. Certains éprouvent de violents maux de tête, leurs compagnons sont pris de tremblements convulsifs sous la moindre impulsion émotive. Des soldats héroïques et valeureux se transforment en de vulgaires femmelettes, prêts à ramper à la plus petite remontrance ou élévation de la voix de leur supérieur. On en voit pleurer pour des peccadilles, rire devant le décès d'un collègue, rougir devant une fillette, etc, etc.»

— Ce rapport est troublant, constate-t-il. Que dois-je faire?

Entre-temps, Andy continuait sa vie péniblement dans son bataillon. Des clichés de son passé apparaissaient de façon intermittente et blanchissaient ses nuits. Quand allait-il pouvoir se libérer de ces fantômes ahurissants? Il se levait et retombait aussitôt sur ses draps, tout tournait autour de lui.

— Bon, ça y est! Une autre journée de gâchée.

Lorsque son système de pensée déraille, c'est peine perdue. Il doit s'allonger et attendre que l'ouragan se disperse. Chaque fois est différente. Souvent, de grandes frayeurs subites l'habitent. Pourtant, il n'est pas une poule mouillée: des actes de bravoure jalonnent son parcours dans le monde de l'aviation. Certains jours, il est si mal dans sa peau qu'il voudrait en finir. Son muscle cardiaque s'emballe et ses hémisphères cervicaux prennent la poudre d'escampette quelque part dans le monde sidéral. Il croit devenir fou. D'autres crises l'amènent dans des peurs incontrôlables où le moindre moustique, le plus léger mouvement environnant prend des dimensions gigantesques. Il déraisonne. Le bruit, les sons lui deviennent insupportables. Parfois, les couleurs bougent et se déplacent, alors il croit passer dans un autre monde, inconnu et terrifiant. À certains moments, il tremble, sans en connaître la raison, ou est pris de panique, sans pouvoir l'expliquer. Son corps semble se dérégler de l'intérieur. Pourtant, aucun médecin n'a décelé la moindre déficience chez lui. Dans ces moments, personne n'arrive à l'atteindre ou c'est le contraire, il parle et se parle, sans arrêt, créant une sorte de raillerie contagieuse. On s'amusait à ses dépens.

Mais il savait qu'en lui, tout n'était pas perdu. Il savait qu'il souffrait d'un mal mystérieux. Il entendait des quolibets à ce sujet.

— Ils deviennent fous ces soldats!

— Des sautés du chapeau!

— Des mauviettes!

— Qu'est-ce qu'on attend pour s'en débarrasser?

Andy lisait dans le regard de ceux qui lui ressemblaient une même interrogation, une douleur identique, une souffrance mutuelle, une inquiétude constante. Ce mouvement de sympathie tangible lui redonnait espoir.

Un jour, quelqu'un les prendra au sérieux. Un jour, un bon samaritain saura lire en eux. Un jour, on leur viendra en aide. Il l'espérait ardemment.

En attendant, dans sa chambre de motel en route pour le Wisconsin, il ferme les yeux et souhaite piéger le sommeil.

Quatre jours plus tard, il s'installe frais et dispos au volant de son auto comme s'il revenait d'une expédition à haut risque, le succès en poche et la tête droite.

Andy ouvre la radio et syntonise une musique country, la seule qui existe dans ce coin de planète. Il fredonne l'air connu et tapote son volant. Une sensation de bonheur le nourrit, il sourit. Dehors, le paysage bucolique s'étire à l'infini à l'orée du bleuté céleste. Il respire profondément l'air frais de l'extérieur, en se demandant si cette sensation de bien-être l'accompagnera longtemps. Andy écoute son corps lui expliquer ses sensations, il rote.

«Pourvu que ça dure.»

Andy a appris à vivre chaque instant présent. Le reste importe peu. D'ailleurs, comment pourrait-il dominer sa vie? Il est à la merci de ses caprices les plus horribles comme les plus fantaisistes.

Des voyageurs le dépassent bruyamment, en faisant crier leur klaxon comme des machos.

«Les niaiseux! S'ils savaient après quoi ils courent. La vie doit être savourée, non consommée. Quel jour sommes-nous aujourd'hui?»

Il cherche la réponse au centre de sa montre encerclant son poignet. Jeudi.

«La semaine est passée et je n'ai pas encore fait le quart du chemin. Ah! Tant pis! Une journée de plus ou de moins. Personne ne m'attend là-bas.»

Les jours suivants, il évite tout stress et s'efforce de rouler en douceur. Il réalise que cette idée l'aide. Aurait-il trouvé la solution à ses problèmes?

Incognito, Andy savoure cette grande liberté euphorique procurée par cette évasion solitaire.

«Pourvu que personne n'ait l'idée de se mettre à ma recherche», pense-t-il, songeur.

Est-ce l'intuition? Une certaine prémonition? La sirène se fait entendre derrière lui et l'invite à se ranger sur le côté de la route.

— Ah! Non!

Andy retrace dans sa tête l'endroit où sont tous ses papiers, soulagé. Rien ne cloche.

Le policier l'interroge un peu trop à son goût. Il répond doucement avec la confiance tranquille de celui qui n'a rien à se reprocher.

— Puis-je savoir pourquoi vous m'avez intercepté?

— Nous cherchons un homme qui vous ressemble. Mais n'ayez crainte, ce n'est pas vous. Je vous souligne que votre phare arrière gauche est défectueux.

— Bien monsieur, je l'ignorais.

L'officier de police reparti, Andy respire, soulagé. Il se frotte le front, un malaise se dessine sous son toupet. Il se hâte de trouver un endroit pour dormir. Le bonheur avait perdu toute saveur.

«Mieux vaut de petits bonheurs que rien du tout», soumet son crâne fatigué.

Il s'allonge sur sa nouvelle couche en attendant que la tornade s'approche.

Combien de temps prendra-t-elle? Et combien de jours durera-t-elle? Nul ne saurait l'affirmer.

Andy Leider entre dans sa prochaine bataille, il est trois heures de l'après-midi.

* * * * *

Éveline Leider raccroche le téléphone, lasse. Yvette l'a encouragée de son mieux, même si elle doute du succès de sa mère.

Les jours ont passé, les semaines se sont écoulées, les mois se sont accumulés, sans avoir pu retracer le moindre indice de l'existence de son fils quelque part au Michigan. Elle et son mari ont vainement remué mer et monde.

Un couple usé par l'inquiétude se regarde et n'ose avouer son échec malgré l'argent dépensé.

— Tout ne s'achète pas, Éveline. Je dois l'admettre.

—William, Saint-Antoine, le patron des causes désespérées, n'a pas dit son dernier mot. Je m'y accroche.

— Inutilement, Éveline. C'est une dépense d'énergie à récupérer je ne sais comment.

— William, un jour nous le trouverons.

— Nous devrions plutôt accepter l'idée...

— ... qu'il est mort? Jamais! Il faudra bien retrouver son corps, si tel est le cas.

— Tu commences à penser sensément, Éveline. La mort est peut-être la seule issue plausible qu'il ait trouvée. Voilà pourquoi il reste introuvable.

— Je me refuse à y songer sérieusement. Pas encore.

— Le savoir à l'abri des difficultés serait, il me semble, soulageant quelque part.

— Non et non! Il est encore vivant, tant que quelqu'un ne frappera pas à notre porte pour le certifier.

Éveline fait ses valises.

— Demain, je vais au Michigan et ensuite j'irai voir le président à Washington si nécessaire.

William esquisse un sourire. Elle a fait du chemin son Éveline depuis la recherche de cet enfant.

«C'est étonnant comme un but transforme les êtres humains, à leur insu», constate William, heureux. La détérioration de sa propre maladie sera moins pénible à accepter.

Le vieil homme surveille sa femme butiner autour de lui en marmonnant des mots, des phrases inintelligibles lancées par morceaux, sans cohérence. Ce qu'elle fait souvent.

— Tu parles toute seule, Éveline.

— Je parle, moi?

— Tu ne t'en aperçois plus à présent? C'est grave.

Éveline passe près de son mari et lui pince la joue.

— Très grave, William! Lorsque je serai complètement dingue, tu sais ce que tu devras faire...

— Tu parles sans rien dire.

— Ah! Voilà. C'est peut-être le commencement?

— ... ou la fin?

William laisse éclater un rire sonore. Comme il fait bon se rappeler que cette expression de joie existe!

L'interphone rompt cette conversation affective. Une voix de jeune femme s'élève.

— Madame Leider, je suis très désolée, mais je ne pourrai pas accompagner votre mari pendant votre absence.

Éveline manifeste de la déception. Sa meilleure employée lui fausse compagnie.

— Pourquoi, Chrystal?

— J'ai reçu un appel téléphonique de ma mère, mon père est gravement malade et je dois me rendre en Oregon à son chevet. Il est très âgé et je crains le pire. Je ne veux pas garder comme souvenir mon absence auprès d'eux dans de telles circonstances.

— Je vois. Pars tout de suite, je m'arrangerai.

L'interphone refermé, Éveline pose un regard inquiet sur son mari.

— Qu'est-ce qui se passe, Éveline?

— Chrystal ne pourra rester avec toi en mon absence.

— Je suis capable de m'occuper de moi tout seul, Éveline. Tu t'obstines à penser le contraire. Tu vois, je monte et descends l'escalier à l'aide de l'ascenseur que j'ai fait installer le mois dernier. Il n'y a aucun problème.

— Tu oublies ta pression artérielle à surveiller, ton coeur à ausculter chaque matin, les rhumatismes à dorloter...

— Dis donc que je suis un impotent!

William feint d'être offusqué. Éveline sourit.

— Oui! Un très joli impotent soucieux de sa personne et qui ferait se tourner les têtes de plusieurs femmes du quartier.

William se rapproche et lui serre la taille.

— T'es fine, Éveline. Que t'es donc fine! Allez, embrasse-moi, avant que les autres le fassent.

— Bon. Tout est prêt. Descendons manger.

Le vieux couple hume l'odeur des délicieuses rôties de Lumina et succombe, main dans la main. Des traces de soucis collent au visage d'Éveline et saupoudrent l'atmosphère. Elle ne partira pas sans avoir trouvé quelqu'un de fiable pour prendre soin de son mari, car la chaise roulante a repris du boulot maintenant. À regret, William s'est résigné.

Le lendemain, elle cherche dans son répertoire la personne susceptible de la rassurer. Aucune infirmière ne semble disponible ou prête à lui venir en aide dans un si court laps de temps. La matinée s'envole, sans résultat. Éveline repousse une idée qui se tient en gendarme aux portes de ses méninges. En fin d'après-midi, elle revient à la charge.

— William, j'ai décidé d'appeler Marie Desrochers.

Le pauvre homme agrandit les yeux de surprise.

— Notre ancienne garde-malade? Tu n'y songes pas sérieusement?

— Je suis absolument certaine qu'elle acceptera. C'est la plus compétente que je connaisse.

— Je crois que tu te trompes, Éveline. Je ne suis pas de ton avis.

— Nous n'en savons rien, nous ne lui avons jamais adressé la parole.

— Exact. Avoir vécu si longtemps comme si elle n'avait jamais existé nous place dans une situation étrange, Éveline. Je me mets dans sa situation et j'enverrais promener ces ingrats.

William navigue sur la mer de ses inquiétudes personnelles et camoufle le trouble qui se glisse dans les replis de son corps. Le souvenir de ce tendre moment ensemble, lors de l'accident de son fils il y a une trentaine d'années, flotte dans son âme comme un mirage souvent revigoré. Il ne veut plus s'égratigner le coeur inutilement.

Éveline revient à la charge, sans se préoccuper des états d'âme insoupçonnés de son mari.

— William, Lumina m'a dit qu'elle demeure maintenant dans le *Domaine* et qu'elle travaille dans un foyer pour personnes âgées.

William s'énerve. Il pousse les roues de son fauteuil roulant et se promène dans les pièces en des mouvements de va-et-vient saccadés, en proie à une agitation démesurée, à travers une colère terrible. Éveline, surprise, se retient d'attiser le feu; elle ne l'a jamais vu dans cet état.

— Éveline! Je suis capable de rester seul avec Lumina et je ne suis pas vieux!

— Alors, je resterai ici, avec toi!

William s'étouffe et cherche son souffle.

— Éveline, sois raisonnable. Nous en avons décidé autrement, tu le sais. Tu dois aller au Michigan.

William plisse les yeux, se frotte l'estomac et blêmit. Éveline demande une ambulance.

Les moments s'écoulent trop lentement, elle tapote le couvercle refermé du piano, surveillant à tout instant l'entrée de leur demeure, le coeur accroché au paroxysme de l'inquiétude.

Le soir, seule dans ses appartements, elle revit la terrible journée. Une interrogation lui colle à la peau.

«Qu'est-ce qui a poussé William à une telle colère? A-t-il peur de cette femme à ce point? Pourquoi?»

Éveline analyse ce comportement et griffonne des réponses. Sa santé chancelante le blesse. Son orgueil crie au secours. Il nie sa condition. Il refuse de se montrer vulnérable devant cette femme. Pourtant, elle n'est qu'une infirmière parmi tant d'autres. Sous le perron dort quelle couleuvre?

«Suis-je sur le point d'entrer dans son jeu? Je me laisse dominer selon le caprice de son caractère, je le sais.»

Elle secoue ses épaules, sa décision est prise. Elle appellera Marie Desrochers, dès qu'il sera rétabli.

William est hospitalisé trois jours. Convalescent depuis deux semaines, ses couloirs cérébraux ont mijoté de multiples options à la suite de leur récente discussion. Un soir, vaincu, il cède.

— Éveline, j'ai changé d'idée. Je crois que Marie fera l'affaire et tu pourras partir quand tu le voudras.

Éveline lui sourit, émue. Elle s'approche, se baisse au niveau de son visage et dépose ses mains sur les cuisses de son homme. Sous sa peau satinée et amincie, elle devine les veines recouvertes de rides. Oui, il se fait vieux. De plus en plus vieux. Même s'il le nie.

— C'est la seule solution possible, William. Je ne partirai jamais, si je suis inquiète pour toi. Tu le sais. Tu es tout pour moi et le plus important qui soit.

William ferme les yeux et savoure les tendres aveux de sa femme en parfumant son coeur d'un baume aux mille senteurs.

Éveline lui confie ses pensées longtemps macérées.

— Avec elle à tes côtés, je ne suis nullement inquiète. Elle sera contente de te revoir, je le devine.

«Tu n'as jamais dit si vrai, Éveline, songe William effondré. Que ferais-tu si tu apprenais que je lui paye son loyer depuis un an? Un geste inadmissible de ma part et que je regrette. Il nous arrive d'outrepasser la raison et de nous laisser gagner par le rêve insensé, Éveline. As-tu déjà expérimenté cette situation?»

Pendant qu'il livre un combat dans les avenues de sa mémoire, la voix de sa femme le replace chez lui. Il voit Éveline se diriger vers le téléphone.

— Je l'appelle tout de suite.

Il quitte le vivoir, incapable de soutenir davantage cette conversation.

L'avenir parsème des nuages incertains sur leur quotidien chargé d'incertitudes.

Chapitre 21

Depuis le coup de téléphone d'Éveline, Marie rumine sa décision précipitée. La réplique de Francis lui a coupé l'enthousiasme. Si elle se trompait... Si elle se jetait dans la gueule du loup... Si elle faisait fausse route... Sa décision précipitée l'a surprise. Seule dans son appartement, elle médite sur son comportement. Un mélange de joies et d'inquiétudes chevauche sa route mentale.

«J'ai rêvé de ce moment pendant tant d'années! J'ai souhaité le revoir, tant de fois. J'ai ressassé mes souvenirs au point d'en effacer les formes, d'en atténuer les couleurs et les odeurs. La vie les a estompés, laissant traîner des parcelles de-ci de-là sur mes jours. Je les croyais à jamais remisés dans les tiroirs de l'oubli. Je m'en sentais guérie. Ce rappel a tout remis en question. Que vais-je faire? Comment réagirai-je? Je l'ignore. J'ai hâte autant que j'ai peur. Ma curiosité sera satisfaite. Enfin, je verrai de mes yeux la couleur de leur "bonheur". Enfin, je saurai si l'argent le facilite. Enfin je la verrai, elle! Et lui... Aura-t-il changé? Forcément. Quel âge a-t-il maintenant? Ouf! C'est un vieillard...»

Quinze jours plus tard, Marie prend l'autobus comme autrefois, le coeur emmêlé dans ses sentiments, la tête confuse, cherchant à se fabriquer un personnage, un masque de femme honorable, de dame accomplie. Tant de misères inutiles, puisque William sait tout d'elle. Il rira bien en la voyant lui faire du théâtre amateur. Cela lui fera une diversion salutaire.

Le décor se déroule sous ses yeux à la mesure de ses souvenances. Elle le constate, étonnée.

«Peu de choses ont changé ici. C'est étrange, se dit-elle. Les riches méconnaissent le plaisir du renouveau. Ils sont trop occupés à agrandir leur montagne.»

Sunset Boulevard. Aberdeen Drive.

Son estomac retient les battements de son coeur surexcité. Elle se sent une jeune fille à la rencontre de son premier amour. Se raconte-t-elle des sornettes? Elle s'en fout. Cette douce sensation nouvelle la propulse au faîte de l'espoir. Si elle ne se retenait pas, elle danserait comme une pucelle à son premier baiser. Ivre d'émotion, Marie longe la place et arpente la longue allée la conduisant à cette belle demeure intouchable, puisqu'elle ne lui appartient pas. Une autre femme la lui a volée.

Son plat d'aigreur se renverse et la déçoit. Ce matin, elle aurait voulu être cette jeune fille pure et innocente, soustraite à toutes les mauvaises expériences de la vie. Elle voudrait retrouver cette joie puérile de sa prime jeunesse. Mais elle ne le peut pas.

La demeure grossit et devient immense. Un homme travaille au jardin l'accueillant de ses mille senteurs. En l'apercevant, il s'arrête et l'examine, tout en reprenant son souffle.

La porte imposante a refait peau neuve. Une porte blanche, unique, ciselée comme des armoiries la dévisage. Elle orne la façade de briques vieillies comme elle. L'allée centrale a perdu ses haies. Des arbres ont agrandi leur parasol. De multiples fleurs embaument le magnifique jardin et ornent toujours le côté gauche de la demeure. De splendides résidences neuves se sont construites en face. La vie a continué sa marche.

Marie respire profondément. Elle sonne. Des pas dans l'entrée se font entendre et embrouillent la musique tamisée au fond de la fenêtre ouverte adoucissant son attente.

«Le piano... Ont-ils encore le piano?»

— Garde Desrochers! Entrez, lui indique chaleureusement Lumina en lui tapotant le dos. Vous êtes venue! Je suis contente. Madame Leider vous attend dans le petit vivoir, le premier des trois salons.

Le coeur de Marie ne cesse de gigoter. Ses yeux ne sont pas assez grands pour tout voir, tout emmagasiner. Tout est changé. Transformé. Le bon goût sue de partout.

Dans le vivoir, Éveline ouvre la fenêtre, elle étouffe. Son coeur frétille à qui mieux mieux.

«Comment la recevoir? Que lui dire? Par où commencer?»

Jamais elle ne s'est sentie aussi inconfortable et dans une telle situation.

«Heureusement que William dort», se dit-elle soulagée.

Puis Marie apparaît. Belle dans son âge mûr, le corps incrusté de misères secrètes, la démarche intimidée, les tempes grises, elle s'approche. Éveline s'élance vers elle et l'enlace.

— Marie. Chère Marie, s'écrie Éveline au bord des larmes.

— Éveline. Tu n'as pas changé.

À la vue de Marie, son ancienne compagne de route, son esprit est confronté à une incroyable coïncidence. Elle ressemble à Yvette, sa fille!

Éveline maîtrise ses perceptions, tait cette intuition et se calme.

«Si je me trompais.»

Marie Desrochers ouvre son sac et lui présente un objet.

— Qu'est-ce que c'est?

Estomaquée, Éveline déplie le linge doucement et reconnaît l'objet.

— Ton mouchoir de tête. Tu l'avais oublié.

— Mon mouchoir de tête! Et tu l'as...

— ... gardé. Oui.

— Pendant toutes ces années!

— Pendant tout ce temps-là. Trente années. Je savais qu'un jour, je reviendrais.

Éveline, émue et frémissante, ne cesse de tourner et retourner le carré de soie, effondrée par les émotions. Tout un pan de sa vie se recoud, dans sa tête elle renoue le fil, là où elle l'avait échappé. Des images, en attente à sa porte, arrivent à profusion. Elle lève le regard vers Marie. Il y a si longtemps, leur aventure semait de la magie partout.

— Tu m'as manqué, Marie.

Éveline sent monter la tristesse en elle par cette si longue absence, la douleur de cette perte brutale, la brisure subite de cette grande amitié. Malgré sa vie d'opulence, un vide s'était creusé en elle. Elle le ressent. On ne peut enterrer ses racines. Tôt ou tard, elles repoussent.

Marie, secouée par la réaction inattendue de son amie, ne sait comment réagir. La sincérité visible dans le regard d'Éveline lui tord les entrailles. Se peut-il qu'elle se soit ennuyée d'elle à ce point? La réponse la momifie un instant. Peut-on être riche et ne pas oublier le passé?

— *Oui*, répond sa petite voix. *As-tu oublié, toi*?

Les deux femmes ne peuvent retenir le flot de larmes si longtemps compressé en elles. Les minutes s'écoulent et la vie s'est arrêtée sur un grand moment de leur existence. Muettes, elles déversent le surplus d'émotion et reniflent en se passant un mouchoir neuf au besoin.

La rivière tarie, les deux infirmières reprennent la route de leurs souvenirs, là où elle s'était arrêtée. Le courant verbal s'infiltre, peu à peu, par bribes décousues et malhabiles, puis plus sûrement. Une page est tournée, une nouvelle est née, immaculée. Qu'écriront-elles sur ses lignes imaginaires? La vie seule se charge de les guider ou peut le prédire.

Les deux femmes devenues volubiles se racontent en oubliant le temps passé. Dans sa chambre, William attend sa femme pour se lever du lit. Il tousse.

— Oh! Marie! Il est trois heures, constate Éveline en interrogeant sa montre. William est réveillé. Viens, nous allons lui faire la surprise.

L'heure a sonné. Enfin, les retrouvailles entre elle et cet homme tant aimé se feront dans d'étranges circonstances: celles de la nécessité. Marie n'a pas le temps de penser, elle doit suivre Éveline, déjà envolée dans l'escalier demi-circulaire. Marie se sent comme une guenille.

—Ce n'est pas le moment de faire une folle de toi, Marie. Maîtrise-toi et respire profondément. Puis... tais-toi, si tu te sens trop bouleversée. Le temps est ton meilleur ami, tu le sais.

— Oui, je le sais, murmure-t-elle en suivant la "grande" dame du domaine et en diminuant la vitesse de son pas.

Éveline disparue dans sa chambre, Marie ralentit encore et se parle. Un moment spécial de sa vie se joue, elle doit le réussir.

«Me dominer. Me composer un visage? Lequel? D'indifférence ou de joie?»

De surprise!

Marie s'arrête dans l'encadrement de la porte, éberluée. Cette chambre conjugale regorge de tendresse et d'affection, les murs en sont incrustés. Les gestes d'Éveline, d'une délicatesse infinie envers son mari, témoignent d'un long processus d'accomplissement, ils ne mentent pas.

La douceur des lignes, l'harmonie des tons accentuée par la luminosité du soleil entrant la bouche pleine par la grande fenêtre habillée de dentelle écrue, créent le ravissement. Marie se croirait entrée dans une tableau de Monet. Elle a l'impression de franchir un sanctuaire.

Marie, toujours immobile, est éclaboussée par un tel bonheur. Son être en est secoué. Ses émotions refoulées s'insurgent, elles demandent à s'exprimer. Longtemps après cet instant de grâce, Marie en goûte le parfum, en palpe le ravissement.

Désolée, elle constate l'impensable. C'est donc vrai ce qui se passe entre eux. William est heureux avec elle. Le réaliser remue son ambition démesurée. Son âme, maculée par les éclaboussures infectes et malsaines de son imaginaire, se ternit. La lumière s'éteint. D'épais nuages de méchanceté la recouvrent.

Marie l'exécrable se lève. La bataille endormie à sa porte se prépare, l'attaque se calcule, ses soldats imaginaires se déploient. Tout n'a pas été dit, des gestes en suspens prêts à être posés se dessinent à l'horizon de son amertume.

Éveline pénètre dans la chambre la première et trouve William étendu sur le côté, les pensées envolées par la fenêtre. Du revers de sa main droite, elle peigne délicatement sa chevelure neigeuse de ses doigts et replace son toupet rebelle, elle effleure du bout de ses doigts sensuels le visage de son mari emporté par le doux instant. Puis elle caresse du revers de sa main sa joue chaude de lumière. Éveline, penchée vers son homme, tapote son épaule en souriant.

Un oeil d'un bleu intense s'ouvre, laissant fleurir sa joie. Ce moment de la journée jette un baume sur sa santé chancelante et nourrit son coeur fatigué. Il attend cet instant comme on s'accroche à un médicament essentiel à la survie.

— Ça va, William? Tu t'es bien reposé?

Marie, submergée par la force affective compressée dans cette chambre, se cache la bouche de ses mains et attend qu'il se passe quelque chose. Le spectacle d'une rare beauté se continue. Les gestes simples lourds de confidences lui nouent la gorge.

William se tait.

Éveline ramasse les bas de son mari et les retourne à l'endroit, en vue de les lui mettre. Tout dans la simplicité des gestes est magnificence, splendeur.

— Tu as l'air mystérieux cet après-midi, Éveline. Tu as des nouvelles? De bonnes nouvelles? On dirait que tu as pleuré.

— J'ai de la grande visite à te présenter.

Sans attendre davantage, Éveline invite la "célèbre" visiteuse à s'approcher.

— Bonjour Monsieur Leider. Comment allez-vous?

William se tourne brusquement au son de la voix nasillarde, scrute la femme et continue la poursuite de ses pensées. Un instant lui a suffi pour la juger. Le regrettera-t-il plus tard? Sans la saluer, il se renfrogne sur lui-même comme un gros chien à qui on vient d'asséner un violent coup de poing. Il tire sa légère couverture sur ses épaules et tourne le dos à son ancienne employée.

— William! Tu reconnais garde Marie Desrochers?

Le vieil homme jette un regard furtif à sa femme, visiblement déçue d'un tel accueil.

Marie, contrariée, se forge une contenance.

— Monsieur Leider, je suis contente de vous revoir. Je vous laisse vous reposer.

La visiteuse descend au rez-de-chaussée, outrée. Elle avait tant fait de rêves sur cette rencontre et elle tournait au vinaigre, sans raison. Son imagination file à vive allure dans les catacombes de ses réminiscences. Furieuse d'une telle insolence de la part de cet homme impoli, elle hait cette situation inconfortable et exprime sa colère.

«William Leider, tu me le payeras! Si tu penses me faire peur avec tes simagrées, tu te trompes. À nous deux, maintenant. Tu as disposé de ma vie selon ton bon vouloir ou tes caprices; aujourd'hui la vapeur est renversée. Je suis le maître à bord et tu n'y peux rien. J'ai une arme absolue: la jeunesse et tu le sais. Peut-être as-tu senti cette force en moi? Peut-être as-tu deviné la trempe de mon caractère, la fougue de mon tempérament? Tu as eu raison de le croire. En ce sens, tu as fait un bon choix. Éveline est la docilité, la douceur même. Ses larmes versées en me voyant sont-elles de regret ou de joie? Cachent-elles des chagrins ourdis par l'opulence, terrés par le pouvoir ou endormis par la crainte de te perdre? Je l'ignore. Mais je vais m'arranger pour le découvrir.»

Marie, seule dans le vivoir, se gave de ravissement. Tant de goût chez Éveline l'éblouit. Elle ne lui connaissait pas ce talent. Vue de près, la richesse amplifie sa frustration, ravive son envie.

«Dire que j'aurais pu... Qu'Hervé...»

Les murs du vivoir garnis de livres témoignent d'une grande culture. Elle avait omis ce détail. Elle caresse un des rayons, pensive. Un vase de Chine capte son attention. Elle s'en approche et le caresse. Les sinuosités de la poterie aiguisent sa convoitise exacerbée, au point de dominer sa raison, endormir sa conscience.

«Le voler.

Ou bien le briser.

L'échapper.

Fini, éclaté en mille miettes!»

Le moment est mal choisi, ma vieille!

Docile à son écho intérieur, elle replace le précieux vase. Marie refait la tournée du propriétaire où revit une profusion de ses souvenirs enfouis en elle.

Le piano attend encore dans le hall d'entrée de répandre ses mélodies. Au pied de l'escalier, un buste de Beethoven s'impose aux visiteurs. Elle l'effleure du doigt. La sensation de froideur, de force et de grandeur la nourrit un moment.

«Un tel chef-d'oeuvre créé de la main de l'homme est-il possible?» se demande-t-elle.

... puisque tu le tâtes.

Des marbres et des bronzes s'échelonnent dans le sentier de son regard. Des plantes exotiques sèment leurs parfums, d'autres ajoutent une touche de couleur aux pièces dont elle avait oublié l'existence. De l'argenterie d'époque, des tables d'ébène, des porcelaines uniques nourrissent sa volupté.

«Comme c'est beau! Et pourtant...»

Un je-ne-sais-quoi de simplicité et de candeur recouvre l'ambiance chaleureuse, elle s'y attarde un moment. Incapable d'en trouver la provenance, elle se laisse enivrer à son insu.

«La signature d'Éveline... Nous avons le don de nous compliquer la vie, nous les humains», soupire-t-elle en attendant son amie.

Éveline réapparaît, gênée par l'indifférence de son mari.

— Tu as vu. Il n'est plus celui qu'il était encore il y a deux mois. Il en perd énormément.

— Et... il ne l'accepte pas.

— Tu as deviné juste.

— Sois sans crainte, Éveline, je connais ce genre de situation. Après quelques jours, tout rentrera dans l'ordre.

— Je le crois sincèrement, Marie.

Une voix fait sursauter la visiteuse.

— Madame Marie, vous désirez un breuvage?

— Merci Lumina.

La gouvernante empressée retourne à sa cuisine, tout sourire déployé. Elle promet de lui dévoiler une foule de confidences lorsqu'elles seront enfin seules. La voix de sa patronne s'élève et étouffe le bruit de ses pas.

— Viens, Marie, je te montre la chambre que tu occuperas lorsque je m'absenterai.

* * * * *

Le soir de cette journée mémorable, Marie se couche, épuisée. Incertaine de sa décision, elle griffonne des idées sur son ardoise cervicale pour se donner bonne conscience. Son fils se tient aux portes de son inconscient et l'observe ironique.

«Tu vois, maman! Tu es tombée dans le puits. Tes décisions irréfléchies te perdront, encore une fois. Tu as imaginé un château en Espagne sur la montagne et tu as trouvé une famille bien réelle avec ses préoccupations de notre époque.»

Marie grimace, agrandit l'espace d'air entrant à sa fenêtre et rentre son squelette entre les draps soyeux et légers. En retard, le sommeil se fait désirer.

«Comment vais-je régler ce problème? Je n'en ai aucune idée.»

Des idées, c'est ce qu'elle a emmagasinées pendant toute sa vie. Elle griffonne des façons d'amadouer cet homme, invente des stratagèmes, époussette ses anciens bons coups.

«Lorsque je serai seule avec lui, ce sera différent. Je le mettrai au défi. Il devra mettre ses cartes sur table. Se montrer tel qu'il est. Je verrai enfin la couleur de ses yeux. J'oserai les regarder le temps qu'il me plaira... avec ou sans son consentement. Je jouis déjà de lui voir la binette. Tu n'as pas fini, mon homme! M. Leider! Tout le monde te vénère gros comme le bras. Ce sera différent avec moi. Cet après-midi, tu m'as accueillie comme si j'étais de la rouille, pourtant j'ai valu de l'or un certain jour dans un hôpital, lorsque tu t'es penché sur mon ventre pour te faire consoler. Ce moment, jamais je ne l'ai oublié. Il est peut-être le seul d'une complète authenticité de ta part, M. Leider. Je veux que tu le saches.»

Marie repasse ses nouveaux trucs, ravive ses astuces réussies du foyer où elle a travaillé et... s'endort.

Les jours suivants, Marie se familiarise avec son ancien emploi. Les deux femmes reprennent le temps perdu. Marie n'a pas encore franchi le seuil de la chambre de William, elle s'en inquiète.

— Quand je serai partie, tu feras ceci ou cela, lui ordonne Éveline. Je ne permets à personne de s'occuper de mon mari en ma présence. Ce serait inconcevable à mes yeux.

«Mon mari par-ci, mon mari par-là», Marie en est vexée, mais elle évite de le laisser paraître. Elle se contente de tout accepter, sans dire un mot.

— Toi, Marie. Que deviens-tu? Et la mort d'Hervé? Parle-m'en.

«Renouer notre amitié avant de partir est important», songe Éveline, pensive.

* * * * *

Éveline est partie depuis le matin. Marie sourit de satisfaction. Elle ne cesse de penser à l'homme confiné dans sa chambre et qui l'attend, pense-t-elle. L'ambiance chatoyante de cette chambre où sommeille celui qu'elle a aimé s'agglutine à sa mémoire, contre son gré; elle doit être époussetée. Cette pièce a besoin de changement, elle y veillera avec un soin jaloux.

À l'heure convenue, Marie monte à l'étage supérieur, avec le coeur palpitant d'une jeune fille à son rendez-vous amoureux.

La chambre où l'on pénètre à pas lents comme dans une église laisse éclater ses coloris sous un soleil généreux.

— Bonjour, Monsieur Leider, vous allez bien? demande Marie un verre d'eau en main.

William est forcé d'être poli et il est surtout empressé de régler une situation ambiguë. Il remarque le léger tremblement de la voix de sa garde-malade que le monde entier appelle maintenant: *infirmière.*

— Bonjour Marie, rétorque-t-il en plongeant son regard dans celui de la femme en question.

Il peut se permettre d'être lui-même, étant seul, malgré que la présence d'Éveline ne changerait rien à la situation.

Marie tourne dans la pièce, ses gestes brusques dénotent une certaine nervosité. Elle trouve les bas de William, les prépare, se penche, frictionne nerveusement les pieds de son patron, crée de la raideur dans ses jambes, et une grimace dans ses rides. La proximité de son infirmière lui donne l'opportunité de l'étudier. William l'examine à souhait, surtout la gestuelle de son corps. Il songe à sa générosité envers elle l'an passé. Il la voit dans ce bel appartement gratuit et se demande s'il a pris une bonne décision. La rudesse de ses frictions le ramène à la réalité.

Marie cherche à reproduire la sensualité découverte dans les mains d'Éveline et n'y arrive pas. Plus elle frotte, moins il apprécie.

— C'est assez! ordonne-t-il, exaspéré. Je n'ai pas besoin de ces frictions insignifiantes.

«Cette femme n'a d'aimable que son souvenir! hurle-t-il en lui-même. Comment ai-je pu me laisser dériver sur ces vagues imaginaires à ce point inutiles?»

Heureux de cette découverte, il respire profondément.

«Le rêve ne connaît pas le rationnel ni la réalité, nous devrions toujours l'accueillir avec un grain de sel», réalise-t-il, soulagé.

Marie, offensée, se relève, lui met ses pantoufles et disparaît.

— C'est raté! rage-t-elle.

«Mais je me reprendrai. Je dois savoir, tout savoir. Le moment est idéal. Tu vas cracher, mon homme! Tu vas tout dire. De gré ou de force! Je dois changer mon fusil d'épaule. Trouver une autre avenue est urgent.»

—*Dire quoi, Marie?*

L'infirmière piétine la voix exécrable en elle et continue sa réflexion. Les jours s'égrèneront en lui apportant les solutions, elle en a la certitude.

William Leider, discret, taciturne, reste poli et sourit lors de certaines drôleries de la part de Marie l'espiègle. Il ne la connaissait pas sous ce jour. Tranquillement, il se laisse apprivoiser. Il apprend à maîtriser les soubresauts de son coeur et se fait violence.

«Ne jamais perdre le nord est crucial», se répète-t-il constamment.

Parfois, il saisit le langage des yeux de Marie qui lui murmure des mots silencieux. Alors, il dévie son regard et joue à l'idiot par de multiples questions anodines et ennuyeuses.

Cette situation rend Marie exaspérée et en rogne. Il en rit en silence.

À qui ou à quoi servira ce jeu? Nul ne le sait.

Mine de rien, Marie aiguise son audace. Elle le questionne sur les enfants, la vie, les affaires...

William Leider ne se laisse pas berner. Il a promis à sa femme de ne jamais dévoiler quoi que ce soit de leurs enfants, des déboires de leur fils et de leurs mésententes occasionnelles.

Marie aimerait en savoir davantage sur ces étranges voyages qu'Éveline a entrepris depuis peu. Mais c'est le mystère total. Ni Lumina ni personne ne la renseigne. Motus vivendi et bouche cousue. Devant cette situation sans issue, elle fait une diversion.

— Lumina, je n'ai rien à cacher, moi, assure-t-elle un soir en soupant. Ma vie est claire comme de l'eau de roche. Je t'ai tout raconté. Tu ne connais pas Francis, mon fils, hein? Il faut que tu le rencontres! Tu verras, c'est un garçon extraordinaire.

— Non Garde. Je n'ai pas ce bonheur.

Lumina repique dans les légumes de son assiette, rêveuse.

— Nous irons ensemble chez lui, lors de ton prochain jour de congé.

— J'en serais ravie. Samedi prochain, cela vous irait?

Marie est un peu surprise de la tournure subite des événements et plonge à son tour dans son assiette.

«Comment régler ce problème? Toute vérité n'est pas bonne à dire, songe-t-elle un moment. Oui, mais elle m'occasionne des tracas, cette vérité. Ah! Tant pis. Je fonce. La seule chose plausible, c'est que Francis pourrait me foutre à la porte. Il ne le fera pas, je le connais.»

— Parfait, Lumina. Samedi prochain.

Soudain, la gouvernante fait éclater son rire sonore et communicatif. Marie l'imite.

— Pourquoi ris-tu, Lumina?

— J'ai fait un cauchemar, cette nuit.

— Un cauchemar? Et tu en ris?

— J'ai rêvé que je sortais avec Dan Rather. Nous étions tous les deux dans mon petit village et il m'expliquait l'inondation de notre rivière.

— Pas le journaliste...?

Marie essuie les larmes de joie piégées aux coins de ses yeux bruns et s'écrie:

— Au contraire. Ce n'est pas un cauchemar. Tu sais choisir tes partenaires, Lumina.

Au tour de la brave femme à l'âge certain de rigoler.

— Vous trouvez?

— Je voudrais bien trouver tes trucs.

— Le malheur, je préfère Tom Brokaw.

Marie imagine la grosse femme d'origine mexicaine en compagnie d'un de ces deux annonceurs vedettes de la télévision américaine; pliée en deux par le ridicule de la scène, elle s'étouffe. La gouvernante lui tape dans le dos.

— Ah! Le sommeil nous joue des tours, Lumina.

— Je le sais, hélas!

— Continue. Ça occupe la nuit. Un jour, qui sait? Tu attraperas le bon numéro.

— Ou le bon poisson.

— As-tu dit poison?

— Il fait bon se dilater la rate, hein! Garde Desrochers!

La rigolade a rempli l'univers imaginaire de deux femmes faites pour s'entendre comme des larrons en foire, le jour entier.

Au deuxième étage, un homme se rembrunit en entendant le joyeux vacarme au premier plancher. Il aurait aimé avoir été des leurs.

* * * * *

Éveline est partie depuis cinq jours. Lumina a fait la connaissance de Francis.

— Un jeune homme charmant, Garde Desrochers.

La brave gouvernante a tiqué sur un meuble découvert dans son appartement. Un divan semblable à celui que sa patronne a donné à son fils lorsqu'il a emménagé en appartement, il y a des années passées. La curiosité l'a emporté sur l'étiquette et elle a posé des questions.

— Où as-tu acheté ce meuble superbe?

— Un ami de mon ami déménageait et s'en allait vivre au Michigan. Il me l'a offert pour une bouchée de pain.

Lumina restait perplexe.

— Han! Han! Déménageait...

La gouvernante se creuse les méninges. Elle a entendu des bribes de conversation entre ses patrons, mais elle ne pourrait jurer de la véracité de ses soupçons.

— Tu connais son nom?

— Il ne nous a pas donné son nom et je l'ai payé rubis sur l'ongle. Mon ami l'a nommé «Paradise», je crois. Costello Paradise. Ce nom a sonné étrangement à mes oreilles, voilà pourquoi je m'en suis rappelé. Je ne peux vous renseigner davantage.

À son retour chez elle, Lumina est soucieuse. Sa visite inusitée chez le fils de Garde Desrochers occupe ses pensées. Le divan ne cesse de l'interpeller.

«D'étranges coïncidences sont inexplicables parfois», se dit-elle en songeant à ce meuble et à son histoire.

Car c'était bel et bien le meuble de Mme Leider. Ce meuble avait été le sujet de conversation pendant des semaines. Devait-on s'en départir ou le garder? Finalement, William eut gain de cause, Andy hérita du fauteuil fabriqué sur mesure par la compagnie la plus célèbre de la Californie en design intérieur.

«Comment une telle aventure a-t-elle pu arriver à ce meuble? se demandait Lumina. Andy l'aurait bêtement vendu à un dénommé Paradise...? C'est à n'y rien comprendre. Je suis mieux de garder cette histoire secrète. Mme Leider en aurait du chagrin. Beaucoup de chagrin.»

Et la vie se mit à tourner comme d'habitude dans la demeure Leider. Tout le monde attendait le retour de la dame pendant que son mari se transformait en tigre du Bengale.

Chapitre 22

— Merci monsieur. Vous êtes généreux, constate le pompiste devant le gros pourboire que l'inconnu lui met dans la main.

— Tu m'as écouté, cela suffit. J'avais soif de parler avec du monde. Tu étais là pour moi.

— Je vois, monsieur. Au revoir et bonne route.

Andy roule depuis des jours, des semaines à la recherche de l'oasis idéale. Oshkosh est encore loin.

Sa maladie l'a tenu occupé. Certaines villes ont vu son séjour allongé: Abilene, au Texas, l'a particulièrement attiré à cause des yeux d'une belle Américaine; Monroe, en Louisiane, où il s'est lié d'amitié avec le fils du propriétaire du motel, un passionné d'aviation; Nashville, Tennessee, qu'il ne voulait absolument pas rater; Owensboro, Kentucky, près de la rivière Ohio, une ville encore inconnue puisqu'il est malade. Il a beaucoup maigri, mais il ne s'en rend pas compte. Une toux constante l'accompagne, pourtant il ne fume pas. Sa vie tient à un fil. Il se demande pourquoi il continue la route.

«Certains jours, il vaudrait mieux en finir», réalise-t-il, malheureux.

Plus aucune attache ne le retient. Il sombre dans une mélancolie pernicieuse. Puis soudain, sans avertissement, il se lève revigoré et prêt à repartir.

Ce matin, il aimerait être arrivé à destination. Le chemin semble s'éloigner ou s'allonger à chaque combat qu'il mène pour sa vie.

Sur sa table de chevet gisent ses cartes personnelles. «Alex Paradis» est écrit sur l'une d'elles. Il a changé son identité afin de ne jamais être retrouvé. «Paradis.» Le nom de famille de sa mère. Un beau nom. Le plus affectueux de la planète. Assis dans son lit, il tourne la carte et accueille ses émotions. La peur et la fierté se côtoient. Pour combler le vide de sa solitude, il lui parle à haute voix.

— Maman. Tu es triste, je le sais. Ce matin je ne suis plus tout à fait rassuré de la justesse de ma décision. Les motifs de mon départ se sont estompés pour faire place à de l'amertume. J'ai fui par orgueil. Cela n'en valait pas la peine. Je dois me rendre au but maintenant. Je le fais pour moi. Par fierté, par orgueil. Maudit orgueil! Il nous crève vivant. J'ai découvert que je ne suis pas coupable de quoi que ce soit. On m'a assommé, humilié inutilement, pour garder intacte l'image de l'armée. Maudit orgueil! Maudite armée! Je reviendrai, maman. Une fois que j'aurai touché au but. Je te le promets.

Andy, alias Alex, trace, encore une fois, sa route. Mais ses séjours en convalescence s'allongent à chaque fois. Ses rechutes se font plus fréquentes. Il se meurt de voir le lac Michigan. Un jour, il oublie ses cartes et ne les cherche pas.

Andy, alias Alex, se sent mourir. Il le nie mais cette idée l'effraie. Ses nuits, parsemées de cauchemars, lui enlèvent le sommeil. Il sursaute et fait des bonds, sans en connaître la provenance. Terrifié, il passe des nuits blanches à surveiller ces diablotins venir le visiter.

«Suis-je en train de devenir dingue?»

Cette question le pétrifie.

— À l'aide!

L'aide ne vient pas.

Trop faible, il ne peut atteindre le téléphone. Ses frissons s'amplifient. Il grelotte. Ses idées s'emmêlent, la brume de ses pensées s'épaissit. Il agonise.

Seul et sans soutien.

Connaissant son état, il a payé la location d'une semaine au motel avec l'ordre exprès de ne pas le déranger en aucune circonstance.

Il délire. Un effort inouï ne peut lui soulever le bras. Sa voix n'émet plus aucun son. Il s'en va. Il le sait, le sent. Son heure est arrivée. Ses angoisses déchirent le silence oppressant. Ses regrets s'accentuent.

— Pardon, papa et maman. Mille regrets, Yvette. Vous ne méritiez pas ce qui arrive. J'en suis le seul coupable. Me pardonnerez-vous? Je ne suis plus... celui que... vous avez ai... mé. Il... est mort... au Viêt.... ...-nam. An...... dy.... est...

Le fils de William et d'Éveline Leider s'est endormi pour l'éternité, seul au monde, dans une ville inconnue sous un nom d'emprunt. Le retrouvera-t-on? Il n'est jamais allé toucher au dernier but qu'il s'était donné. L'illustre pilote d'avion a passé la porte de la vie et est entré dans la mort, incognito.

La fin de semaine passe et l'employée du motel trouve bizarre que l'auto du locataire de la chambre numéro trois soit au même endroit. Elle pose ses mains en bandoulière autour de ses joues et scrute le fond de la chambre à travers la fenêtre. Un mince espace laisse entrevoir le lit, sans laisser deviner davantage l'intérieur. La jeune préposée décrit la situation à son patron.

— Bob, il se passe des choses étranges dans la chambre numéro trois. Le rideau n'a pas été tiré depuis des jours et rien ne bouge.

— Tu t'inquiètes inutilement. Il sera en ville à visiter des parents ou des amis, c'est tout.

«Sans oublier qu'il m'a donné un gros pourboire pour ne rien déranger dans sa chambre.»

Devant l'inquiétude évidente dans le regard de son employée, le propriétaire cède.

— Si tu le prends de cette façon...

— J'attends encore deux jours et j'entre, permission ou pas. Changer les serviettes est mon boulot, ne l'oublie pas.

— Deux jours. Puis on verra.

Deux jours plus tard, l'employée arrive en ameutant le quartier par ses cris.

— Bob! Oh! Bob! C'est épouvantable! affirme-t-elle en reprenant son souffle.

Le personnel cesse tout mouvement et les gens du restaurant attendent, immobiles, d'en savoir plus long.

— Qu'est-ce qui t'arrive, Nancy?

— Il y a un homme mort dans la chambre trois.

Un frisson collectif traverse le commerce entier.

— Un mort!

Nancy affirme de la tête, les yeux horrifiés.

— Il est froid.

— Froid!

— Je l'ai touché pour le réveiller. Il est...

— ... est comment?

— Raide.

Bob, le propriétaire, décroche le téléphone, appelle la police et l'ambulance.

— As-tu touché à ses effets personnels, Nancy?

— Es-tu fou? Jamais!

— Ah! Je respire mieux, Nancy. J'ai eu peur.

— Est-ce que je peux y retourner?

— Tu veux y retourner!

— Je pense que j'ai oublié de fermer le robinet de la salle de bain.

Bob devient nerveux.

— Manquait plus que ça! Tu as oublié...

— Je n'en suis pas certaine.

Le patron vocifère.

— Tu l'as oublié ou pas?

— Je pense, et puis... non. Je crois que j'ai tout fermé.

Le patron s'impatiente. Il ne tient plus en place.

— Tu l'as fermé ou laissé ouvert? Branche-toi!

— Je crois... que je l'ai fermé, répond Nancy dans une agitation allant en s'amplifiant et pas assurée de la véracité de sa réponse.

Le couple se dispute en présence de tout le monde, en furie de voir un homme si peu humain devant la détresse de la jeune fille en pleurs. Une employée s'en charge tandis que l'auto-patrouille se donne des airs d'urgence à l'horizon. Bob respire profondément. La peur lui colle à la peau. La nervosité le rend insupportable.

Les gestes d'usage accomplis, l'ambulance arrivée et repartie, le motel nettoyé, le lieu reprend son souffle, l'oubli de l'incident entre en jeu.

Andy, alias Alex Paradis, est identifié à la morgue comme un itinérant inconnu sans adresse fixe. Une enquête débute, son corps est envoyé à Détroit.

* * * * *

Atterrie à Détroit, Éveline roule depuis plusieurs heures, l'image de son fils en tête. Elle a hâte de le revoir. Elle le ramènera à la maison. On a affirmé avoir vu son fils à Holland au Michigan. Un homme en a fait une description saisissante à Allan Brown, leur détective privé. Il n'en faut pas plus pour donner des ailes à cette brave mère.

La circulation dense l'impatiente.

— Allons, avancez! Bande de tortues. Je ne serai pas arrivée ce soir, si ça continue.

Tenue de quitter la route, elle s'y résigne en regimbant.

Tôt le lendemain, fraîche et dispose, elle s'assied au volant.

«Cette fois-ci, c'est la bonne. C'est aujourd'hui que je retrouve Andy. Pauvre toi. Tu seras fâché contre moi, je le sais. Peu importe. J'en ai déjà vu de ces petites crises de malice, sans malice.»

Holland, indique le panneau de signalisation. Éveline sourit. Elle vérifie l'adresse de l'homme sensé l'attendre. Quelque temps à errer à sa recherche dans la ville, la mère d'Andy stationne enfin au numéro civique gribouillé sur son papier près de son sac à main.

Une demeure étroite et hautaine semble lui cligner des yeux. Ses fenêtres brillent de propreté. Éveline esquisse un mouvement de satisfaction. Sa démarche lui paraît moins ardue.

Un vieil homme mince, voûté mais alerte, lui ouvre la porte.

— Bonjour monsieur. Vous êtes Vernon Baker, je crois.

— Oui madame. Entrez, asseyez-vous.

— Je vous avoue être très émue devant votre généreuse démarche. Bien des gens ne se seraient pas dérangés pour éclairer Allan Brown.

— Exact. Le hasard fait bien les choses, madame.

— Disons qu'il trace les grandes lignes pour nous faciliter la tâche.

— Expliquez-moi comment vous avez rencontré notre détective.

— Cet homme, à une station d'essence à la sortie de la ville, lisait une carte routière sur le devant de son auto; il cherchait une rue. Je me suis approché et j'ai mis le nez dans le problème. Nous nous sommes mis à discuter de tout et de rien, puis il m'a offert un thé glacé au restaurant proche et je n'ai pas refusé. Il m'a raconté qu'il cherchait un jeune homme, en sortant une photo de sa petite valise en cuir noir.

— Et vous l'avez tout de suite reconnu?

— Il ressemblait à un jeune travailleur du McDonald de l'ouest de la ville.

—Vous êtes allés ensemble l'identifier, j'imagine.

— Oui, mais nous sommes revenus bredouilles. Il était en congé et ses amis le disaient parti quelque part sur le bord du lac Supérieur pour la fin de semaine. Le détective a décidé de partir avec ces informations, il en savait assez, selon lui. Voici, c'est tout.

— Alors, si vous le voulez bien, vous seriez très aimable si vous acceptiez de m'accompagner. J'ai besoin d'un guide. Je suis anxieuse de revoir Andy.

L'homme change de chemise et s'arrête sur le pas de la porte.

— Andy? Le jeune homme ne portait pas ce nom.

Éveline le regarde et hésite. Si ce n'était pas lui. Que fait-elle avec cet inconnu?

«Confiance, Éveline! lui rétorque une voix dans son crâne. Tu lui fais confiance.»

— Nous verrons bien, monsieur. Je veux en avoir le coeur net. Je suis si proche du but.

L'homme lui ouvre la portière, elle accueille ce geste avec reconnaissance. Le duo a retrouvé le sourire.

La route se fait en silence et en indications diverses. Éveline se sent confuse, à mesure qu'elle touche au but. S'il fallait que ce soit une erreur?

Enfin, le restaurant se pointe le nez. Le souvenir lui sort une image tendre.

— Mmm! que c'est bon ici, disait Andy en apercevant le sigle universellement connu.

L'homme s'ajuste au pas ralenti de la belle dame. Que va-t-il se passer à l'intérieur? Il espère y trouver du bonheur. Il fait le tour des employés, examine les visages occupés derrière le mur troué, laissant deviner les cuisines.

— Tenez. Le voilà, madame. C'est lui.

Éveline s'étire le cou, scrute le dos du travailleur affairé à tourner des hamburgers sur une plaque. Elle s'approche, traverse le comptoir et se rend près de l'employé. Le moment semble se figer dans un drame sans fin. Elle hoche la tête, déçue.

— Ce n'est pas lui, monsieur. Ce n'est pas Andy, répète-t-elle haut et fort, faisant se retourner le jeune homme.

— Vous désirez quelque chose, madame?

Éveline Leider fuit en vitesse en traînant l'homme derrière elle. Son visage transformé exprime une profonde déception.

Le retour à la maison se fait dans le tumulte intérieur.

— Je suis désolé, madame. Je croyais. Si je l'avais connu. Avoir pu le rencontrer. J'aurais dû..., ne cesse de radoter le vieil homme perturbé. Je regrette madame. J'aurais tant aimé vous aider.

— Vous avez fait votre devoir de citoyen honorable, monsieur, réplique-t-elle en tenant la porte de son auto entrouverte. Vous n'avez rien à vous reprocher. Il vaut toujours mieux affronter la vérité que de l'éviter. Je vous remercie infiniment.

Sur ce, Éveline Leider le quitte en coup de vent, pressée de se retrouver seule avec sa souffrance.

«Et maintenant... Maintenant, qu'est-ce que je fais? Retourner à la maison est la seule solution. À moins que je rejoigne Allan Brown... C'est ça. Allons-y!»

Éveline efface la trace de sa route et s'approche du centre-ville de Détroit. Un spectaculaire accident sur une bretelle de l'autoroute force les automobilistes à contourner le lieu par une voie d'accès secondaire.

— Suivez les indications, explique l'annonceur à la radio.

— Ah! Zut! Je serai en retard à l'aéroport.

L'entrée dans la ville se fait au pas de tortue. Éveline est dans tous ses états. De longues minutes d'immobilité la tiennent en alerte, aiguisent son caractère, alimentent son aigreur et mettent sa patience à l'épreuve.

MORGUE se lit sur le mur d'un établissement rouge brique à sa gauche. Elle s'attarde sur ce mot porteur de misères et de peines.

«La morgue», répète-t-elle.

Elle voit son fils allongé sur une des nombreuses dalles des réfrigérateurs. Cette idée lui glace les os. Elle se frotte le bras.

«S'il était là, se dit-elle inquiète. C'est impossible, allons!»

Elle détourne la tête et fixe son regard sur la circulation piétonnière dense déambulant sur le trottoir droit de la rue.

«... tant de monde.»

Elle interroge sa montre.

«Huit heures du soir. J'ai raté mon avion.»

Pendant que la file d'autos se met en branle, elle aperçoit au loin le clignotement de l'office d'un hôtel confortable et se range pour y entrer.

Dans sa chambre, elle se renverse sur le lit et ferme les yeux, elle est fourbue.

«Il faudrait appeler William.»

Elle compose son numéro et se remémore son parcours pour lui décrire.

— Voyons, William, où es-tu? Le téléphone est sur ta table de chevet.

Lasse, elle repose le récepteur. Sa lassitude a raison de sa raison et l'emporte dans les bras de Morphée, malgré elle. Une dure journée avait jeté les gants.

Le lendemain, Éveline déjeune à la salle à dîner avec la ferme intention de parler à son mari, toujours absent. Des soupçons s'amusent à lui brouiller les idées, lui inventer des interrogations, mais elle les refoule et se pare de courage. Dès neuf heures, elle a la ferme intention de rejoindre Allan Brown, le détective, à son bureau de Los Angeles. Qui sait? Des développements nouveaux se sont certes pointé le museau. Elle ramasse le journal plié sur une table, le range sous son bras et le monte à sa chambre.

«En attendant...»

Penchée sur les feuilles du quotidien, elle lit en diagonale des nouvelles tout à fait nouvelles pour elle. Les préoccupations de ces journalistes sont si différentes de celles de la Californie, qu'elle a l'impression d'être dans un autre pays. Le journal parcouru, elle s'apprête à le jeter sur la table ronde près de la fenêtre, lorsqu'une photo dans un coin inférieur droit d'une page attire son attention. Elle parcourt les lignes en se frottant le coeur. La photo d'un visage enflé l'obsède. Une phrase court dans les sentiers de son esprit. Une phrase sous la photo se lisant comme suit:

CET INCONNU REPOSE À LA MORGUE.

Sans adresse connue ni papiers d'identité, la police demande l'aide de la population. Tout indice sera pris en considération et vérifié.

Éveline jette le papier sur son lit et songe au silence obsédant de William.

«Que peut-il faire en ce moment? Pourvu qu'il ne soit pas tombé malade en mon absence. Marie prendra les décisions qui s'imposent, je ne suis pas inquiète à ce sujet.»

Tout en arpentant le contour de sa chambre, elle réfléchit. Immobile sur son lit, son fils la regarde et attend... que sa mère le reconnaisse, qu'elle l'identifie.

Pendant ses méditations autour de son lit, l'image de l'inconnu de la morgue ne la quitte pas. Elle ramasse le papier et fixe son regard sur la figure joufflue.

«Qu'est-ce que tu veux, toi? Je ne te connais pas.»

Elle approche la photo de ses prunelles à la recherche de l'explication de cet étrange combat entre eux.

«Es-tu parent avec moi? Un cousin peut-être? J'en ai une quantité que je n'ai pas vue depuis des lunes. Un voisin? Lequel? Voulez-vous bien me le dire? Tu m'attires. Pourquoi? Aller à la morgue... J'aurais l'air d'une cinglée, sans motif aucun. Par curiosité? Je ne suis pas folle à ce point. Quelque chose m'attire là. Mais quoi? Allons Éveline! Reviens sur terre. Laisse tomber», se dit-elle pour se rassurer.

La femme de William, ensorcelée par cette photo, est incapable de sortir de sa chambre. Elle concède et se crée une raison.

«C'est simple, je dirai la vérité. J'apporte ce papier et je leur raconte tout ce que je ressens devant cette photo. Nous verrons bien. Me prendront-ils au sérieux? Ah! Tant pis! Si je fais rire de moi, je n'en mourrai pas. Éveline, lave-toi les méninges, rends-toi à la morgue.»

Ce qu'elle fait.

* * * * *

La morgue lui paraît moins rébarbative de prime abord que la veille. De belles couleurs garnissent les murs de l'intérieur et enlèvent de la lourdeur à l'atmosphère. De larges fenêtres laissent pénétrer du bon air et du soleil à satiété. Des hommes en sarrau blanc vont et viennent, en jetant un coup d'oeil vers elle. Un employé lui prête attention.

— Vous désirez, madame?

Hésitante, elle ne sait comment entreprendre sa démarche.

— ...

— Vous avez des informations à demander?

—Nnnon...

— Des renseignements à nous fournir?

— Pas vraiment...

L'homme marque un mouvement d'impatience. Il jette son crayon et se renfrogne dans son fauteuil; il n'avait pas de temps à perdre.

— Des indices à nous apporter sur un disparu?

Éveline rectifie de la tête, sans ouvrir la bouche, se sentant de plus en plus ridicule. Elle voudrait le quitter en courant.

— Un signalement à faire, madame?

— Je ne le crois pas, monsieur.

Impatient, l'homme se lève et s'approche d'Éveline Leider, la richissime femme d'un milliardaire américain demeurant en Californie.

La brave femme se demande comment se sortir de cette impasse insensée.

«Qu'est-ce que je suis venue faire ici? Que dirait mon mari, s'il l'apprenait? Comment expliquer mon geste?»

Pendant qu'elle s'interroge, l'homme hausse le ton.

— Madame, nous n'avons pas le temps de rire ici. Ce n'est pas l'endroit.

— En effet, avance Éveline en s'esclaffant.

«Cet homme fait de l'humour noir en plus», se dit-elle, confuse.

La plaisanterie a allégé l'atmosphère. L'homme remarque le journal que tient toujours la femme sous son bras.

— Vous avez le journal quotidien?

Éveline esquisse un mouvement de surprise.

— Ah! Oui. J'oubliais. Je suis confuse. Je ne sais comment vous expliquer. J'ai pensé que c'était important, puis je constate...

— Commençons par le début.

Éveline s'assied, dépose la photo macabre devant elle et débite des étranges et persistantes interrogations. L'homme a perdu sa rudesse et son débit saccadé, il s'est radouci.

— Donc, cette image vous obsède. Et vous ignorez qui est cet homme?

Pendant qu'il parle, il ouvre un tiroir de son classeur et en sort un dossier resté fermé devant lui.

— Étrange, en effet, madame. Se retrouver à la morgue sans savoir pourquoi est assez inusité. Vous cherchez quelqu'un?

Éveline sent le reflux de son estomac lui remonter dans la gorge.

— Si on veut, monsieur, hésite la femme devant de tels mots.

— Un parent, un ami?

— Mon fils....

— Racontez.

Éveline expulse de son être les renseignements connus et les lui offre, sans retenue. Elle n'en peut plus.

— Donc, vous êtes à la recherche de votre fils. Depuis quand n'avez-vous pas eu de ses nouvelles? Quel travail faisait-il? Où se dirigeait-il?

— Vous avez engagé un détective privé! Vous en avez du pognon, vous, madame!

Éveline Leider évite de répondre à cette allusion et continue.

— Il était un pilote d'avion dans l'Armée américaine, monsieur.

L'homme fronce les sourcils. Il ouvre un dossier. Des enquêteurs avaient trouvé une épingle au sigle de l'armée dans le fond des bagages d'un inconnu.

À mesure que le temps passe, Éveline est de plus en plus nerveuse. Elle soupçonne la gravité de ce qui s'en vient. Ses intuitions matinales et maternelles la mènent à un cul-de-sac affreux.

Tout en continuant son interrogatoire, l'employé de la morgue précise ses doutes. Son auto, son nom, ses mesures, la couleur de ses cheveux, tout ce qui pourrait amener cette dame à vérifier si cet inconnu devenait un homme connu. Très bien connu.

Éveline est fatiguée. Elle demande un verre d'eau. L'homme insiste sans relâche. Il examine la carte d'identité dans ses mains et la lit silencieusement.

— Vous dites qu'il s'appellerait Andy Leider? Moi j'ai un autre nom, madame.

L'homme plisse les yeux profondément et réfléchit.

— Le vôtre, madame?

Éveline est aux confins de la surprise. Où s'en va cet homme avec ses patins?

— Éveline Paradis.

L'homme froisse davantage les yeux, se lève et lui tourne le dos. Le moment est tragique.

— Paradis. Paradis. Paradise, ne cesse-t-il de se répéter pour éclairer sa lanterne.

Il revient vers la dame inquiète qui le questionne du regard.

— Quel est son second prénom?

— Alex, monsieur.

L'homme ne cesse d'accumuler les coïncidences devenues des évidences.

— Madame, je crois que cet inconnu est votre fils.

L'homme examine la photo du journal et la lui met près des siennes.

Des frissons parcourent le corps d'Éveline devant de tels énoncés sans fondement.

— Monsieur! Être à la recherche de son fils ne signifie pas le retrouver à la morgue!

— Je le sais, madame. Mais mon expérience me porte à croire que je ne me trompe pas. Songez à votre nom.

Éveline, effondrée, n'en peut plus.

— Je sais. Pourquoi aurait-il changé de nom? Son père est un homme si bon.

— Pour plusieurs raisons, madame, qui n'ont aucun rapport avec sa famille. Il désirait peut-être couper les ponts avec vous.

Éveline a froid, très froid.

— Monsieur, j'ai peur.

— Peur?

— Que vous disiez la vérité.

— Expliquez-vous?

— Il nous a écrit une lettre de la base militaire Miramar à San Diego et nous l'avons reçue, peu avant mon départ de Los Angeles.

— Une lettre?

Éveline recommence à décrire cette autre facette du départ mystérieux de son fils.

— Je suis impuissant à vous éclairer sur ce sujet, ceci est du ressort de la police, madame. Pour en avoir le coeur net, vous devrez l'identifier.

Éveline a un haut-le-coeur. Elle demande à se retirer. La toilette reçoit ses vomissements. Très pâle, elle revient à son fauteuil.

— Vous sentez-vous capable d'aller au bout de vos interrogations, madame? Aimeriez-vous attendre la compagnie d'un de vos proches?

— Je préférerais, monsieur. J'appelle ma fille à Chicago. Ensemble ce sera moins horrible.

— Que fait votre fille?

— Elle est médecin.

— C'est la personne idéale. Quand vous serez prêtes, nous le serons. En attendant, songez à une chose particulière sur son corps prouvant, hors de tout doute, que ce jeune homme est bien votre fils.

Éveline quitte la morgue, anéantie. Elle a perdu tout sens de l'équilibre. Incapable de penser, elle se jette sur son lit et pleure. L'abondance porte la couleur du déluge. En larmes, elle rejoint Yvette à Chicago.

Yvette lui ordonne de taire toute cette aventure à son père, avant d'être assurée de la véracité de cette affaire. Elle s'envolera par le premier avion en compagnie de son mari et demande à sa mère de se reposer.

— Comment veux-tu que je me repose devant un pareil dilemme?

— Prends deux sachets de ce que je t'ai prescrit la semaine dernière avant ton départ.

Éveline raccroche sans force. Elle se tourne et se retourne sur sa couche, exténuée. Le visage de ce «Paradise» ne cesse de l'obséder. Elle est contente d'avoir obéi à son intuition et d'être restée à Détroit. Elle songe à William et aimerait tant partager le drame qu'elle vit avec lui. Mais sa fille lui a formellement défendu de lui en souffler mot.

«Comment pourrais-je lui parler sans éveiller les soupçons? D'autant plus que je n'ai pas trouvé Andy. William a tant de flair quand il s'agit de ma voix. Je suis incapable de lui mentir ou de lui raconter des balivernes, il les dépiste toujours. Je vais me reposer, et j'appellerai plus tard, une fois que mes sens se seront replacés.»

* * * * *

Le trio Leider, anéanti, brisé, emprunte la passerelle de l'avion. Alex était bel et bien Andy Leider. Leur Andy. Le chagrin colle à leur peau comme la chaleur extérieure. Chacun se terre dans sa douleur et les larmes versées. On a omis d'appeler William.

— Le risque est trop grand, maman.

— Je crois que tu as eu raison, Yvette. Il est seul à la maison et n'aurait pu absorber une telle nouvelle.

—D'ailleurs, un jour de plus ou de moins, quelle différence cela fait-il dans sa vie?

— Très minime, Yvette. Une idée me console. Il saura enfin.

— Le départ d'Andy l'a fait vieillir de dix ans en trois mois.

— Papa ne comprenait pas sa fuite.

— Ne l'acceptait pas surtout.

— Nous également, maman.

— Avoue que cela ne lui ressemble pas.

— Ne lui a jamais ressemblé! Andy avait de la trempe, du tempérament.

Éveline reste silencieuse. Ces paroles de la part de sa fille la surprennent. Dommage. Elle lui a si peu manifesté d'amour fraternel de son vivant.

Yvette rentre en elle. Un sentiment nébuleux virevolte dans son coeur. Honteuse, elle se remémore ses faits et gestes envers son frère. Elle a pris tant de place dans la famille. Elle le sait, n'ose se l'avouer. Si c'était là la source des souffrances d'Andy? Une phrase d'un de ses professeurs d'université monte à la surface:

«—*Tout ce que l'on a subi dans notre enfance, en imagination comme en réalité, constitue la base de notre comportement adulte.*»

La voix maternelle la sort de cette sombre atmosphère.

— C'est triste de mourir aussi seul, Yvette.

— Nous mourrons tous, seuls, maman. Même entourés d'une foule.

Éveline apprécie les confidences de sa fille. Ils sont si rares ces moments d'intimité entre elles. La tête penchée sur les jeunes épaules, Éveline Leider se fait petite dans sa souffrance. Yvette sourit, ferme les yeux, elles feront un grand voyage ensemble au pays du souvenir, grâce à son frère couché dans son cercueil dans la soute à bagages.

Une semaine est passée depuis cette seconde visite à la morgue. Une bague au doigt d'Andy a corroboré les affirmations de l'employé de la morgue. Chacune leur tour, les deux femmes ont identifié ce bijou qu'Andy a reçu lors de ses vingt et un ans.

Leur montée vers le ciel les rapproche un peu plus de lui. Cette idée adoucit leur peine.

Un mystère obscur recouvre cette mort. Une tonne d'interrogations la colore. À mesure que le temps passe et que leurs idées s'éclaircissent, une coupable se pointe à l'horizon: l'armée.

Éveline ressasse, sans cesse, des idées sombres. Que vient faire l'insinuation d'Andy dans sa lettre à ce sujet? Une lettre teintée de honte et d'humiliation. Éveline se promet une bataille gigantesque pour redorer le blason de son fils. Il n'est pas un indigne personnage. Ne l'a jamais été.

—L'armée, c'est une grosse machine, maman, souligne Yvette.

— Nous sommes gros également. Ne l'oublie pas. On ne détruit pas des hommes par des expériences militaires. Si les insinuations d'Andy sont fondées, un grand scandale se prépare, ma fille. J'en fais le serment. Mon fils ne sera pas mort dans le déshonneur et l'injustice.

Chapitre 23

Los Angeles.

À Aberdeen Drive, le suspense est retenu au bout des lèvres de deux femmes.

Marie, l'infirmière, a pris la décision d'amener William à l'hôpital. Une violente dispute entre son ancien patron et elle a eu raison de la santé du vieil homme. Elle a eu peur de le perdre. Chaque soir, elle remercie le ciel de lui avoir évité une telle situation.

— C'est arrivé bêtement.

Le mari d'Éveline refusait de mettre ses bas et elle l'a bousculé... un peu. Il était devenu insupportable. Vraiment. Si le vieux grincheux rouspétait, Marie le laissait se plaindre tout seul. Elle attendait qu'il se calme et lui apportait ses médicaments, même si c'était en retard. Résultat, il perdait de la santé. Décidée de gagner la guerre froide, elle l'entourait de gestes imprévisibles de manière à le déstabiliser. Il devenait triste, nerveux. La chambre prenait une tout autre couleur.

Marie se grisait des résultats. Sa longue attente n'avait pas été vaine.

«Il ne me fera pas marcher au doigt et à l'oeil comme il fait avec sa femme! J'en mesure la portée», songe-t-elle rassurée mais non satisfaite. La vie de cet homme imprévisible aurait été différente avec moi. J'en ai la certitude. J'aurais surtout profité de la belle vie qu'il a offerte à Éveline. Lumina ne cesse de me raconter les voyages autour de la planète faits par le couple à plusieurs reprises. J'en rougis d'envie.»

William, lui, attend des nouvelles de sa femme. Mais elles ne viennent pas, Marie les intercepte.

Lumina ne se rend pas compte de la situation. Sa confiance en Garde Desrochers est telle qu'il ne lui vient pas à l'idée de la soupçonner de quoi que ce soit. D'ailleurs, la médecine lui est parfaitement inconnue, sauf pour les bobos sans gravité. Elle craint seulement de voir monsieur tomber gravement malade.

Comment réagirait-il s'il apprenait la méchanceté de cette infirmière, sans coeur ni âme? Serait-il heureux de l'héberger au *Domaine* gratuitement depuis un an?

Un matin, le vieil homme se lève à rebrousse-poil. Il réplique à son infirmière d'une voix rude.

— Quel jour sommes-nous?

— Jeudi.

— Ma femme est partie depuis cinq jours?

— Sept.

— Cinq. Oseriez-vous me contredire?

— J'ose, Monsieur Leider. Éveline est absente depuis sept jours.

— Je veux lui parler au téléphone.

— Vous avez essayé hier et elle n'a pas répondu.

— Je le sais.

— Elle en a peut-être trouvé un autre...

William est aux antipodes de la douceur.

— Que voulez-vous insinuer?

— Ah! monsieur. Tout est possible dans ce bas monde.

— Je vous interdis de parler de ma femme en ces termes.

— Vous me demandez mon avis. Je vous le donne.

— Vous devriez nous quitter.

— Je le voudrais mais je ne le peux pas. J'ai promis.

— Il y a des promesses et des promesses...

— ... que l'on tient et d'autres pas.

— Je vous ne le fais pas dire! Vous arrivez à montrer certains éclairs d'intelligence, Garde Desrochers.

— Attention, je vous laisse dans votre... votre...

— ...urine. Dites-le! Je préférerais le rester que d'être soigné par vous.

— Ah! Dans la vie, il arrive un moment où le choix nous manque. On est obligé de subir. Surtout si on a pris une mauvaise décision dans le passé.

— Expliquez-vous!

— Je me comprends. C'est suffisant.

— Mes décisions ne regardent que moi.

— Elles ont de fâcheuses répercussions, parfois.

— Vos paraboles sont d'une autre époque. Tout ce que l'on conçoit bien...

— ... s'énonce clairement et les mots pour le dire nous viennent aisément. Je savais ça depuis longtemps. Vous ne m'apprenez rien, Monsieur Leider.

— J'ai assez discuté. Je veux me reposer.

— Cela tombe bien, j'ai fini. Votre toilette est faite, vos

cheveux peignés, vos oreilles lavées, vos mains nettoyées, vos ongles propres, votre couche... votre lit refait, le store fermé comme vous l'aimez, et votre estomac gavé. Je vous laisse. Vous ne pourrez pas m'accuser de négligence, n'est-ce pas! Désirez-vous rester dans votre fauteuil ou dans votre lit?

— Je ferai ce choix plus tard, ne vous inquiétez pas pour moi.

— Moi, m'inquiéter pour vous?

L'ironie malicieuse de Marie enfonce le glaive dans le coeur de l'homme ulcéré. William le cache, mais il ne dort plus. Il se sent si loin de sa tendre épouse. Tellement loin qu'il a l'impression de ne plus pouvoir la revoir vivante. Cette idée le terrifie. Mourir dans les bras de cette chipie d'infirmière, jamais! Alors il s'accroche. L'espoir lui a tant de fois porté secours. Souvent, il songe combien la vie est imprévisible. De grand homme invincible qu'il était, il est devenu un homme vulnérable, à la merci d'individus de tout acabit.

—Celle-là, c'est fini! murmure-t-il, pensif. Elle ne soutirera plus aucun *sou* de moi. Son loyer, elle va le payer chèrement.

— Marie, crie-t-il soudain. Marie!

L'infirmière remonte l'escalier en courant.

— J'arrive. J'arrive!

William est tombé par terre et ne peut se relever.

— Que vous est-il arrivé? Si vous aviez accepté de vous faire aider tout à l'heure, cela ne se serait pas produit. Vieil entêté!

— Pardon!

— Taisez-vous et aidez-vous un peu. Bon.

Le vieil homme grogne et jure de se venger de cette femme ingrate.

— Ah! Si j'avais la santé.

— Que feriez-vous? Vous n'auriez pas eu la chance de me revoir, Monsieur Leider.

— J'en serais fort aise.

— Moi également, monsieur! Allez, asseyez-vous là et restez dans votre fauteuil roulant. Compris?

— Ne criez pas si fort, je ne suis pas sourd. Je veux parler à ma femme. Maintenant!

— Je veux, je veux, je veux! Vous n'avez que ce mot en bouche. Cela devient agaçant à la fin.

— Vous êtes payée pour des services que vous devez me dispenser. Le réalisez-vous?

— Hélas!

— Où est Lumina? Je ne l'ai pas vue depuis deux jours.

— Je lui ai donné congé. Pour mieux savourer votre présence Monsieur Leider, lui lance-t-elle le visage proche au point de sentir le crachat de ses mots, les yeux gros comme des balles de golf. Vous et moi, tout seuls ici, ensemble. C'est un beau rêve devenu réalité, n'est-ce pas?

«Elle pue cette femme! Comment m'en débarrasser?»

— Vous déraillez, Marie. Disparaissez!

— Je disparaîtrai lorsque je le déciderai, pas avant.

William, rouge comme une tomate, s'élance vers Marie. Il voit des étoiles, tellement sa colère est à son paroxysme.

— Sortez! Sortez de ma chambre! Avez-vous compris?

— Non, réplique Marie, en fouinant dans ses pilules.

— Vous sortez où j'appelle la police.

— Comment ferez-vous? J'ai le téléphone.

Elle le lui passe sous le nez.

En s'appuyant sur le pied de son lit, il fonce vers elle. Marie sort précipitamment et descend l'escalier en riant. Il accroche le bord de la porte et tombe à la renverse, incapable de se relever. Marie compose un numéro et monte à son secours.

L'oeil ensanglanté et hagard du vieil homme apeure la femme téméraire, un frisson glacial coule dans son échine. William Leider semble inconscient.

— S'il fallait...

Elle redescend chercher sa trousse de premiers soins et ouvre la porte aux ambulanciers.

— Suivez-moi, messieurs. Oh! la la! Le pauvre homme. Il est tombé de son fauteuil roulant. Je lui ai toujours dit de ne jamais entreprendre ce parcours seul.

Pendant que les hommes s'affairent autour du fauteuil, Marie Prudhomme, en hypocrite, continue à expliquer pour les témoins futurs. On ne sait jamais...

— Si vous m'écoutiez plus, Monsieur Leider. Vous n'auriez pas ces fâcheux accidents. On va bien vous soigner, allez! Ne soyez pas inquiet.

— Madame, reculez. Vous gênez notre travail. Nous prendrons grand soin de ce monsieur, croyez-nous.

— Je ne voudrais pas pour tout l'or du monde qu'il lui arrive quoi que ce soit, comprenez-vous? Il est si gentil cet homme.

Derrière la porte refermée sur William et son ambulance, un sourire sarcastique féminin remplit la maison entière.

Marie monte se coucher et s'endort profondément. Elle croit avoir gagné une manche de son jeu.

* * * * *

Deux jours plus tard, il revient au bercail. Lumina le reçoit, triste et désolée.

— Oh! Monsieur Leider! Si j'avais su. Je ne serais jamais partie. Je n'aurais jamais accepté ce congé de Garde Desrochers.

— Qui?

— Desrochers. Garde Desrochers.

— Ah! oui.

William cherche dans son cerveau confus: qui est cette femme? Quel visage porte ce nom? Dorénavant, il débute un autre combat beaucoup plus important: sa lucidité.

Marie a gagné un premier round. Gagnera-t-elle les suivants?

En attendant, elle s'agite autour de Lumina en faisant de menus travaux pour passer le temps.

— Monsieur Leider, c'est sérieux?

— N'aie crainte, Lumina. Il s'en remettra. M. Leider est un homme robuste.

— Il a les idées confuses.

— Sa chute l'a un peu secoué, c'est normal. Mais tout rentrera dans l'ordre. Ne t'en fais pas.

— Vous me rassurez Garde Desrochers. Sans vous, qu'est-ce que je ferais?

— Tu te débrouillerais comme le fait la plupart des gens.

— Nous n'avons pas de nouvelles de Mme Leider. Je suis inquiète.

— Lumina, se retrouver seule lui fera grand bien. Prendre soin de son mari n'est pas une sinécure.

— Tout de même. Je n'ai jamais vécu un si long silence de sa part de toute ma vie, Garde Desrochers. Elle donne toujours de ses nouvelles, d'une manière ou d'une autre.

— Elle aura changé d'idée, c'est tout. Puis, elle n'est pas inquiète pour la maison.

La gouvernante au teint sombre se tait, pensive, elle n'est pas convaincue.

— C'est vrai que M. Leider est entre bonnes mains.

— Je ne te le fais pas dire, Lumina, et je suis heureuse de te l'entendre dire.

— M. Leider m'inquiète. Il change énormément. J'ignore ce qui se passe avec lui. Croyez-vous que cette bosse sur son front...

— Elle est bénigne. Dans quelques jours, tout ne sera plus qu'un mauvais souvenir.

— Puissiez-vous dire la vérité, Garde. Je ne souhaite pas me retrouver avec monsieur très malade lorsque madame reviendra.

— Tu sais. Personne n'est à l'abri des incidents ou des maladies. Tu n'es pas responsable des malheurs du monde entier, voyons.

— Du monde entier, non. Mais de M. Leider, oui. C'est un homme au coeur grand comme l'univers. Savez-vous que le *Domaine* où vous demeurez est son oeuvre?

Marie cesse tout mouvement, surprise par cette découverte.

— Lumina, répète-moi ce que tu viens de dire!

— Vous avez bien compris, Garde.

— Qui t'a appris cette histoire?

Lumina hésite. Avouer que son fils est le dépositaire des contrats et des affaires légales de cette entreprise est risqué.

— J'ai souvent entendu parler monsieur et madame ensemble, au sujet de ce projet.

— Je suis heureuse de l'apprendre, je l'ignorais.

«Très heureuse!», se dit Marie, un rictus satanique au coin des lèvres.

— Ils ont beaucoup d'argent?

— Je l'ignore. Leurs affaires ne me regardent pas. Travailler pour eux a été ma seule préoccupation. Je n'en demande pas plus.

— Savoir se contenter de l'essentiel demande de la volonté et du renoncement. Certains ne le peuvent pas.

— Je trouve tout facile, au contraire. On me payerait pour être à leur place et je refuserais.

— Tu m'étonnes, Lumina. Tu n'as aucun rêve?

— Tous mes rêves ont été réalisés, grâce à eux. Mes deux fils sont des professionnels; l'un est médecin, l'autre avocat. Les portes se sont ouvertes par magie, ils ont été éduqués dans de très bonnes écoles, sans avoir à lever le petit doigt. Je suis comblée.

— Incroyable! Je ne puis l'imaginer.

— C'est pourtant la vérité, Garde. La pure vérité! Vous comprenez maintenant comme ils sont précieux à mes yeux.

Marie rage intérieurement. De dépit, elle donne un coup de pied au poteau de l'escalier. Un orteil craque.

Ses pensées volubiles escaladent ses montagnes de rancoeur et s'échauffent. Un fleuve de déception coule abondamment dans son coeur. L'impensable prend la forme de réalité sous ses yeux.

«C'est inouï! Lumina qui a des enfants instruits. Beaucoup plus que les miens. Ça, c'est imbuvable. Complètement indigeste! Et je l'ai amenée chez mon fils, insouciante, en pensant faire un bon coup. Que j'ai été idiote!»

— *Puis elle n'a même pas fait allusion à ses réussites afin de ne pas te blesser, Marie,* lui sonnent ses méninges jouant à la sage réplique.

«C'est vrai, est forcée d'admettre Marie. Je lui sonderai le dedans, à cette femme. Je la surveillerai attentivement. Elle doit bien avoir des failles comme tout le monde.»

Marie Desrochers revient à la cuisine lancer la mouche.

— Sais-tu à quoi sert la chambre au fond du couloir?

— Cet appartement est le bureau de M. Leider. Il est toujours fermé à clé.

— Personne ne fait le ménage?

— Seulement en leur présence.

— C'est curieux. Tu ne trouves pas?

— Non. Au contraire. C'est tout à fait normal. De cette manière, je suis à l'abri de tout soupçon. J'exécute les ordres, sans me faire du mauvais sang ni me poser de questions inutiles. La vie est trop courte pour la gaspiller en s'inventant des histoires ou se fabriquant des misères.

— M. Leider travaille-t-il encore?

— Parfois. Je ne remarque pas ces choses.

Le repas terminé, Lumina s'agite dans la cuisine autour des travaux à faire. Longtemps son toupet reste accroché à la conversation entretenue entre elles au repas.

«Curieux. Cette femme a le nez long. Elle n'en donne pas l'impression. Pourquoi tant de questions?»

* * * * *

Les jours s'écoulent, lents et monotones. Le trio reste suspendu aux incessantes inquiétudes de William Leider. Il ne cesse de rebattre les oreilles de sa gouvernante attentionnée.

— Il lui est arrivé un pépin, Lumina.

— Monsieur. Soyez patient. Mme Leider nous arrivera comme un cheveu sur la soupe. Elle nous fera une grande surprise, je le sens.

William lui sourit tristement.

— Souhaitons-le, Lumina. Ardemment.

Marie Desrochers, elle, mijote ses idées, affine ses plans.

La porte inaccessible du grand bureau du «patron»

411

l'obsède.

— La porte est toujours fermée à clé, avait affirmé la gouvernante.

«Cette clé garde son énigme. Où se trouve-t-elle?»

Un jour, en l'absence de William Leider descendu au jardin en compagnie de Lumina, elle grimpe l'escalier et entre dans le sanctuaire conjugal. Un coup d'oeil à la fenêtre lui laisse le champ libre pour son exploration. Tous les tiroirs y passent.Les deux garde-robes sont scrutées, surtout les vêtements de l'homme en cavale. Ses activités sont si intenses qu'elle n'entend pas venir la chaise roulante pourtant très bruyante. Garde Desrochers est prise en flagrant délit de fouiller dans les affaires de William. Il a tout vu.

— Vous cherchez quelque chose? demande le vieil homme la surveillant depuis un bon moment.

Marie sursaute.

— Je range ce tiroir, monsieur. Un peu de ménage fait du bien. N'est-ce pas?

— Personne n'est autorisé à fouiller dans mes affaires. Je range mes choses comme je l'entends.

Marie referme le tiroir de la salle de bain adjacente dans des gestes étudiés. Son trouble maîtrisé, elle lui cède la place.

— Voilà. C'est terminé. Je vous laisse, monsieur.

Marie lui frôle le bras en traversant la porte et le quitte, pressée. Elle descend les marches et lance à haute voix:

— Je vais marcher, Lumina, sans savoir si la brave femme l'a entendue.

«Me donner une contenance, retrouver mes esprits et

clarifier mes intentions est important. Feindre. Jouer le jeu est essentiel à mon succès.»

Marie Desrochers ignore que la vie lui prépare un immense cadeau.

Le lendemain après-midi, Marie reste bouche bée. L'inespéré lui ouvre les frontières. Ses obsessions fondent comme glace au soleil. En haut, elle entend une conversation enjouée. Elle penche la tête et tend l'oreille.

«C'est dans le bureau...»

Elle dépose ses effets sur place et monte au premier. L'immense pièce interdite lui dévoile ses atours. Des peintures ornent les quatre murs turquoises et blancs. Des lampes à abat-jour tamisent la lumière au besoin, la moquette chocolat-crème se fait accueillante. Autour du grand meuble en acajou, Lumina s'affaire au nettoyage en fredonnant des airs mexicains. Un bref regard indique à Garde Desrochers que la gouvernante est seule. Elle constate que la porte de la chambre des maîtres est close. Le vieil homme roupille. Et lorsqu'il se repose, il se couche sur son oreille «morte». Marie soupire de contentement. Son moment est arrivé. Une profonde respiration s'ensuit et elle attaque.

— Lumina! Que faites-vous là?

La pauvre femme fait un saut et se tourne vers la voix.

— Garde Desrochers. Vous êtes déjà de retour?

— Je vous ai posé une question.

— Quelle question?

— Je vous ai demandé ce que vous faites dans ce bureau, seule.

Lumina ralentit le pas, inconfortable.

— Madame, je n'ai pas à vous répondre.

— Je répète ma question. Qui vous a donné l'autorisation d'entrer dans ce bureau?

— C'est monsieur, madame.

— Je devrai en avertir Mme Leider.

Lumina sent naître une crainte injustifiée.

— Madame? Pourquoi?

— Vous m'avez dit qu'elle seule pouvait vous le permettre.

— Garde Desrochers, je ne vous permets pas de me parler sur ce ton.

— S'il manquait, je ne sais pas moi, un papier, un dossier, un objet, une plume en or, un crayon attirant... Je serais obligée de leur donner votre nom.

Lumina range maintenant les accessoires de son balai mécanique. L'ambiance s'empuantit. Elle jette un oeil sur cette femme qui ne cesse de l'étonner.

— Vous oseriez être ignoble à ce point?

— Je n'aurais pas le choix.

Lumina pouffe de rire. Un rire éclatant d'absurdité. Elle passe près de la curieuse infirmière, sans la regarder et va ranger ses objets de nettoyage au bout du corridor puis revient.

Entre-temps, Marie a repéré un objet sur le bureau. Sa boîte à pensées s'ouvre. Une idée survient.

«L'impliquer...»

Elle se hâte de le mettre dans sa poche de sarrau,

referme le rebord et le lisse. Lumina voit tout. Elle se lance vers l'infirmière, dans l'espoir de récupérer l'objet soutiré.

— Salope! C'est vous la voleuse!

— Es-tu folle, toi!

La gouvernante engage un échange corporel virulent entre elles. La poche du sarrau blanc se déchire. L'objet glisse des mains de Lumina et roule sous le bureau ovale. On croirait assister à un combat de boxe. Le duo se retrouve près de l'escalier, sans le réaliser. Marie tombe à la renverse et déboule l'escalier. William, alerté par ce vacarme outrancier, s'est levé et a tenté d'intervenir. Lui et Lumina assistent à la dégringolade de l'infirmière. Lumina, tremblante et rouge de colère, sent claquer son coeur au fond de son estomac et ses tempes enregistrent les coups. Devant son patron apparu, elle replace les épaules de sa robe déchirée et se tient les joues.

— Oh! Mon Dieu!

— Qu'est-ce que tu as fait, Lumina? interroge son patron dépassé.

Le couple regarde le corps inerte de Marie et la frayeur s'empare d'eux.

Lumina descend l'escalier à la course et se penche sur Garde Desrochers, mortellement inquiète.

— Elle est molle, affirme la femme, les yeux relevés vers William toujours immobile en haut de l'escalier.

— Appelle l'ambulance.

Honteuse, Lumina court vers le téléphone en pensant:

«Les pauvres ambulanciers, ils viennent si souvent ici. Les soupçons vont se mettre à germer.»

415

À son tour, Marie quitte Aberdeen Drive sur une civière.

Elle vient de perdre le second round.

À peine l'ambulance a-t-elle quitté la spacieuse demeure que William éprouve un grand malaise dans son estomac. Le choc de cet événement fut trop lourd à avaler.

— Lu-mmiiinaa. Lu...

Le vieil homme tombe à la renverse sur le dossier de son fauteuil.

Lumina ne sait plus où donner de la tête. Elle voit ses doigts trembler au point de ne pouvoir composer un numéro sur le téléphone aussi vivement qu'elle le désire. Elle parvient à entendre une voix au bout du fil et soupire, soulagée.

— Monsieur, venez. Cette fois c'est M. Leider. Il est au plus mal. Il a la tête à l'envers, je ne sais pas quoi faire.

* * * * *

Au soir de ce jour indescriptible, Lumina tombe sur ses couvertures, démolie. Le flot intarissable de ses sanglots n'a de cesse. Jamais elle n'avait pu imaginer de toute sa vie vivre une telle expérience. Ulcérée par la honte de ses actes et la culpabilité d'avoir mis son patron dans un tel embarras, elle ne trouve pas le sommeil. La nuit entière lui déroule les conséquences de son geste et les déforme pour lui présenter une multitude de solutions terrifiantes.

Au matin, fourbue, elle ferme les paupières sur un jour plein d'incertitude.

«Qu'est-il arrivé à M. Leider, et s'en sortira-t-il? Que devient Garde Desrochers?» En gardera-t-elle des séquelles? Ces questions porteuses de désarroi sèment l'émoi dans le coeur de la brave gouvernante.

Une consolation persiste au long de cette nuit d'angoisse. Mme Leider a été épargnée de ce spectacle dégradant et inadmissible.

«Si elle avait été là, rien ne serait arrivé, ne cesse-t-elle de se répéter. Pourquoi ce silence? Pourquoi cette si longue absence?»

* * * * *

À l'hôpital, on chuchote.

— Il se passe quelque chose dans la demeure de cet homme. Ses séjours répétés à l'urgence donnent à réfléchir, constate le médecin qui le reçoit, à son collègue venu le remplacer.

— Permets-moi de ne pas être d'accord. Les personnes âgées sont sujettes à des rechutes à tout moment, tu le sais.

— Son infirmière privée est entrée peu de temps avant lui, inconsciente.

L'autre reste pensif.

— Je dois admettre que tu marques un point. En effet, c'est pour le moins curieux. De quoi souffre-t-elle?

— Les radios ont découvert deux fractures. L'une au coude, l'autre au genou. Des signes apparents d'ostéoporose en seraient une explication. Elle est au début de la soixantaine.

417

— En quoi consiste ces fractures?

— On y décèle une fracture comminutive du col du fémur. Étant donné son âge, ce sera difficile. Son excellent état de santé lui sera nécessaire. Celle du coude semble moins importante.

— Et le patient?

— Il est dans un état stationnaire. Son coeur est sous observation. Il aura un cathétérisme cardiaque demain. Son ventricule gauche donne des signes de fatigue.

— Bon. À demain, vieux!

— Rappelle-toi. Aucune visite pour ce patient sous aucune considération.

Le médecin opine en prenant connaissance de ses dossiers.

— Allez. Sauve-toi!

William se retrouve en terrain connu. Les murs blancs familiers commencent à l'interpeller. Il y revient un peu trop souvent à son goût. À son réveil, une infirmière lui explique tous ces fils reliés à son estomac. Il surveille le moniteur où son coeur s'amuse à dessiner d'étranges sentiers.

Dans la solitude de sa situation, il médite sur les derniers événements vécus. Des interrogations monumentales sillonnent son cortex cérébral. «Comment une telle dispute a-t-elle pu surgir entre ces deux femmes? Des adultes!» Il cherche des réponses et n'en trouve point. «Si Lumina peut venir me voir, elle s'expliquera. En attendant...»

En attendant, il s'oblige au repos, un ordre formel. Il

aimerait avoir un calendrier. «Depuis combien de jours Éveline est-elle partie?» Son esprit n'arrive pas à le déterminer. Cette situation lui fait peur. Il se sent si fragile, si dépendant.

«Damnée vieillesse!»

— *On n'y peut rien.*

«Je sais. Mais pourtant... Autrefois...»

Il ferme les yeux, à la recherche de tranquillité d'esprit. Elle se tient à distance. Le visage de Marie inerte sur le palier de l'escalier l'obsède.

«Pouvoir la voir. Savoir si elle va mieux.»

Une infirmière prend sa température.

— Dites-moi, Garde. La dame qui est entrée à l'urgence avant moi, comment va-t-elle?

— Son état est stationnaire.

Stationnaire! William implore le ciel.

— C'est sérieux?

— Disons qu'elle est encore inconsciente. Vous êtes satisfait?

— Non. Je veux tout savoir, Garde.

— Vous devez le demander au médecin. Je ne suis pas mandatée pour faire ce genre de travail, vous comprenez?

William détourne son regard, il a compris. Il ne saura rien.

— Son fils est près d'elle, si cela peut vous soulager.

«Son fils! C'est sérieux. Très sérieux. Comment le rejoindre? Ces infirmières ne me sont d'aucun secours.»

— Maintenant, prenez cette pilule. Vous reposer est tout ce qui compte, monsieur. En êtes-vous conscient?

William cède. Elles ont gagné. Il doit penser à lui, uniquement à lui. Il colle ses paupières et se fait docile. L'infirmière tourne un bouton. La lumière tamisée de la pièce ferme ses yeux, le noir reprend possession des lieux.

De quoi sera fait demain? Il ne s'en préoccupe pas outre mesure.

* * * * *

Lumina omet d'appeler à l'hôpital avant de s'y rendre, l'idée bien arrêtée de rencontrer M. Leider. À mesure qu'elle approche, un combat se fait en elle.

«Comment vais-je me trouver en face de l'autre?»

Inutile d'insister, jamais elle ne se retrouvera en compagnie d'une pareille femme.

«Les Leider devront choisir entre nous deux, se dit-elle encore sous le coup de la colère. Me prendre pour une menteuse, m'accuser injustement, lorsque je l'ai vue de mes propres yeux mettre cet objet dans sa poche! Je n'arrive pas à le croire. Que diront mes fils? Je les ai déshonorés. Je sais que M. Leider me connaît. Jamais il ne doutera de moi. Mon travail impeccable en est la preuve. Si je le voulais, une simple demande de ma part et cet incident serait clos à tout jamais. Nous serions les seuls à porter ce secret. Mais il y a elle... La garce! Elle parlera, m'accusera. D'un crime que je n'ai pas commis, dont je suis innocente. Je suis chanceuse d'être au service de monsieur. Je sais qu'il fera tout pour me sortir du pétrin.»

Un immense bâtiment familier grandit devant elle.

«Allons-y! Fonçons. Laissons les événements parler d'eux-mêmes, me guider et me donner des réponses.»

Lumina tire la grande poignée du portail et s'engouffre dans l'ouverture, soulagée d'être seule.

Autour d'elle, la magnifique journée est déjà entamée. Mais son tourment intérieur l'empêche d'en découvrir la beauté. Elle enlève ses souliers: un geste très rare, et se presse vers un grand fauteuil.

— Ah! que je me sens fatiguée.

Chapitre 24

Los Angeles.

Que c'est triste Détroit lorsque l'on en revient bredouille!

Éveline, à la suite d'Yvette et de son mari, marche d'un pas lent dans le grand aéroport de Los Angeles. Sa misère morale incrustée dans son corps est insupportable.

Le docteur Bob Marceau, son gendre, a supervisé tous les préparatifs de transport de la dépouille d'Andy, son beau-frère. Devant l'entrée, un corbillard les attend, suivi d'une limousine. C'est à en mourir de tristesse. Ils sont seuls dans la foule dispersée partout. Leur visage décrit leur douleur puisque chacun, sans le savoir, les laisse passer. À moins que l'aéroport les ait avertis.

Éveline ne cesse de chercher William dans la foule. Soudain, elle se souvient d'avoir omis de lui annoncer la mort d'Andy afin de lui éviter cette épreuve. Elle préférait tout lui raconter de vive voix.

La limousine suit le corbillard à travers les dédales de la grande ville de Los Angeles et s'arrête au salon funéraire le plus près d'Aberdeen Drive. Le trio en descend en silence. Tout n'a pas été dit.

Le docteur soutient sa femme et sa belle-mère, les déchirements continuent. Yvette ne cesse de penser à son père absent de la maison depuis plusieurs jours.

«Que lui est-il arrivé? S'il fallait qu'un malheur...»

— Maman, nous devons entrer à la maison maintenant.

— Bien. Entrons.

La route connue a recouvert son paysage d'un immense tapis de brume causé par leur peine mutuelle.

— Heureusement que William est là.

— Oui maman. Il est là.

— Sans lui, je ne pourrais passer à travers cette épreuve, Yvette.

— Lui non plus, maman.

Le trio rentre en lui-même et le disparu sème de multiples souvenirs sur leur parcours. Chacun les vénère ou se les remémore à sa guise.

La maison est en vue. Éveline a un pincement au coeur inexplicable. Elle salue de la main le portier à la guérite, au passage.

«Allons Albert, souris, nous sommes de retour», songe Éveline devant la mine déconfite de son employé.

Sa hâte de tomber dans les bras de son mari est si grande qu'elle en perd un soulier.Elle agite la poignée de la porte et personne ne répond. Le trio se regarde, incrédule, inquiet.

— Voyons. Répondez, Lumina! Que faites-vous?

Toujours pas de réponse.

Sans attendre, Éveline trouve son trousseau de clés et ouvre. Une odeur étrange leur monte au nez. Tout est silence. L'absence d'Andy remplit le gouffre creusé dans la maison familiale désespérément silencieuse.

— William! Lumina! Marie! Hou, hou!

Tout est silence. Le trio familial cherche une explication. Éveline monte l'escalier en courant, suivie des deux autres.

La chambre est vide et le fauteuil roulant garde son secret. Yvette et Bob font le tour de l'étage, sans résultat. Tout est désespérément vide.

Éveline redescend au premier. Elle fouine dans la cuisine à la recherche d'un indice.

— Ils ne sont nulle part, maman. Comprenez-vous quelque chose?

Éveline se tait. L'étrange sentiment ressenti il y a de nombreuses années refait surface. Elle était arrivée chez elle un jour, la maison vide. Ce moment, elle ne l'a jamais oublié et espérait ne jamais le revivre. Il est synonyme de malheur.

Bob s'arrête devant une tache au bas de l'escalier. Une tache porteuse de tracas. D'immenses tracas.

— Oh! non! s'écrit-il en oubliant le duo féminin.

Elles accourent.

À la vue de la tache de sang coagulé, elles reculent. La mère s'écrie:

— William! William est tombé de son fauteuil et est à l'hôpital.

Le trio remonte au second plancher vérifier le fauteuil.

— Le portier, insiste Bob. Il doit être au courant.

Il compose son numéro et l'homme répond. Éveline lui enlève le récepteur des mains.

— Albert, qu'est-ce qui est arrivé ici? Où est M.

425

— Je l'ignore, je ne travaillais pas au moment de l'accident. Il est à l'hôpital.

— Accident! Hôpital! Oh! Mon Dieu! ne cesse de crier la femme éplorée.

— Venez. Allons à l'hôpital.

En route, une ambiance nouvelle les enveloppe.

— Maman, que dirons-nous à papa?

Éveline l'ignore.

— Tout dépendra de sa condition.

— Je suis d'accord avec toi, Bob.

— Laissez-moi parler au médecin d'abord. Ensuite nous jugerons de ce qui devra être dit ou pas.

— Tu es sage, mon mari. Tu l'as toujours été.

Éveline leur confie:

— C'est une bonne idée. Je ferai tout ce que vous voudrez. Pour le moment, j'ai envie d'aller aux toilettes. J'ai oublié ce détail à la maison.

Le duo éclate de rire. Un rire rempli de tristesse et de mutuelle complicité.

* * * * *

Le couple de médecins scrute l'environnement de William, l'air soucieux. Leur père, les yeux clos, intubé, est branché au moniteur qui décrit ses battements cardiaques assez réguliers. Un infirmier lui prend sa tension artérielle.

— Comment est-elle, monsieur?

— Je vous demande pardon? insiste l'homme vêtu de

blanc, ignorant la profession des visiteurs.

— Sa tension?

— Elle est acceptable, monsieur. Excusez-moi, explique l'infirmier envolé vers un autre malade.

— Bonjour papa.

— Yvette! Mon petit coeur. Viens que je t'embrasse.

Il étire le cou et aperçoit le visage de son gendre au bout du rideau tendu le long de son lit.

— Bob! Il me semblait que tu ne viendrais pas seule, Yvette. Comment vas-tu mon Bob? Quel bon vent vous amène ici?

— Nous sommes venus vous voir, maman et toi. En avons-nous le droit?

— Yvette! Tu me fais de la peine.

Bob reprend pour alléger l'atmosphère.

— Que faites-vous ici, M. Leider?

— Je m'ennuyais de votre mère et je suis venu me divertir en attendant, riposte l'homme vénérable.

Bob examine les environs et sourit.

— C'est vrai que le divertissement est constant, n'est-ce pas?

— Très. Les infirmières sont sans pareilles.

— Ah! oui. J'oubliais les infirmières, enfile Bob taquin.

— Le personnel ne dérougit pas. Ces gens sont d'une compétence... On ne peut demander mieux. Vous n'avez pas vu votre mère, elle est partie. Depuis... Depuis... je ne sais plus quand. J'ai assez hâte de la voir revenir. Je vous raconterai pourquoi elle est partie. Ici, les murs ont des oreilles.

Le couple se regarde. Que lui répondre?

— Elle est de retour, William, affirme Éveline en entrant dans la chambre et qui a entendu la fin de la conversation.

— Éveline! Tu es arrivée? Enfin!

Le vieux couple se serre et se caresse comme au premier jour. Des larmes abondantes coulent sur les joues d'Éveline.

Les deux coeurs trop retenus ouvrent leurs écluses. Éveline pleure la mort de son fils et lui, le retour de sa femme.

— Éveline. Enfin! Enfin! ne cesse de répéter le vieil homme en regardant sa femme comme s'il la voyait pour la première fois. Mon Éveline. Ma petite Éveline à moi. Tu ne partiras plus, hein?

— Jamais! William. Je t'en fais le serment.

Le malade exténué ferme les yeux. Ces émotions fortes ont raison de lui. Éveline essuie les larmes humidifiant ses joues et une enfilade de mots doux coule sur eux comme une source d'eau pure au matin. Ému, il écoute cette voix unique qui l'a charmé toute sa vie.

— Qu'est-ce qui t'es arrivé, William?

— C'est une longue histoire. Je te la raconterai à la maison.

— Oui, c'est ça. À la maison.

William se frotte le coeur. Éveline se retourne... Ses enfants ont disparu. Ils les ont laissés s'aimer d'amour.

— Repose-toi, nous reviendrons.

— Tu es aimable de me comprendre. Tu m'as toujours compris.

— Toujours, affirme faiblement Éveline entre deux sanglots. Toujours.

William la regarde de nouveau.

— Tu pleures? Tu me sembles triste. Tu ne me caches rien, hein? As-tu retrouvé Andy? Tu ne m'en as pas soufflé mot.

— De joie, William. La joie de revenir à la maison m'émeut plus que d'habitude. Je te parlerai d'Andy plus tard. Maintenant, repose-toi.

— Au revoir mon amour. Je t'ai toujours aimée. En fait, je n'ai aimé que toi, Éveline.

Les yeux bleus du vieil homme brillent d'une luminosité exceptionnelle. Éveline plonge en eux. Leurs mains soudées se parlent, se devinent en silence. Tout s'écrit dans ce silence comme s'ils ne s'étaient jamais exprimés.

— Je le sais, William. L'ai toujours su. Je t'aime William. Allons. Au repos!

— Si tu le dis, je le ferai.

— Tu le feras, je le sais. N'est-ce pas, Yvette?

Éveline se tourne vers ses enfants, oubliant qu'ils sont partis. Elle sourit, reconnaissante.

La voix de son mari la ramène vers lui.

— Au fait, où est passée Lumina?

— Elle m'a quitté au moment où vous arriviez.

— Je la verrai à la maison, alors.

Éveline se penche pour lui caresser la joue mais il s'est endormi.

429

En route vers Aberdeen Drive, le trio reste songeur, chacun se perd dans ses pensées. Éveline essuie ses joues où des larmes intermittentes se déversent de ses paupières mouillées. La plaie ouverte par Andy garde sa douleur vive et est difficile à supporter. Entre William très malade et son fils endormi pour l'éternité, seul dans une horrible chambre d'hôtel, cette dernière idée devient insoutenable. Le médecin légiste à la morgue lui a affirmé qu'il était allé au-delà des capacités humaines. Son corps accusait un système nerveux complètement à plat. Sa résistance musculaire était à néant. Il devait être affligé de tremblements continuels. Ces affirmations trottent, sans cesse, dans la tête d'Éveline.

«Je saurai. Je referai le périple entrepris à son départ. J'interrogerai les gens et je saurai de quoi il avait l'air et ce qui semblait étrange chez lui. Qu'est-ce qui a fait de ce jeune homme valeureux un paria? Mourir si jeune. William, lui, a quatre-vingt-quatre ans. Il est rendu à l'aube du dernier jour. Sa vie est accomplie. Mais Andy... La mort assise au pied de la porte nous visite tous, chacun notre tour. Est-ce la fin pour William? Il ne faut pas! hurle la douleur de la femme troublée et de la mère exténuée. Non, il ne faut pas!»

Un frisson descend le long de son échine, Éveline retrousse la manche de sa blouse noire.

«Devrons-nous décider de sa vie ou de sa mort? Oh! Mon Dieu! Préservez-nous de cette épreuve. Je ne pourrai la supporter.»

Éveline jette un regard à sa fille silencieuse, près d'elle.

«À quoi, à qui pense-t-elle? À la même chose que moi,

je suppose. Avons-nous pris la bonne décision en face de ses problèmes cardio-vasculaires? Mentir à William a-t-il été la seule solution possible dans les circonstances? Bien malin qui saurait le prédire.»

— Le médecin nous approuve Yvette, rectifie Bob pour se rassurer de la justesse de ses intentions.

— Sans leur avis, je me sentirais coupable de lui cacher le décès d'Andy.

Le docteur Bob Marceau interroge sa belle-mère.

— Quelle sera sa réaction, Mme Leider? Doutera-t-il de nous? De notre intégrité à son égard?

— Il sera très vexé puis la logique prendra le dessus, elle l'a toujours guidé.

Bob respire soulagé. Yvette continue.

— C'est étrange, Bob. Nous prenons froidement ce genre de décisions chaque jour dans nos bureaux de médecin. Il suffit de nous voir confrontés à une problématique identique nous concernant et nous perdons toute mesure rationnelle.

— En effet. Dorénavant, nos jugements de valeur devant le malade, la maladie et la mort seront différents. Crois-tu?

— Absolument. Je dirais que papa nous donne la chance d'approfondir cette dimension humaine de la vie et sa finalité.

La voix brisée d'Éveline s'élève.

— Pourrons-nous lui mentir longtemps?

— Je l'ignore, maman.

— Un pareil dilemme est impensable. On pense qu'il

n'arrive qu'aux étrangers.

— Demain, nous saurons s'il est opéré ou non.

— Oui, demain nous saurons.

— C'est une décision pleine de risques. La supportera-t-il?

— Là est toute la question, maman.

— Toute la question, répète son mari pensivement.

Chacun fait rebrousser chemin à leurs mots en eux et le parcours se poursuit en silence. Éveline songe à une étrange singularité. Personne n'a mentionné le nom de Marie Desrochers, son amie infirmière.

«Qu'est-elle devenue? À la maison, je saurai plein de choses», se rassure-t-elle, remplie d'une grande lassitude.

* * * * *

Lumina arrive à Aberdeen Drive, fourbue. Pénétrer dans cette immense demeure, seule, lui semble étrange. Elle se laisse choir dans le beau fauteuil de M. Leider et ses boulevards cervicaux prennent leur envol. Son corps tendu reprend peu à peu son moule original, elle se sent lasse, très lasse. Ses yeux lourds l'entraînent dans l'oubli de la réalité, elle s'est assoupie. Des diablotins s'amusent à dessiner mille et une distorsions sous ses cils. Elle se réveille en sursaut.

Accablée, Lumina réfléchit sérieusement. L'accident avec Garde Desrochers, le départ inaccoutumé de Mme Leider, les séjours successifs de monsieur à l'hôpital en si peu de temps, sa culpabilité, sa honte, sa surcharge de responsabilités spontanées courbent son échine et prennent des allures de monstruosités inaccessibles. Puis, s'il fallait que monsieur décède...

«Je vais appeler mes fils. Ils seront heureux de me venir en aide. Je n'en peux plus, vraiment.»

Elle compose un numéro, une voix monocorde lui répond.

— Il est parti pour la journée. Reviendra demain.

Elle se tourne vers l'hôpital de San José. Surpris d'être interpellé au milieu de la journée par sa mère, son fils Josué approche l'appareil de son oreille.

— Bonjour maman. Quel bon vent t'amène?

— J'ai de légères difficultés, j'aimerais te consulter à ce sujet. Viendrais-tu dîner avec moi, demain?

— Rien de sérieux, j'espère?

— Je suis encore en vie, si c'est ce que tu veux dire.

Josué pouffe de rire. Elle va bien. Son ironie le prouve.

— Je fais l'impossible pour être avec toi demain, maman. Tu as parlé à Jefferson?

— Son répondeur souligne son absence.

— Han! Han! soumet-il, songeur.

«Le golf, je suppose.»

— Rassure-toi, je lui mets le grappin dessus et nous serons du festin.

Lumina enfile l'escalier en vue de fouiner dans ses affaires. Une tache attire son attention. Elle s'arrête subitement et se parle.

— Oh! Qu'est-ce que c'est?

Elle se penche et se souvient.

— J'ai oublié...

La gouvernante au pas ralenti, part à la recherche d'un linge à récurer dans la cuisine. Elle aperçoit trois tasses vides sales dans l'évier.

— Tiens, tiens, tiens...

Elle en tâte une et reconnaît la préférée de Mme Leider. Elle tend l'oreille partout. Ce silence l'effraie.

«Quelqu'un est dans la maison ou est venu ici pendant que j'étais à l'hôpital. Je dois être vigilante.»

Elle apporte le torchon et fait disparaître la tache. Puis, elle monte à l'étage supérieur. Dans la chambre de M. Leider, elle reconnaît les vêtements jetés à la hâte sur le lit. Aux prises avec de vives émotions, elle crie à qui veut l'entendre:

— Elle est arrivée! Elle est ici! Mme Leider est arrivée!

Sa grande joie la fait courir partout dans la maison. Sa soupape retenue longtemps, le couvercle saute. Verser le trop plein la libère. Elle se parle mais elle est seule.

— Voyons! Elle est absente, Lumina. Calme-toi! À quoi te sert de crier de la sorte?

La brave femme opine du pompon en riant.

— Elle est arrivée et repartie. À l'hôpital je suppose.

Un rire sonore remplit la pièce et la soulage. Jamais elle ne s'est sentie aussi heureuse de revoir sa patronne.

Du bruit attire son attention.

«Une auto...»

Lumina en pleurs s'élance vers Éveline aux prises avec ses propres émotions, en gesticulant, courant et lançant des mots hachurés, incompréhensibles, coupés par sa vaine tentative de se chercher du souffle.

— Mam. Ah! Vous voi...là. Mon... vot.. Andy.

Éveline la serre longuement. Un geste jamais exprimé entre elles de toute leur vie. Lumina pleure le drame vécu avec Garde Desrochers et ses peurs de ne jamais la voir revenir pendant qu'Éveline pleure la perte de son fils Andy. Cet épanchement spontané émeut le duo muet qui regarde ces deux êtres aux antipodes de la vie, liés par une amitié indéfectible.

— Lumina! Enfin je te retrouve!

Réalisant sa soudaine hardiesse, la gouvernante se recule, intimidée, et se tait. Éveline lui tient les épaules, plonge dans son silence entrecoupé de sanglots et entre avec elle à la maison.

Une conversation interminable sur William et ses séjours à l'hôpital, une suivante sur les nouvelles d'Yvette et de son mari se poursuit, pendant que la nuit s'étire le bras. Les pourquoi, quand, comment pleuvent à profusion dans le panier d'interrogations de la dame revenue au bercail. Lumina y répond au meilleur de sa connaissance. L'intense conversation s'éternise au point de voir s'effacer le couple de médecins pour se reposer. Au passage, Bob se penche sur la tache.

— Tiens... regarde Yvette, la tache a disparu.

Yvette distraite lui répond sans savoir ce qu'elle dit. La nuit nourricière l'invite au repos, elle a tant sommeil.

— Tu ne m'as pas soufflé mot de Garde Desrochers.

La brave Lumina se sent confuse. Comment se sortir de ce pétrin? Elle cherche dans le bout de ses orteils, à découvert dans ses sandales, les mots à dire et ceux à taire.

— Elle... Elle est...

Qu'il est difficile de blesser, d'avouer...

Sa patronne lui vient en aide.

— Elle est partie?

— Pas exactement, madame. Comment m'exprimer?

— Allons, Lumina. Tu ne manques pas de verbiage d'habitude. Si tu hésites, c'est qu'il s'est passé quelque chose de...

— ... pas très catholique, madame.

L'image du grand chapelet authentique d'un capucin aux pieds nus dans leurs sandales et à la bure brune ornant un mur de la grande chambre des maîtres apparaît à la mémoire de la gouvernante empêtrée dans ses difficultés. La prière de sa patronne récitée maintes fois lors de tourmentes familiales s'élève et sa voix reprend vie.

— Saint-Antoine, patron des causes désespérées, aidez-moi.

Lumina pousse un soupir.

— C'est assez grave, madame.

Éveline assise dans son fauteuil se penche vers Lumina, lui touche presque les genoux.

— Que s'est-il passé ici? Dites-le-moi, Lumina.

— Elle est à l'hôpital.

— À l'hôpital? Ma parole. Ce fut presque la guerre ici!

— Vous n'avez jamais si bien dit, madame. Jamais! Ce fut la guerre!

Yvette sur la pointe des pieds se rapproche de sa mère

et l'invite à la suivre.

— Maman, tu es exténuée. Vous aurez tout votre temps demain pour vous raconter la suite. Venez vous coucher. Il se fait très tard. Demain nous avons une grosse journée. Une très grosse journée, insiste sa fille en appuyant sur le *très*.

— J'y vais, indique Éveline Leider déçue de devoir remettre ce suspens au lendemain.

— Je t'attends.

— Tu peux monter, je connais le chemin.

— Je monte avec toi et tu viens maintenant!

— Vous voyez, Lumina, le résultat d'avoir un médecin comme fille.

Yvette lui sourit.

— Exactement! On doit lui obéir au doigt et à l'oeil.

— Tu as oublié la voix, Yvette. Bonne nuit Lumina.

La brave gouvernante se sent soulagée par cet écart de conversation. La nuit, puis ses fils lui porteront conseil sur la marche à suivre.

— Bonne nuit. Dormez-bien.

— Portez-vous bien et...

— ... je payerai le médecin, je sais, conclut Lumina le sourire triste pour la veille dame disparue dans le noir au bout de l'escalier.

La nuit réparera des pans entiers de fatigue accumulée.

Dans son lit, Lumina repasse le déroulement de sa soirée, une idée se pointe à l'horizon.

«J'ai oublié de m'informer au sujet d'Andy. Que je suis

impolie parfois!

—*Tu le sauras demain, ma vieille. Tu ne perds rien pour attendre.*

Je ne perds rien pour attendre», murmure-t-elle en fermant les yeux.

Une autre image se superpose à la première et ne la quitte pas: la tristesse du regard de sa patronne. Longtemps, elle tente d'en saisir la portée et, lasse, elle se laisse emporter par les bras chatoyants du soir à son déclin.

* * * * *

Le lendemain, Lumina butine dans sa cuisine depuis le lever du jour. L'arrivée de sa patronne lui a donné des ailes. Elle prépare un grand déjeuner dans la salle à dîner comme au jour des grandes réjouissances. Voir arriver la moitié de la famille en même temps ne s'est pas présenté souvent. Pour quelle circonstance? Elle l'ignore.

«Puis, se dit-elle, cela n'a aucune importance. Ils sont là, c'est tout ce qui compte.»

Le bonheur de la journée lui a fait oublier son invitation à dîner de ses deux fils.

Dix heures tintent à l'horloge grand-père, la sonnerie de la porte se fait entendre. Lumina songe aux endormis et court ouvrir. Elle se retrouve devant ses deux fils, le visage sérieux, beaux comme des anges dans leurs habits de vacances.

— Ah!... Entrez, fait Lumina embêtée par la situation.

Josué décode le langage non verbal écrit sur le visage de

sa mère et explique.

— Nous pouvons revenir si tu le désires.

— Mais non. Entrez. Nous nous installerons dans le second salon et nous fermerons la porte. Vous comprenez, Mme Leider est arrivée hier soir d'un long voyage.

Les balivernes terminées, une discussion animée s'ensuit. Lumina installée devant ses fils leur raconte en détail son combat avec Garde Desrochers et ses conséquences.

Les deux hommes s'enfoncent dans leur fauteuil pour réfléchir. Ils sont dépassés.

— Cette histoire est l'oeuvre d'une déséquilibrée, maman, constate Josué, le médecin.

— Il faudrait étudier les motifs de ses gestes, réplique Jefferson, l'avocat.

— Je suis incapable de saisir pourquoi elle a voulu m'accuser, lorsque c'est moi qui l'ai prise la main dans le sac.

— Elle a été surprise.

— Elle a probablement suivi un plan tracé d'avance.

— Pour m'incriminer? Dans quel but? Je n'ai rien eu à voir avec cette femme. Ni de près ni de loin.

— Qu'est-ce que maman doit faire, Jeff?

— D'abord, tout raconter à M. Leider.

— Il est très malade.

— Alors mettre sa femme au courant.

— J'ai honte. Que j'ai honte mes enfants!

— Maman. Au contraire. Nous sommes fiers de toi. Tu as défendu ton intégrité.

— Nous connaissons bien M. Leider. Il a été notre père

en quelque sorte.

— Mme Leider t'aime beaucoup. Jamais elle ne doutera de toi.

— Après toutes ces années à leur service, ils te connaissent. Ils peuvent mesurer ton degré d'honnêteté.

— Semer le doute dans l'esprit de quelqu'un est si facile. Détruire sa réputation l'est tout autant.

— Accepter et croire à des doutes de la part des Leider? Jamais!

— M. Leider est un grand homme. Je n'en connais pas de plus noble.

— Je suis d'accord avec toi, Jeff. Mais sait-on jamais?

— En médecine, on attaque toujours le problème de front. Alors, il faut foncer.

— Josué a la solution, maman.

— Foncer, hein!

— Tout de suite. Battre le fer pendant qu'il est chaud.

— C'est l'unique solution.

— Tu auras des associés contre cette femme.

— Y a-t-il eu des témoins?

— Je ne peux le certifier. J'étais dans une si grande colère que j'ai vu rouge et j'ai perdu le nord. J'en ai oublié des bouts. Je ne saurais décrire toute la scène. J'ai eu peur de moi. Jamais je ne me suis sentie dans un tel état. Penser que je pourrais poser de tels gestes un jour m'a toujours paru invraisemblable. Je suis désolée et estomaquée en même temps. Je regrette amèrement mes débordements. Si je m'étais maîtrisée, nous n'en serions pas là, aujourd'hui. J'ai vu M. Leider à la renverse sur sa chaise, c'est tout ce que je sais.

— C'est d'autant plus urgent de recueillir son témoignage car il est malade.

— Et la maladie à cet âge...

— La mémoire fait si facilement défaut.

— Taisez-vous, vous me faites peur.

— Mieux vaut avoir peur maintenant et l'affronter que d'être sous son emprise et prise au dépourvu, le moment venu.

— Il a quel âge?

— Je ne puis le certifier.

— Ses malaises cardiaques sont certes le fruit de cet incident, Josué.

— Sans contredit, Jeff.

— Que faisons-nous maintenant?

— Mme Leider est seule avec toi?

— Sa fille et son mari sont également arrivés hier.

Les deux professionnels se regardent, confus.

— Ils viennent souvent?

— Rarement. Ce sont des chercheurs de Chicago.

— Je sais, confirme Josué.

— Cette situation recèle du mystère.

— Seul Andy est absent. La famille est presque complète.

Les deux hommes se regardent d'un oeil complice.

— Attendent-ils la mort de leur père? ose demander Josué?

— Je pensais la même chose.

— Taisez-vous. Vous me faites honte! Penser et dire de

telles aberrations après ce que vous avez reçu de cet homme?

— C'est justement pour cette raison que nous pensons de la sorte, maman.

— Quelle est la meilleure façon de procéder, Jefferson?

— Maman, tu nous laisses mener la conversation et tu réponds seulement si c'est nécessaire.

— Tu as bien compris?

— Oui, Josué.

— Récapitulons.

Des bruits interrompent leur conversation. On frappe à leur porte. Lumina ouvre.

— Vous êtes déjà debout! s'exclame le mari d'Yvette, en regardant les deux hommes en grande conversation avec leur gouvernante.

— Bonjour, Bob, avance Josué.

Le médecin cherche la provenance de cette familiarité et ses yeux s'illuminent soudainement.

— Josué Lopez. Bonjour! lui dit-il en lui serrant la main.

— Tu reconnais mon frère?

— Jefferson. Comment vas-tu?

— Je les ai invités hier, je me sentais anxieuse et seule dans cette grande maison. Les événements de la dernière semaine me semblaient lourds.

— Et vous les avez invités à déjeuner.

— Je les avais oubliés complètement avec votre arrivée hier. Je m'en suis rappelé en les apercevant à travers le givre de la porte.

— Alors, vous nous faites l'honneur de nous accompagner. D'autant plus que j'ai d'intéressantes découvertes à vous parler, assure le médecin par de grands gestes amicaux.

Pendant que les hommes prennent une autre voie, Lumina se dirige vers sa cuisine mettre une dernière touche à son grand déjeuner. Une atmosphère étrange et indéfinissable plane sur le repas. Lumina ne cesse de penser à M. Leider.

«Espérons que monsieur a passé une bonne nuit.»

Pendant que se déroule le repas, la gouvernante surveille en retrait la pâleur de sa patronne. Elle picore dans son assiette sans appétit. Sa patronne accroche sa pensée à l'agitation de Lumina et sa voix exténuée s'élève.

— Lumina, venez. Venez vous asseoir devant moi, j'ai une nouvelle à vous annoncer.

La gouvernante jette un regard à ses fils pour se donner du courage. Elle doit traverser cet autre interrogatoire.

Le silence se crée autour d'eux.

Éveline sort une photo mise sur ses genoux et la serre contre son coeur puis la place au centre de la table, à l'endroit occupé par son mari.

— Les enfants, voici tout ce qui reste de notre fils. Il est mort seul dans une chambre dans d'atroces douleurs comme un soldat au champ d'honneur.

Lumina prend la photo et l'examine attentivement en essuyant de temps en temps la vitre couverte de ses larmes. Elle scrute tous les coins et recoins de ce beau visage souriant aux cheveux fournis au costume impeccable de pilote d'avion de l'Armée américaine.

— Andy nous avait écrit une lettre avant de nous quitter en nous demandant pardon pour nous avoir déçus dans son choix de carrière et affirmant que sa vie n'était pas aussi glorieuse que nous l'aurions souhaité. Je dirais qu'il est le plus libre de nous tous. Il a poursuivi la route qu'il aimait, sans se préoccuper des conséquences ni des pressions sociales. Pour moi, c'est un héros anonyme qui a donné sa vie pour la liberté.

Personne ne parle. Chacun avale l'hymne à l'amour d'une mère pour son fils et fait un parallèle entre ce témoignage et leur propre vécu.

—Il sera inhumé lundi matin. Maintenant, nous avons un dilemme à résoudre. Nous avons décidé de ne pas informer son père de ce malheur, nous pensons qu'il pourrait en mourir. Qu'en pensez-vous? Vous, Lumina. Qu'en pensez-vous?

— Tout ce que vous décidez est bien fait, madame.

— Et vous deux, Yvette et Bob? Avez-vous changé d'idée?

— Nous n'avons pas changé d'opinion depuis hier.

— Et vous, Josué?

Yvette fronce les sourcils.

«Il n'a pas à émettre son opinion à ce sujet, celui-là», songe-t-elle, ennuyée.

Elle ignore que son père les considère comme ses enfants depuis longtemps. Elle ne sait pas qu'il les a fait instruire, mais elle le soupçonne. Elle trouve très curieux, pour ne pas dire étrange, leur présence dans sa maison, ce samedi matin.

— Je n'oserais prendre position dans votre famille,

madame. Mais puisque vous me demandez mon idée, je vais vous la soumettre sans arrière-pensée. Je parle en tant que médecin, il va de soi. La nuit passée vous donnera la réponse. Il se peut qu'il soit beaucoup mieux ce matin. N'oubliez pas qu'il vous a tous rencontrés. Ce grand bonheur a pu faire des miracles. Y croyez-vous?

— J'y crois, répond Jefferson pour appuyer son frère.

— Ton opinion fait preuve de grande sagesse, constate Éveline Leider, soulagée. Je n'ai pas fermé l'oeil de la nuit, cette question m'a tenue réveillée totalement. Je crois que nous déciderons selon nos prochaines visites à votre père. Pour ma part, je suis en faveur de tout lui dire. Je ne lui ai jamais caché quoi que ce soit dans ma vie, je ne veux pas commencer maintenant.

— Même si cela pourrait le faire mourir?

— En sommes-nous certains, Yvette?

— Je ne le suis pas, réplique Bob.

— Je n'assumerai jamais ce risque, vous m'entendez? Jamais! J'utiliserai tous les moyens pour vous contraindre à le protéger. Vous ne tuerez pas mon père aussi facilement.

Sur ce, Yvette se lève et veut les quitter.

Éveline reconnaît le tempérament intempestif de sa fille. Lorsqu'elle est contrariée, elle devient une tigresse.

— Assieds-toi, Yvette. Nous ne sommes pas ici pour le tuer mais pour le garder en vie. C'est différent.

Yvette passe outre les ordres de sa mère et se réfugie dans le grand salon. Son mari la suit.

Le déjeuner se termine sur cette note discordante,

inadmissible pour Lumina. Ses deux fils la quittent, l'histoire de leur mère ayant été reléguée aux oubliettes.

Éveline monte à sa chambre prier le Saint-Antoine de toutes les causes de la terre.

Une demi-heure plus tard, elle redescend.

— Je vais à l'hôpital voir votre père.

— J'y vais avec vous, Mme Leider, soumet Bob.

— Je préfère que ce soit plus tard, si tu veux bien. Nous partager les visites serait souhaitable.

— Bonne idée. Nous irons vous remplacer. Nous devons nous relayer au salon funéraire également. Avez-vous la liste de vos amis à contacter?

— Une firme a été mandatée pour ce faire. Tu la trouveras sur la table du boudoir. Tout est là.

— Bien. Appelez-nous, dès votre arrivée à l'hôpital.

— C'est promis, Bob.

— Vous savez, Yvette a beaucoup de peine. Il faut la comprendre.

—Nous en avons également, Bob. Tout est une question de perception, tu sais. Tu es bon de plaider en sa faveur. Sa colère était déplacée. Tout le monde pouvait émettre son opinion en toute liberté. Comprends-tu?

Bob assure du toupet et se tait. Il entendait les paroles de cette femme envers son fils ce matin et savait qu'il était de sa trempe.

Éveline marche dans le corridor, pressée de rencontrer l'homme de sa vie. Des voix s'amusent autour du lit de son mari, elle se sent soulagée.

— Bonjour William.

Le personnel s'éclipse, sauf le médecin.

— Éveline! Tu en as mis du temps.

La femme regarde sa montre.

— Il est à peine onze heures.

— Je t'attends depuis cinq heures.

— Cinq heures! Oh! la! la!

Le médecin griffonne des mots sur son tableau blanc et réplique.

— C'est vrai, madame. Si vous n'arriviez pas bientôt j'envoyais un taxi à vos trousses.

— Comment va-t-il, docteur?

— Il s'amuse à nos dépens ce jeune homme. S'il continue...

— Que se passera-t-il?

— Il sortira sans être opéré.

Éveline saute de joie.

— Ai-je bien compris?

— J'ai tout expliqué à votre gendre au téléphone. Je voulais vous en parler mais vous étiez partie. Votre mari est au courant.

— Je sais tout! Éveline. Tout!

Éveline tremble. Que signifie ce tout? Mieux vaut explorer avant de faire des bévues. Elle écoute l'ordonnance du médecin, rieuse.

— Monsieur Leider, prenez du calme, du repos, et du plaisir sans excès. Voilà vos médicaments prescrits pour la journée.

Éveline s'inquiète.

— Il ne prend aucune médication, docteur?

— Cette dernière prescription est de l'extra. Nous la proposons à des patients spéciaux qui sont dociles et désireux de s'en sortir. Un remède miraculeux et peu dispendieux: recevoir ceux qu'il aime et qui l'aiment.

Éveline sourit à son mari et lui caresse le bras. William ne cesse de scruter le visage de son épouse.

— Voilà. Je vous quitte.

— Bien docteur. Bonne journée.

William, qui a pris la main de sa compagne de vie, l'examine intensément. Elle dérobe son regard. C'est si facile de lire en elle. Le drame de Détroit est omniprésent et elle doit à tout prix lui éviter ces déchirements pour le moment.

— Je te trouve les traits tirés, Éveline.

— Ne t'en fais pas. Le voyage, tu sais. Tu as bien dormi?

— Et toi?

«Ne me torture pas de la sorte, William. Si tu savais comme je souffre.»

— Dis-moi. Lumina m'a dit que Marie était à l'hôpital?

Voilà William évasif à son tour.

— Marie? Ah! oui. Marie.

— Allons, que s'est-il passé?

— Elle est tombée dans l'escalier.

Éveline ouvre grand les yeux de surprise. Son mari pouvait tomber, pas elle.

— Tombée?

— J'ignore comment c'est arrivé. Je sais seulement que nous avons dû faire venir l'ambulance et la transporter ici.

— Ici! Alors je peux la voir.

William se sent piégé. Il a donné une grosse somme d'argent pour la faire transporter dans un autre hôpital, il ne pouvait plus songer à la possibilité de la voir surgir dans la porte de sa chambre à l'improviste avec sa face de sorcière.

— Elle a été transportée dans un autre hôpital.

— Un autre hôpital? C'est très sérieux.

— Je ne pourrais pas dire ce dont elle souffre.

— Tu connais cet endroit?

— Je ne me suis pas renseigné. J'avais d'autres chats à fouetter.

Éveline trouve ce comportement étrange. Il n'est pas familier à son mari.

«Je devrai l'appeler chez elle et en avoir le coeur net. Celui de Lumina n'est guère mieux. Ces deux-là me cachent des choses. Je devrai être vigilante.»

Les jours suivants sont partagés entre le salon funéraire et l'hôpital. Le service a été remis à mardi pour des raisons qui échappent à Éveline. Dans la brume de son esprit, elle se laisse emporter par la vague, trop faible pour se poser des questions. William prend une marche dans le corridor le lendemain, dimanche. Le lundi, il reçoit sa femme, vêtu de son pantalon. Éveline nage en plein bonheur dès qu'elle entre dans cette chambre. Une seule ombre au tableau, son mari ignore toujours que leur fils est au salon funéraire et sera enterré demain.

Cette idée la torture des nuits entières. Elle prie son fils de lui venir en aide et de solutionner le problème. Franche et droite comme les hêtres de son enfance, elle n'en peut plus de cette situation qui se détériore. Par mille détours avec mille difficultés, elle rafistole une histoire afin de s'absenter le mardi après-midi.

— Désolée, je dois passer un examen chez l'ophtalmologiste.

— Je vois. C'est bien.Tu reviens quand?

— En soirée. Dis donc, toi. Tu es triste aujourd'hui. As-tu des mauvaises nouvelles à nous cacher?

— Et toi?

Honteuse, Éveline baisse la tête.

«Mais oui. Des tonnes. Quand pourrai-je te les apprendre? Et comment?»

— Bon, je te quitte, l'heure des visites est terminée.

— Eh! oui. Lorsqu'on est mieux on a droit à moins de visites.

— C'est stupide!

— Que veux-tu? C'est la rançon de la convalescence.

* * * * *

Mardi après-midi, Éveline se sent exténuée. Pourra-t-elle passer à travers cette expérience? Elle l'ignore. La fermeture de la tombe lui est très pénible. Elle se sent littéralement cassée en deux. Yvette et son mari doivent la soutenir.

«Si William était là. Près de moi.»

450

Sa grande douleur perce tous les pores de sa peau. Comment va-t-elle s'en sortir? Elle a refusé tout médicament. Elle veut sentir sa peine. La vivre. Comme Andy a vécu la sienne, seul dans sa chambre d'hôtel. Elle veut partager cette souffrance et en découvrir les facettes. Une façon de lui remettre un peu de son amour. Une manière de lui dire: «Je t'aime et t'aimerai toujours, même si tu n'es pas né de mon sein.»

L'église est comble. Elle en éprouve du réconfort. Battant la marche, elle descend l'allée qui la mène au pied de la tombe de son fils, empreinte d'une grande dignité. Elle aperçoit des hommes galonnés tenant une casquette blanche sous leur bras.

«Des gens de l'armée», se dit-elle.

Tout à coup, miracle!

Au premier banc se trouve son mari en chaise roulante. Elle s'affaisse dans ses bras, incapable d'en supporter davantage.

— Tu es là! Tu es venu! Tu as su! crie-t-elle dans un débordement indescriptible de peine.

William se laisse entourer et communie avec sa douleur.

Dans l'église, une vague de murmures déferle dans l'assistance et se perd dans le vestibule, des reniflements font figure de musique. L'office des morts débute. Main dans la main, assis l'un contre l'autre, ils laissent couler leur amour afin d'avoir moins mal. Puis c'est la fin.

Le couple Leider revient à la maison et commence à panser ses blessures.

Chapitre 25

Marie Desrochers remonte la côte d'un long périple de souffrances morales et physiques. Sa solitude lui pèse. Des bénévoles suppléent en comblant, tant bien que mal, la place sensée être occupée par ses enfants. Ceux-ci ont appelé chacun leur tour puis l'ont oubliée comme elle leur a appris dans le passé. Dans ses longues méditations, elle se dit que c'est le juste retour des choses. Il est impossible de toujours recevoir sans jamais donner. La vie est un continuel échange entre les humains. Elle découvre avec acuité sa situation.

De Francis, pas un mot.

— Il est déménagé en Ohio, à la suite d'une promotion de sa compagnie, lui annonce sa fille Judy.

Marie fuit le regard de sa fille, sa peine lui monte à la gorge. Des phrases prononcées par son fils s'allongent dans son corridor mental et ouvrent ses blessures.

«—Tu seras avertie, maman. Ne compte plus sur moi pour te sortir du pétrin. Tu fais une folle de toi. Tu cours à ta perte. Tu es têtue comme une mule!»

Ce langage sorti de la bouche de Francis le soir de sa stupide décision, en apprenant sa montée sur la montagne crée parfois un goût amer dans sa gorge. Ce matin, collées à la paroi de ses tempes, ces paroles sont prêtes à rebondir à la moindre occasion.

Le calendrier lui indique la fin du mois. Le printemps a revêtu son manteau vert tendre, a semé de nouveaux parfums dans le parc devant son hôpital, il se promène dans les recoins et fouine partout. La foule ailée lui rend visite à l'occasion sur le rebord de sa fenêtre.

«J'ai été un mois hospitalisée!»

Elle se pose de sérieuses questions. Tous ses amis d'occasion, au corps mal en point, sont retournés chez eux depuis longtemps.

«Qui me fait ce traitement de faveur? Et pourquoi? J'ai l'impression d'être en convalescence à l'hôpital plutôt qu'à la maison.»

Le médecin répond d'un air évasif que son cas requiert des soins spéciaux. Ses fractures importantes ont nécessité de multiples interventions et elle doit se montrer docile, si elle veut marcher un jour. Cette seule affirmation a fait grimper ses yeux au ciel et monter sa pression. S'il fallait. Alors, elle se plie à tous leurs caprices.

Marie s'interroge sur le fait qu'elle soit si loin de son appartement.

— Madame, les meilleurs spécialistes, lui affirment les bénévoles, sont à cet hôpital.

Pour passer le temps, elle fait de la physiothérapie. Un mot horrible qui devrait être éliminé du dictionnaire, tellement il demande de l'abnégation et du courage.

Sous les rideaux clos de sa vision, elle songe à de multiples solutions. Au fond du puits, elle ne peut descendre plus bas sans se noyer.

«J'ai tout perdu. L'homme qui m'aimait, Lumina une bonne amie, Éveline que j'avais retrouvée et qui n'a plus donné signe de vie. Mon travail est terminé, j'ai peut-être perdu mon loyer. Par ma faute. Cette idée de toujours vouloir les biens et le bonheur des autres. Cette folie de ne pouvoir me contenter des joies en abondance autour de moi. Cette envie de posséder sans aucune limite. D'où vient-elle? J'ai désiré sortir glorieuse de cette lutte rangée, je me suis fourvoyée et j'ai perdu. William était irascible envers moi car il m'aimait. Je le sentais. Il livrait une bataille de tous les instants contre son coeur et ses propres sentiments. Je l'ai deviné.»

—*Si tu te trompais, Marie? Si tout cela était le produit de ton imagination?*

Marie frappe le drap de son poing et fait un creux.

«Non, c'est impossible. Je n'ai pas senti ces choses inutilement. Je voulais éliminer Lumina pendant quelques temps afin d'être seule en sa compagnie. J'étais prête à l'envoyer n'importe où. Toutes les destinations me semblaient souhaitables. Il fallait trouver quelque chose de crédible aux yeux de William. J'avais beau tourner et retourner les possibilités, aucune ne paraissait réalisable. Le ménage du bureau se pointa sur l'agenda et il fut retenu sur-le-champ. La suite appartient à l'histoire. Et j'ai perdu William et son univers. Comment reprendre l'initiative? Que faire pour goûter, ne serait-ce qu'une semaine, la vie à deux avec cet homme?»

—*Tu divagues encore, Marie. Tu es indomptable. Au contraire, cet homme te fuit comme la peste. Francis te l'a dit. Ta soif de gloire et ta convoitise t'ouvriront les sentiers de la déchéance totale. Quand vas-tu le réaliser?*

Marie se lève et circule en béquilles. Elle déteste se faire haranguer par cette détestable petite voix.

Le médecin se présente un matin, tout sourire.

— Bonjour ma petite dame.

— Bonjour docteur. Des bonnes nouvelles à ce que je vois dans vos yeux.

— Vous savez lire le regard, petite dame?

— Le vôtre est si limpide, on ne s'y trompe pas.

— Vous avez la permission de vous évader de votre prison, comme vous dites.

Marie rayonne de joie.

— C'est vrai? Vous ne me donnez pas de fausses joies comme l'autre jour?

— Cette fois, c'est la bonne. Vous nous avez donné du fil à retordre à certains moments mais maintenant...

— ... tout est sous contrôle, comme vous dites.

— Une infirmière vous apportera les documents appropriés. Bonne chance! Surtout, ne dansez plus dans les escaliers. Compris?

— Promis docteur. Seulement sur un vrai plancher.

Le médecin la quitte en la saluant amicalement. Cet homme lui a donné des ailes. Enfin, elle volera vers la libération de ces contraintes hospitalières.

Marie s'approche de la fenêtre ouverte, aspire à grands coups l'air du dehors. Une dame sort de son auto, lui envoie la main. Elle lui sourit et se presse. Sa valise refermée, elle fait un tour d'horizon de son dernier univers et le quittera sans regret. Des blessures de toutes sortes à abandonner ici avant de partir.

La bénévole au volant de sa voiture la replace dans le quotidien de la vie. La route se pare de beautés nouvelles. Les couleurs resplendissent. La mer miroite au soleil. Les bruits oubliés de la ville agressent son tympan. Son long séjour à l'hôpital en a atténué les contours et remisé en elle le souvenir. Marie entend battre son coeur dans sa poitrine. Est-ce de peur ou de faiblesse? Elle se sent tout à coup si fébrile en dedans.

— Ann, vous m'aidez à monter chez moi avant de partir?

— Madame Prudhomme. Je ne laisse jamais les gens sur le palier de leur porte. Le bénévolat défend cette étroitesse d'esprit. Allez, entrez. Vous cherchez vos clés? Attendez. Ne vous affolez pas. Je les trouve pour vous.

— Vous êtes une soie, Ann. Vous me manquerez.

— Je viendrai vous rendre visite si vous le désirez.

— Je n'osais vous le demander, vous avez tant fait pour moi.

— Alors, c'est un rendez-vous! Tenez. Voici mon numéro de téléphone.

— Nous irons boire un café au restaurant à la première occasion.

— Si le temps me le permet, j'en serais ravie.

La femme aux mains pleines d'entraide quitte Marie sur un espoir de future rencontre. Elle en a besoin. Ce mince filet d'amitié lui sera salutaire, elle le sent.

Son appartement sent le renfermé. Sa fatigue lui fait

oublier cet inconvénient. Marie se laisse tomber à la renverse sur son lit, à bout de souffle.

«Je ne suis pas aussi solide que je le croyais. Il me faudra du temps, avant de mettre mon autre plan à exécution... Je serai patiente. La patience attire le succès. William, tu me reverras, je t'en fais le serment.»

Sur ce, garde Marie Prudhomme Desrochers s'endort profondément.

* * * * *

L'ancienne infirmière des Leider a repris de la santé. Elle s'est trouvé un autre emploi; le loyer était en souffrance et les assurances demandaient à être renouvelées, si elle désirait recevoir des prestations supplémentaires. Elle marche en claudiquant.

— Une difficulté de réadaptation temporaire, lui assure le médecin.

— Un problème persistant, Paul. Je ne trouve aucun changement depuis le mois passé.

— La réadaptation, c'est toujours long, maman.

— Je le sais, hélas! Je m'impatiente.

— Réalises-tu ta chance? On te promettait la chaise roulante pour le reste de ta vie. Te voilà indépendante et libre. C'est merveilleux!

— Miraculeux, Paul. Miraculeux. J'ignore lequel des saints a pu l'accomplir?

— Évitons de chercher, nous perdons notre temps.

Allez, je te laisse, j'ai du travail.

L'appel téléphonique de Paul rend Marie dans une grande euphorie. Il renoue lentement les liens avec sa mère et elle lui en est reconnaissante.

Une voix naît du souvenir.

(«— J'ai faim. Qu'est-ce qu'on mange? demandait Hervé en arrivant de son bureau.

—Moi aussi j'ai faim, insistait le reste de la famille.»)

Famille. Ce mot a des relents affectifs enfouis dans le passé. Comme elle manque de bras autour de son cou, autour de son corps! Des clins d'oeil complices ou des jours à se taire ou se dire.

«William Leider, j'ai mal fait de te revoir. Tu me manques. Espèce de vieux...

— Un vieux qui commence à sentir le sapin, dirait papa. Mais je m'en fous.»

— De quoi parles-tu, Henri? avait demandé la mère de Marie Desrochers en entendant cette expression, la première fois.

— Autrefois les Français utilisaient du sapin pour fabriquer les tombes. Lorsqu'une personne se faisait vieille, on disait qu'elle commençait à sentir cette essence parce qu'elle était près de la mort, lui avait expliqué son père.

—*L'as-tu bien regardé, cet homme?*

«—Tais-toi. Ce que j'ai vu me suffit. William a une grande capacité d'aimer, c'est tout ce qui compte. L'âge ne restreint pas le pouvoir de serrer quelqu'un dans ses bras, voyons!»

— *Il a surtout beaucoup d'argent, pas vrai?*

«—Raison de plus, voix exécrable!»

La santé de Marie s'améliore et ses idées biaisées reprennent du service. L'incorrigible infirmière échafaude des cathédrales lumineuses d'où elle trône enfin, recouverte de gloire et de pouvoir.

«J'ai frôlé de si près le but. Je ne suis pas pour le laisser glisser sous mes pieds sans réagir.»

Un soir, après de multiples démarches auprès de professionnels en quête de renseignements, elle ramasse son crayon, du papier et respire profondément avant d'entreprendre sa démarche. Elle a pesé et soupesé son geste et tout lui paraît limpide. Cette fois c'est la bonne. Elle ne peut rater son coup. Elle écrit une lettre. L'heure tant espérée a sonné.

Chapitre 26

Les Leider émergent lentement de leur deuil. Le recul de l'événement leur a fait découvrir des facettes insoupçonnées de leur fils. Le relief de sa personnalité s'est accru. De loin, il devenait un homme différent. Trop timide et effacé, William découvre qu'il aurait été incapable de gérer son empire. Éveline voit poindre l'homme de coeur et l'artiste où trône la douceur et le velours. La force de caractère d'Yvette se transforme et devient un atout. Le chemin parcouru n'aurait rien changé au tempérament de son frère. Étrange. Les humains perdent la connaissance réelle des êtres lorsqu'ils s'y frottent de trop près. Ces découvertes mises à jour sur leur oreiller confidentiel et leurs recherches sur la cause réelle du décès d'Andy les ont soulagés. Éveline a contacté la presse et raconté son histoire. Les journaux se sont emparés de l'affaire, une journaliste a suivi, à la trace, le périple d'Andy vers le Wisconsin, elle projette d'écrire un livre sur le sujet. Un sénateur lui a rendu visite, il débute une enquête sur les allégations de mauvaise gestion de la santé des militaires en situation de stress au travail.

— Enfin! les choses bougent, William.

Éveline a l'impression de prolonger la vie d'Andy et de lui rendre justice, en s'entretenant de son cas. Cette soupape la libère de ses angoisses nocturnes.

William s'est apaisé. Après une longue période de déprime, il s'ouvre de nouveau à la vie et se passionne pour le travail de sa femme. Ses contacts et ses sous ouvrent des portes quasi inaccessibles. Malgré ses jambes ankylosées, il a soutenu de loin ou de près les courses folles de sa femme. Cette situation a adouci son caractère. La vie devient plus vivable.

— Je suis si contente pour Mme Leider, s'exclame Lumina à sa cousine venue lui rendre visite. Ce cher monsieur se promène dans ses jardins l'après-midi; un geste impensable, il y a quatre mois. Il donne des ordres au jardinier, tout content de le voir s'agiter autour de lui comme autrefois.

— Tout se recoud, Lumina. Même la vie.

— Tiens donc! La sagesse sort de ta bouche aujourd'hui, Maria.

— Ma bouche en est pleine, Lumina. Tu omets de l'écouter.

— As-tu entendu parler de l'affaire Patterson?

— Eh! oui. Cette triste histoire est sur toutes les lèvres. Que veux-tu, Lumina? Il n'y a rien de plus cruel qu'un esclave mesquin devenu maître.

L'imposante gouvernante reste saisie devant cette affirmation. Ses propres images de sa dispute entre elle et Garde Desrochers refont surface. Elle se garde de le montrer.

Les deux femmes, en balade autour de la demeure, hument les parfums des fleurs magnifiques en abondance, identifient la provenance des odeurs de cuisine et de lavande, goûtent la ciboulette au passage, se gavent les yeux de couleurs éblouissantes, écoutent un moment le chérubin en marbre qui crache l'eau de la fontaine par sa bouche, des instants de grande plénitude entre ces deux femmes mexicaines.

— Votre jardinier a le pouce vert, Lumina.

— Non seulement vert mais de toutes les couleurs, Maria. Mme Leider dit qu'il est un artiste de la racine des cheveux au bout des orteils.

— En effet. Les artistes sèment des sentiments à tout ce qu'ils touchent.

— Tu parles comme un poète, Maria.

— La poésie, c'est bien beau mais elle ne donne pas à manger. Allez, je me sauve.

Lumina rentre dans ses quartiers, heureuse. Le bonheur a de nouveau ensoleillé Aberdeen Drive. Elle en remercie le ciel.

Mme Leider n'a demandé aucun renseignement sur l'affaire Desrochers. Lumina a vu dans ce geste une grande délicatesse de la part de sa patronne. Elle présume que son mari lui a raconté l'incident. Selon elle, l'aventure restera du passé. Ses fils lui ont conseillé d'attendre la suite, sans se préoccuper outre mesure. Ils croient ce sombre chapitre clos.

À la tombée de la nuit, Lumina jongle avec ses pensées. La phrase de son amie Maria refait surface.

«—Il n'y a rien de plus cruel qu'un esclave mesquin devenu "Maître".»

Sa réflexion lui donne froid dans le dos. Si on associait son geste envers Garde Desrochers la saison dernière à cette citation, elle est foutue. Une longue introspection ne lui donne aucune réponse. Elle s'endort, lasse, en espérant se tromper.

Certains jours se terminent plus difficilement que d'autres. Elle en a la profonde certitude, malgré une température éternellement agréable en Californie. Mme Leider l'affirme à tous les jours que Dieu amène.

* * * * *

— Ça y est! Ils sont repartis, lance Éveline à son mari.

— Je suis étonné de t'entendre parler de notre fille sur ce ton.

— Franchement, William. Docteur ou pas, Yvette est exaspérante.

— Tu en es surprise?

— Il me semble. Autrefois...

— Tu as changé, Éveline. Tu as vieilli et tu acceptes moins bien les contrariétés.

— Tu appelles des contrariétés ses ultimatums?«Fais ceci, cela, n'oublie pas ceci, cela. Tu t'es trompée ici. Il ne faudrait pas procéder de cette façon. J'en ai marre!» C'est tout juste si je ne la mettais pas à la porte!

— Éveline! Tu n'aurais pas posé un tel geste sans m'en parler?

— Sans t'en parler. Oui! Je n'en pouvais plus de sa présence encombrante. Elle me prend pour une femme sotte et je n'en suis pas une.

— Tu exagères.

— Pas du tout.

— Tu te trompes.

— Encore moins. Si tu savais ce qu'elle veut faire.

— Tu as mal interprété ses actions ou ses paroles. Elle désire seulement t'aider.

— Je pense le contraire.

— Yvette a toujours de très bonnes idées. Son jugement est excellent, notre fille est très intuitive et possède beaucoup de flair. Une excellente qualité en affaires.

Éveline est outrée.

— C'est ça. Dis donc que tu es de son côté et nous n'en parlerons plus.

William sent sa femme nerveuse.

— Je ne suis ni d'un bord ni de l'autre, Éveline. Je dis simplement qu'elle est ton alliée, non ton ennemie.

Éveline baisse le regard et cherche sur le plancher une certitude introuvable.

— Dis-moi Éveline. Si tu me parlais de sa bonne idée.

Éveline se rassied calmée. Elle replace une mèche de cheveux rebelle.

— Elle songe à engager un comptable pour me sur-veiller.

William éprouve un choc en entendant ce discours, il se recule dans son fauteuil, plisse les yeux.

— Tu as bien dit...

— Exact. Pour me surveiller. Je n'accepterai jamais de me faire dicter ma conduite, même par ma fille. Tu m'as ensei-gné les rouages de tes affaires, tu m'as supervisée et tu as été rassuré. Je n'ai pas changé depuis. Sais-tu ce qu'elle me repro-che?

Éveline, debout près de son mari, lui entre le doigt dans l'épaule. Il attend des aveux, pendu aux lèvres de sa femme.

— Yvette m'a affirmé textuellement que la tombe d'Andy était trop luxueuse, qu'il n'était pas le président des États-Unis, qu'il n'avait fait aucun geste mémorable pour mériter une telle extravagance. Oui! Extravagance! Ce sont les mots qu'elle a utilisés. Une bonne idée, hein! Elle avance l'hypothèse que je dilapide ta fortune.

William se tait. Il avale de travers et mâche ses mots.

— Elle a dit ça? C'est impossible! Elle devait être fatiguée. Ou triste d'avoir perdu son frère. Ou...

Il réfléchit un moment.

— Elle a peut-être besoin d'argent pour ses recherches. Que disait son mari?

— Il était absent. J'ignore s'il est au courant de sa démarche envers moi. Cela m'étonnerait.

William entre en lui. Trouver une réponse plausible est essentiel.

— Laissons passer le temps, elle reviendra à de meilleurs sentiments. Je sais. Tu vas me dire: «Elle et son vilain caractère!»

— Tu me connais bien. Allez. Son caractère ne changera pas. Le temps nous apportera des surprises, je le sens.

— Tu es pessimiste, ce n'est pas ton genre. Puis il te donne des rides et enlaidit ton beau visage. Viens. Allons souper.

Éveline lui sourit tristement. Dans ces moments, elle perdait la capacité de rouspéter.

— Oui, allons manger. Mais je t'avoue ne pas avoir grand appétit en ce moment.

— L'appétit vient en mangeant. Tu me l'as chanté toute ma vie, Éveline.

Elle lui frotte le toupet et le pousse jusqu'à l'escalier. Sa bonne humeur a évacué la morosité de l'ambiance.

* * * * *

L'incident d'Yvette est relégué aux oubliettes. Le couple sent un vent d'accalmie envahir Aberdeen Drive malgré de légers nuages sur la santé des jambes de William. Le coeur du millionnaire tient le coup. Il sait ce qui l'attend. Les médecins ont été explicites. Ils ne peuvent prendre le risque de l'opérer de peur de le voir mourir sur la table d'opération. À nouveau, l'enthousiasme revigore l'atmosphère et la vie suit son périple. Le couple s'adapte aux divers changements physiques de William et les accepte. Une nouvelle philosophie se crée dans leur quotidien: vivre pleinement au jour le jour, sans se préoccuper du lendemain.

Deux semaines plus tard, Éveline reçoit une visite inopinée. Un homme bien mis, dans la quarantaine, la valise sous le bras, se présente un matin. Au son de la voix masculine, William s'approche.

— Je me nomme Patrick Anderson, je suis comptable agréé, je viens de la part du docteur Yvette Leider-Marceau de Chicago. Elle m'a parlé de votre besoin de support comptable

467

et me suggère de vous offrir mon expertise.

Les Leider se regardent, complices.

— Monsieur, nous ne doutons pas de votre compétence. Nous n'avons besoin de personne. Nous gardons votre carte professionnelle et nous vous contacterons.

— Bien monsieur. Je croyais. Je pensais..., balbutie l'homme rebroussant chemin.

William est furieux. Il décroche de téléphone. À la guérite, un employé répond.

— Je vous ai tous avisés de ne laisser entrer qui que ce soit sans notre autorisation.

— Il a insisté en disant qu'il venait de la part du docteur Yvette Leider, monsieur.

— Yvette ou pas, vous nous avertissez toujours. Compris?

— Compris, monsieur.

William s'agite autour d'un numéro de téléphone à refaire plusieurs fois. Éveline le voit rougir. Elle devine son intervention. La bisbille commence.

— William, calme-toi. L'agitation est très mauvaise pour ton coeur.

William la regarde et se calme.

— Tu as raison, je cesse de m'énerver. Viens. Allons prendre une boisson.

— À la bonne heure! Nous réfléchirons mieux.

Le couple vieillissant apprend à gérer sa vulnérabilité.

«Il est difficile de vieillir», se dit William, les idées dilatées dans ses émotions controversées.

Son mari apaisé, Éveline ouvre les valves de sa colère. Elle attrape l'appareil à son tour, dans un coin discret de la maison.

— Yvette! C'est ta mère.

— Je vous avais reconnue, maman. Vous semblez montée sur vos talons hauts, ce matin.

— J'y suis et j'y reste. Ton histoire de comptable a failli déclencher une crise cardiaque chez ton père. Je ne permettrai à quiconque de perturber sa santé. Me comprends-tu?

— Mon Dieu! Vous êtes soupe au lait, maman. Cela vous jouera de vilains tours. J'ai simplement voulu vous faciliter la tâche, afin de vous voir le plus possible aux côtés de papa.

Le ton conciliant d'Yvette fait baisser la pression d'Éveline. Elle se méfie.

— De toute manière, les choses sont claires entre nous. Si je flambe la fortune de ton père, ce sera mes affaires, pas les tiennes. Est-ce bien clair?

— Clair mais non acceptable. Je ne permettrai pas que mon...

— ... héritage, dis-le. Vas-y. Ose aller au bout de ta pensée mesquine.

Yvette réalise son plongeon en eaux trop profondes. Elle se ravise.

— Maman. Ne le prends pas sur ce ton. Je t'aime et veux ton bien. Nous n'avons rien à gagner à jouer à ce jeu.

— Je ne te le fais pas dire, ma fille! Au revoir.

Éveline raccroche, les mains moites. Elle se frictionne

le cou raide comme une barre. Elle fait deux ou trois rotations de la tête afin de remettre ses muscles tendus en action. Sa démarche lui a été salutaire, elle se sent fière de son geste.

Se montrer à la hauteur a été nécessaire, peu importe les conséquences. La femme de William retourne auprès de son mari, comme si de rien n'était.

*****

Les nuages dissipés, William cherche une issue. La déshériter? Au profit de qui? Elle est l'unique membre de sa famille. Puis, cette idée le répugne. Il en a vu des vacheries dans sa vie, réglé des énormités. Il résoudra cette nouvelle tuile comme les autres. Éveline lui a raconté son intervention et il en a été fier. Elle acquiert de l'assurance, c'est bien.

«Ce sera peut-être suffisant», se dit-il, pensif.

*****

Un jour, le facteur apporte une lettre curieuse. Éveline tombe sur sa chaise en déchiffrant l'en-tête:

Black, Grigoff, Baulne et associés, avocats.

Des lignes se suivent, tout aussi incroyables.
— William, s'écrie Éveline estomaquée. Viens voir!
— Qu'est-ce qu'il y a Éveline?
— Une lettre, répond-elle en relisant les lignes.

— Une lettre? De qui?

— Regarde toi-même.

William ouvre le pli et parcourt la missive légale.

— C'est incroyable! Elle a fait ça!

— Elle a du culot. Je ne la connaissais pas sous cet angle cette malade. Si j'avais su.

William laisse tomber la lettre sur ses genoux et songe. Éveline le sent anéanti.

— William, nous nous battrons! Elle veut la guerre, elle sera satisfaite.

— Pourquoi, Éveline? Qu'ai-je fait pour mériter une telle haine à la fin de ma vie?

— Jalousie, William. Jalousie. Ce cancer ne pardonne pas. Il ronge le meilleur des hommes qui en sont atteints.

— Même nos enfants?

— Nous sommes bien placés pour l'affirmer. Ces gestes sont le reflet de gens minables.

— Éveline. Tais-toi! Tu parles de notre fille médecin.

— Je le sais, William. Notre fille adoptive. Parfois, je me demande...

«Elle et Marie... le même comportement...», ajoute sa pensée, sans l'exprimer.

— J'aimerais savoir qui sont ses parents biologiques. Un jour, elle me l'a demandé et je n'ai pu lui répondre.

— Tu l'ignorais?

— En effet. Nous n'avons jamais su d'où elle venait, William. Cette idée l'a poursuivie pendant une longue période, puis elle a cessé d'en parler. Elle m'a affirmé vouloir tout

471

découvrir sur ses origines.

— Elle en a le droit. Nous ne pouvons lui en vouloir.

— Son comportement découle peut-être de cette interrogation constante non résolue.

— Si tel est le cas, elle dénote de l'enfantillage. Je préfère la voir en recherche qu'en clinique privée.

— Exact, William. Elle est une adulte maintenant. Libre à elle de poursuivre ses investigations ou non.

— Plusieurs en ressortent démolis, d'autres réconciliés avec leur passé.

— Tout est une question de tempérament.

— Ou de situation, Éveline.

Éveline regarde la lettre restée ouverte sur les genoux de son mari et sourit. Elle avait pris soudain une si petite dimension dans leur conversation qu'ils l'avaient oubliée.

— William. Regarde ce qu'il y a sur toi.

L'homme examine la provenance de la lettre et éclate de rire.

— Tu as reçu une lettre, toi?

— Il me semble, continue Éveline, heureuse de la tournure des événements.

— Nous avons un mois pour payer nos comptes, n'est-ce pas?

Sous la jovialité de William devant sa convocation en cour, couve une grande inquiétude entremêlée de lassitude. Ce soir la vie lui pèse. Il se garde de le transmettre à sa femme.

* * * * *

Un avocat de renom accepte de plaider la cause.

«Un litige sans conséquences réglé facilement», pense William.

Son avocat plaidera son état de santé précaire pour lui éviter de témoigner. Le tour sera joué et l'ennemie désarmée.

— J'exige un examen médical de ce témoin, ordonne l'avocat de Garde Desrochers.

Son but étant de le revoir, peu importe les circonstances dans lesquelles il se trouve.

— Accordé, répond le juge.

Désolé, William doit alors se rendre personnellement témoigner à la cour, le médecin le déclarant apte à se présenter à la barre.

Marie Desrochers Prudhomme est ravie. Elle sourit.

«Si tu ne veux pas me donner un peu d'attention, tu seras forcé de penser à moi d'une manière ou d'une autre. J'irai piger dans tes millions. Je n'aurai pas tout perdu, mon cher William Leider!»

Le couple Leider se présente en cour, le coeur noyé de colère. William fulmine.

— Cette histoire est un cirque, Éveline. Une véritable aberration.

— Une histoire de fou! William. Je ne sais pas ce qui me retient de lui crêper le chignon à celle-là.

— Tu te salirais les mains inutilement.

— Exact William. Elle n'en vaut pas la peine.

— Finissons-en au plus vite et passons à autre chose.

L'enceinte sombre impose sa froideur, sa grandeur et

son respect. Le couple se serre la main et William s'approche du juge, en fauteuil roulant poussé par sa femme. Un murmure s'élève de la salle à leur arrivée. Une question traverse le cerveau de chacun.

«Comment cet homme a-t-il pu pousser une femme dans un escalier?»

Le juge, de son maillet, ordonne le silence. William Leider s'avance à la barre des témoins, un avocat commence l'interrogatoire.

— Vous reconnaissez cette personne ici présente, Monsieur Leider?

— Si je la connais? Elle fut mon employée.

— Expliquez-vous.

William refait le périple de sa vie avec sa défunte Gladys et les circonstances découlant de l'engagement de Marie Desrochers.

— C'est tout?

— Ma femme a jugé bon de faire appel à ses services dernièrement à la suite d'une rechute de ma santé.

Marie savoure sa victoire. William Leider est à ses pieds, à sa merci. Elle le regarde se débattre et en jouit. Tout n'aura pas été vain.

— Expliquez à la cour les circonstances qui nous ont amenés ici et qui se seraient déroulées dans votre demeure l'après-midi du 14 février dernier.

— Je suis incapable de vous raconter ce que je suis sup-posé avoir fait à cette dame, je ne me rappelle de rien.

— Vous vous souvenez de ce qui est arrivé il y a trente

ans et vous ne pouvez décrire ce qui s'est produit chez vous en février?

— Madame la Juge, je suis non coupable. Je ne me souviens pas d'avoir jamais touché à cette femme en aucune circonstance.

— Votre mémoire flanche parfois, Monsieur Leider? C'est écrit dans votre dossier médical.

— Il m'arrive de chercher mes lunettes, oui.

L'assistance éclate de rire.

— Donc, il se peut que vous ayez posé des gestes envers cette dame, sans vous en souvenir. Exact?

Éveline est exténuée. Elle voit faiblir son homme et rage. Elle ne cesse d'examiner son «amie» et se couvre de regrets.

Lumina sent grandir sa nervosité. Un combat extrême se livre entre sa conscience et sa crainte du scandale. Josué et Jefferson, ses deux fils, la protègent. Leur ambivalence devant son témoignage lui complique la vie et la déçoit. Elle désire porter secours à son patron et eux lui conseillent d'attendre.

Une bataille rangée a lieu entre les deux avocats dont William est le centre. Épuisé, il marque des signes de faiblesses. Sur le point de succomber, il demande un répit.

L'inconcevable lui arrive. La cour est sur le point de le transformer en coupable lorsqu'il est innocent. Un conciliabule à lieu dans une chambre adjacente du palais de justice et l'avocat demande un ajournement accordé par la cour. William pousse un soupir de soulagement.

— La nuit porte conseil, avance l'avocat, peu rassuré de

la tournure des événements.

— Dormons, William. Ne donnons pas à cette diablesse, le prétexte de nous troubler l'esprit.

— Ah! Je suis fourbu Éveline. J'espère que tout se terminera bientôt.

Le couple s'enveloppe de sommeil et attend que le ciel leur vienne en aide.

Lumina, dont il n'a nullement été question tout au long du procès, se voit extrêmement chanceuse de passer à côté de ce supplice. Elle ignore par quel heureux hasard personne ne l'interroge. Elle songe à Garde Desrochers en se posant une profusion de questions.

— Elle a tout intérêt à éviter ton témoignage, maman. Elle sait que tu l'incrimineras, lui explique son fils Jefferson.

— Mme Leider ne m'a jamais informée de ces accusations, non plus. C'est incompréhensible. Je suis en cause et c'est un autre qui est accusé à ma place.

— Ta patronne ne t'en a pas parlé car elle te croit complètement en dehors de cette affaire. «Ces événements se passent entre eux», se dit-elle. Et tu n'es que la gouvernante.

Lumina accepte mal cette réponse.

— Je ne peux faire condamner un homme qui a été tout pour moi, sans réagir. J'en suis incapable.

— La justice a des sentiers étranges parfois, maman. Tu devrais assister plus souvent à des procès. Tu serais renversée des résultats.

— Tu m'étonnes, Jefferson. Tu m'étonnes et me déçois.

— La justice se base sur des faits. Ici, la plaignante accuse un homme et cette seule accusation est prise en considération pour le moment.

— Je suis renversée, mon fils.

Josué, muet depuis le début, reprend la parole.

— Je suis d'accord avec maman, Jeff. Ta justice a d'étranges comportements.

— Pas du tout. Si de nouveaux éléments de preuve sont soumis à la cour, un nouveau procès sera réclamé et la justice suivra son cour.

—J'ai le temps de mourir avant de voir la lumière sur cette affaire, mes enfants.

Lumina n'a pas fermé l'oeil de la nuit. Voir cet homme se débattre seul comme un diable dans l'eau bénite lui crève le coeur. Il subit une injustice et sa santé en payera le prix. En regardant partir le couple pour la cour, des larmes naissent et humectent ses cils. Elle doit trouver un moyen de les aider.

* * * * *

Marie Prudhomme n'a pas sommeil. Ce brassage de merde enlève la paix à tout le monde. Des doutes grandissent en elle à mesure que le temps passe. Elle voit souffrir ce vieil homme et ne trouve plus de plaisir à ce jeu. Ce divertissement passager devait lui procurer une douce revanche, mais il traîne sur le comptoir comme un animal à l'agonie refusant de mourir. Un sentiment vague s'infiltre sous son toupet, se précise et alimente ses craintes. Plus le procès s'éternise, plus ses chances de réussite s'amenuisent. S'il fallait que la vérité éclate au grand jour. Sa déception de ne pouvoir voir les visages du public l'indispose. Un en particulier. Par contre, une lueur persiste: son avocat. Il gagne en éloquence et en intelligence. Elle voit poindre un faible rayon de lumière au bout du tunnel et des millions pour en tapisser les murs. Cette idée altère ses regrets le long du parcours. La dernière journée se lève sur ce sujet, elle en est soulagée. Elle retournera seule dans sa solitude et se dorera au soleil de son succès.

Dès l'entrée de William, son coeur se serre. Ses cheveux sont recouverts de neige abondante. Il est amaigri. Ses yeux sont cernés. Elle aimerait le regarder et lui offrir... du réconfort, mais lequel? William évite de la croiser et l'ignore totalement.

«C'est mon plus grand calvaire, se dit-elle, désolée. Si j'avais su.»

— L'avocat demande Madame Leider à la barre des témoins.

Éveline sursaute. Elle ne s'y attendait pas. Elle tapote l'épaule de William en signe de réconfort, se lève, des éclairs de triomphe dans le regard. D'un pas alerte, elle passe près de la garce et se dirige vers le banc des témoins.

— Je jure de dire la vérité, toute la vérité, rien que la vérité, Madame la Juge, que Dieu me vienne en aide.

Sans broncher, elle raconte les péripéties du passage chez elle de l'infirmière Marie Prudhomme. Étant absente au moment de l'incident, elle ne peut en dire davantage.

L'avocat de Marie Prudhomme nettoie toutes les

facettes, épuise tous les arguments. À bout de ressources, il fixe un autre témoin.

— Votre Honneur, je veux entendre de nouveau le témoin William Leider.

La juge manifeste un instant de surprise à peine perceptible dans son visage. L'avocat de la couronne s'objecte.

— Votre Honneur, des faits nouveaux se sont ajoutés et je dois les corroborer.

— Vous pouvez procéder.

William remonte au banc des accusés en espérant le franchir pour une dernière fois. Le côté coriace de cet avocat tenait de l'acharnement.

— Donc, si je résume, vous étiez au bord de la porte et non près de l'escalier.

La foule manifeste sa désapprobation par un murmure soutenu. Lumina a les nerfs en boule, elle ne tient plus sur sa chaise.

— Cet avocat est un crétin, chuchote-t-elle à son fils Jefferson venu l'accompagner.

Jefferson refléchit.

— Il sait ce qu'il fait, maman.

— Au contraire, Jefferson, il l'ignore.

— Attendons. Nous verrons bien. S'il pose ce geste, cela signifie de nouvelles preuves. Personne ne peut être accusé sans preuve.

L'avocat de William intervient.

— Votre Honneur, cet appel au témoin est irrecevable. Il ne peut être fait sans motif.

— Monsieur l'avocat, que répondez-vous?

— J'ai de sérieux doutes au sujet d'un détail. Je dois le certifier avec l'accusé.

Lumina n'en peut plus. Elle se lève.

— Maman! Assieds-toi! lui ordonne Jefferson.

Lumina n'entend pas son fils, en proie à une déception évidente. Il cherche comment la sortir de cet aparté inconcevable à ses yeux. La voix en elle la soutient, la supporte. Elle a décidé de la suivre jusqu'au bout.

— Madame la Juge, je désire prendre la parole. Cet homme est innocent et c'est injuste de vouloir l'incriminer de la sorte! Je ne peux plus me taire.

Tous les regards sont braqués sur l'imposante gouvernante mexicaine. Le vent de l'hypocrisie se dilue et fait place à une brise légère et rafraîchissante.

Marie Prudhomme rentre dans son fauteuil dur, estomaquée, honteuse.

«Vais-je perdre encore cette fois-ci?»

L'avocat de William prend Lumina en charge et l'amène dans une salle adjacente. La brave femme s'en fout, elle en a trop dit pour ne pas avoir l'opportunité de parler.

— Je demande l'ajournement de la cour, Votre Honneur.

— La cour est ajournée pour une demi-heure. Les audiences reprendront à dix heures trente.

— Je parlerai devant la juge seulement. Ce que j'ai à dire est sérieux.

— Je dois le savoir afin de vous aider davantage,

Madame Lopez.

— Vous tournez autour du pot depuis des jours. Ce divertissement est terminé.

— Vous ne pouvez changer le cours d'un procès sans preuves, madame. Ce serait alors un vrai cirque, comme vous dites.

— Je me tue à vous répéter que je sais des choses et ce sont des preuves suffisantes pour innocenter ce brave homme.

Lumina lève les yeux au ciel et le supplie.

— Oh! Mamamilla! Viens à mon secours. Notré-Damé dé-la-Guadeloupé! Tiens la main de ta fillé.

L'avocat penche la tête en signe de déception. Cette femme perd la raison.

Dans la salle opposée, une autre femme agitée se promène. Elle ne cesse de se frotter les mains l'une dans l'autre à la recherche d'une idée lumineuse, mais rien ne se présente. Ses essais s'engouffrent pêle-mêle à la sortie du tiroir mental et s'asphyxient. Sa nervosité n'échappe pas à son avocat.

— Ce témoin vous intimide, Madame Prudhomme?

— Cette femme est du poison. Du vrai poison.

«Comme s'il y en avait du vrai et du faux», songe l'avocat amusé.

— Votre nervosité me dérange, madame. Il faut tout me dire, sinon...

— Je vous ai tout dit, monsieur. Je ne vais pas en inventer pour vous plaire!

L'avocat en est incertain. Il se tait et laisse courir le

temps. La vérité doit triompher. Puis il revient à la charge.

— Madame, je suis ici pour vous défendre, pas vous accuser. Vous comprenez?

— Je sais tout ça, monsieur. Me prenez-vous pour une idiote?

Le jeune avocat se replonge dans son dossier et formule des questions au bout de son crayon.

La cloche sonne.

En sortant, Marie frappe une dame qui recule sur elle.

— Je m'excuse, madame. Je suis désolée.

— Pas de quoi. Vous êtes madame?

— Docteur Yvette Marceau. Et vous?

— Marie Prudhomme Desrochers.

Yvette écarquille les yeux. Elle reste saisie par ce qu'elle découvre.

«Elle est mon portrait..., se dit-elle, estomaquée. «C'est elle l'accusatrice de mon père», continue-t-elle pour elle-même.

Troublée, elle entre dans la salle d'audience, perdue dans le rappel de sa mésaventure.

—J'appelle, Madame Lumina Lopez à la barre des témoins.

Soulagée, Lumina pousse un long soupir. Enfin. Ce sera fini. Elle ignore que tout commence avec son aveu, qu'elle devra faire face à la justice à son tour.

— Vous désirez mettre un détail au point, madame?

— Oui, Madame la Juge. Je désire parler. Je veux raconter ce que personne n'a abordé, madame.

— Parlez, nous vous écoutons.

Lumina lance un regard à William Leider, le visage épanoui. Comme il est fier de son employée!

— Votre Honneur, M. Leider a dit la vérité puisqu'il n'a rien vu de l'incident. J'ai poussé Garde Desrochers dans l'escalier.

L'audience se cache le visage. Le bruissement de la surprise collective passe sur eux comme une vague et se meurt en frappant les portes closes du lieu.

Jefferson se creuse un lit dans son fauteuil, la tristesse humecte ses yeux.

«Pauvre mère. Si noble! Si digne! Tant de valeurs morales sont en toi! La gloire et la richesse ne t'ont pas corrompue. Comment as-tu fait, toi la servante de ces gens riches? Nul ne le sait.»

Ému, il cherche un support autour de lui, n'en trouve pas. Son frère Josué sauve une vie dans une salle d'opération.

«Dommage. J'aurais tant aimé que tu sois là, Josué. Tant aimé que tu vives ce que je ressens en ce moment. Tant aimé que tu constates la grandeur de notre mère. Tant aimé...»

Éveline se tient la bouche d'étonnement. Ce qu'elle apprend est hors de tout entendement, cela est si étranger au caractère jovial de sa gouvernante. William pousse un soupir de soulagement, ses épaules retombent de moitié.

Le silence ayant de nouveau recouvert l'enceinte de son manteau, la dame reprend le fil de son discours.

— Votre Honneur, cet accident est survenu après une dispute animée.

— Animée? insinue l'avocat de la défense. À quel sujet?

— D'un vol.

— Un vol? Expliquez.

— J'ai vu Garde Desrochers mettre un objet dans la poche de son sarrau blanc.

— Vous pouvez me décrire cet objet?

— C'était un porte-plume en pierres précieuses orné d'or, m'a dit Mme Leider, une pièce unique ciselée spécialement au nom de son mari. Elle le lui avait offert lors d'un anniversaire de naissance. Ce n'était pas un gros objet, mais il avait une très grande valeur sentimentale, m'avait affirmé Mme Leider.

— Cet objet était-il à cet endroit depuis longtemps?

— Plusieurs années. Il portait chance, disait M. Leider. Le monde qui s'assoyait en face de cet objet en était fasciné. Plusieurs en faisaient mention en quittant monsieur.

— Donc, vous pourriez nous identifier des gens prouvant l'existence de cet objet.

— J'en suis capable. Votre Honneur, affirme Lumina ennuyée de toujours avoir à ajouter «Votre Honneur», une phrase étrange.

— Où était M. Leider à ce moment-là?

— Il vous l'a dit et répété à maintes reprises et personne ne veut le croire, Votre Honneur.

— Des faits, seulement des faits, Madame Lopez.

— Bien, Votre Honneur. Malheureusement ce jour-là, monsieur dormait dans son lit sur sa bonne oreille.

La salle pouffe de rire. William se détend le dos.

— Celle qui le fait dormir comme un loir, ajoute-t-elle.

— Donc, vous avez vu Garde Desrochers mettre un objet dans sa poche...

— Et la chicane a pris.

Autre moment hilarant dans la salle.

— Je vois. Et qu'avez-vous fait?

— J'ai pensé en avertir monsieur, puis j'ai réfléchi à son sommeil et je me suis dit que je pouvais prendre cette affaire en main.

— Alors?

— Alors, la musique a commencé.

— Musique?

— Mamamillo! De la vraie musique d'atmosphère, Mada... Votre Honneur.

La juge intervient.

—Expliquez-vous clairement, Madame Lopez.

— De la musique de boxe, Votre Honneur.

— Si je vous comprends bien, vous boxiez.

— Oui, Votre Honneur. Et quel round!

Jefferson ne sait plus à qui se confier. Sa mère s'enfonce dix pieds sous terre, chaque fois qu'elle ouvre la bouche.

— Vous en éprouviez du plaisir.

— Pas vraiment. Elle se débattait et continuait à m'accuser comme elle l'avait fait avant de mettre le porte-plume dans son vêtement. En me voyant faire le ménage dans ce bureau, toujours sous clé, elle m'avait avertie qu'elle devrait me dénoncer à Mme Leider, si un objet venait à manquer dans ce bureau, Votre Honneur. Moi qui n'ai jamais pris une poussière ni même une aile de mouche dans cette maison, Votre Honneur.

La juge sourit et l'audience amplifie le plaisir.

— Une aile de mouche, Madame Lopez?

— Une aile de mouche! Madame Leider peut en témoigner, Votre Honneur.

— Une aile de mouche!

— Disons que j'en ai peut-être attrapé une ou deux... une centaine à la rigueur dans ma vie au bout de mon tue-mouches, Votre Honneur. Mme Leider a une entière confiance en moi et j'ai fait mes preuves. Il n'y a jamais eu un cheveu de pris sur la tête de quiconque dans cette maison, Votre Honneur.

— Tout à l'heure, une aile de mouche, maintenant un cheveu. Madame Lopez, soyez plus réaliste et moins poète.

Lumina frétille sur son banc. Ses yeux s'illuminent.

— Moi, poète, Votre Honneur? Je vous en remercie, je l'ignorais.

Autre instant de gaieté bienfaisante. Éveline et William Leider se tiennent les côtes. Ils avaient un talent dans leur demeure et s'en étaient privés toute leur vie.

— Revenons à notre sujet, Madame Lopez, rappelle l'avocat.

— Revenons à nos moutons, dit toujours ma patronne, affirme Lumina en interrompant l'homme de loi.

— Nos moutons, Madame Lopez?

«C'est reparti», songe la juge, patiente.

— Oui, nos moutons, Votre Honneur. Vous ne connaissez pas les moutons?

— Madame Lopez, du sérieux! rétorque la juge, le visage sévère caché sous le couvert du divertissement momentané.

Pendant ce temps, Marie Prudhomme se morfond. L'autre ignoble femme marquait des points à son détriment. Son estomac se renverse et du fiel monte dans sa gorge. Comment va-t-elle s'en sortir? Des tas de factures s'amoncelleront sur sa table de chevet. Sans compter le regard médusé de son avocat qui se sent battu. Quelles en seront les conséquences? Un faramineux dossier à payer en perspective. Comment et où trouvera-t-elle l'argent? Marie ne s'amuse plus. Plus du tout!

Le soir de cette fabuleuse journée, Lumina est accueillie en héroïne chez les Leider. Jefferson et Josué sont de la fête. Jefferson essaie de reproduire pour son frère l'atmosphère créée par leur mère au banc des témoins, mais il n'en a pas le talent. Éveline a fait venir un traiteur et a donné une place de choix à sa brave gouvernante. En retrait, Yvette et son mari se taisent, incapables de s'intégrer à la gaieté familiale. William le remarque.

— Tu ne t'amuses pas, Yvette?

— Ce vaudeville me donne la nausée. Vous oubliez tous que cette femme a jeté une autre femme dans l'escalier et l'a rendue infirme pour la vie. Quel est son degré de méchanceté dans cette affaire? Nul ne peut l'affirmer.

— Mais elle a sauvé ton père du gouffre, ma fille. Sauvé!

— Vous étiez sur le point d'être lavé de tous soupçons de toute manière. Son intervention n'était pas nécessaire.

William Leider perd ses ailes de plaisir. Il retombe dans sa solitude malgré lui. Éveline vient à son secours et l'éloigne de cette rabat-joie.

— William, tu n'as pas mangé ton dessert? Ce soir, tu y as droit.

— Oui? Et en quel honneur?

— De la fin de ce cauchemar, William.

— Pas tout à fait, Éveline. La sentence n'a pas encore été prononcée.

— Ne construisons pas des ponts là où il n'y a pas de rivière, me répètes-tu souvent.

William affirme de son toupet clairsemé.

— Exact. Attendons de connaître la direction et la couleur de la tempête avant de savoir comment la contourner.

Chapitre 27

Marie déménage.

Le logement du *Domaine* est trop onéreux pour ses capacités. Le gérant lui a offert de s'occuper des malades et des déshérités moyennant un salaire non mirobolant mais convenable. Elle a refusé, prétextant un meilleur salaire ailleurs. En attendant, elle cherche ce meilleur et ne le trouve pas. Le procès en apparence insignifiant a été médiatisé dans toute sa longueur et son visage a été clairement identifié à la télévision. Résultat: personne ne désire se trouver à ses côtés.

Elle plonge encore plus profondément dans la merde. Elle songe à ses enfants et les trouve désespérément absents.

— Tiens... Qu'est-ce que c'est?

Sans en connaître la réponse, elle ramasse l'objet en se disant:

«Un jour, je trouverai bien d'où elle provient.»

La petite clé noircie dans sa main, trouvée dans un tiroir en faisant un dernier tour d'horizon de son ancien appartement, tombe dans son sac. Elle referme la porte sur une autre tranche de sa vie.

Marie Prudhomme fait le tour de son jardin personnel et le trouve étroit, très étroit. Francis ne donne plus de nouvelles. Elle apprend, par personnes interposées, qu'il a encore déménagé de ville grâce à une promotion dans la compagnie pour laquelle il travaille. Judy occupe un poste d'infirmière-chef dans son hôpital de New York et cette ville est loin pour des retrouvailles qui n'aboutissent pas. Paul monte en grade dans sa banque. Il s'achemine lentement vers le même bureau jadis occupé par son père, et en éprouve une grande fierté. Le chemin fut tortueux, très tortueux certains jours. Il devait prouver, hors de tout doute, sa probité face au passé de son père. Marie, ses idées voilées par ses sombres souvenirs passés, le félicite du bout des lèvres et se hâte de passer à autre chose. Paul, son cadet, est le seul enfant qui a élu domicile près d'elle, par les circonstances de la vie. Aline habite au Canada et est oubliée. Ses appels sont si rares qu'elle se demande si elle a déjà mis au monde une fille dénommée Aline. Cet oubli filial la blesse certains jours plus solitaires. Elle s'interroge à savoir si elle ne devait pas faire les premiers pas, accentuer ses interventions et renouer les ficelles effilochées. Plus elle réfléchit, plus le temps passe et le quotidien fait le reste. Elle oublie ses bonnes intentions et continue sa route.

«Un jour, peut-être», se dit-elle, songeuse.

Son appartement miteux la fait parfois vomir lors de ses grandes introspections nébuleuses et néfastes. Elle attend le règlement du procès dont les dernières solutions mises de l'avant par la juge s'éternisent. En attendant l'argent promis, elle doit manger... à la soupe populaire, dans la honte et l'humiliation. Mais elle n'est pas au bout de ses peines. On lui a promis un autre séjour en cour comme accusée. Cette fois, elle goûtera à la médecine de «l'arroseur arrosé.» Cette idée la rend malade. Mais elle est impuissante devant la justice. Tentative d'extorsion et atteinte à la réputation d'autrui sont les sujets du litige. C'est sérieux. Deux victimes sont sur la liste: William Leider et Lumina Lopez, sa gouvernante. L'affaire, anodine en apparence, passionne la Californie. La nouvelle migre partout. Le riche grugeant le pauvre. Le pauvre se battant à qui mieux mieux. Le cas classique.

Chacun réfléchit sur le sujet et place son jugement sur la balance de l'opinion publique avant le procès. Des tendances étranges se dessinent. Des mentalités émergent des profondeurs. L'Amérique prend conscience de ses propres valeurs. Le jugement de certains États penche entièrement pour le milliardaire, et d'autres pour la pauvre infirmière. Des sociologues allongent leurs interventions et prennent le pouls de la nation.

— *Tu as toujours désiré la gloire et la célébrité*, soumet la voix interne de Marie Prudhomme. *Tu l'as enfin! Tu dois être satisfaite!*

«—Je l'ai, mais ce n'était pas de cette sorte de gloire dont je rêvais.»

—*Ah! Ma fille. La vie nous joue des tours. Elle nous amène, là où nous nous y attendons le moins. Et nous donne de drôles de messages. Elle nous plante notre propre miroir en plein visage et nous invite à nous regarder malgré nous.*

«— C'est ça qui fait le plus mal.»

— *Elle nous bouscule, tant que nous n'avons pas compris notre propre comportement ou ce qu'elle veut nous enseigner.*

«—Tu es donc fine, petite voix!»

—*Je suis ton reflet, ne l'oublie pas. Je suis toi. Tout simplement.*

Marie, surprise de cette allusion montée en elle, médite cette découverte et en cherche le sens. Penchée sur l'étude de ses replis intérieurs, elle n'entend pas la sonnerie tenace de la porte de son appartement.

— Qui cela peut-il être?

Immobile un instant, elle évalue sa décision d'ouvrir ou pas. Elle est à cet endroit depuis si peu de temps. Sa curiosité à vif, elle décide de savoir. Un jeune homme assez grand, au teint clair, à la chevelure châtaine abondante, à l'oeil vif et droit, bien mis, se tient debout l'air décidé à résoudre son problème.

— Madame Prudhomme?

— Oui, monsieur. Qu'est-ce que je puis faire pour vous?

— J'aimerais d'abord vous exposer mon problème si vous me le permettez.

Hésitante, Marie ouvre la porte à cet inconnu dont l'anglais sonne étrangement entre ses lèvres. Le jeune homme fait le tour de la pièce et donne son opinion.

— C'est beau chez vous.

L'infirmière hausse les épaules, surprise. L'attitude, un brin cavalière de l'inconnu, amplifie son étonnement.

— Beau?

— Et grand.

— Grand?

Marie pense le contraire.

— Chez moi en Bavière, on se marche sur les pieds. L'Europe vous savez...

— Je sais, ment la dame pour impressionner; elle n'a jamais mis les pieds en sol européen. Vous êtes à Los Angeles par affaires?

— Si je puis dire. Par affaires, oui. Et vous seule pouvez m'aider.

Marie Prudhomme, intriguée, s'avance vers le jeune homme afin de capter la moindre information. Elle se touche en disant:

— Moi! Je suis capable de vous aider? J'en doute. En quoi, monsieur?

— Je vous explique.

Sans invitation, le jeune homme tire une chaise près de la table, l'occupe, ouvre son porte-documents et en sort un vieux papier dont les plis tiennent par un fil.

— Madame, j'ai ici le testament de mon grand-oncle venu s'établir en Californie dans les années 20.

Marie s'approche, intéressée par cette curieuse histoire. Elle jette un regard sur le papier jauni et ne peut s'empêcher de le caresser. Une si veille chose encore relativement bien conservée. Ses yeux parcourent les lignes, sans saisir le sens des mots en langue étrangère.

— Qui vous a donné ce document?

— C'est une très longue histoire échelonnée sur de nombreuses années. En gros, je dirais que ma mère a le mérite de sa découverte.

— Comment?

— Sa ténacité l'a récompensée. Elle affirmait que son oncle, le frère aîné de son père, était parti en Amérique les poches bourrées d'argent. Elle n'a jamais voulu nous dire comment il avait fait fortune. «Je m'en vais», lui avait-il dit un jour, peu de temps avant la guerre. «J'ai laissé mon testament dans la maison du patriarche. Rappelle-toi de cela, Armélie.»

— La maison du patriarche?

— Du grand-père.

— Qu'avez-vous fait?

— La guerre chambarda le décor et cette histoire disparut dans les brumes des bombardements.

— Pourtant, ce papier se trouve entre vos mains. Racontez-moi.

— La maison du patriarche fut complètement détruite. Ma mère pensait au fond d'elle-même que le testament de son oncle s'était envolé dans les flammes de la vieille demeure. Un jour, en parcourant l'endroit où était située la maison, elle trouva, par hasard, enfouie dans la terre, la petite boîte en tôle contenant les précieux papiers. Son secret bien gardé, elle l'apporta chez elle, l'ouvrit et découvrit divers documents, dont ces papiers. Un jour, lorsqu'elle apprit que je désirais immigrer en Amérique, elle sortit religieusement la boîte en tôle bleue et me remit ce papier en me disant: «Tu le gardes précieusement et tu trouves ce qu'est devenu mon oncle. Nous n'en avons jamais eu de nouvelles.» Voilà, madame.

— Vous êtes venu ici en Californie et vous avez cherché.

— Ce n'est pas tout à fait ce parcours, madame, mais le résultat est le même.

— Puis vous avez trouvé ce grand-oncle? Vous êtes un sacré bonhomme! Ou un détective hors pair, si ce n'est pas un charlatan parlant au diable? Retrouver un grand-oncle ici, c'est comme trouver son dentier dans la bouche d'un requin.

L'homme rit de bon coeur.

— Vous avez des comparaisons uniques, madame. Vraiment! Nous l'avons toujours appelé "mon oncle".

— Il faut tout me dire, maintenant que vous avez commencé.

L'étranger se refait un faciès amusant.

— Je vous parle depuis une demi-heure et je ne vous ai pas encore dit mon nom. Je m'appelle Bonnar. Sven Bonnar. Comme ma mère!

— Vous portez le nom de votre mère? Ici nous conservons celui du père.

— Ceci aussi est une longue histoire. Je vous la raconterai peut-être un jour.

Marie rigola.

— Vous êtes bien certain de votre démarche, jeune homme. Qui vous prouve que je peux vous aider?

— Par vous, je continue ou j'abandonne. Vous possédez la clé de mon mystère.

De plus en plus intriguée, Marie prise au jeu du fin causeur pose des questions.

— La clé de votre énigme? Vous m'attribuez des pouvoirs que je ne possède peut-être pas.

— Je sais beaucoup de choses sur vous. Je suis à la recherche de mon grand-oncle depuis huit ans. J'ai révisé tous les registres de décès depuis mon arrivée ici. Croyez-moi, ils sont nombreux.

— Qui vous assure que votre grand-oncle a demeuré ici à Los Angeles?

Le bel homme ouvre de nouveau son porte-documents et en sort une carte postale.

— À cause de cette carte. Envoyée à ma mère quelques années après mon départ et qu'elle n'a jamais pu lire, étant morte six mois auparavant. Lisez.

Marie admire la ville de Los Angeles étalée dans toute sa splendeur. Le tampon indique bien huit ans avant la date actuelle.

— Je ne peux lire. Qu'est-ce qui est écrit?

— C'est en allemand. "Mon oncle" invite ma mère à venir le voir car il est très malade.

— Mais il ne donne pas son adresse.

— Un oubli qui m'a donné des sueurs pendant long-temps. Je suis d'abord débarqué à New York et j'y ai vécu quelques saisons. Je me suis familiarisé avec le système amé-ricain et votre manière de vivre. J'ai étudié vos archives et elles m'ont amené ici.

— Vous êtes étonnant pour votre âge. Un tel sérieux ne se trouve pas chez nos jeunes Américains.

— Permettez-moi d'en douter, madame. Il s'en trouve partout des jeunes de mon genre. Je ne suis pas unique, croyez-moi.

— Avez-vous retracé l'existence de votre grand-oncle ici à Los Angeles?

— Certainement. Sinon je ne serais pas devant vous ce soir.

— Vous m'intriguez.

— J'ai, non seulement trouvé l'endroit où il a vécu, mais je sais où il travaillait, ce qu'il faisait pour occuper son temps, la vie qu'il a menée, etc.,etc.

— S'est-il marié? A-t-il eu des enfants?

— Hélas, non. J'ignore pourquoi. Il est resté célibataire toute sa vie. On m'a dit qu'il était un homme solitaire.

— Vous feriez un excellent détective, Sven. Vous êtes tenace, patient et vous prenez tous les moyens pour arriver à votre but.

— JE SUIS détective, madame. C'est mon métier. J'en suis heureux comme un pape.

Marie pouffe de rire, se replace sur sa chaise. Elle avait vu juste.

— Alors, tout s'explique.

— Vous voyez, c'est une belle histoire, n'est-ce pas?

— Très belle. Si je vous comprends bien, vous êtes à la recherche de votre héritage.

— Exactement. Vous êtes intelligente, madame. C'est le qualificatif employé à votre sujet, madame.

— À mon sujet? Par qui?

— Les gens qui vous ont connue.

Marie se lisse les cheveux. Ce jeune homme l'attirait et lui faisait peur en même temps. Il faisait figure de sorcier et de professionnel à la fois. Elle ne savait lequel choisir.

— Inutile de me présenter, alors.

— Je ne m'implique pas dans la vie intime des gens, madame. Je ne connais pas tout de vous. Seulement ce qui m'intéresse.

— Et dites-moi ce qui vous intéresse chez moi.

— Votre mari.

Marie Prudhomme se lève et va boire de l'eau. Elle est confondue et dans les ténèbres.

— Mon mari? Mais il est mort, monsieur.

— Je le sais. J'ai besoin de vous, afin de clarifier certaines choses passées avant son décès.

— Décès?

Marie, les cheveux hérissés, implore les saints du ciel.

«Hervé! Tu reviens me hanter! Tu as du toupet! Voir si j'avais besoin de cette histoire en ce moment. C'est ridicule. Tout à fait ridicule!» pense-t-elle tout bas en essayant de montrer le moins de réactions possibles à cet homme trop clairvoyant.

— Je ne vois pas le lien entre le décès de mon mari et votre grand-oncle, monsieur.

— "Mon oncle" demeurait tout près de la banque où a travaillé votre mari.

— Et après?

— L'idée la plus plausible veut que "mon oncle" ait eu un compte en banque à cet endroit.

— Pas nécessairement. Il peut, au contraire, avoir placé son argent à tout autre endroit. Le nom et la notoriété des banques nous attirent plus que l'endroit où elles sont situées, il me semble.

— Exact. Mais ma supposition est sensée, elle rejoint le raisonnement du plus grand nombre de personnes. La paresse, la facilité, vous savez...

— Je vois.

L'étranger regarde sa montre et se presse.

— Oh! Je suis impoli. Il se fait tard et j'ai pris beaucoup de votre temps. Je reviendrai un autre soir, si vous le permettez. Vous le permettez, dites?

Marie ne s'entendit pas lui répondre. Elle ne pouvait faire autrement.

— Mais oui, Monsieur Bonnar. Tant que vous voudrez.

Le jeune homme disparu, elle se chicane.

«Tant que vous voudrez... Tu parles d'une réponse stupide. Tant qu'à faire, il ne te restait plus qu'à lui donner ton numéro de téléphone et la grandeur de tes petites culottes! Non, mais faut-il être assez nounoune! J'aime autant ne pas raconter cette histoire à qui que ce soit. Ils m'enfermeraient à double tour dans un asile psychiatrique. Ils auraient raison. Se livrer aussi vite, aussi facilement, corps et âme à un inconnu!

—Tu n'avais pas le choix, Marie. Il en savait trop sur toi. Dire ou te taire n'aurait rien changé.

—Tu me rassures, petite voix. Je dormirai mieux.»

L'infirmière devenue pauvre remue ses fantômes malicieux dans ses méninges: Hervé et la petite clé trouvée dans un tiroir de son ancien appartement retiennent son attention.

«D'où pouvait-elle venir? À quoi servait-elle?»

Elle la cherche dans son sac, la dépose sur sa table de chevet après l'avoir examinée attentivement.

«204... Mais oui. C'est bien écrit 204.»

Marie Prudhomme, le soir de ce «beau» jour, s'endort la tête à cent lieues de William Leider.

Au loin, de nouveaux nuages s'élevaient à l'horizon.

Une semaine plus tard, Sven se présente de nouveau chez Marie Prudhomme. Le duo a changé. Le jeune détective vêtu en jean et chandail noir est accueilli par Marie en bermuda rouge, blouse vaporeuse et sandales blanches.

— Vous êtes en forme, Madame Prudhomme?

— Oui. Et toi?

Sven remarque le ton intimiste de la dame et s'en réjouit. Son plan se déroulera plus rapidement.

— Bien. Si nous attaquions notre sujet dès maintenant?

— Bonne idée.

— Alors voilà. J'ai besoin de vos souvenirs et votre mémoire pour conclure cette histoire.

— Je ne comprends pas.

— Votre mari était banquier à Santa Monica, je crois, à la fin de sa vie.

L'infirmière encaisse le coup.

Il sait cela aussi.

— Oui. Il avait été promu quelques années auparavant.

— De son vivant, vous a-t-il confié des choses confidentielles de la banque ou des secrets d'individus?

Marie est insultée.

— Sven, mon mari était un homme digne.

«Mensonge ou pas, l'honneur de la famille doit être sauvé», se dit-elle en silence.

— Je ne suis pas ici pour vous blesser, madame. Je demande votre support. Que j'aurai avec ou sans vous! Vous risquez alors d'en être éclaboussée.

Marie se mord la lèvre supérieure.

«Éclaboussée. Il a dit éclaboussée. Il a du toupet, ce jeune homme!» Prise au piège, Marie n'a aucun choix.

— Je veux bien essayer de me souvenir. Mais c'est difficile. Je sais qu'il travaillait longtemps le soir à son bureau. Il ne racontait pas ses difficultés et ne nous a jamais parlé de quoi que ce soit.

— Dans ses effets personnels, avez-vous trouvé un numéro, une clé, un papier sur lequel était écrit un casier?

Marie se fige de stupéfaction. La clé de la nuit dernière pouvait être celle dont il parle. Et c'était inscrit 204. Elle brode des mots.

— Je ne crois pas, Sven. Je n'ai aucun souvenir à ce sujet. Je n'ai identifié aucun casier comme tu dis. Il est préférable de t'adresser directement à la banque. Eux sont plus en mesure de te répondre.

— C'est mon intention si je ne trouve pas de réponses ici. Ce sera mon ultime démarche. Je préfère d'abord explorer toutes les autres avenues. Vous comprenez, ces messieurs sont pressés et les journalistes sont à l'affût de toute nouvelle savoureuse. Je souhaite fouiner en toute liberté dans les coulisses de mes sujets. On y est plus confortable et plus libre.

L'analyse de Sven entraîne Marie dans les limbes de ses pensées. Elle voit défiler son histoire sur de nouvelles pages des journaux et ne semble pas du tout intéressée à la revivre.

— Rien ne prouve que je te serai utile, Sven.

— Je prends ce risque calculé.

«Calculé.»

Ce ton l'horripile. Il en sait plus qu'il ne l'avoue. Une intolérable situation en perspective.

« J'ai tout intérêt à me sortir de ce guêpier.

—*Là, tu parles! Marie*», s'écrie l'autre en elle.

— Vous savez, nos actes nous suivent. Ils ne s'effacent pas.

— Tu philosophes comme un grand livre, Sven.

— Réfléchir sur le sens de la vie ne nuit à personne.

— Alors, je veux bien t'aider. Mais je ne te promets rien.

— La bonne volonté est toujours récompensée. Elle porte des fruits abondants.

— Espérons-le, Sven. Si tu me donnais du temps, peut-être que je finirais par trouver.

Sven ferme son porte-documents.

— Je crois que c'est une sage décision. Vous savez, la vie est un boomerang. Tout ce que nous faisons à autrui nous revient. À force de penser, on en arrive à faire remonter les souvenirs en surface.

Une idée effleure les tempes du jeune détective. Il la laisse monter.

«À la bonne heure. Tu es sur le point de réussir Sven.»

Sur un ton énigmatique, il poursuit.

— Je reviendrai mardi prochain, d'accord?

Marie referme la porte, pressée d'en finir avec cet intrus, s'appuie la tête sur le mur vert et réfléchit longuement.

— Que faire?

«Mettre Paul dans le coup?»

L'enjeu est de taille.

Soudain, elle voit son fils lui reprochant de s'être confiée à un étranger sans scrupules, peut-être un escroc de la pire espèce, un grand fraudeur, un criminel notoire. Marie en est secouée.

«Qu'est-ce que je fais là? Où suis-je rendue? Quelles preuves ai-je exigées avant d'accepter cette collaboration perfide? Pourquoi je tombe dans de tels guets-apens? J'attire ce genre de monde?»

—*Demande-le-toi, Marie. La réponse se trouve en toi.*

Elle grimace de dégoût, perdue dans les brumes de ses ténébreuses pensées enfuies dans un océan de mystère.

* * * * *

Les jours suivants, Marie a l'impression d'être épiée à chaque coin de rue, à chaque mouvement. Cette idée devient insupportable.

Elle a peu dormi. Sous un déguisement, elle s'est présentée à la banque de Paul dans l'espoir de vérifier la réussite de sa nouvelle identité. Elle passe devant son fils et il l'ignore.

«Bravo! Mon idée a réussi», se dit-elle satisfaite.

Mue par une obsession, elle se hâte de mettre son plan à exécution, avant le rendez-vous fatidique. Elle doit vérifier si la petite clé appartient au casier bancaire et voir ce qu'il y a dans le coffret numéro 204. Elle choisit une journée où son fils est en congé pour courir le plus grand risque de sa vie.

— Vous désirez, madame? lui demande une employée au comptoir.

— J'ai affaire à mon coffret.

— Vous avez vos papiers?

Marie tremble, elle joue le tout pour le tout.

— Ce coffret appartenait à mon mari, je n'y suis pas allée depuis sa mort, j'avais perdu la clé. Je l'ai retrouvée.

L'infirmière lui montre l'objet en question.

— Vous pouvez venir avec moi si vous voulez. Je n'ai rien à cacher, affirme-t-elle. Je veux seulement m'assurer que c'est le bon numéro et la bonne clé.

La jeune employée lui sourit, attirée par cette confiance offerte par la dame. Ce geste lui est interdit, elle hésite.

— Je ne le peux pas, madame.

Mais la dame semble si bonne, elle se sent des ailes. Sa voix amplifie sa confiance.

— Si! vous le pouvez. Je vous le demande au cas où j'aurais des difficultés. Vous devez être au service des gens, n'est-ce pas?

— Si vous le prenez sous cet angle. Je vous suis.

L'employée pousse les portes du coffre-fort et introduit le double de sa clé dans la serrure, suivie de celle de Marie et le coffret de sûreté s'ouvre. L'employée se tient en retrait et

Marie aperçoit à la sauvette une grosse liasse d'argent et des papiers. Elle referme le coffret aussitôt et quitte l'employée en la remerciant.

— Je suis très contente d'avoir retrouvé ce casier, mademoiselle. Au revoir. À bientôt, j'espère.

L'infirmière sort par la porte latérale pour déjouer un éventuel inquisiteur et remonte la route vers chez elle, une euphorie prête à lui faire éclater l'intérieur. Ce qu'elle a vu la renverse et l'éblouit. Elle rentre chez elle par la porte secondaire et s'enferme à double tour.

Débordante d'énergie, elle laisse courir sa joie dans son humble repaire en criant à tue-tête, toutes fenêtres closes.

— Je suis riche! Riche! Hervé tu es formidable! Jamais je ne t'oublierai.

Remise de ses émotions, elle se laisse choir sur une chaise jaune près de sa petite table de cuisine peinte en blanc.

«Que faire maintenant? À qui en parler? Comment réagir? Et cet intrus...»

Jamais Marie n'aura autant réfléchi.

Elle songe à tous les aspects du sujet. Si elle se tait, pourra-t-il avoir accès quand même à ce coffret? Pas tout de suite. Mais la banque le lui permettra peut-être un jour. S'il peut prouver qu'il est l'héritier de M. Bonnar. Et ça...

«Cet argent m'appartient, puisque je suis la dépositaire de ce coffre. Sa location est-elle payée? Pour combien de temps? Hervé a-t-il songé à cette éventualité? Donc, je ne pourrais à aucun moment être accusée de vol. Comment me débarrasser de cet Allemand encombrant? Et Paul? Dois-je le mettre au courant? Lui en parler, c'est lui faire courir le risque de détruire sa carrière. C'est le mettre au courant de l'existence de ce coffret de sécurité. Je m'informerai à une employée du coût de cette location et je payerai le tout, sans tarder. Je lui poserai des questions pertinentes sur le sujet de manière générale, sans lui créer le moindre soupçon. C'est ce que je ferai.»

Peu de temps après, le soir du rendez-vous avec Sven, Marie se sent en possession de tous ses moyens. Elle répond du tac au tac aux questions de son interlocuteur. Sven remarque et enregistre la différence dans son comportement.

— Vous avez changé d'attitude, madame. Du nouveau à me dévoiler?

Marie se ravise.

«Il est plus fin renard que je pensais, cet individu.»

— Tu trouves?

— Votre assurance est frappante. Elle dénote une découverte. N'est-ce pas?

— Je le voudrais bien. Hélas! Plus je cherche, moins je trouve. Quant à mon attitude, comme tu dis, elle est probablement le résultat de nos rencontres amicales.

— C'est une possibilité. Je reviendrai la semaine prochaine. À ce moment, vous aurez une réponse à me donner. J'en suis assuré.

— Parles-tu au diable, toi?

— Pas du tout. Je tiens compte de la loi des probabilités, c'est tout. La justice immanente existe sur terre, vous savez. Elle triomphe toujours.

Marie le regarde fuir au coin de la rue et se demande ce qu'il voulait dire par cette prophétie.

«Il est un hurluberlu ou un charlatan, ce Sven. Où m'amènera-t-il?»

Une lettre prise dans la boîte aux lettres de son appartement capte son attention. Elle l'ouvre.

— Ah! oui. Je suis convoquée à la cour pour mon procès. Je l'avais oublié.

Tout se déroule dans une relative promptitude. Le juge, un homme expéditif, ne s'embarrasse pas de balivernes.

— Marie Desrochers Prudhomme, vous êtes condamnée à un mois de prison pour atteinte à la réputation de M. Leider et pour tentative de vol. Une caution de cinquante mille dollars est exigée pour votre libération. La cour est dissoute.

Marie sourit. Cinquante mille dollars. Elle ne les a pas. Personne de sa famille ne possède ce montant. Puis, voudront-ils me libérer? J'en doute. Ils ignorent mes emmerdements personnels et je désire les écarter de cette situation. Je me débrouillerai seule, comme je le mérite.

Puis, elle réfléchit à son séjour en prison.

«Je serai à l'autre bout du boulevard de notre vie, Éveline et moi, se répète-t-elle, ironique. Elle, en haut de la montagne et moi...»

Cette sentence tombait à point dans sa vie. Finie la soupe populaire. Elle sera logée et nourrie pendant un mois. Pendant ce temps, elle réfléchira à ce qui lui arrive de fabuleux. Elle est redevenue riche grâce à Hervé, son défunt mari.

Son génial mari! Elle se retrouve en tôle, soulagée. Son emmerdeur la laissera tranquille un bout de temps.

«Il va peut-être m'oublier.

—*J'en doute, ma fille* », lui répond son associée interne.

La *dolce vita* se termine plus tôt que prévu. Désappointée, elle en sort une semaine plus tard, résignée, un peu honteuse, en espérant qu'aucun de ses enfants n'a appris cet épisode sombre de sa vie. Au retour, un courrier volumineux l'attend. Son avocat réclame un montant astronomique.

«L'heure est aux règlements de comptes, se dit-elle.Si je m'en sors vivante, je suis chanceuse.»

Elle songe à son mari, une figure inespérée dans la morosité de sa vie présente.

«Grâce à lui, je suis sauvée. J'ai l'argent nécessaire pour payer ce compte. J'irai chercher le montant ces jours-ci et le tour sera joué.»

Le souvenir de Sven apparaît sur le divan.

«S'il s'avise de remettre les pieds ici? J'ai un plan. Tout a mûri en prison. Je suis prête. Ensuite, à moi la belle vie!»

* * * * *

Sven se présente un soir à l'improviste. Il accentue ses familiarités à mesure que diminue sa gêne. Cette attitude blesse Marie. L'homme poli et réservé fait place à un jeune homme imprévisible et irrévérencieux parfois.

— Vous vous êtes absentée, Madame Prudhomme.

— M'espionnerais-tu par hasard?

Le jeune homme évite son regard et défile son discours lent et nébuleux pour Marie.

— Jamais de la vie! Qu'allez-vous chercher là, chère madame? Je suis venu à quelques reprises et vous étiez absente.

— Et je n'ai pas à t'en fournir les raisons, n'est-ce pas!

— En effet. Parfois il est préférable de se taire.

— Tu insinues quoi, exactement?

— Madame! Comme vous êtes méfiante! Vous ne devriez pas.

Le jeune homme rend la vie impossible à l'ancienne infirmière. Son petit air inoffensif, ses façons de dire sans dire les choses, ses apparitions subites et inopinées; tout contribue à rendre ses nerfs à fleur de peau.

«Comment m'en débarrasser? se demande-t-elle, en écoutant son boniment, distraite. Prendre l'initiative.»

— Qu'est-ce que tu as fait pendant mon absence?

— Des choses peu intéressantes pour vous.

— Mais encore?

— À travers mes investigations, j'ai trouvé des indices supplémentaires sur "mon oncle".

Marie remet ses oreilles à l'affût.

— Lesquels?

— Votre mari possédait un compte en banque, madame.

— Comme tout le monde.

Marie s'enfonce les doigts dans ses cheveux, vexée.

— Tu ne vas pas laisser sous-entendre...

— Je ne pense rien qui ne soit pas la vérité, c'est tout.

— La vérité c'est que mon mari était un homme intègre, grimace Marie pour se donner de l'assurance.

—*Hypocrite! Tu fais une belle menteuse. Bravo!*

— Je sais que votre mari possédait un coffret de sûreté bancaire.

Marie reste bouche bée. Immobile, elle essaie de replacer ses esprits. Il a certes remarqué sa surprise.

— Une boîte de sécurité? Qui t'a appris ces suppositions?

— Mon petit doigt, madame, affirme-t-il ironiquement en repliant et dépliant son auriculaire.

— Que te raconte encore ton petit doigt?

— Que mes déductions sont justes!

— Que je possède un coffret ou non ne te regarde pas, jeune homme.

Sven accepte la réplique sans broncher.

— Savoir si les papiers de "mon oncle" s'y trouvent m'intéresse au plus haut point, par contre.

Marie s'assied, étourdie. Que répondre à cette réplique? Elle n'a pas mis le temps nécessaire pour s'en informer. Marie devait se donner du temps.

— Sven. Cette discussion ne mène nulle part. Je ne te dévoilerai pas le contenu de ce coffret, à supposer que j'en possède un. C'est ridicule.

— Nécessaire dans certains cas. Surtout s'il s'agit de fraude.

Marie frissonne.

— Cela ne se fait pas. La confidentialité est assurée par

la banque, elle est pleine et entière.

— Ah! oui. Les tribunaux sont à notre disposition.

Les tribunaux! Elle en avait soupé de ce mot.

— Tu oserais t'aventurer sur un tel terrain glissant sans savoir?

— Je suis sur le point de savoir, au contraire, madame. Rappelez-vous, je suis détective.

— Tout détective a ses limites, tout de même.

— Les limites sont faites pour être dépassées. Ne l'oubliez pas.

— Je te dis que je ne sais rien de ces papiers. Combien de fois faudra-t-il te le dire ou le répéter?

C'était vrai. Elle ignorait tout de ces feuilles repliées découvertes dans sa boîte métallique grise, mince et rectangulaire.

— Je vous demande de vous rendre à la banque et de regarder à l'intérieur. Est-ce si difficile à faire?

— Et si je refusais?

— Les réponses seront plus longues à trouver mais je les résoudrai, d'une manière ou d'une autre. Sur ce, au revoir, je vous laisse réfléchir à cette proposition.

Marie est en sueur. Elle n'en peut plus.

La nuit suivante, son sommeil est nourri de cauchemars. Elle se revoit vieille, hideuse et encore en prison. Personne ne lui rend visite et ses amies sont devenues les femmes corrompues de la société. Au matin, en pleurs, elle se lève et songe à son futur.

«Je suis cousue de dettes. Je suis seule au monde. J'ai

perdu toute dignité. Je me suis enfoncée dans ce puits de mon plein gré. J'ai l'opportunité de continuer sur cette voie ou de faire fausse route. Je paye mes dettes avec l'argent du coffret et je remets les papiers, s'ils sont véridiques, à Sven Bonnar. J'aurai fait la moitié du chemin. Il n'a parlé que de papiers. Tenons-nous-en à cela.»

Sa décision prise, elle se sent légère longtemps. Elle ouvre grand les fenêtres et sort prendre une marche. Les coloris autour d'elle s'intensifient, les senteurs florales s'accentuent. Elle s'arrête pour savourer les arômes environnants. Le paysage luxuriant remplit son regard. Le vent doux et chaud joue dans le feuillage bougeant à peine. Elle respire profondément et extirpe lentement l'air de ses poumons, consciente de ses bienfaits. Au passage, l'envie de caresser un chien lui traverse l'esprit. Elle longe sa rue et aboutit sur la plage endormie sous le soleil et camouflée par une mer de parasols multicolores abritant des corps basanés allongés vers la mer. Au loin, sur la berge, une turbine, les pieds dans l'eau, extirpe l'or noir du sol généreux. La marina abrite des châteaux flottants disparus depuis une décennie de sa vie. Un souvenir vite estompé, un regret furtif tout au plus le lui rappelle.

«Étrange comme nous oublions facilement l'essentiel de la vie passée.»

En retrait sur un banc, elle ferme les yeux, participe à ce spectacle humain et se laisse amadouer par l'astre vivifiant.

Comme c'est chaud! Comme il fait bon revivre!

Le lendemain, sans subterfuge, elle se rend à la banque

et sort le coffret. Paul, son fils, est absent et elle s'en félicite. Elle soupèse le coffret et l'apporte derrière un rideau où elle peut en examiner le contenu à volonté. Son coeur bat et sa curiosité est à son paroxysme.

Une liasse d'argent épaisse entre dans son sac à main: elle comptera le tout plus tard. Un carnet de banque fermé, puis un autre et un autre contiennent la suite des surprises. Des papiers jaunis pliés remplissent le fond du coffret. Elle en ouvre un et retient ses impressions entre ses lèvres fermées.

«C'est cela. Hervé avait bien les papiers de ce Bonnar.» Puis, elle en découvre un second et un troisième au nom de personnes différentes.

— Oh! non, s'exclame-t-elle.

Une femme s'approche.

— Vous avez besoin d'aide, madame?

Devant le manque de discrétion, Marie referme son coffret et réplique brusquement.

— Non madame.

Une étrange intuition se lie au comportement de cette inconnue et à celui de Sven. Elle en frissonne et se presse. Elle réfléchit un moment.

«Que faire? Tout emporter ou en laisser une partie dans le coffre?»

Elle choisit d'emporter les papiers et le carnet de banque Bonnar et de laisser le reste à l'abri des regards indiscrets. Il sera toujours temps d'approfondir le mystère plus à fond. Marie referme et replace le coffret au 204 et quitte la banque les pensées envolées vers sa découverte.

En chemin, elle emprunte une démarche nonchalante afin d'éviter les regards et tient solidement la courroie de son sac de ses deux mains. Son toupet ne cesse d'émettre des regrets à haute voix.

«Tu as été un salaud, Hervé! Tu as volé ces braves gens.

— Pour toi, Marie. Je l'ai fait pour toi!»

Marie ne se laisse pas attendrir par la voix masculine d'outre-tombe.

«J'ai payé pour tes saloperies, Hervé. J'ai tout perdu. Maintenant, le contenu de ce coffret m'appartient.

— *Il fait partie du vol dont on t'a accusée,* rectifie la voix.

—Il ne fait partie de rien du tout! Cette affaire a été réglée, les créanciers ont été remboursés, maintenant je peux en jouir comme bon me semble.»

— *Et pour Sven. Comment t'y prendras-tu?*

Sa démarche ralentit ou augmente à la mesure de l'intensité de ses découvertes et de ses interrogations.

«J'ai trouvé. Je consulte mon premier dossier de justice, je consulte les archives à ce sujet, je retrace l'huissier si nécessaire et je l'interroge. Je dois faire vite car cet imbécile doit revenir.»

—*Imbécile?*

Son immeuble est en vue. Sous ses pas, la curiosité brûle de mille feux. Elle referme la porte à double tour et tombe sur son divan. Elle est exténuée. Elle vérifie les fenêtres, les portes, les coins et recoins de son appartement, sous son lit et ses tentures... on ne sait jamais! Rassurée, elle s'approche de sa table blanche et ouvre sa sacoche. Une partie du mystère lui sera dévoilée dans toute sa splendeur.

Le carnet de banque consulté lui ouvre de grandes possibilités. Les lignes se sont noircies pendant six ans en un joli magot. Elle prend la liasse, enlève l'élastique qui casse au contact des doigts de Marie, et reste pliée en deux. Des centaines et des milliers de dollars s'ajoutent les uns sur les autres pour former une très jolie somme.

Marie sent monter sa pression. Jamais elle n'a vu ni palpé une telle quantité d'argent. Sa conscience s'en mêle. Un combat se prépare. Que faire?

La nuit blanche lui cerne le contour des yeux. Le lendemain, elle se précipite au palais de justice, ses recherches commencent. Il faut faire vite pour bien cerner le problème, afin d'être en mesure de répondre à ce détective trop clairvoyant.

La semaine suivante, elle évite d'ouvrir la porte à Sven, elle n'est pas prête. Il lui écrit un message dans sa boîte aux lettres lui indiquant qu'il devra revenir la semaine suivante.

Deux jours plus tard, elle continue ses recherches. Une foule de réponses positives sème l'espoir d'un règlement pacifique.

Tous les créanciers ont été payés par la vente de ses biens s'élevant à un million. Un compte en banque géré par le gouvernement contient le reste des avoirs d'Hervé en cas de futures réclamations.

— Les salauds! hurle-t-elle en apprenant la chose. Ils

m'ont lavée de tous mes biens, sans en avoir le droit.

Marie sentait l'urgence de la situation, elle ne pouvait perdre son temps en lamentations inutiles.

Ses découvertes éclairaient ses solutions et précisaient ses réponses. La lumière se faisait lentement au fond du tunnel.

Deux semaines plus tard, elle était en meilleure posture et pouvait rencontrer Sven Bonnar. Elle lui remettrait le papier convoité et lui indiquerait où trouver la somme «appartenant» à son grand-oncle. Le gouvernement était disposé à lui rendre justice.

—Vous m'impressionnez, Madame Prudhomme. Vraiment, vous m'avez eu dans le détour.

Marie sourit de satisfaction. Elle le dominait enfin.

— Je ne m'attendais pas à un tel renversement des choses. Jamais je n'ai envisagé une pareille solution. Le gouvernement...

Marie sent chez son interlocuteur une certaine hésitation comme s'il redoutait quelque chose. Elle se frotta les mains de plaisir. Elle avait gagné la partie. L'embarras de Sven la mit sur la piste de profondes interrogations. Était-il celui qu'il prétendait être? Avait-il peur d'affronter le puissant gouvernement? Avait-il de véritables documents prouvant ses insinuations et des affirmations? Ce n'était plus de son ressort.

— Madame Prudhomme, si j'ai besoin de services d'experts, je ferai appel à vous.

Marie remplit son humble cuisine d'un rire sonore et vivifiant. Elle ouvre la porte et la fenêtre. La brise entre à pleines envolées.

— Au revoir, Monsieur Bonnar. Je fus enchantée de vous connaître.

«Grâce à vous, j'ai retrouvé ma dignité, conclut-elle, enthousiaste, pour elle-même.

—*La vie nous offre de belles surprises, n'est-ce pas?* soumet la voix interne rieuse. *Elle a le don de ne jamais nous abandonner en cours de route.*

—Cette fois, je suis d'accord avec toi, vlimeuse!»

La sonnerie du téléphone la ramène à la réalité.

— Madame Prudhomme, je me nomme Yvette Marceau, Dr Yvette Marceau de Chicago, j'aimerais vous voir.

Marie éloigne l'appareil de stupéfaction. Elle plisse le front.

— Je suis Yvette Leider, la fille de William Leider. Me reconnaissez-vous?

— Oui, madame.

— Puis-je vous rencontrer? Un sujet me touche à coeur et je voudrais vous en parler. Samedi prochain. Cela vous convient?

Marie, aux prises avec sa surprise, balbutie:

— Bien madame. À huit heures.

Le mois suivant, Marie Prudhomme déménage.

Chapitre 28

À Aberdeen Drive, la vie intime des Leider à l'abri des curieux ne tient plus. Ce banal inconvénient judiciaire les a propulsés sur la scène publique à leur grand désarroi. Lumina en est la vedette, malgré elle. Personne ne s'amuse plus. Chacun se surveille et se guette pour éviter les journalistes assoiffés de nouvelles croustillantes. William en est perturbé, sa santé s'en ressent. Éveline se désole et espère que le second procès se déroulera le plus rapidement possible. William a suggéré une solution hors cours mais la justice en a décidé autrement. Vraiment, leur vie prenait des proportions démesurées.

Le soir, dans la pénombre de leur lit, ils réfléchissent à haute voix.

— William, cette tournure des événements est sérieuse, même inusitée.

— On n'a jamais vu un pareil revirement de situation, en effet. Lumina a été notre planche de salut. Je ne l'oublierai pas.

— C'est le juste retour de ta bonté, William.

— Explique-toi.

— Tu as été quasiment un père pour elle. Imagine! Payer les études des enfants de sa gouvernante ne s'est jamais vu nulle part.

William cesse de fixer le plafond et se tourne vers sa femme.

— Tu es au courant de ça, toi!

— Les femmes, tu sais... Elles ont des antennes partout où c'est nécessaire. L'as-tu oublié?

— Elle a été notre soleil et notre phare en tout temps, Éveline. Ce fut facile pour moi d'aider ses deux marmots. Ils étaient très doués, le futur nous en a donné la réponse.

— Et la récompense.

— Je ne l'ai pas fait pour être encensé. Je les aimais, c'est tout.

— Cher William. Tu as aimé tout le monde autour de toi. Même les détestables.

— À qui songes-tu?

— Oui. À elle! L'infâme garde-malade!

— Quand j'imagine la revoir à ma place sur le banc des accusés, c'est à mourir de rire. Tu ne trouves pas?

— En effet. La triomphante devenue la misérable.

— Je me demande quel sort le juge lui réserve?

— Je n'en ai aucune idée, William.

— J'espère que ce ne sera pas trop sévère.

— Elle aura ce qu'elle mérite.

— Ce n'est pas toujours le cas, Éveline. Chaque juge interprète la gravité du crime différemment.

— Tu commences déjà à éprouver de la compassion? Je ne te suis pas, William.

— Éveline, songe un peu. Elle n'a tué personne. Elle a seulement tenté de me voler un objet...

— Sans valeur?

— Je n'ai jamais dit cela, Éveline. Mais il faut mettre la faute en perspective et bien la mesurer. C'est exactement comme évaluer une nouvelle affaire.

— Je sais.

— Pour quels motifs a-t-elle posé ce geste? Je l'ignore.

— Par jalousie? Par aigreur? Par dépit? Tout est possible en ce bas monde. J'avoue être totalement déboussolée devant ce mystère, William.

— Savoir évaluer les actes des gens et leurs conséquences est une science accessible à une petite minorité. Le comportement des juges m'a toujours épaté.

— Si nous dormions maintenant?

— Allez, bonne nuit.

Le jour du procès arrive comme une délivrance. Ils sont anxieux de voir se terminer cette bouillabaisse.

Le juge expéditif leur plaît.

La sentence leur crève le coeur mais ils sont impuissants à changer le cours des choses. Cette mésaventure a resserré les liens entre eux. Lumina fait vraiment partie de la famille. Elle l'a démontré par son courage.

La voix grave du juge résonne encore dans leur esprit, même après avoir quitté la salle d'audience. Le film de l'après-midi défile comme une bobine abîmée qui tourne sans arrêt.

— Accusée Marie Desrochers Prudhomme, levez-vous.

Marie s'empresse de lui obéir, un air moqueur au visage. Cet étrange comportement n'échappe pas à Éveline.

Le responsable des jurés présente le résultat de leurs délibérations que lit le juge.

— Marie Desrochers Prudhomme, vous êtes reconnue coupable. Vous avez fait preuve de mauvais jugement et de méchanceté envers une femme accusée injustement. Vous avez porté préjudice à un homme âgé et sans défense quand on espérait de vous le réconfort et le soutien. Vous avez voulu transformer un accident en un acte criminel prémédité de la part d'une femme innocente. Vous êtes une femme à ne pas imiter. En conséquence, vous devez purger un mois en prison à partir de maintenant jusqu'à la fin de la sentence avec possibilité de réduction de peine, en cas de bonne conduite et une possible caution.

— Elle passera deux semaines tout au plus, Éveline, murmure William à l'oreille de sa femme.

— Tu crois?

— Peut-être moins.

— Une chose m'étonne, William.

— Son ironie. Elle semble absolument insensible à ce qui lui arrive.

— Tu as raison. Comme si elle était très loin d'ici...

— J'aimerais savoir ce que cela signifie.

— Impossible de le dire. Absolument impossible!

— Le monde est curieux, Éveline.

— Il y en a de toutes les sortes, de toutes les couleurs.

— ... et de toutes les saveurs.

Le couple remplit la salle vide d'un rire affectueux.

— Bon, allons-nous-en.

Le couple quitte le palais de justice longtemps après que tout le monde s'est éclipsé. Lumina, pensive, remercie le ciel les deux mains jointes et les bras au ciel.

—Notré-Damé-dé-la-Guadéloupé, Mammamilla! Vous serez à jamais bénie. Vous avez accompli uné miraclé. Uné vrai miraclé!

En retrait, Yvette, la fille des Leider, a plongé intensément dans le regard de la femme accusée. Elle lui a fait un bref salut lors de son passage devant elle.

À Aberdeen Drive, le soir de cette délivrance, on célèbre la libération de ce cauchemar. Du champagne coule en abondance. Puis la vie reprend sa route. La paix s'installe lentement.

Yvette est repartie à Chicago soulagée pour son père et attristée pour cette femme qui l'a tant bouleversée. Elle ne méritait pas une sentence aussi sévère. Après tout, c'est elle qui portait les séquelles permanentes.

«L'argent de mon père a certes pesé dans la balance», songe-t-elle, soucieuse.

Ensuite, elle approfondit sa réflexion.

«J'espère que non. La justice en serait faussée et ce serait dommage.»

En elle, sur la banquette de l'avion, son désir persistant lui colle au crâne et le maintient en état d'alerte. Un jour, elle espère découvrir ses véritables origines.

«Je commencerai des recherches sous peu», se dit-elle, lasse de ses interrogations persistantes. Je veux en avoir le coeur net une fois pour toutes.»

* * * * *

Deux saisons s'écoulent dans une parfaite nonchalance. William oublie des bouts et sa femme attentionnée les renoue à mesure. Deux infirmières donnent un support supplémentaire nécessité par sa condition irrégulière. Des jours il va, des jours il vient.

Très tôt un matin, Lumina s'agite dans sa chambre le téléphone à l'oreille.

— Vous dites qu'elle est au plus mal?

— Vous devriez venir, elle vous demande depuis hier soir.

— Venir? Ah! oui. Venir.

Lumina tourne autour de la chambre en proie à une grande nervosité. Maria, sa cousine, est malade. Cette fois c'est vrai. Elle ne pourra plus s'en tirer. Elle écrit un message sur le bout de la table du vivoir et quitte Aberdeen Drive en taxi. L'air frais du matin lui fait du bien, il apaise son inquiétude. Pendant le trajet, elle prie.

— ...-dé-la-Guadéloupé, ne me laisse pas seule, éh! Vous savez bien que sans elle, je suis perdue. Maria a été ma-mamilla! ma hermana.

Le souvenir retrace le passé de ces deux femmes ayant quitté Mexico dès leur prime jeunesse. Lumina en éprouve un serrement au coeur.

«Une vie s'achève, hélas! Elle fut la source de mes

inspirations, cette femme. Nous sommes parties ensemble de Mexico et nous avons été remarquées par Mme Leider. Mme Gladys Leider. Une sainte femme morte dans de grandes souffrances. C'était... il y a longtemps. Ah! J'ai des trous dans ma mémoire. Si cela persiste, je devrai bientôt me faire rapiécer le génie. Le génie. M. Leider en a perdu tout un panier de son génie. Il confond le soir pour le matin et le chien pour un lapin. C'est triste. Pauvre Mme Leider. Que va-t-elle devenir avec un homme sans génie? Je me le demande.»

L'hôpital est en vue. Elle paie le taxi et monte les larges marches vers l'inconnu.

— Chambre 118, lui indique une préposée à l'accueil, en réponse à sa question.

Lumina grimace. Elle déteste l'odeur médicamenteuse de ces lieux. Elle ne veut pas mourir ici. Lumina Lopez, gouvernante des Leider, finira ses jours dans son propre lit. Promesse de Mexicaine!

Au bout d'un corridor, elle se situe par rapport aux numéros. Enfin! Elle arrive devant une porte de chambre identique à toutes les autres.

Le son d'un poumon mécanique l'accueille. Maria, sa cousine, sombre dans l'inconscience. Une infirmière la surveille, assise dans un fauteuil berçant.

— Elle somnole, madame. Un sédatif l'a aidée à passer la nuit. Vous êtes...

— Sa cousine Lumina.

— Elle sera heureuse de vous revoir. Elle vous attend. Chaque fois qu'elle parle de vous, sa température s'élève.

— Qu'est-ce que cela signifie?

— Elle veut vous confier un secret ou autre chose.

— Un secret?

— J'en ai l'impression. Remarquez, je peux bien me tromper.

Lumina s'interrompt, la malade bouge.

— Je crois qu'elle se réveille.

Lumina se penche vers sa tendre et douce cousine: sa grande amie de tous les instants, de toutes les misères.

— Maria, c'est moi, Lumina.

La cousine émet une plainte et essaie d'ouvrir les yeux.

— Je vous laisse, mesdames. Vous m'appelez si vous avez besoin.

— Maria. Tu m'as fait demander?

La malade, au prix de grands efforts, réussit à bouger la bouche et émettre des sons.

— Lumi... na, je m'en vais.

— Tais-toi! *Hermana.* Tu n'as pas le droit.

— Je veux te di... re. Je sais qui est la mère d'yyyy, d'YYYYYY, d'Yvette.

Lumina écarquille les yeux de stupéfaction.

— Tu sais?

Dans un effort surhumain, la cousine Lopez avoue.

— Garde Marie est sa mère. Je l'ai aidée à accoucher en secret et j'ai gardé son bébé avant de t'appeler.

— Qui est le père?

Maria Lopez, épuisée, retombe sur son oreiller et ferme les yeux. La blancheur de son teint fige Lumina. Mais l'aveu de sa cousine est si lourd de conséquences qu'elle insiste malgré tout.

— Qui est le père?

Maria ouvre les yeux et cherche le sens de cette question. Puis, tout à coup, tout s'illumine.

— Il est... est... est... pein..., dit-elle dans un effort inouï en cherchant à mieux respirer.

— Oh! Mon Dieu! Garde! Garde! crie la brave gouvernante devant la mort imminente.

Une infirmière se présente et la rassure.

— Ça va aller, madame. Je suis là.

Lumina se retire un peu, tourne autour de la dame en blanc pour en découvrir les moindres gestes incompréhensibles. Le coeur en chamade, le pouls en cavale, la peur de ce qui peut arriver à tout moment lui tordant les boyaux.

«Je ne suis pas faite pour aider les autres, moi. Ça non!»

— Détendez-vous, madame. Prenez cette chaise, tout ira bien. Elle a eu une rechute et s'en remet.

— Je peux lui toucher la main?

— Mais oui, madame.

— Sent-elle mon toucher?

— Nous le pensons. Elle a des périodes de rémission et d'autres de diminution. Alors...

— Je vois. S'en remettra-t-elle?

— Le médecin vous renseignera à ce sujet. Vous êtes une parente?

— Son unique cousine en sol américain.

— Je vois, dit l'infirmière incertaine de trouver la force

nécessaire dans la femme sous ses yeux.

— Ne vous en faites pas, Garde. J'ai deux fils. L'un est médecin et l'autre avocat.

Devant la description de la famille Lopez, la jeune infirmière marque soudain un grand intérêt.

— Je ne suis pas inquiète pour vous, alors.

— C'est la vierge qui me les a donnés ces enfants. Notré-Damé-dé-la-Guadéloupé. Vous connaissez?

L'infirmière se tourne la tête, fait mine de replacer les draps sous la malade tellement l'envie de rire lui force les lèvres.

— Je ne connais pas, madame.

— Vous devriez. C'est elle qui va accueillir Maria au ciel. Je lui ai demandé. Et ce que je lui demande...

— ...vous est toujours accordé?

— Exactement.

Soudain l'infirmière s'affaire plus qu'à l'accoutumée, elle demande à Lumina de quitter la chambre un moment et d'autres infirmières accourent. Un médecin, puis un autre se pressent autour de Maria. Lumina, au comble de l'inquiétude, suit devant la porte la suite des événements incompréhensibles et sérieux en priant avec toute la ferveur trouvée en elle.

— Mes fils. Il faudrait que je les appelle.

Mais elle est clouée les deux pieds sur le sol, incapable de bouger. Elle attend que tout finisse. Une voix d'homme se fait entendre.

— C'est fini.

— Son coeur, affirme un autre.

Lumina sent une vague de douleur l'inonder tout entière. Elle s'élance vers Maria et les pousse tous.

— Maria. Maria. Ne me quitte pas, crie-t-elle, effondrée.

Autour d'elle, le monde a disparu. Seule une infirmière la surveille.

— Si vous désirez appeler, madame. Le téléphone est à votre disposition.

Le choc initial passé, la main morte dans la sienne. Lumina en pleurs contemple le beau visage buriné de sa cousine. Une grande paix la recouvre.

«Enfin tu as traversé la mer, lui dit-elle. Tu es près de tes parents. Plus personne ne te fera de mal. Je t'aime Maria.»

Le service funéraire exécuté, Maria entre dans le souvenir, laissant un affreux dilemme à sa cousine. Elle lui a légué un grand et lourd secret.Comment s'en délivrera-t-elle? Là est toute la question.

Des jours et des nuits, elle analysera le pour et le contre de sa découverte et en pèsera les conséquences. Avouer ou taire ce secret.

Le dire, c'est faire entrer Garde Desrochers dans la famille Leider. Une grande guerre en perspective. La paix est disparue pour toute une vie. Cette femme, qui l'a traînée devant les tribunaux en l'accusant de voleuse et de menteuse, mérite-t-elle ce cadeau?

Le taire, c'est prendre le passé d'Yvette en otage. C'est se permettre de gérer la descendance des Leider comme bon lui semble. La griserie du pouvoir lui fait un effet étrange tout à coup. Puis il y a ses fils. Auront-ils une part de la fortune de son patron? Elle s'amuse à le penser. Aucun de ces jeunes n'a une goutte de sang Leider dans les veines. Les seules véritables racines d'Yvette se trouvent dans le corps de Garde Desrochers. Étrange retour des choses. Curieux affront du destin. Cette garce sautera sur tous les magots à la ronde, elle le devine.

«Moi, je m'en fous! Je n'y suis pas attachée.»

Et les principaux intéressés... Sont-ils les plus importants dans cette histoire?

«Ce couple m'a fabriqué une belle vie comme jamais je n'en avais imaginé. Méritent-ils mon respect? En dévoilant ce que je sais, quelles seront les conséquences sur leur vie? Tout un dilemme! Je tendrai des pièges à mes fils. Je les ferai parler sur le sujet. Je tournerai le propos sous tous les angles et leur inventerai cette énigme comme un problème à résoudre. En aucun moment, ils ne devront soupçonner la vérité. Le dire ou le taire? Oui, ce sera le titre de mon jeu. Ils seront les propres artisans de leur futur. Les ficelles qu'ils tisseront auront des répercussions sur leur héritage.»

Lumina rit aux éclats toute seule dans sa chambre. La force de son secret ne cesse de grandir. Elle en sera la reine, la maîtresse et l'exécutrice. Pour la suite, elle s'en remet à la Vierge Marie. Dé-la-Guadéloupé.

«J'ai toute ma vie pour y penser, se dit-elle. Je ne suis pas pressée.»

En attendant, dormir est la plus importante de mes

préoccupations.

Un mois plus tard, la brave femme s'installe à la table de cuisine. Elle a beaucoup réfléchi.

«Je vais mettre sur papier les aveux de ma cousine et je scellerai le tout. Je donnerai cette lettre à mon fils Jefferson, lui demandant de la remettre à Mme Leider à ma mort. Si elle meurt avant moi; lors de mon décès, mon fils devra la remettre à Yvette Leider Marceau. Ainsi l'aveu de ma cousine Maria servira à faire la lumière. Il ne nous appartient pas de gérer le passé des autres. Je serai soulagée d'un grand poids et je partirai en paix.

Rien n'est plus noble que la paix.»

Chapitre 29

Cet événement avait eu lieu il y a huit ans.

Chez les Leider il ne fut jamais plus question de Marie Desrochers à l'âme perverse. Personne ne sut qu'elle a remisé son nouveau petit magot dans ses valises et est déménagée au Canada, excepté le docteur Yvette Leider qui a maintenu un lien entre cette femme et elle, en conservant sa nouvelle adresse.

Un soir magnifique tombe sur Los Angeles et porte sa musique citadine dans le lointain californien.

Éveline reprend sa marche solitaire sur le littoral du Pacifique bleuté, une carte postale d'un ami ornithologue en visite à Trinidad en main. Le babil d'un oiseau de passage remplit de musique sa lente démarche rafraîchissante. L'après-midi tire à sa fin. Rêveuse, elle jette un regard sur le vol des ibis rouges sur fond de ciel bleu clair, illustrés sur la carte postale.

Trinidad: le point le plus au sud des Caraïbes, le paradis des ornithologues qu'elle était devenue.

Les ibis. Que de souvenirs inoubliables!

Elle les avait découverts grâce à William, lors de leur premier souper, il raffolait de leur chair succulente. Ce volatile magnifique devint leur animal fétiche.

Lors de leur voyage de noces, William l'avait amenée

dans les îles, à Trinidad plus précisément, et elle était tombée en amour avec ces superbes oiseaux, l'emblème national de ce pays. Dans un restaurant de Port of Spain, elle avait insisté pour savourer, à nouveau, la chair de ces échassiers installés dans les marais de cette île. Devant l'enthousiasme de sa femme, William savait qu'ils reviendraient. Leur couleur avait étonné Éveline. De retour à Los Angeles, elle s'était mise à l'étude de ces vertébrés ovipares. Elle s'inscrivit à l'université et sa curiosité amena le couple en Égypte où ils découvrirent ces gros volatiles à bec long et courbé vers le bas, au plumage blanc, sauf la tête, la queue et une partie des ailes. Vénéré des Égyptiens qui le considéraient comme une incarnation du dieu Thot, il n'en fallait pas plus à Éveline pour se retrouver un jour dans la peau d'un ornithologue. Cet oiseau à la chair exquise, devenu un mets exotique à Los Angeles, entra dans le menu particulier des Leider qui se faisaient un plaisir de le faire connaître à leurs invités de marque. Elle leur racontait ses découvertes. À Trinidad, nés noirs, les ibis devenaient rouges à l'âge adulte, en raison de leur alimentation composée de crabes et de racines de palétuviers rouges, riches en carotène. Le soir de leur première rencontre en tête à tête, William avait commandé de l'ibis, sans lui en parler. Puis, il lui avoua son mensonge lors de leur voyage de noces de huit mois autour du monde et cet oiseau devint le symbole de leur amour.

Éveline remet la carte postale dans la poche de son pantalon blanc, pensive.

«Cher William! comme tu me manques.»

Son mari étant récemment décédé à l'âge de quatre-vingt-quatorze ans, elle devra terminer seule la suite de son périple sur terre. Ce départ fut un des moments les plus difficiles de sa vie. Elle ne pensait pas pouvoir passer au travers. La bonne et irremplaçable Lumina a allégé sa peine. Sa compréhension et son affection lui ont été salutaires pour se maintenir à flot. Jamais elle n'oubliera ce soutien indéfectible. Elle a eu accès au trésor prestigieux du coeur enrobé dans l'enveloppe charnelle de cette humble femme.

Le Domaine appartient maintenant aux fils Lopez. William le leur a légué à son départ. Il sert de modèle à tous les gestionnaires des difficultés humaines du monde entier. La revanche de l'esclave brille de tous ses éclats dans cette oeuvre. Dans les gestes quotidiens de ces deux hommes de couleur, s'écrit une page d'histoire. À l'abri des vents orageux de la société américaine, les Noirs américains du *Domaine* se lèvent lentement en affrontant le doute et la timidité de leur coeur. Leurs gestes prennent de l'assurance chaque jour. Leurs yeux osent rencontrer ceux de leur prochain sous les feux de la rampe et non dans l'ombre de leur honte et de leur nullité. Mais la route est longue. N'ont-ils pas été affranchis depuis si peu de temps de l'esclavage? Leurs ancêtres n'ont-ils pas été pendus s'ils étaient pris en flagrant délit de vouloir s'instruire? N'était-il pas défendu de lire ou posséder un livre? N'était-il pas défendu de boire au même abreuvoir que le Blanc? N'ont-ils pas été vendus sur le podium aux côtés des chevaux comme du vulgaire bétail?

Le rêve de William de changer un peu le monde se concrétise, Éveline en est témoin, l'émotion au coeur.

La vie à Aberdeen Drive avance d'un pas à chaque lever du jour. La femme de William Leider sent son corps à un tournant. Elle voit blanchir ses cheveux et ralentir ses activités.

L'enquête sur la maladie mystérieuse de son fils Andy traîne en longueur, mais elle ne désespère pas d'en arriver à une découverte intéressante; sa patience est sans limites à ce sujet.

Le coeur en convalescence et l'âme en paix, elle analyse sa route, en tournant le bout de son grand mouchoir de tulle multicolore posé sur sa tête.

— Une belle vie! s'écrie-t-elle, au vent qui virevolte.

Puis elle aligne ses pensées.

«J'ai eu une belle vie. La chance a semé partout de grands moments de bonheur. Un homme fabuleux et sans reproches a partagé mes jours et a tissé, tout au long, une profusion de souvenirs inestimables. L'argent en a facilité la réalisation, je l'admets. Que serais-je devenue sans cet homme? Une seconde Marie? Peut-être. Chère Marie. La jalousie et l'envie ont été tes tourments quotidiens.

Qu'aurais-je fait à sa place? La même chose peut-être, qui sait?»

De retour de sa marche solitaire à Aberdeen Drive, le soir tombe sur un autre jour californien unique aux mille senteurs, aux couleurs infinies, aux gazouillis orchestrés de bizarreries de la gent ailée. Éveline longe la haie touffue bordant son jardin multicolore semant ses variétés d'odeurs exotiques et recherchées et goûte l'essence de sa vie à pleins poumons. Du regard, elle englobe le tableau magnifique de son univers se mariant au soir irisé naissant et laisse flâner sa main sur le velouté des cèdres ornementaux au passage. Elle respire une grande bouffée d'air et s'écrie:

— Que la vie est belle!

Sa porte lentement repoussée, elle se laisse choir dans le fauteuil de William dont elle ne se séparera jamais, avant de monter faire sa toilette du soir.

Revêtue de son peignoir ivoire, elle se rend à la porte, on sonne.

— Allez, Lumina, je réponds.

La gouvernante cesse ses bruits de cuisine, se tient en retrait dans la porte de sa pièce favorite et prête l'oreille.

Un homme imposant aux gestes posés, au physique agréable, aux tempes blanches, à la toiture sel et poivre et clairsemée, aux yeux d'azur, se présente.

«Il a mon âge!, se dit Éveline enfermée dans l'analyse intime de son interlocuteur. Et bel homme de surcroît.»

La voix basse et douce empreinte de sincérité remue ses entrailles et parsème de folles idées dans ses méninges et des gueliguelis dans son coeur.

— Je suis Herbert Leider, le fils légitime de M. William Leider.

* * * * *

— Oh! Ah! retiennent entre ses mains les exclamations pressées de s'éclater de la bouche de Lumina, la gouvernante, occupée à tendre l'oreille plus qu'à l'accoutumée. Quelle surprise!

Estomaquée, la Mexicaine remplit ses poumons d'air, son visage s'illumine et ses yeux s'agrandissent puis se referment. Comment réagir? Un sentiment de joie naît en elle. Son antichambre cervicale explique pendant que ses oreilles captent attentivement tous les mots et que son corps fait le gendarme contre les distractions.

«À la bonne heure! Un fils légitime. C'est ce qui manquait à cette famille. Toutes les données sont à refaire. L'héritage est sur la table. Et moi, je n'aurai peut-être pas à dévoiler qui est la véritable mère d'Yvette. Où est ma lettre? Ah! Oui. Chez Jefferson.»

* * * * *

Dans le petit salon, l'homme d'apparence timide évite le regard de la belle dame. Du geste à la parole, il présente un document à Éveline, muette d'étonnement.

— Tenez. Voici mon baptistaire pour en témoigner. Je suis né à Landauhof sur le Danube.

Éveline s'enfonce dans le fauteuil de William bleu royal devenu sien, renversée par l'audace de son interlocuteur et sa révélation. Elle ne sait plus si elle doit en rire ou le foutre à la porte. Elle examine un moment le papier, songeuse. Yvette et ses caprices montent en surface et se répandent partout dans son esprit. Le regard franc de son visiteur inconnu la dévisage. Un moment intense se fige dans le soir à son apogée. Un duel intime rase une partie de sa vie. Un souvenir d'Allemagne surgit de nulle part et se fixe à la mémoire d'Éveline.

«Qui est cet intrus? William ne m'a jamais parlé d'un enfant. Je dois en savoir davantage. Tu es surprenant, mon homme...»

Le silence s'allonge sur l'homme téméraire qui se replace sur son autre pied. Il lui sourit. Le suspense entre eux est ardent, audacieux. Éveline, piquée par la curiosité, se recule et lui cède la place.

«Qu'ai-je à perdre?»

«—*Tout!*» lui répond la voix silencieuse qu'elle n'écoute pas.

Sa mémoire part faire un tour dans son passé.

Un séjour européen se déroule sous les paupières de la dame d'âge mûr, entre le moment où l'homme a pénétré dans sa demeure et celui où il s'assied. La voix de William monte du souvenir.

— Landauhof est une ville splendide.

— Le pays de notre enfance est toujours beau, William.

— Et comment donc!

Au milieu de leur marche dans les rues, il s'arrête devant une maison en retrait des regards.

— Éveline, c'est ici qu'est née Olga, confie William ému, en pointant une vieille demeure pierreuse enrobée de mousse verte et de plantes grimpantes.

— Olga?

— Une grande amie d'enfance jamais oubliée.

William se recueille et médite sur ce lieu mystique. Éveline trouve curieux qu'il attache tant d'importance à cet endroit mais ne s'en préoccupe pas outre mesure.

— Et ta maison. Où était-elle située?

— Quelque part par là-bas, renchérit-il en pointant l'endroit, sans le regarder.

— Tu ne veux pas que nous nous y rendions?

— Ce n'est pas nécessaire, assure-t-il, la pensée toujours accrochée à cette demeure anonyme et inhabitée tombant en décrépitude.

William pointe une fenêtre du doigt.

— Tu vois, là, cette chambre? C'était celle d'Olga.

Il entraîne sa femme derrière la maison et explique les moindres détails venus l'accueillir, s'arrête pour laisser grandir le souvenir, sourit et repart.

—Puis, ici c'était le four à pain. Et là, le caveau à légumes. La cheminée! dit-il en levant les pupilles vers le ciel. Regarde, la cheminée a tenu le coup.

— Tu veux que nous entrions?

William, en pèlerinage dans son passé, se recueille. Il n'entend pas le discours de sa femme près de lui.

Le ton de son mari tient du murmure, docile, elle le suit, une pointe d'interrogation aux commissures des lèvres. Qui était cette Olga?

* * * * *

«Le fauteuil de William est inconfortable. Je n'osais me l'avouer», songe Éveline replongée dans son salon, en replaçant son corps crispé.

Elle s'installe dans un autre siège en face du premier. Éveline repousse le troublant souvenir du revers de sa main en époussetant son épaule et invite Hans Leider à s'expliquer.

— Essayez-vous, monsieur. Vous prétendez être le fils de mon mari? Comment s'appelait votre mère?

— Olga Kieffer, madame.

Éveline éprouve un étrange sentiment de gêne devant cette affirmation. Elle ne sait plus comment se tenir.

Un nuage nébuleux passe sur sa vie, recouvrant de gris le bleu du soir. Des voix internes s'entrechoquent, pendant qu'elle se cherche une contenance. L'une d'elles étouffe les autres.

—*William a eu un passé comme toi et tu n'as pas à en être offusquée ni le juger.*

Cette révélation la cloue sur place. Une seconde version la laisse sans voix.

—*Tu as peut-être été la personne stérile de votre couple. Cet étranger garde en lui une partie du mystère. Ne l'oublie pas!*

Éveline grimace et se gratte le nez. Une manie utilisée lorsqu'elle est contrariée. Taire ses noires constatations diminue sa déception.

William en a peut-être souffert. Si c'était vrai, il n'en a jamais soufflé mot ni n'a rapporté l'existence de ce garçon. Il l'ignorait probablement lui-même.

Qui peut le dire?

—*Lui*, répond sa pensée. *Mais il est décédé. Celui qui est devant toi possède peut-être une version justifiable de cette réponse.*

Elle jongle avec cette supposition un moment et sa candeur proverbiale fait le reste.

«Si tu me regardes là-haut William, fais-moi signe. Andy pourrait-il être remplacé?»

Le sera-t-il?

Lentement, Éveline Leider place le faisceau lumineux de l'abat-jour de manière à illuminer le visage de l'homme et boit ses confidences.

L'homme reparti, Éveline replace l'ibis blanc et noir en face de l'ibis rouge – deux oiseaux grandeur nature, cadeau d'un ami ornithologue taxidermiste – près de la grande fenêtre de la salle à dîner et leur parle.

— Allez chercher la réponse, vous deux!

* * * * *

À Chicago, une femme médecin rayonne de bonheur. Elle entre à la maison et offre un bouquet de fleurs à son mari.

Surpris, le docteur Bob Marceau examine sa femme en étudiant la gestuelle non verbale de celle qu'il aime. Mystérieuse et épanouie, elle tourne autour de lui sans raison apparente et il se demande où cela va le mener. Prépare-t-elle un déménagement? A-t-elle fait une grande découverte? Sa tête lui fournit de multiples raisons toutes aussi bonnes les unes que les autres. Il est inquiet.

Immobile dans l'entrée de sa demeure, il la surveille virevolter comme une jeune fille amoureuse en prenant un pot à fleurs et en le remplissant d'eau.

Le docteur Yvette Leider, fille adoptive de William et Éveline Leider, seule héritière de ses richissimes parents, est enceinte.

Seule héritière...? L'avenir le dira.

La vie porte dans ses entrailles une source intarissable d'événements surprenants, elle étire à l'infini son filet enchevêtré d'intrigues, de suspense et de mystère à dénouer.

Éveline en découvre la musique, les couleurs et les aspects chaque jour.

Tant qu'il y aura de la vie, Éveline Paradis Leider en subira les soubresauts et les joies.

Tant qu'il y aura de la vie, Éveline l'aimera passionnément.

Maintenant seule sur la montagne à Aberdeen Drive près de Beverly Hills, saura-t-elle aussi bien naviguer en eaux troubles qu'en eaux limpides?

Le reste de sa vie en sera le témoin.